B. Eggensperger

António
Lobo Antunes

Die Vögel kommen zurück

Roman

Aus dem Portugiesischen
von Ray-Güde Mertin

Carl Hanser Verlag

Titel der Originalausgabe
Explicação dos Pássaros
Publicações Dom Quixote, Lissabon 1981

ISBN 3-446-15138-9

Satz: LibroSatz, Kriftel
Druck und Bindung: Ludwig Auer, Donauwörth
Printed in Germany

Für Marília und Dinis Machado,
Freunde und Weggefährten

Donnerstag

Eines Tages werde ich hier am Strand angeschwemmt, von den Fischen zerfressen wie ein toter Wal – sagte er auf der Straße der Klinik zu mir und betrachtete dabei die verblichenen, trostlosen Gebäude von Campolide, die Serviettenmonogramme der erloschenen Leuchtreklamen, die glitzernden Reste von den Festtagen in den Schaufenstern, einen Hund, der an diesem Januarmorgen im Abfallhaufen eines abgerissenen Gebäudes herumschnüffelte: Schutt, Staub, Holzstücke, Scherben seelenloser Ziegel. Er kam zu Fuß von der Avenida der Straßenbahnen, sog mit dem neblig gierigen Appetit einer Möwe den Geruch der Obstkisten vor den Lebensmittelläden ein, wie damals als Kind, auf dem Heimweg nach der Schule, er witterte den säuerlichen Duft der Drogerien oder den dunklen Schatten der Kneipen, dunkel wie geronnenes Blut, ein Blinder mit einem Glas in der Hand starrte ihm mit den aufgerissenen, unbeweglichen Augen eines Politikers auf einem Plakat hinterher, und er dachte, sie bringen mich ins Krankenhaus, sie drücken die Klinke zum Windfang herunter (Lassen Sie nur, Lassen Sie nur, Lassen Sie nur), sie zwingen mich, in dem Raum voller Ledersessel mit großen gelben Polsternägeln zu warten (Sessel wie im Totenhaus, stelle ich fest), ein Tisch mit gedrehten Beinen, dazu Vorhänge, so gewichtig wie das Rülpsen eines Richters, und die unsichtbaren Besucher auf meiner Beerdigung flüstern bedeutungsvoll in den Ecken, während sie mit staubigen Dienstmädchen konferieren, die sich morgens wohl mit Federstaubwedeln reinigen, aus den Schubladen ihrer Bäuche alte Briefbündel hervorholen und Nähkästchen mit Intarsien. Das häßliche, magere Mädchen aus der Telefonzentrale hockte hinter der Theke der Medikamentenausgabe wie eine Eule in ihrer Höhle und malte verzückte Herzen auf einen Block: sie war sicher schon zweimal hintereinander mit demselben kurzsichtigen Finanzbeamten im Kino gewesen, der zur Untermiete in einem billigen Zimmer im Viertel Penha de França wohnte und, vor einer leeren Kaffeetasse über ein Heft mit gezeichneten Figuren gebeugt (*my garden, my uncle*), in einem Fernkurs Englisch lernte. Ich gab den Namen meiner Mutter an, während das Mädchen mit hervorstehender Zungenspitze ein riesiges Herz anmalte, das so groß war wie die Schildchen auf den Scheuersandgläsern zur Zeit meiner Großmutter: ein Bataillon grau uniformierter Dienstmädchen rieb energisch die Türklinken im unteren Stockwerk ab: Jetzt halt doch deine Hände still, Junge, sonst beschwere ich mich bei deinen Schwestern. Sie rochen nach Kernseife, nach ungebleichtem Zucker und Schwarzbrot, und abends kamen die Soldaten, ihre Vettern, die mit großen, klobigen Bauern- oder Schäferfingern an der Gartenpforte verstohlen ihre Brüste berührten.

»Drittes Zimmer rechts«, teilte die Eule mit und zeichnete gerade mit sehnsuchtsvollem Postkartenlächeln einen Cupido-Pfeil: die Ohren des Finanzbeamten wurden sicher gerade feuerrot über einer plötzlich unerklärlichen Summe, und er ging durch eine Kaffeeküche, in der zwei Krankenschwestern an einen Schrank gelehnt wie ein Taubenpärchen an einem Ufersaum gurrten: die eine aß ein Stück Kuchen, um die Krümel aufzufangen über der hohlen Hand, und die Sonne ließ die gestärkten Kittel in glattem Kreideweiß leuchten. Ein Mann in mittlerem Alter ging an ihm vorbei und besah prüfend, neugierig und nachdenklich ein Glas Urin, das er in Augenhöhe hielt wie einen toten Skorpion. Der Krankenhausgeruch nach Spiritus, Angst und Hoffnung schwappte im Korridor auf und ab wie ein schläfriges Meer, auf dem das tonlose Stöhnen der Kranken dahinglitt und in den besorgten Seufzern der Familienmitglieder ertrank. Wenn ich an der Reihe bin, will ich hier niemanden: mit den Augenbrauen will ich sie fortpeitschen, so daß ich sie nicht mehr sehe, daß ich ihre unerträgliche, reueknirschende Freundlichkeit, ihre übertriebene Fürsorge, die von ihrer eigenen Todesangst gelblich gefärbten Pupillen nicht sehe. Allein bleiben, die Nase zur Decke, mich langsam meiner selbst entleeren: Name, Geburtsort, Alter, die grauhaarigen Kinder nennen im Flur die Einzelheiten.

»Guten Tag, Mutter«, sagte er und dachte gleich, Himmel, bist du dünn geworden, als er die Sehnen am Hals sah, die aschfahle Stirn, die hervorstehenden Venen an den Armen, die in das Kopfkissen gegrabenen grünen, runden Augen, die ihn beobachteten, der schleimige Schweiß aus der Nase. Ihr Ring spielte um ihren Finger: wer von uns wird ihn dir bald abnehmen, ihn in deinem Zimmer auf den Porzellanteller legen, zu den Halsketten, Ohrringen und Ringen auf der Kommode? Ich habe keine schwarze Krawatte für die Beerdigung, nur die graue Strickkrawatte von irgendeinem Weihnachtsfest, als ich noch Jacketts trug und mich noch ernstnahm und miserable ellenlange Essays schrieb, die niemand las, weil sie aufgeplustert waren mit gestelzten Begriffen, verschwommenen Theorien und absurden Schlußfolgerungen. Der unsichtbare Finger des Lektors streifte seinen Arm:

»Vielleicht kann man von diesen Studien etwas verwenden.«

»Wie fühlst du dich?« fragte er mit niedergeschlagener Stimme, schaute die Mutter an und dachte Die Tränen sind schon jenseits deiner Augen, gleiten durch deinen Kopf zur Kehle hin, brennen scharf wie Schnaps.

»Findest du nicht, daß sie schon besser aussieht?« wurde er plötzlich von links gefragt, und er sah auf dem einzigen, zwischen Bett und Fenster eingezwängten Sessel im Zimmer eine entfernte Kusine sitzen, mit einem aufgeschlagenen Buch auf den Knien. Ich möchte wetten, du bist die einzige in der Familie, die bereit ist, bei einem Sterbenden zu bleiben. Am Fenster klebten die häßlichen, verblichenen Häuser von Amoreiras: Ob die Kusine noch am Leben sein würde, wenn er selbst an der Reihe wäre?

»Nicht mehr so blaß«, bestätigte ich, »ein bißchen voller«. Und zu mir beschämt: Entschuldige, Mutter. Als ich klein war, da hast du mir Vaters altes Philips Radio ins Zimmer gebracht, wenn ich Grippe hatte, und ich hörte die Plattenwünsche im lauen Fieberwahn. Ihr Musikwunsch per Postkarte. Ihr Musikwunsch: Rufen Sie uns an. Was möchten Sie hören? Wie dunkel dein Haar damals war, denkt er, und wie entschlossen deine Bewegungen. Du hättest nie zugelassen, ging es ihm durch den Kopf, daß uns etwas Schlimmes zustößt.

»Die Kinder?« fragte die Mutter aus der unendlichen Entfernung von zwei Metern. Am Kopfende standen rostige Sauerstoffflaschen, am Waschbecken ein Sekretionsabsaugapparat und ein Blumenstrauß in einem geschliffenen Glaskrug auf einem Deckchen.

»Sehr gut, Mutter, bestens. Keine Probleme.«

»Immer, wenn ich sie von der Schule abhole, fragen sie nach dir«, und plötzlich war er sicher, daß die Mutter die Pause wahrgenommen hatte, die Sekunde Abwarten, die Lüge. Sie stürzten ins Auto, schubsten sich wie kleine Hunde, um ihm einen Kuß zu geben. An der Schule die dicke Concierge mit dem Spitzmausgesicht lächelte, in der Boutique nebenan liebkoste eine große, rotblonde Frau mit langen, roten Fingernägeln eine schmale Parfumflasche: Du machst mich ganz scharf.

»Wo wolltet ihr Mittag essen?«

»Im Pony.«

»Nein, bei MacDonalds.«

Aber die rotblonde Frau trat an die Tür, und seine Zärtlichkeit zerschmolz unvermittelt zu einem wütenden Begehren nach diesem Porzellangesicht, dem engen Rock, der das fächerbreite, feste Fleisch ihrer Hüften gefangenhielt. Über die Jahre hinweg flüsterte sein Nebenmann aus der Schule ihm ins Ohr:

»Genau das wollen sie doch, Mensch: du hältst dich an der Matratze fest, beißt die Zähne zusammen, und dann vor und zurück, vor und zurück, verstehst du, bis sich alles dreht.«

»Sie müssen schon ziemlich groß sein«, meinte die Kusine aus der Tiefe ihres Sessels und nahm ihr Strickzeug aus einem Plastikbeutel. Die Mutter atmete nun mühsam mit einem pfeifenden, leisen, kaum hörbaren Ton. Die bläulichen Finger strichen in langsamen Windungen über die Decke wie ein Insekt.

»Heute nachmittag fahre ich nach Tomar, Mutter, zum Kongreß, ich komme am Sonntagabend zurück. Verlieb dich in diesen drei Tagen nur nicht in den raffinierten indischen Arzt: ich will keine heiligen Kühe in der Familie.«

Wie humorlos, du Dummmkopf, nicht einmal einen guten Witz kriegst du hin, warf er sich vor, Scherze, die so schwer sind wie die bleiernen Tropfen in den Badewannen der Schlaflosigkeit, dumme Scherze aus Zeitschriften: ich muß dringend im *Charlie Hebdo* auftanken. Die Kusine legte sich sorgfältig die Wollfäden um den Hals:

»Sie sind doch so sympathisch, die Inder, so zuvorkommend. He, Fernanda, hast du mal seinen Bart betrachtet?«

»Riesige Metastasen in den Lungen«, teilte der Arzt mit, »ein ungeheurer Bluterguß im Rippenfell.« (Als spräche er über die Angina eines Eskimos, den niemand von ihnen kannte.) »Seien Sie besser auf alles gefaßt.«

Er zeigte Röntgenaufnahmen, brachte Laborergebnisse vor, gab umständliche Erklärungen ab. Der makellose Knoten in seiner Krawatte reizte mich bis aufs Messer: ihm einfach den Kragen aufreißen, die übertriebene Korrektheit seines Hemdes zerknautschen: meine Mutter liegt im Sterben, und dieser Schuft schert sich nicht darum.

Die grünen Augen blickten ihn erbarmungslos vom Kopfkissen aus an.

»Ist dein Handbuch schon erschienen?« hauchte sie mit Mühe.

Ein Verbandswagen rollte quietschend über den Korridor, wie Milchkannen klapperten die verchromten Gefäße, gefüllt mit dem weichen Schweigen der Kompressen. Im Nebenzimmer ertönte rhythmisches Jammern, Seufzer wurden lauter, ebbten ab, die Auflehnung einer Frau: Haltet mir den Mund zu, damit ich nicht schreie. Widerwillig sagte er:

»Noch nicht, Mutter, lauter Ärger mit der Druckerei, die Fahnen sind nicht in Ordnung«, diese Zyniker von Kritikern, dachte er bei sich, fallen mit ihrer lächerlichen Ohnmachtswut über mich her, diese winzigen, nicht namentlich gezeichneten Rezensionen, spröde und ohne Foto in den Abendzeitungen. Wenn ich langsam verfaule, werden sie mich für erstrangig halten, mich interviewen, gelehrte Abhandlungen schreiben, mich für ihren Anthologienfriedhof vorsehen. Er ging einen Schritt nach vorn, streichelte die Hand der Mutter: porös, blutleer, leicht und hart wie die hohlen Wurzeln eines Weinstocks lag sie da.

»Die Leute mögen Geschichte nicht mehr und auch keine Dichtung«, seufzt die Kusine hinter ihren Stricknadeln, sie strickt einen schrecklich bunten Pullover mit Rautenmuster, den keiner tragen wird. (Vielen Dank, aber ich brauche grade keinen, Francisco fände ihn sicher wunderbar.) »Sie mögen keine Romane ohne Skandale, ohne Schimpfwörter, ohne Sex: je schweinischer, desto besser.«

Dieser Krankenhausgeruch ist wie ein Gewicht auf meiner Stirn, dachte er, ein Unbehagen, ein seltsamer Schmerz: als ich am Rücken operiert wurde, sah ich meinen Eiter in einem Eimer, ich lag auf dem Bauch auf der Bahre, und am liebsten hätte ich in Schüben den Hohlraum meiner Eingeweide erbrochen. Der Chirurg unterhielt sich mit dem Assistenten, während er sich an der Kapokfüllung des Körpers zu schaffen machte, und er bemerkte, daß der Chirurg Stoffstiefel trug, wie sie die unechten Esel im Zirkus anhatten, diese Esel, unter denen sich zwei Männer verbergen. Ein Mädchen in Rüschenröckchen und Schirm lief hoch oben über ein Drahtseil und wurde von einem violetten und und einem gelben Scheinwerfer angestrahlt. Auf der verlassenen Tribüne versuchte sich ein Weißclown mit roten Lippen am Saxophon.

»Vater?« fragte er, und lange schwebte das Wort vor seinen Lippen wie eine Tonleiter.

Im Frack, mit nachgezogenen Augenbrauen, schritt sein Erzeuger wie ein Zeremonienmeister tänzelnd zum Mikrofon. Ein blauer Lichtkegel folgte ihm von oben:

»Wozu Wörter?« verkündete er, während er unter dem näselnden Pfeifen der Lautsprecher die spärlichen Haare auf seiner Glatze glattstrich. »Er ist ein portugiesischer Künstler.«

»Viel Arbeit im Büro«, erklärte die Mutter. »Er muß bald vorbeikommen.«

»Seine Sekretärin hat schon dreimal angerufen«, fügte die Kusine hinzu, »er hat diese Blumen da im Zellophan mit der rosa Schleife unten dran geschickt.«

Der Krug aus geschliffenem Glas wurde plötzlich größer: der Vater streckte die Hand nach einem verblichenen Vorhang aus, und er und die Schwestern kamen, als Tartaren verkleidet, mit Purzelbäumen und Sprüngen herausgewirbelt.

»Ruhe«, befahl der Vater, »ich lese Zeitung.«

Die strenge Glatze, das verschlossene Gesicht, der Duft von Kölnisch Wasser und amerikanischem Tabak in der Kleidung: und dann hin und wieder die Geschäftsreisen, Jahre habe ich gebraucht, um zu begreifen warum, die Mutter in ihrem Zimmer eingesperrt, auf dem Bett ausgestreckt (Nur eine Migräne, ich komme gleich zum Abendessen), die Besuche beim Psychiater, Yoga, Makrobiotik, Kartenspiele, Gymnastik. Und meine stummen Augen fragen in deinem Rücken Warum kommst du nicht früher nach Hause?

»Vielleicht ist er gleich da«, seufzte die Mutter, »vielleicht ist er gleich überall da.«

Die Krankheit hatte ihre kantige Stimme abgerundet, sie weicher und sanfter gemacht wie Muschelrauschen: Mozart, *la mer ou l'écho de vos rêves*: die Reklame irgendeiner französischen Plattenspielerfirma in einer Zeitschrift beim Zahnarzt. Er trat ans Fenster, blickte nach draußen: eine Frau mit Schürze rupfte auf der Straße ein Huhn (der Kopf des Tieres hing herab und wackelte im Rhythmus ihres Rupfens hin und her), zwei Hunde sahen ihr auf den Hinterbeinen sitzend von weitem mit unterwürfiger Gier zu. Die Häuser von Amoreiras wankten ziellos und häßlich im Nebel auf und ab: Scheißstadt, warum haue ich nicht ab, solange noch Zeit ist?

»Hier kommt unser Essen«, rief ein fröhliches, junges Geschöpf mit einem Blechtablett in der Hand: Hühnersuppe, gekochter Fisch mit Weißrüben, eine Birne, eine umgestülpte Untertasse, die das Glas Wasser zudeckte. Die Schwestern verschwanden mit einem letzten Purzelbaum, der Vater testete das Mikrofon mit dem Fingernagel:

»Krankenessen«, rief er einem Publikum entfernter Kusinen zu, die um ihn herum auf den Holzbänken saßen und strickten.

»Vorsicht, Fernanda, nichts riskieren. Wir bitten das verehrte Publikum um absolutes Schweigen während dieser gefährlichen Mahlzeit.«

Das freundliche Geschöpf drehte nun mit der Kurbel das Kopfende des Bettes hoch wie die Männer in der blauen Uniform, wenn sie das Trampolin für die Sprungübungen aufbauen. Die steif gestärkte Schleife ihrer Schürze zitterte auf ihrem Hinterteil wie der Flügel eines gefangenen Schmetterlings.

»Na, und nun wollen wir mal schön essen, nicht?« sagte sie im aufreizend lustigen Ton einer Kindergartentante. »Süppchen, ein bißchen Fisch, die schöne Birne, ganz köstlich, und vorher unsere Kapsel, und die Tablette nehmen wir hinterher, und schon sind wir fertig.«

»Olé«, rief der Vater triumphierend mit einer schwungvollen Handbewegung zum Tusch der Kapelle.

»Deine Schwestern haben auch angerufen«, sagte die Mutter, während sie vorsichtig die wie Anführungszeichen geformten schneeweißen Gräten des Fisches herauspulte. »Mit all den Leuten, die versprochen haben zu kommen, wird es in diesem Zimmer heute abend wie im Freizeitverein am Fastnachtsdienstag zugehen: ich werde mich wunderbar unterhalten.«

Vor dem Waschbecken spielte ein Orchester aus gealterten

Verwandten in Jacketts mit silbernen Pailletten mit dem ungerührten oder leicht gelangweilten Gesichtsausdruck von Musikern in einer Bar einen langsamen Bolero. Das gedämpfte Licht der Nachttischlampe mit dem fleckigen Rüschenschirm, die Krankenschwestern, die Ärzte, die gewichtigen Onkel unterhielten sich leise, kauten auf Zahnstocher aufgespießte Kroketten, kamen mit ihren bleichen mondfahlen Gesichtern näher und wichen zurück. Der indische Arzt tanzte mit der strickenden Kusine sittsam wie in einem Thermalbad, wenn für den trostlosen Abend mit traurigen Celli im Speisesaal die Tische beiseite geräumt werden.

»Ruhe«, wiederholte der Vater, »ich lese Zeitung.«

Die Mutter lächelte unverhofft: ihre Kindheit rann langsam an ihrem Mund vorbei wie Wasser über schräge Bretter:

»Sei unbesorgt«, sagte sie, »ich werde hier sehr gut behandelt.«

Er verließ das Haus mit einem Koffer, auf dem lauter Etiketten ausländischer Hotels klebten, und du warst dann allein, Mutter, winzig in einem Winkel des riesigen Bettes, hast dicke, unverständliche englische Bücher, Romane, Geschichten über den Krieg gelesen, auf dem Umschlag küßten sich ein Mann und eine Frau ohne jede Scham. Er kehrte dann drei, vier Tage später zurück, sonnengebräunt, noch ein seltsames Leuchten im abwesenden Blick.

Ich ging zu ihm, wenn er sich morgens in der Pyjama-Hose mit nacktem Oberkörper rasierte, das Blinken des Messers faszinierte mich. Er benutzte Haarfestiger Formschön, Der Bevorzugte Festiger für Den Erfolgreichen Mann, und gurgelte ungestüm mit erhobener Nase gegen Karies, Piorrhoe und Mundgeruch: Wenn ich groß bin, müssen alle Leute still sein, damit ich Zeitung lesen kann.

Vor der Klinik schnupperten im Nebel die Hunde von Amoreiras an den Hühnerfedern, einem Rest Blut und dem ekelhaften Glibber der Eingeweide. Mutter legte einen Straßenbahnfahrschein als Lesezeichen in das Buch, löschte das

Licht, und ich war sicher, daß ihre Augen im Dunkeln offen blieben, glänzend und starr wie die Augen eines Toten auf einem Porträt. Ein Telefon auf einem niedrigen Tischchen begann wie ein Kind neben ihm zu weinen.

»Ja«, antwortete die Kusine, die sich rasch des Hörers bemächtigt hatte wie ein Elefant seines Mohrrübensaftes. »Ja, ja. Nein, sie hat eine gute Nacht gehabt, der Arzt kommt heute nachmittag zur Visite. Wenn etwas ist, sage ich dir Bescheid.«

Der Vater, das vage Schuldbewußtsein des Vaters, die zerstreute Besorgtheit des Vaters, die Geliebte, er kannte nur ihre Stimme, sie war heiser und eindringlich, als würde ihre Kehle ständig von einer Spirituslampe gewärmt. Einmal im Monat trafen sie sich zum Mittagessen neben seinem Büro, sprachen nicht, aßen schweigsam, eine wachsende Unbehaglichkeit war zu spüren. Die über den Teller gebeugte Glatze glänzte wie eine Kaffeekanne. Seine Wangen wölbten sich und fielen ein, wenn er kaute, und entfernte Kindheitstage im Landhaus kamen mir in Erinnerung (die beweglichen Schatten der Bäume auf dem Boden, der trockene Geruch nach Blättern und Erde), und ein junger, magerer, fröhlicher Mann, dessen Lachen sich über den friedlichen Nachmittag ausbreitet, der mich huckepack trägt und nach Hause galoppiert. Er denkt: Laß uns den Film zurückdrehen, noch einmal beginnen. Die Kusine hält den Hörer zu:

»Willst du deinem Mann noch etwas sagen?«

Das Fischbesteck erzittert, ohne zu antworten, ich nehme den Hörer in die Hand.

»Vater.« Die Silben dringen vom anderen Ende klar und deutlich an sein Ohr wie in eine Bronzeplakette gravierte Landschaften:

»Wie geht es ihr?«

Der junge, schlanke, fröhliche Mann hat einem älteren, zunehmend dickeren Herrn Platz gemacht, der ständig das schüttere Haar gegen die Schläfen drückt:

»Schon besser, Vater. Mach dir keine Sorgen.« Von deinen

Schultern aus konnte ich fast die Kastanienzweige mit dem Kopf berühren, wir waren wie wundertätige Heilige von einem Lichtkreis umgeben, während die Ewigkeit der Fotografie mein Lächeln festhielt, das mir Jahre später im Spiegel meines Zimmers mit einer säuerlichen Grimasse wiederbegegnet: herrjeh, wie bin ich groß geworden, und jetzt geht auch mir schon das Haar aus: ich versuche in meiner Erinnerung das Alter meines Vaters damals auszurechnen (ob du jünger warst als ich heute?),und die Stimme bringt durch die Bakelit-Löcher sein Rechnen durcheinander:

»Ich habe gehört, daß du für ein paar Tage wegfährst.« Man konnte das Klappern der Schreibmaschinen im Büro hören, Menschen sehen, die über ihre Tische gebeugt waren, der Deo-Duft der Sekretärin verwandelte den freien Raum, Zimmer, Wände, Flure in eine riesige rasierte, lauwarme Achsel: hast du sie schon vernascht, Alter?

»Wie bitte?« fragt der Vater.

»Nichts, ich sagte, ich fahre jetzt gleich los, nach Tomar. Ein Kongreß über das 19. Jahrhundert, du weißt schon.«

Meine Schwester hat mir erzählt, daß du noch ein Haus hast, mit anderen Kindern, noch einen Fernseher, mit anderen Ölgemälden, einem anderen Spieltisch, einem anderen Töpfchen mit Haarfestiger Formschön, Das Bevorzugte Produkt für Den Erfolgreichen Mann, eine andere Zeitung. Schreiben ist etwas Blödsinniges, weißt du, wenn man nicht den Nobelpreis gewinnt: lern lieber etwas Anständiges.

Es entstand eine Pause, und der Herr mit der Glatze antwortete zögernd:

»Also wirklich, man kann kaum etwas verstehen durch diese Apparate.«

»Schon gut, ich fahre jetzt gleich nach Tomar.«

»Hm«, brummte der Vater mißtrauisch.

Er konnte sich die dunklen Augen des Vaters hinter der Brille vorstellen, wie sie überlegten, ohne ihm zu glauben: Ich mußte dich anlügen, immer mußte ich dich anlügen, du konntest es nicht ertragen, daß ich anders war als du, daß ich

Verse kritzelte, daß ich lieber für ein elendes Gehalt Lehrer in einem miserablen Vorortgymnasium sein wollte, als in der Firma zu arbeiten, schön brav mit Schlips wie die anderen aus der Sippe. Manchmal tröstete ich mich damit, daß ich mir vorstellte, dieser junge, fröhliche Mann, der mit mir auf dem Gutshof spazierengegangen war, hätte mich verstanden: wir gingen beide bis zu der mit Glasscherben bedeckten Mauer und sahen fasziniert dem Seidenaffen des Nachbarn zu, der an die Hundehütte angekettet war, sahen den Feigenbaum über dem Brunnen, die violette Ruhe des ausgehenden Nachmittags weit jenseits der Statuen im Garten und der über den Rasen verstreuten, ausgeblichenen Liegestühle der Familie. Die wilden Pfauen riefen ängstlich in der Ferne:

»Die haben Angst vor der Nacht«, erklärte der Vater, »die haben Angst, sie könnten träumen.«

Es ist gut möglich, denkt er, daß der Mann, der mich auf seinen Schultern trug, das wußte, ja sicher wußte er das: wer die Pfauen kennt, erkennt einen schlechten Dichter von weitem. Herrjeh, was ich gern sagen würde, kann ich nicht sagen, denkt er. Mangel an Mut ist wirklich Scheiße, denkt er.

»Wann bist du zurück?« fragt der Vater, als stocherte er mit einem grausamen Stöckchen in einer entzündeten Wunde.

Und verärgert über sich selbst fügt er kategorisch hinzu (Siehst du, ich habe Angst vor dir, ich tauge nicht zur Leitung einer Firma): »Am Sonntag, ganz bestimmt.«

Sonntag, das war die öde Untätigkeit, das Zimmer mit dem herumliegenden Spielzeug, der zerschlagene Körper, der sich an den Wänden entlangschleppt. Die Mutter spielte im Wohnzimmer mit den Freundinnen Karten, Armbänder und Ohrringe glitzerten, die angemalten Münder unterhielten sich wie Wellensittiche über Kinder, Dienstpersonal, die Arbeit der Männer. Mutter. Und jetzt lag sie im Sterben, im Herbst von Campolide, in einem Klinikzimmer, vor dem Tablett mit den Gräten des Mittagessens, das die Kusine neben den Krug mit den Blumen stellte, bevor sie sich wieder gedankenverloren in ihr Strickzeug vertiefte.

»Man kann nie wissen, hinterlaß deine Telefonnumer«, befiehlt der Vater. »Du weißt doch, wie das geht: es kann sein, daß ich dich unverhofft sprechen muß.«

Die Karten spielenden Freundinnen brechen in Gelächter aus, lehnen sich in den roten, samtbezogenen Sesseln zurück: eine Gruppe weißer Gesichter, denkt er, um die Leiche des Dummen August, dessen riesige Schuhe rührend und lächerlich zugleich auf die löcherige Zeltplane des Zirkus zeigen. Ein Esel aus zwei Onkeln trottet wiehernd durch das Rund der Arena und schüttelt die rosafarbene Mähne aus Putzwolle nach links und nach rechts. Der Verwalter stemmt in einer Plastiktigerhaut, mit angeklebtem Schnurrbart und mit einer Kugelschreibertätowierung auf dem Arm, unter stürmischem Applaus das Bett, in dem die Mutter mager und leicht wie ein Spatz im Herbst im Sterben liegt.

»Natürlich, Vater, in der Aufnahme«, verspricht er. Der Vater legt auf, ohne zu antworten, und ich stehe da mit dem stummen, reglosen Hörer am Ohr wie eine Muschel ohne Meer. Die gereizte Stimme der Telefonistin fragt:

»Haben Sie um eine Verbindung gebeten?«, und er betrachtet entsetzt den Apparat, wundert sich über die sprechende Grille, die ihn von da drinnen herrisch fragt: der Finanzbeamte hätte ganz schön zu leiden, wenn sie ihn sich angeln würde.

»Danke, nein, ich bin gerade fertig«, stottere ich hastig und lege den Hörer auf (pling, singt eine lahme Klingel), und wieder steht er sich im Spiegel gegenüber mit diesem alternden Gesicht, der Brille, dem schütteren, trotz des vielen Waschens immer fettigen Haar, den noch jungen Falten seiner dreißig Jahre, die sich ihren Weg durch die Wangen und über die Stirn graben: bald bin ich erledigt. Er muß an die älteren Männer in Badehose am Strand denken, mit schlaffen Brüsten und wabbligem Bauch über den dünnen, haarlosen Beinchen, wie sie mit aufgeplusterter Fröhlichkeit ins Wasser traben, sie, die mit jungen Mädchen teure Restaurants betreten und ihnen über dem Steak lächelnd Intimitäten zuflüstern, er denkt an den vergangenen Monat, an die junge blonde Frau, die mit Besitzerstolz den Wagen des Vaters fuhr, wie das Blut ihm in die Schläfen gestiegen war und wütend pochte: er hat ihr eine Wohnung eingerichtet, und ich hause in zwei Zimmern in Campo de Ourique, vier Parteien pro Stock, immer die umgekippten Mülltonnen am Eingang, streunende Hunde, Zigeuner, Matsch, vor den Fenstern lapprige, häßliche Wäsche, die den Morgen trostlos macht, überall Bücher und Zeitungen, volle Aschenbecher, Geruch von gebratenem Essen aus der Küche: scheiß drauf. Er setzt sich zu der Mutter auf das Bett, streichelt durch das Bettuch ihren Fuß, die schmalen Knochen, die Zehen, die hervorstehenden Knöchel. Ach, Mutter. Die hellen Augen der Kranken beobachten ihn wie von einem inneren Schleier verhangen von sehr weit her und zugleich von ganz nah wie ein im Zoologischen Garten gefangenes Tier. In ihrem Mundwinkel quillt kleiner, rosafarbener Schaum auf und ab. Wie weit doch die Canasta-Partien zurückliegen, denkt er, wie ungeahnt eindringlich dein Gesicht geworden ist und wie dein zerbrechlicher Hals zittert.

»Also ich gehe jetzt, Mutter.«

Nie haben wir Zeit füreinander gehabt, nicht wahr, und jetzt ist es zu spät, blödsinnig spät, da schauen wir uns an, abwesend, fremd, mit überflüssigen Händen, ohne Taschen, in denen wir sie versenken könnten, im leeren Kopf suchen wir nach zärtlichen Worten, die wir nicht gelernt haben, nach liebevollen Gesten, derer wir uns schämen, nach der Vertrautheit, die uns Angst macht. Ein Lastwagen füllt an diesem hinfälligen Morgen das Fenster des Zimmers vollständig aus, und das stumpfe, ausdruckslose Gesicht des Fahrers bleibt fast am gelblichen Weiß der Gardinen haften, an der gläsernen Haut der Spiegel, an den unpersönlichen, hellen Möbeln, an dem kraftlos und verdreht über dem Bett herunterhängenden Klingelknopf. Die blonde Frau, die das Auto des Vaters fuhr, überquert die Zimmerdecke, mit einem Stab in der Hand balanciert sie auf einem gespannten Draht:

Vorsicht Dolores, nicht übermütig sein. Kleine Kreidewölkchen fallen mit jeder Pirouette von den goldenen Ballerinaschuhen.

»Bis Sonntag, Mutter«, sagte er und dachte, Nie ist es Jetzt zwischen uns, immer ist es bis Sonntag, bis Freitag, bis Dienstag, bis zum nächsten Monat, bis nächstes Jahr, aber wir vermeiden es sorgsam, einander gegenüberzutreten, wir haben Angst voreinander, Angst vor dem, was wir füreinander empfinden, Angst zu sagen, Ich habe dich lieb. Der Lastwagen war verschwunden, und statt dessen tauchte wieder der abblätternde Putz der melancholischen Fassaden von Amoreiras auf, die langweiligen Balkons, die aufgedunsene, ockerfarbene Blässe des Himmels, der blinkende Zunftteller eines Barbiers: Salon Gomes. Die Kusine folgte ihm auf den Korridor, vertraulich:

»Der Arzt gibt ihr noch höchstens eine Woche, mein Lieber.«

»Der Infarkt hat fast das ganze Herz erfaßt«, erklärte der Inder in der Mitte der Arena der aus den Sitzreihen enthusiastisch applaudierenden Familie.

Aus der Tasche zog er ein rotes, rundes, blutendes Etwas hervor und zeigte es langsam herum:

»Ich bitte um Ihre werte Aufmerksamkeit.«

Der Stoffesel mit den Onkeln kam herangetrottet und schnupperte an dem Herzen, und der Doktor gab dem Vieh mit seinen riesigen Tolpatschschuhen einen Tritt. Unter der zu weiten, zu kurzen Hose konnte man die rot gestreiften Strümpfe und die künstlichen Borsten auf den Beinen erkennen. Der Krankenträger, der die Mutter in die Klinik gebracht hatte, drängte sich, verkleidet als Luftballonverkäufer, mit seinen bunten Luftkugeln durch die Zuschauerreihen. Eine Krankenschwester kam mit gezückter Injektionsspritze gelaufen und verschwand wieder hinten in einem Zimmer, und die Kusine und er mußten sich gegen die Wand im düsteren Korridor pressen, an dessen Decke blasse Sonnenflecken auf und ab tanzten.

»Höchstens eine Woche«, wiederholte die Kusine. »Hast du gesehen, wie sie von Stunde zu Stunde schmaler wird?«

»Dieses Herz taugt nichts«, brüllte der Inder wie ein Marktschreier in das Gelächter des Publikums hinein, das über den Esel lachte, der auf dem Bauch ausgestreckt auf dem Boden mit den Beinen strampelte, »dieses Herz taugt nichts, aber was solls, meine Damen und Herren? Wozu auch? Jetzt achten Sie freundlicherweise auf das meinige.«

Aus seinem Hemd zog er einen zerknitterten, roten Filzball hervor, der, durch irgendeinen Mechanismus in Bewegung gesetzt, rhythmisch auf- und abschwoll, und hob ihn in die Höhe, damit das verehrte Publikum ihn sehen konnte, wenn ihn jemand berühren möchte, möge er in die Arena kommen, und in diesem Augenblick stolperte ein in Sackleinen gehülltes Geschöpf hinter einem Vorhang hervor, nahm ihm mit einem Klaps den Ball weg und trottete auf spindeldürren Beinen durch eine winzige Tür davon.

Der Tod, dachte er. Ich hatte immer gedacht, er sei ein Engel. Oder eine blondhaarige Frau. Oder ein sehr alter Mann mit einer Sense in der Hand.

»Ich hinterlasse an der Aufnahme meine Telefonnummer, falls etwas ist«, sagte er zu der Kusine, die ihn mit trüben, schroffen, grauen Augen anblickte: Ich muß vor dem Mittagessen in Tomar sein. Er horchte noch einmal an der Tür, hörte aber nichts: die Mutter mußte zwischen ihren sinnlosen Krankenbettzeitschriften in einen leichten, schreckhaften Schlaf gefallen sein, wie ein Eichhörnchen. Höchstens eine Woche. Im Korridor sahen die Wände ihn voller Haß an: Du gehst fort. Doktor Oliveira Nunes, Doktor Oliveira Nunes, rief eine Stimme hinter ihm. In der Kaffeeküche saß die Krankenschwester mit dem Kuchenteller auf einem Drehstuhl, lackierte sich die Fingernägel und pustete mit spitzen Lippen auf die schon angemalten Finger.

Eine Angestellte in brauner Uniform schob nach vorn gebeugt eine Bohnermaschine vor sich her wie einen Rasenmäher ohne Motor: wie blödsinnig, diese morgendliche

Agonie beim Milchkaffee und dem verschlafenen häuslichen Aufräumen, wenn das Universum das harmlose Format einer leeren Kaffeetasse annimmt, wie greulich, vor dem Mittagsläuten mit dem Atmen aufzuhören, wenn auf den Balkons Teppiche ausgeschüttelt werden und Straßenverkäufer den Fisch und das Obst abwiegen, dabei mit großartigen Gesten ihre Ehrlichkeit demonstrieren im feuchten Herbst von Campolide. Er hinterließ bei der mageren Angestellten an der Telefonzentrale einen Zettel mit einer Notiz (Wenn nötig, bin ich hier zu erreichen), stieß die Tür auf, die in den Angeln knarrte wie ein steifes Knie, und trat unter dem zinkgrauen Himmel auf die graue Straße. In dem geöffneten Barbierladen blitzten, vervielfältigt in den Spiegeln, Metalle auf, Scheren schwebten über Köpfen, öffneten und schlossen ihre großen, spitzen Schnäbel. Mit den Augen suchte er das Fenster, hinter dem die Mutter lag, und fand eine Reihe sich gleichender Fensterbrüstungen mit abblätternder Farbe, schiefen Rouleaus, taubenlosen Dächern und einem schwarzen, hustenden Schornstein: sie wollte wenigstens zu Hause sterben, in dem großen Ehebett, in das ich mich immer so gerne gelegt habe, als ich klein war, wenn ich Grippe hatte und meinen winzigen Körper der Kuhle von Vaters Körper angleichen wollte, während du vor der Kommode standest und Zahlen in einem quadratischen Buch mit schwarzen Deckeln zusammenzähltest. Die auseinanderfallende Glut im Kamin flackerte hin und wieder orange zitternd auf. Im Wohnzimmer die Bilder in den geschnitzten Rahmen stellten Landschaften, Flußläufe und Bäume mit Kirchen im Hintergrund dar. Jetzt geht es mit dir zu Ende, weit weg von dem grünen Tuch des Canasta-Tisches, von den Porzellanhunden, den rund gerahmten Fotos der Kinder, die an einer Art silbernem Bäumchen aufgehängt waren, weit weg von den Dienstmädchen, den Dackeln, dem Ölgemälde mit Johannes dem Täufer im Eßzimmer. Die Krankenschwester mit dem Kuchen blies, an den Schreibtisch in Vaters Büro gelehnt, auf ihre lackierten Fingernägel, der unangenehme Geruch nach

Medikamenten verseuchte das Essen. Er stieg langsam die steile Straße zur Avenida mit den Straßenbahnen hinauf: Ich habe das Auto im Parkverbot halb auf dem Bürgersteig stehen lassen, mein Gott, hoffentlich habe ich keinen Strafzettel. Die Trostlosigkeit des Morgens tropfte von den Gesichtern der Menschen auf ihre Kleider, der Verkehr zog geräuschlos neben ihm vorbei wie ein großes, vielgliedriges, sanftes Tier: von hier zur Wohnung in Campo de Ourique, Marília abholen, und dann die endlose Straße nach Tomar, immer mit all den Traktoren, Lastwagen, Motorrädern und Hunden: zwei oder drei Autostunden neben ihr, was soll ich die ganze Zeit über nur reden? Ich nehme dich mit nach Tomar, um dir zu sagen, daß ich dich nicht mehr liebe. Dann denken sie gleich, es ist wegen einer anderen Frau: Es gibt keine andere Frau, ich will für ein paar Monate alleine sein, nachdenken, dann wird man sehen, versuch das zu verstehen. Und ihr schweigendes, gespanntes, hartes Profil, voller stiller Vorwürfe über vier Jahre unerfüllter Erwartungen: es ist immer so einfach anzufangen und so schwer, Schluß zu machen: und dann die endlosen Telefongespräche, die Vorwürfe, Bitten, Schreie, dieses ewige, indirekte Erpressen: Fühl dich nicht schuldig, wenn mir etwas zustößt. Er kam oben auf der Straße an neben einer Zeitungsbude, sie war bemannt mit einem schmutzigen Kerl auf Krücken, er trug das Abzeichen von Benfica, die Finger an der linken Hand fehlten ihm, so hopste er auf seinem einzigen Bein umher wie ein hinkender Grashüpfer. Vor ihm blätterte ein gepflegter Herr in einer Zeitschrift mit Aktfotos, hielt vor der Mittelseite inne, und er mußte an die Schwestern denken, alle gut verheiratet und vernünftig, wie sie strickten, schon das Vorbild der Mutter nachahmten (ebensolche Freundinnen hatten, ebensolche Interessen, Kartenspielen, Algarve in den Ferien, die Kinder): er linste dem gepflegten Herrn über die Schulter, Donnerwetter, riesige Brustwarzen, und er dachte, wie sie wohl mit ihren Männern im Bett sind, wenn sie ergeben abwarten, daß die Gatten die Uhr abstreifen, die

Taschen leeren, sich langsam ausziehen, die Hose in die Bügelfalten legen, sich schließlich mit dem Bauch nach oben hinlegen, über das finanzielle Auf und Ab der Firma grübeln: wenigstens weiß ich immer, wann du mit mir schlafen willst, Marília, ich spüre am Hals dein ängstliches Atmen, treffe auf das sehnsüchtige Drängen deines Körpers in meinem Blut, ich sehe die zerfließende Agonie deiner Augen, lösch das Licht, verschwommene Formen in der blauen Dunkelheit, ein Arm winkt, ein Ellbogen, das Zittern deiner Füße, ich bin in dir wie ein Parker-Kugelschreiber im Etui, jetzt jetzt jetzt jetzt jetzt jetzt jetzt jetzt jetzt noch schneller komm wie gut. Und das ist alles? denkt er. Nach dem Unterricht, denkt er, verspüre ich nie Lust, nach Hause zu gehen, die Treppe hinaufzusteigen, den Schlüssel in die Tür zu stecken, dann tauchst du im Türrahmen zur Küche auf, rührst irgend etwas in einem Topf um, Hallo, Liebes, da sind die Möbel wie immer, die Gegenstände wie immer, der Fernseher ist eingeschaltet, ohne Ton, irgendein Kerl mit Glupschaugen schwingt da drin lautlos seine Reden, Ich gehe fort, adieu, oder ich bleibe, welche Alternative gibt es denn, gehen wohin, ich werde allein glücklicher sein, werde irgendwann einmal glücklich sein mit dieser ständigen Unruhe im Bauch, dieser Art Seelenkolik, diesem Unfrieden in den Eingeweiden, ich drehe an der Lautstärke, Portugals Beitritt zum Europäischen Markt, ich drehe wieder zurück, die Buchrücken irritieren mich, die Kommode irritiert mich, die Stoffpuppen irritieren mich, das zu weiche Sofa irritiert mich, ich trete ans Fenster, die Ruhe auf der Straße beobachten, die reglosen Autos unter den Straßenlaternen, die mondgleiche Haut der Gebäude, wie machen die anderen das, daß sie das aushalten, die Paare, die ich kenne, leben sicher höchst zufrieden mit sich selbst, können sich morgens relativ hoffnungsfroh die Zähne putzen, was soll man da noch tun, wenn es nichts mehr kennenzulernen gibt, zu entdecken, zu erfinden, es waren vier sehr angenehme Jahre, entschuldige, aber ich glaube, es ist besser, wenn wir uns trennen, und dein Gesicht, du hast den Topf in der Hand, vor Entsetzen erst mit offenem Mund, zweifelnd zieht es sich zusammen, dann ungläubig, Du hast wohl getrunken, sagt sie, Nein ich habe nicht getrunken, sage ich. Jedenfalls heb dir dein Gespräch für später auf, ich habe jetzt keinen Nerv dafür, Ich meine es ernst, sage ich, und meine Stimme bebt, Geh zum Kuckuck, sagt sie aus der Küche, während sie die Gasflamme einstellt, die Kacheln verstärken ihren Schrei, zersplittern ihn in tausend scharfe Stückchen, setzen ihn zu einem kleinen Mosaik aus Wut zusammen, ich lasse mich auf das Sofa fallen und denke, Wie scheußlich dieses Wohnzimmer, diese trostlose Picasso-Reproduktion aus der rosa Epoche an der Wand, wie häßlich ist dein Schreibtisch mit den Schubladen, der gepflegte Herr macht die Zeitschrift zu, legt sie wieder auf den Zeitungsstand, hinter dem ein kleines Mädchen von acht oder neun Jahren an einem Brot mit gekochtem Schinken kaut und mich mit großen, starren, dunklen Augen mißt. Es wird regnen, denkt er, diese Feuchtigkeit in der Luft kündigt Regen an, die Gebäude in Amoreiras werden noch mehr ihre Farbe verlieren, noch blasser, noch häßlicher, älter und trostloser sein, er findet sein Auto, ohne Strafzettel an der Windschutzscheibe, zwischen einem Motorrad und einem amerikanischen Wagen aus den fünfziger Jahren mit grünen Scheiben und einem Männchen mit Hut darin, der trägt bestimmt ein Armband, eine Kette, fünf Ringe und auf dem Armaturenbrett das Foto von Frau und Kindern Denk an uns, er wartet sicher auf seine Freundin, die sich beim Friseur im zweiten Stock links die Haare bleichen läßt, das Männchen mit Hut fingerte am Autoradio herum, ein Schwall Musik, Pfeifen und verzerrte Stimmen drangen gedämpft heraus, du öffnetest die Tür auf deiner Seite, setztest dich vor das Lenkrad, Wie unbequem dieser Sitz ist, und jetzt nach Campo de Ourique und Marília holen, die Koffer, und du ohne jede Lust, in Begleitung zu fahren, das Hotel in Tomar, die bekannten und unbekannten Gesichter, das Durcheinander bei der Ankunft, die entsetzlich lange Nacht an deiner Seite, am schlafenden Felsen deiner Nieren. Er fuhr den Arco do Carvalhão hinunter, ständig den Fuß auf der Bremse (Irgend etwas an diesem Monstrum funktioniert nicht, irgendwann renn ich mir die Hörner an einer Mauer ein, und dann ist Schluß mit der Sauferei, all dem Zaudern, dem Unterrichten, den Essays, den ekligen Rülpsern dieser blöden Kritiker) und bog bei einer Leuchtreklame ab, hinter dem Block der Polizei, wo ein harmloser Zinnsoldat mit Maschinengewehr den Eingang bewachte, Richtung Rua Azedo Gneco durch die langweilige Geometrie des Viertels, seine Kurzwarengeschäfte und schäbigen Imbißläden, die nach Schulheften und verdorbenem Gebirgskäse rochen. Vor seinem Block spielte eine Gruppe Jungen auf dem Asphalt Ball. Eine alte Frau mit dickem Hund und einem Meßbuch betrat die Konditorei zu einem eucharistischen Toast. Jenseits des Flusses hellte der Himmel sich zwischen rußigen Wolkenfetzen auf: der Dreck aus den Schornsteinen von Barreiro, dachte er, es lebe das industrielle Portugal. Vom Haus eines Freundes aus konnte man den Kai und die Fabriken am gegenüberliegenden Ufer sehen, und ich lehnte mich abends aus dem Fenster, wenn die Kollegen über Literatur, Politik und Musik redeten, vollgepumpt mit billigem Kognak und widerlichen französischen Zigaretten ohne Filter, und betrachtete den rußigen Schieferhimmel, es war im ersten Jahr unseres Zusammenlebens, und ich hatte solches Verlangen nach deinem Körper in diesem Augenblick, daß ich im Wohnzimmer stehenblieb, dich verwundert betrachtete, deine Gesten, dein Lächeln, die schmale Rundung deiner Schultern. Verdammt, wie oft schrieb ich deinen Namen mit dem Zeigefinger auf die Winterfenster, und die Buchstaben zerflossen an den Fensterrahmen, als weinten sie langsam langbeinige Tränen. Er schloß den Wagen ab und überquerte die Straße, hielt auf das Eckgebäude zu, das er verabscheute, und dachte: Campo de Ourique bewohnt unabänderlich meine Knochen, ich glaube, ich könnte gar nicht woanders als in diesen langweiligen, öden Blocks leben, diesem trostlosen Gefängnis von sich ewig gleichenden Fassaden, erbaut auf der schäbigen Pappe eines Szenariums aus resignierter Melancholie. Der Vater, verkleidet als unrasierter Cicerone in ungeputzten Schuhen, wies, gefolgt von einem Schwarm lächelnder, kurzsichtiger Japaner, mit dem Zeigefinger hastig auf das Haus:

»Dort wohnte er vier Jahre lang, bevor er sich mit dreiunddreißig von der zweiten Frau trennte. Sie hatten keine Kinder, und es gab keine Szenen: die Nachbarn bemerkten nichts, die Hausmeisterin erfuhr erst eine Woche später davon. Die Frau ging mit dem, was sie auf dem Leib hatte und einer Zahnbürste fort, mietete eine Wohnung in São Sebastião und hörte auf mit dem Unterrichten. Sie hat offenbar die Absicht, nach Angola auszuwandern. Der Kommunismus hat ihr Gehirn aufgeweicht.«

»Du bist schon da?« fragte Marília überrascht. Ein offener Koffer lag auf dem Bett (das Bett, auf dem ich dich kennengelernt habe, wie wenig die Dinge sich verändern), ihr Rumpf verschwand im Kleiderschrank, an dessen Tür mit Spiegel die Krawatten und Gürtel hingen, die ich nie benutzte, sondern nur karierte Hemden, Jeans und Windjacke, die Uniform der Linken: Der Alte ist reich, das verleiht meiner Klassenwahl Würde. Ein leichter, süßlicher Geruch stieg aus den Schubladen auf, weil dein Eau de Cologne an allem haftet, auch an deiner Abwesenheit, wenn ich an dich denke. Ich unterhalte mich zum Beispiel mit einem Schüler, und der Geruch trifft mich mit solcher Intensität, daß ich nach deiner Hand auf meinem Arm suche, und du bist nicht da, ich taste die Luft um mich her ab, und du existierst nicht, und dann, wenn du dich allmählich von mir in meinem Inneren entfernst, stolpere ich auch nicht mehr über dein Parfum, denke nicht mehr an deine Falten beim Arbeiten, sehne mich nicht nach dir, wenn ich allein in der Kantine esse. Die Mutter verteilte nun die Canasta-Karten, wandte den Kopf zu mir und sagte:

»Wir sind immer gegen diese Verbindung gewesen.«

»Wie geht es der Heiligen?« fragte Marília und ordnete

einen Stapel Hemden ein. »Ich hatte dich nicht so früh erwartet.«

Meine Mutter weigerte sich, dich zu empfangen, und du begegnetest ihr mit hochnäsiger Grimasse: ich brauche diese Scheißfaschos nicht, aber wenn ich Weihnachten und zu Silvester hinging, machtest du bei meiner Rückkehr anzügliche Scherze. Du bist doch nur ein bürgerlicher Sentimentalist, ein unausstehlicher Konservativer, ich werde mich in der Partei beschweren. Eines Abends schloß sie sich weinend auf der Toilette ein, er schaute durch das Schlüsselloch, und da saß sie und wischte sich mit Toilettenpapier die geschwollenen Schläfen: Ich wollte dich so gern umarmen, Ich mag dich Ich mag dich, Ich mag dich, ich will gleich hier mit dir schlafen, an den Kacheln stehend, über das Leben diskutieren, wie kompliziert es ist, und ich verstand es nicht.

»Der Arzt sagt, eine Woche«, antwortete er. »Das Dumme ist nur, daß bei den Ärzten eine Woche immer drei Tage dauert.«

»Ich hätte nie gedacht, daß ich so enden würde«, versicherte die Mutter, während sie den Freundinnen aus der silbernen Teekanne der Großmutter Tee einschenkte. »Ich hatte mir etwas Angenehmeres darunter vorgestellt, etwas Zivilisierteres, alles eben anders, nicht diese gräßlichen Krankenschwestern mit schmutzigen Fingernägeln und diesen schwarzen Arzt, der aussieht wie der Mann von Mahalia Jackson.«

»Habt ihr schon bemerkt, daß ihm nur der hohe Hut fehlt?« fragt meine älteste Schwester mit einem grausamen Kichern. »Laßt uns alle im Chor ein Spiritual singen.«

»Such dir in der Schublade deine Pullis selber raus«, sagt Marília. »Deine Pullis und ich, wir haben uns nie gut verstanden: als würde ich unweigerlich immer die raussuchen, die dich irritieren.«

»Ihr fehlte jeder Sinn für Farben«, beschwert sich die Kusine in der Klinik, als sie die tote Mutter wie eine große Stoffpuppe in einen schwarzgrünen Rock kleidet. »Die Ärmste, sie war die Tochter eines Wachtmeisters, der schlechte Geschmack lag ihr im Blut.«

Als erstes fielen mir bei deinen Eltern (man mußte mit dem Bus fast bis ans Ende der Welt fahren) die Farben der Wände auf und der viele Schnickschnack, die Porzellanfeen und Sancho Pansas aus Bronze, keine Bücher, Marília, und der kleine, ungepflegte Vorgarten, den die Katzen mit ihren Samtpfoten zertraten. Zutiefst beschämt setzte ich mich auf einen Sessel, dessen Rückenlehne mit einem Häkeldeckchen geschützt war, mit einem Glas Portwein in der Hand unterhielt ich mich mit ihrem Alten, du und deine Mutter, ihr decktet den Tisch für das Abendessen, eine Spitzendecke, glitzerndes Besteck, Tellerchen mit Mandeln und Pralinen. Die riesigen Hände des Wachtmeisters waren langsam, verhedderten sich an den Hemdknöpfen, Wollt ihr nicht essen kommen: Suppe, geschmortes Fleisch, Instant-Pudding, der wie ein Doppelkinn beim Lachen bebte, dein kleiner Bruder beobachtete mich mißtrauisch von der Seite, die schmiedeeiserne Lampe unter dem Vordach am Ausgang, Gute Nacht, vielen Dank, und dann wieder der Bus, jetzt leer, Richtung Stadtzentrum, und da unten der reglose Fluß, bevölkert von den Pupillen der Schiffe.

»Wir werden furchtbar spät in Tomar ankommen«, sagte er. Sonntags ging ich also immer zu ihren Eltern, bescheidene, uneitle Leute, die mich freundlich empfingen, wir hockten in dem kleinen Hinterhof auf der Steintreppe und lernten, du hattest ein geblümtes Kleid an, das eng anlag über deinen Hüften, wir sahen deine Mutter hinter der Milchglasscheibe der Küchentür mit der Bratpfanne herumwirtschaften unter der elektrischen, runden Uhr, deren Zeiger sich lautlos bewegten und die Dämmerung herbeidrängten, der Vater erschien in Pantoffeln und Schlafanzug im Fenster, Kommt doch rein, ihr Studiker, er war in seiner Jugend Weichensteller bei der Straßenbahngesellschaft gewesen, sein Großvater arbeitete auf dem Feld, und jetzt die Tochter, ganz bedeutend, machte den Doktor, unterrichtete die Reichen an der Universität, gab ohne Murren zu Hause Geld ab, öffnete das Portemonnaie und sagte Hier, nehmt euch. Und doch warst du ganz und gar aus dem Milieu, aus dem du kamst, dachte er, ich habe nie so große Füße gesehen, so große, flache, rauhe Nägel, die Füße eines Wasservogels am anderen Ende des Bettlakens, oder sie spornten mich auf dem Rücken an, wenn ich mich auf dich legte, Ja, komm, ja, Lieber, wie weich deine Haut ist, und dein Schwanz ist so wunderbar.

»Bring deine Rasiersachen, dann kann ich den Koffer zumachen«, antwortete Marília.

»Eine Verbindung zwischen Menschen unterschiedlicher Klassen geht immer schief«, behauptete die Schwester, während sie dem Kleinsten mit einem Mickey-Maus-Lätzchen den Mund abwischte.

Nun ja, aber vor fünf Jahren war ich ein Idealist und begeisterungsfähig, ein bißchen dämlich, ich war ziemlich angeschlagen von der Ehe mit Tucha und glaubte an die Revolution, dachte er im Badezimmer, während er die Rasierklinge in einen Plastikbeutel steckte, den Rasierschaum, die Zahnbürste, den abgefressenen Kamm, der mich seit ich weiß nicht wann begleitet, das Shampoo, das mir wenigstens ein bißchen Glanz auf der Glatze verleihen wird. Sein besorgtes, ernstes Gesicht tauchte im Spiegel auf. Die Patentante, die gekleidet ist wie die Damen mit den gezähmten Hündchen, klimpert gewichtig mit den langen Ohrringen und zeigt dem Publikum einen samtenen Rahmen:

»Ob ihr es glaubt oder nicht, er war ein hübsches Baby.« Ihr Mann tauchte als Weißclown hinter ihr auf, drückte unter den karierten Hosen auf einen Gummiballon, und aus seinen Augen spritzten im Bogen zwei Wasserstrahlen:

»Wer konnte denn ahnen, daß er sich so das Leben nehmen würde?«

Das Gesicht im Spiegel versuchte das welke Lächeln einer Blume im Herbarium, ich fuhr mit meinen kraftlosen, matten Fingern über die beginnende Glatze. Er denkt: was anfangen mit dreiunddreißig? Er hatte einen Freund, der ihn zu Hause aufnehmen würde, der ihm für die ersten Wochen ein Bett auf der Küchenveranda (Entschuldige, aber wegen der Kinder haben wir keinen anderen Platz, verstehst du?) versprochen hatte, und danach? Die Studenten, ein Zimmer in Untermiete, hin und wieder ins Kino, Leere.

»Es gibt immer eine Hoffnung«, brüllte der Vater in Gehrock und verbeulter Melone, während er aus den Nasen der Kinder in der ersten Reihe einen Münzregen hervorholte.

»Ist das für heute?« fragte Marília aus dem Zimmer. Du ahnst nicht im Traum, was ich mit dir vorhabe, denkt er. Vielleicht macht es dir nichts, die Menschen sind so unberechenbar, wer weiß. Als Tucha mir sagte Es ist besser wenn wir uns trennen, sahen wir uns gerade ein Stück im Fernsehen an, wir saßen Hand in Hand im Wohnzimmer, und plötzlich machte ein alter, bärtiger Mann den Mund auf, und ich hörte deine Stimme statt seiner, die ruhig, wohlerzogen und glatt sagte:

»Ich möchte gern, daß du bis zum Monatsende gehst.«

Die Gesichtszüge im Spiegel wurden vor Schreck rund, dann heiter: sei doch nicht so bürgerlich, vielleicht kannst du nach der Scheidung endlich den Essay über Sidonismus schreiben, den du schon so lange planst.

»Ich empfinde nichts als Freundschaft«, sagt Tucha, »und wenn man nichts empfindet, pfffffff.«

Sie ließ seine Hand los, steckte sich eine Zigarette an.

Und jetzt? denkt er.

»Das Schlimme an dem Jungen war«, berichtet die Mutter, während sie lächelnd die Spielpunkte zusammenzählt, »daß er es nie verstanden hat, geliebt zu werden.«

Er erhob sich, um den Fernseher auszuschalten (das Bild wurde immer kleiner und kleiner, bis es sich als leuchtender Punkt auf dem Bildschirm verflüchtigte), und ging nun zwischen dem Sofa und der Kommode auf und ab. Ich bin nicht in der Lage nachzudenken, ich werde auch nicht dazu in der Lage sein, denkt er, man kann einem Menschen nach so langer Zeit nicht einfach befehlen, geh fort, mich wie Abfall behandeln, wie ein Stück Scheiße, das man auf die Straße kehrt. Ungeheurer Haß schwoll in seinem Bauch an, Wenn du denkst, daß du mir die Kinder wegnimmst, dann bist du auf dem falschen Dampfer. Verdammte Kuh, denkt er, das hast du sicher seit Monaten mit deinen Freundinnen ausgeheckt, hin und her beredet und geflüstert und mit einem bekannten Anwalt telefoniert, eine widerliche Verschwörung von Klatschweibern, allein hättest du das nicht eingefädelt. Er fegte mit dem Arm alles, was auf einer Empire-Kommode stand, herunter, Bilder und Porzellan zerschmetterten mit Getöse auf dem Boden:

»Was soll denn dieser Scheiß?«

Er schloß den Plastikbeutel, kehrte ins Zimmer zurück. Marília hatte schon den Koffer zugemacht und beobachtete, auf dem Bett sitzend, in dem Röhrchen im Aquarium den Rosenkranz aus Blasen und den durchsichtigen Fisch, der wie ein Blatt zitterte:

»Er hat sicher Fieber«, sagte sie.

»Dieser Fisch sah immer so aus, als hätte er Sinusitis«, antwortete ich und steckte den Plastikbeutel in den Koffer. »Lös ihm alle sechs Stunden eine Kapsel Tetracyclin in Wasser auf.«

Der Fahrstuhl mit doppelter Stahltür bebte wie ein Boot. In der senkrechten Reihe schwarzer Knöpfe auf einer verchromten Platte gab es einen roten, auf dem Alarm stand: Immer, wenn er dieses unsichere, kartesianische Teufelchen betrat, reizte es ihn ungemein, mit dem Finger darauf zu drücken, um das Geräusch zu hören, das er sich vorstellte als eine entsetzliche Feuerwehr-Sirene, die das Haus unter ihrem Heulen begrub. Die ungekämmte, dicke Hausmeisterin würde aus ihrem Kabuff auftauchen, mit dem kämpferischen Besen großer Ereignisse bewaffnet. Er schleppte das Gepäck zum Fahrstuhl, schloß die Türen und drückte auf Erdgeschoß, Marília und er eingezwängt in diese blödsinnige Urne, die zur Straße hinunterholperte.

»Hast du getankt?« fragte sie.

»Nun mach doch keine Szene«, sagte Tucha und leerte einen kleinen Aschenbecher in einen silbernen Kippensammler. »Und zerschlag nicht die ganzen Möbel. Denk doch an die Nachbarn.«

»Was hast du denn erwartet, so wie du aussiehst?« fragte die jüngste Schwester in Turban und Pumphosen und lief barfuß über einen Teppich aus Flaschenscherben. Einer der Neffen begleitete sie mit entblößtem Bauchnabel auf der Trommel.

Die Mutter strich mit den sehr weißen Handgelenken über das Klinikbettuch.

»Der Ärmste«, murmelte sie, »er wurde ohne Kompaß geboren.«

»Ich habe getankt«, teilte er verärgert mit, »habe die Reifen geprüft, das Wasser in der Batterie, das Motoröl, die Lenkung ausgerichtet, die Räder ausgewuchtet und per Radio alle Autofahrer im Land gebeten, das gleiche zu tun. Wenn Eure Exzellenz mir das Vergnügen Eurer Begleitung schenken, haben wir gute Chancen, heil anzukommen.«

Warum rege ich mich so auf, denkt er, warum verdammt noch mal rege ich mich über die anderen so auf, wegen nichts? Da steigt unkontrolliert eine Welle der Wut in mir auf, die Testikeln schwellen an, die Eingeweide blähen sich, ein seltsamer Ameisenhaufen zieht mir bis in die Finger, und ich fange grundlos an zu schreien.

»Hunde, die bellen, beißen nicht«, sagt Tucha, wie verzerrt durch einen dieser gebogenen Jahrmarktspiegel, vor einem Hintergrund aus Gelächter und Gekreische. »Wenn du nicht gehst, dann gehe ich«, fügt sie ruhig hinzu und rollt sich einen Joint. Ihre wohlgeformten Beine bleiben überkreuz wie üblich, die niedergeschlagenen Wimpern werfen Schattenhalbmonde auf ihre Wangen. Du bist so hübsch, denkt er. Was werden meine Eltern zu all dem sagen? denkt er.

Mit einem Knall schloß er den Kofferraum (der Schlüssel ging immer schwer in das Schloß, als gäbe es von innen irgendeinen hartnäckigen Widerstand), und die grauen Fassaden unter dem grauen Himmel in der Rua Azedo Gneco kamen ihm gänzlich ohne Leben vor, völlig neutral und blind. Hausfrauen in mittlerem Alter trabten über den Bürgersteig, zogen ihre kleinen Einkaufskarren, die über die unebenen Steine stolperten, hinter sich her. Ein unrasierter, alter Zigeuner versuchte volltrunken vergeblich auf den Sitz seines klapprigen Karrens zu steigen. Das ist das Leben? denkt er. Tucha hat wieder geheiratet (Einen etwas blöden Kerl mit Brille, was findet sie nur an dem Rindvieh?), er sah die Kinder jedes zweite Wochenende, drückte unten auf die Klingel, wartete, die Hand mit dem Feuerzeug zitterte, und plötzlich schlangen sich die Jungs um seine Beine Hallo Papa, gehen wir in den Zoo, Papa, gehen wir in den Zirkus, Papa, und dieser übertraurige, fast zerfließende Blick der Giraffen. Sie aßen Eis und Erdnüsse, kauften Luftballons, verloren das Interesse an den Seehunden, und dann, abends um sieben, die Klingel, die Tür, die sich wie mit einer Art Rülpser elektrisch öffnete, die Kinder rannten hinein, hatten ihn vergessen, und er fühlte sich so verlassen, daß ihm, wie dumm, zum Weinen war.

»Für einen Wochentag ist ungeheuer viel Verkehr auf der Straße«, sagte Marília und suchte in ihrer Tasche nach Kaugummi.

»Das Schlimme bei ihm war, daß er nie wirklich an etwas geglaubt hat, daß er nie den Heiligen Glauben gefunden hat«, versicherte der Patenonkel im Priestergewand, als er den Sarg segnete. Eine Gruppe zwergenhafter Clowns, die als trauernde Frauen verkleidet waren, schluchzte kreischend in einer Ecke und schwang große, rote Tücher. »Wer an nichts glaubt, meine teuren Christen, der endet so«, schloß er mit ausgebreiteten Armen zu einem Beckenschlag des Orchesters.

Marília warf das Kaugummipapier durch das dreieckige Ausstellfenster hinaus und begann hörbar zu schmatzen. Sie hatten Lissabon hinter einer langen Reihe von Militärlastwagen verlassen, die vollgepackt waren mit Soldaten mit kantigen, unruhigen Vogelgesichtern. Ich habe nicht die geringste Lust, denkt er, zu dem Kongreß zu fahren, das 19. Jahrhundert soll mir den Buckel hinunterrutschen. Du ahnst ja nicht, was für eine Abschiedsrede ich dir morgen oder später vorleiern werde, schöne, theatralische Phrasen, bedeutungsschwangere Pausen, einstudierte Gesten, und du stehst im Hotelzimmer zwischen den Koffern verblüfft vor mir und schaust mich an.

»Du glaubst doch wohl im Traum nicht, daß ich mich von dir trenne«, erklärte er Tucha und stieß mit dem Fuß die Krümel unter den Tisch. »Und daß du mich satt hast, was das angeht, da kann ich dich gern noch satter machen, blöde Kuh.«

»Kommt ihr nicht zum Abendessen?« fragte Marílias Mutter und steckte den Kopf durch das Küchenfenster wie ein Kuckuck aus einer Uhr. Die Sonne legte sich in breiten grünen Folien über die Blätter der Bäume, vom nahen Friedhof kam der schwere Begonienduft der Toten herüber, der Husten des Wachtmeisters erschütterte die Wände. Tuchas Vater dagegen hustete nie, er trug eine Weste, verbrachte Tage damit, in seinem Arbeitszimmer den Staub alter Papierstöße einzuatmen und urinfarbenen Whisky aus einer Flasche mit einem komplizierten Etikett zu trinken. Mama spielte Canasta und Rommé mit seiner Mutter, litt an irgendeiner Herzkrankheit, die sie ständig zwang zu nicken, und als sie jung war, soll sie für einige Monate mit einem Vetter, einem Marineoffizier, der Thomas hieß, ausgerissen sein. Jetzt war sie eine nutzlose Alte, fast anrührend, behängt mit Juwelen, und die Karten entglitten ihren Fingern in einer Zerstreutheit, die keinen Leutnant mehr interessieren würde.

Ich rauche zuviel, denkt er, als er sich die dritte Zigarette auf dieser Fahrt ansteckt, während freistehende Häuser, Telegraphenmasten, der eine oder andere einsame Radfahrer vorbeiziehen an seinem Kühler wie das durch den Bug eines Bootes geteilte Wasser. Herbstlich schlafwandlerische Felder gingen schlicht in ärmliche, kahlen Schädeln gleichende Hügel über. Die Rua Azedo Gneco entfernte sich mit ihren Büchern, den Bildern und Plakaten an den Wänden und der ewig kaputten Toilettenspülung.

»Er hat nie an etwas geglaubt, er hat nie wirklich an etwas geglaubt«, wiederholte der Patenonkel auf dem verkleideten Esel, Tränen liefen in dunklen Furchen über sein bemaltes Gesicht.

Das 19. Jahrhundert, überlegte er, wer interessiert sich denn noch für das 19. Jahrhundert? Ein halbes Dutzend tumber Sechzigjähriger, ein paar furchtbar häßliche, junge Frauen, ein oder zwei unaufmerksame Ausländer, die von der Fakultät bezahlt werden, schimmlige Frauen, die zwölf Abende hintereinander zu einem schlaftrunkenen Haufen über die Ankunft in Mindelo reden können.

»Schon wieder eine Zigarette?« fragt Marília überrascht, »schau doch bloß deine verfärbten Finger an.«

Der indische Arzt hält eine Röntgenaufnahme gegen das Fenster:

»Lungenkrebs«, diagnostiziert er, »espinozellular, nehme ich an. Noch ein bißchen abnehmen, und aus ist es! Dann ist das Zimmer Ihrer Mutter schon desinfiziert und das Bett leer: fertig für Sie.«

Oder Samstag abend, Tucha, da fuhren wir die Uferstraße entlang, in dem alten Peugeot, den mein Vater mir geschenkt hatte, die dunklen, eckigen Formen der Lagerschuppen an den Docks erschienen riesig neben dem Fluß, die Türen der Autos fächelten sich Wind zu oder klapperten wie die Wagen im Geisterschloß, die zwischen Fratzen und Skeletten umherfuhren, ich wollte dich so gern nach Guincho mitnehmen, meine Eier schmerzten, ich wollte das Auto an der Böschung anhalten, wo man das Meer hört und der Wind wütend seine Fäuste voller Sand gegen die Scheiben schlägt, dich in der Finsternis umarmen, die nach Autopolster riecht, nach verbranntem Gummi und kalten Kippen, unten am Felsen brechen sich die Wellen in unendlicher Wut, ich wollte am liebsten fort aus dem Licht der Straßenlaternen auf die verlassenen Parkplätze oder in die kleinen Querstraßen von Carcavelos mit den düsteren Behausungen, mit der Hand nach deiner Brust tasten, nach deinen Schamleisten, die fade Spucke im Mund; und dann Tucha: Ich will tanzen gehen, und er ging schließlich widerwillig hinter ihr her in einen lauten Keller mit flackernder Beleuchtung, wo lauter diffuse Menschen auf niedrigen Sitzen vor Tellern mit Puffmais kauerten. Habe ich dich geheiratet, denkt er, weil ich dich mochte oder weil damals alle heirateten, meine Schwestern, meine Vettern, die Freunde? Fotos mit Bräuten, Bilder von Leuten mit einem Glas in der Hand, lange, mit Essen überladene Tafeln. Habe ich geheiratet, denkt er, weil der Geruch deines Körpers mich schwindlig machte, dein langsamer Blick von der Seite, deine gleichgültigen, reglosen, leblosen Arme? Habe ich geheiratet, denkt er, weil ich in der Illusion lebte, Herr über irgend etwas zu sein, und wenn es nur über mich selbst war, Herr darüber, zu Abend zu essen, worauf ich Appetit hatte, mich hinzulegen, wann ich wollte, und verflixt noch mal niemandem Erklärungen schuldig zu sein? War ich zwanzig, denkt er, wollte ich einen Ring tragen, meine Anzüge aussuchen, erwachsen sein, zu meinen Eltern zum Abendessen gehen, mit dir an meiner Seite, und du abwesend, lau, schweigsam?

»Ich habe ihn nie sehr gemocht«, erklärte Tucha und drückte den Joint im Aschenbecher aus. »Und dieser entnervende Spleen mit den Büchern.«

»Gräßlich, die Familie von diesem Kerl«, sagte die erste Freundin, als Trapezkünstlerin verkleidet, und rieb sich die Hände mit Kreide ein. Das Netz in der Kolosseums-Festhalle warf einen schrägen, geometrischen Schatten auf ihr Gesicht. »Solche Leute konnten mich schon immer am Arsch lecken.«

Und doch hatte ich nichts anderes zu bieten, weißt du, als die ferne Würde meines Vaters, meine Mutter, die Karten spielte in einem verräucherten Zimmer, das unumstößliche, sentimentale Gackern meiner Schwestern, die honigfarbene Stille unserer Etage im Sommer, die mit den verstaubten

Schweißtüchern der Laken zugedeckten Möbel. Das Haus, der Garten, die Messe in der Santa Isabel, die flache, sonnenglatte Rua de São Domingos in der Lapa, : da begriff ich, daß ich gestorben war, daß es mir nicht mehr möglich war vorzutäuschen, ich sei noch am Leben. Mein erster Tod fand an meinem Geburtstag statt, zum Abendessen, alle saßen um den Tisch, auch Tucha, verkleidet als bulgarische Artisten, sie lachten und kreischten, bedrängten mich mit ihrem seltsamen Akzent vor einem konfusen Hintergrund aus Klarinetten und Trommeln. Marília hörte für einen Augenblick mit dem Kauen auf, drehte die Scheibe herunter, um das Kaugummi mit einer schnellen Handbewegung hinauszuwerfen, rückte sich auf dem Sitz zurecht und sagte:

»Könnten wir nicht anhalten und einen Kaffee trinken?«

Ein kleiner Laden am Straßenrand, eine abgenutzte Theke, ein paar Tische und Stühle, Gläser mit Bonbons, ein dicker Mann, verloren in der unermeßlichen Weite des Nachmittags, verscheuchte die Fliegen mit einem filzigen Lappen. Hinter einem Vorhang aus Holzstäbchen schälte eine alte Frau über eine Plastikschüssel gebeugt Kartoffeln. Ein magerer, scheuer Hund mit triefenden, trüben Augen zögerte an der Tür, spreizte vornehm eine Vorderpfote ab wie den kleinen Finger, wenn man eine Teetasse hält. Der dicke Mann kam von der Seite hinkend auf uns zu.

»Zwei Kaffee«, bat ich.

Ob die Alte seine Mutter ist? denkt er, seine Schwester? Seine Frau? Vielleicht seine Frau: nachts schubsten sie sich murrend in einem zu engen, schon durchgelegenen Bett, das verbogen und verzogen war von endlosen Kämpfen, von grollender Schlaflosigkeit und flüchtigen Umarmungen auf der verschlissenen Matratze. Der Mann stellte zwei Untertassen, zwei Löffel und zwei Tüten Zucker auf die Theke und zog kräftig an einem verchromten Hebel. Der Hund löste sich, verfolgt von einer hartnäckigen Wespe, im Nachmittag auf, und er dachte, Als du eine Kaffeemaschine kauftest, Marília, und sie zu mir brachtest, fuhr es mir zum zweiten

Mal durch den Kopf, jetzt bin ich dran, was kann ich nur tun, um dir zu entgehen? Und dann kamen die Koffer, eine unbekannte Zahnbürste tauchte neben meiner im Badezimmer auf, und auf der Wäscheleine hingen fremde Hemden und Hosen.

»Wo soll ich denn hin?« fragte er Tucha.

»Die Unentschlossenheit«, versicherte der Psychologe im Aufzug eines Tigerbändigers, mit einem Stuhl in der Rechten und einer Peitsche in der Linken, »das ist eben ein wesentlicher Charakterzug bei ihm. Wenn Sie ihn fragen, ob er lieber leben oder sterben will, geht er mit den Händen in den Hosentaschen stundenlang im Zimmer auf und ab, ohne eine Antwort zu wissen. Versuchen Sie es.« Er schlug heftig mit der Peitsche auf den Boden, tat zwei Schritte auf mich zu, der ich mager auf einem bunten Gerüst kauerte, und fragte mich brüllend, so daß es widerhallte:

»Willst du leben? Willst du sterben?« trat mit ausgestreckten Armen vor meinem offensichtlichen Schweigen zurück und schloß mit hochgezogener Augenbraue, zum ergebenen Publikum gewandt:

»Da haben Sie es.«

»Zwei Kaffee«, sagte der dicke Mann und stellte die Tassen auf die Unterteller. Großes, laues Schweigen schleppte sich vom Laden in die Landschaft draußen, die belegt war mit der dichten Herbstfeuchtigkeit, aus der sich die Bäume mühevoll herausreckten wie schmale Finger aus einer Dreckpfütze. Man hätte meinen können, über dem Erdboden sei der Himmel aus Wind gewirkt.

»Wir haben ihn zum Psychologen geschickt, für einen Test zur Berufsberatung«, erläuterte die Mutter und setzte sich die an einer Kette um den Hals hängende Brille auf, um den Zettel mit dem Spielverlauf zu lesen, »er hat ein treffendes Porträt von meinem Sohn entworfen. Ein bemerkenswerter Mann. Man hat mir gesagt, er habe in der Schweiz studiert: hier sind die Kurse ja dermaßen schwach.«

Sie tranken den Kaffee, sahen durch die Tür weit weg

Santarém, gebrochen in hintereinanderliegenden Dunstschichten, undeutlich in der Ferne zittern. Im Glaskasten an der Wand lagen alte Schokoladentafeln übereinander und voller Fliegendreck. Marílias Stadtaugen suchten die Umgebung ringsum nach Straßen ab:

»Gehen wir? Dieser Ort bedrückt mich.«

Ein oder zweimal pro Woche, ich wußte es nicht genau, suchte sie zu langen, verschwörerisch geheimnisvollen Zusammenkünften den Psychiater auf. Einmal habe ich ihn gesehen: ein unbedeutender, effeminierter, kurzsichtiger Kerl mit einer Aktenmappe unter dem Arm und einem abgetragenen Mantel: wovon sie ihm wohl erzählte?

Von der Kindheit in Olivais, den ersten ungestümen, linkischen Liebschaften in der Universität, von mir? Und was konnte dieser blöde Dummkopf schon von mir verstehen? Der trägt vielleicht noch den Vorgang über sie, über mich in seiner Tasche, denkt er, die enttäuschende, schwierige Geschichte ohne Geschichte unserer Beziehung. Vorgang Nr. 326 in Sachen Marília Soundso und Herr Soundso, denkt er, und wir da drin, schamlos ausgezogen auf Kosten von Fachbegriffen und hohlen Formeln, Gemeinplätzen, in denen wir uns nicht wiederfinden. Er wollte hinter ihm herlaufen, seine Geheimnise aus ihm herausschütteln, die wie in einer Sparbüchse klappern mußten: da ist der Nachmittag, an dem ich dir wütend eine Ohrfeige verpaßt habe, da stehen deine Orgasmen, chronologisch oder nach Intensität oder nach irgendeinem anderen entsetzlich obskuren Kriterium registriert, numeriert und verifiziert, bevor er sich jedoch in Bewegung setzen konnte, bestieg der Psychiater eine überfüllte Straßenbahn und verschwand.

»Wieviel macht das?« fragte er den Hinkenden.

Ein winziges Kind betrat barfuß, mit nacktem Hintern und watschelnd wie eine Ente den Laden: zwischen Nase und Mund war alles glasig von Rotz. Seine schmutzigen, stachligen Haare wuchsen wie ein Dornengestrüpp in jede Himmelsrichtung. Der Onkel, als Zauberer verkleidet, breitete seinen Umhang aus und zeigte auf den Jungen, den er mit seinem Stab dem allgemeinen Spott preisgab:

»Und jetzt, meine Damen und Herren, werde ich dieses zarte Geschöpf in einen Oberschullehrer verwandeln.

Guten Tag, Kollege«, sagte er zu dem Kleinen, und der Hinkende blickte ihn entsetzt an.

Er vergewisserte sich, daß Tucha ihn beobachtete, dann stieß er einen Stuhl um, der tödlich verwundet, wiehernd wie ein geschlachtetes Pferd zur Seite fiel:

»Nicht im Traum kannst du mich von meinen Söhnen trennen.«

Marília wartete im Auto auf ihn, sie packte noch eines dieser Kaugummis ohne Geschmack aus, von denen sie sich zu ernähren schien. Wie das Auto so dastand, schien es einem schlafenden Frosch zu gleichen.

»Du kannst sie sehen, wann immer du willst«, sagte Tucha. Eines der Kinder war aufgewacht und weinte am Ende des Korridorschattentunnels.

»Typisches Verhalten fragiler Temperamente«, erklärte der Psychologe und zeigte die Hieroglyphen eines Tests vor. »Eigenartiger Wechsel zwischen infantilem Betteln und inkonsequenter Aggressivität: ein harmloser, aber mürrischer Charakter.«

»Trottel«, seufzte die älteste Schwester, die mit der Mutter Karten spielte. Die nach oben gezogenen Augenbrauen schienen von der Reispuderebene der Stirn aus zum Flug anzusetzen.

»Hast du den Kaffee mit bunten Perlen bezahlt?« fragte Marília. »Ich hatte den Eindruck, der Junge wußte gar nicht, was für Geld das war.«

Es gibt eine bittere Seite in dir, die ich einfach nicht verstehe, dachte er neben ihr im Auto unter dem grünen, durchsichtigen, nach Menthol duftenden Schatten eines niedrigen Baumes mit waagrechter Krone, dessen Namen wir nicht kannten, eine Säuerlichkeit, die dich plötzlich ernst macht, spröde, fast wild, die aus deiner Ecke Gift herabträufeln läßt wie eine dieser großen in der Bougainvillea im Garten meiner Eltern versteckten Spinnen, die ich von weitem mit Steinwürfen tötete, aus Angst vor ihren obskuren Boshaftigkeiten. Das barfüßige Kind stand jetzt vor ihrem Auto und musterte sie mit den starren, brennenden Augen eines Kalbes. In der Ferne rauchte zwischen Teerkesseln eine Straßenbaumaschine, man ahnte irgendwo den feuchten Atem von Wasser. Der glatte, graue Himmel verschmolz mit der grauen Erde wie ein Gesicht ohne Züge, das an sein eigenes Spiegelbild gelehnt ist. Vielleicht kommt deine Bitterkeit daher, daß du nie glücklich gewesen bist, dachte er, deine Eltern, eine lausige Ehe, wenig Geld und die Verzweiflung, nicht das zu tun, was man möchte. Weiter weg, hinter einigen Bergen, hörte man den langgezogenen Pfiff eines Zuges.

»Und wenn wir auf den Kongreß scheißen?« fragte er plötzlich.

»Herumlaufen mit einem getippten Namensschildchen am Revers, gelehrten Vorträgen zuhören, sich feierlich langweilen, die endlosen Reden beim Abschiedsdinner aushalten, den Fotografen ertragen, der mit unverhofftem Magnesiumgeknalle um den Tisch herumtrabt. Man hörte deutlich die Räder der Waggons über die Schwellen holpern, und den Zweitongesang eines einsamen Vogels. Die Uhr auf dem Armaturenbrett zeigte 11.20 Uhr, seit sie bei einem Versehen an der Ampel auf einen Lastwagen geprallt war: es waren jene reglosen Stunden eines sehr alten Tages, als ich gerade eine Trennung hinter mir hatte, und ich fand dich nur irritierend, Marília, und schlief zur Untermiete in einem Zimmer am Friedhof dos Prazeres: ich öffnete abends das Fenster, und die Zypressen drangen senkrecht und steif bis zu meinem Bett vor, eingehüllt in den unterirdischen Hauch des Todes.

»Er hätte hierher kommen können«, sagte die jüngste Schwester und zog mit beiden Händen den Rock nach unten, damit man ihre Schenkel nicht sah. »Wir haben ein freies Zimmer, die Kleinen könnten umziehen. Carlos hat sogar ziemlich gedrängelt am Telefon, aber ihr wißt ja, wie er ist: er hat sich nie viel aus der Familie gemacht, und seit er sich als Kommunist aufführt, spielt er gern den armen Teufel. Irgendwo scheint er ein Loch gefunden zu haben.«

»Was?« fragte Marília entsetzt. »Nicht zum Kongreß fahren?«

»Laß uns in aller Ruhe reden«, bat er Tucha. »Das ist doch alles ein Riesenblödsinn, und wenn du nicht einen Mann kennengelernt hast, der dich interessiert, dann sehe ich keinen Grund, warum wir uns trennen sollten. Aus purer Laune? Weil du genug hast? Ich auch, Ehrenwort, ich hab auch genug von vielem, aber denk doch mal ein bißchen an die Kleinen. Pedro ist ein schwieriges Kind, er würde ungeheuer darunter leiden.«

Der picklige junge Mann, achtzehn oder neunzehn Jahre alt, der die Scheinwerfer in verschiedenen Farben dirigierte, beugte sich über eine Art Geländer herab:

»Ich erinnere mich nicht an meinen Vater. Er hat sich vor urlanger Zeit von meiner Mutter getrennt, ich habe gehört, daß er mit einer Kollegin zusammenlebte und kurz darauf in der Umgebung von Lissabon in irgendeinem Gasthof gestorben ist. Vielleicht kann sich mein Bruder besser erinnern, aber nur, wenn ihr ihn in Kanada aufsucht: er arbeitet in einer Computer-Firma. Ich weiß seine Adresse nicht, wir schreiben uns nie.«

»Nein«, sage ich hastig, »hast du nicht gemerkt, wie langweilig das ist? Wir fädeln das anders ein und verbringen das Wochenende an einem ruhigen Ort, ohne Verpflichtungen, ohne Leute, ohne reden zu müssen. Nein, im Ernst, vier Tage, überleg doch mal. Auf dem Weg gibt es gute Gasthöfe, in die wir noch nie einen Fuß gesetzt haben.« Die Teermaschine bebte wie eine kranke Lokomotive und spuckte zwischen den Rädern hellrote Funken aus. Ein menschlicher Umriß, eingezwängt oben im Führerhaus, kommandierte ruckartig diese tobenden Flammen. Die Alte ging hinter das Haus, leerte einen Eimer in einer Grube aus, ging zurück ins Haus, gebeugt, in kleinen Schritten wie eine Rheumatikerin.

Der Junge mit dem nackten Hintern betrachtete sie immer noch fasziniert aus den weißglühenden Kalbsaugen. Das eintönige Grau des Himmels zerriß allmählich zu einem Wolkengewirr.

»Campo de Ourique«, gähnte die Mutter und legte die Karten in einer Plastikschachtel in die Schublade des Spieltisches. »Wer kommt schon auf die Idee, in Campo de Ourique zu wohnen?«

Carlos bat den Chauffeur mit einer Handbewegung, noch ein wenig zu warten, und verstaute seine dunkle Brille in der Außentasche seines Mantels:

»Trotz unserer diametral entgegengesetzten Ideen (das Wort diametral schien in seinem Mund rot unterstrichen zu pulsieren) habe ich mich nie mit meinem Schwager gestritten. Im Grunde war er ein armer Kerl, einer, der es gut meinte, den die Sozialisten ausgenutzt haben. Ich habe ihm sogar mehrmals unsere Wohnung angeboten, immer hat er abgelehnt. Ich lehne jede Verantwortung für das, was geschehen ist, ab.«

»Reden?« lachte Tucha. »Ich habe meine Entscheidung getroffen. Ich habe nichts mit dir zu bereden.«

»Da stimmt doch etwas nicht«, sagte Marília. »Flitterwochen nach vier Jahren, was ist denn in dich gefahren?«

Als ich klein war, denkt er, da winkten die Streckenwärter, auf ihre biblischen Spitzhacken gestützt, vom Straßenrand aus mit den Hüten adieu, und wir drückten unsere Nasen an der Scheibe des Rückfensters platt, wenn wir sie in einer Staubspirale verschwinden sahen. Damals zögerte ich noch nicht, denkt er, mich der Partei anzuschließen, vor der Schule half ich in der verlassenen Kirche bei der Messe, und Donald Duck war mein Lieblingstier. Die Zweifel kamen später, denkt er, meine mangelnde Großzügigkeit oder meine Angst vor einer Verhaftung oder vor dem Träumen, das begann später. Unterschreib hier: und dann überkam mich die Furcht, meine Eltern zu verraten und mit diesen wohlduftenden Dummmköpfen zu brechen, das hinderte mich beizutreten, zwang mich, zur Beschwichtigung unsinnige Erklärungen zu erfinden, mich mit einem Westentaschen-Stalinismus zufriedenzugeben. Die bärtigen, kurzsichtigen Freunde, rechthaberisch und dogmatisch, hörten allmählich auf, mich zu besuchen, meine Aschenbecher mit Kippen und die Seele mit den ruhmreichen Eroberungen des Vaterlands des Sozialismus zu füllen, und Tucha lud nun erleichtert ihre dümmlichen Kollegen und Freunde ein, die keine Zweifel kannten und sich um die heulende Band Jefferson Airplane versammelten.

»Trotz allem hatte er ein paar gute Eigenschaften«, sagte die mittlere Schwester, sie war ledig, Musiklehrerin für Anfänger in einer Sekundarschule (Teller, Triangel und anderer Krimskrams für Schüler, die sich begeistert mit diesem geräuschvollen Pandämonium abgaben). Er mochte zum Beispiel Chopin. Dienstags aßen wir immer zusammen Mittag, und beim Nachtisch trällerte ich ihm eine Polonaise vor (die Köpfe zusammengesteckt, ihr häßliches, singendes Gesicht in dem überfüllten Restaurant, die Leute, die standen und auf einen Platz warteten, beugten sich amüsiert herab, um zuzuhören: Du warst nie anspruchsvoll oder eingebildet, dachte er: warum hast du keinen Mann gefunden?).

Die Wolken verschmolzen ineinander, wurden dicht wie Pappe: gleich würde es regnen. Wenn man genauer hinsah, konnte man ein anderes (halb verfallenes?) Haus in der Ferne entdecken, einen Zaun, einen Mauerrest.

»Ich habe einfach das 19. Jahrhundert satt«, sagte ich. »Und außerdem sind wir nie weggefahren, wir haben uns immer wie Maulwürfe in Campo de Ourique vergraben, in diesem gräßlichen Loch voller Bücher, wo man mit verfrorenen Knien an die Spiralen der Heizsonne stößt. Laß uns ans Meer fahren.«

»Pedro hält es wunderbar bei mir aus«, sagte Tucha mit dem Rücken zu mir und reinigte gerade die Nadel des Plattenspielers mit einer kleinen Spezialbürste. »Was er nicht aushält, sind unsere ewigen Auseinandersetzungen.«

»Aber wer streitet hier denn immer?« entgegnete ich. »Ich werde nie laut. Ich habe vorhin ein bißchen den Kopf verloren, entschuldige, das ist vorbei.«

»Aggressivität-Unterwerfung, Aggressivität-Unterwerfung, Aggressivität-Unterwerfung«, sprach der Psychologe, den Zeigefinger wie ein Metronom bewegend. »Die Frauen verabscheuen Männer, die zu berechenbar sind, sie finden einen gewissen Grad an Überraschung wunderbar, und was für Überraschungen kann ein solches Temperament einem schon bescheren? Gar keine.«

»Alle zu mir«, brüllte der Vater mit weit ausholenden Gesten wie ein Zeremonienmeister zum Familienpublikum. Die Schöße seines Fracks schwebten. »Bei drei alle zu mir. Das geht so: Jeder konnte seine Dummheiten ahnen.«

»Es geht nicht darum, ob Pedro das aushält«, versicherte ich, »natürlich hält er das aus: wichtig ist aber, daß in seinem Alter Vater und Mutter zusammen sind.«

»Wenn er nicht öfter zu Hause war, der Ärmste, dann nur deswegen, weil er nicht konnte«, sagte die Mutter mit einem traurigen Lächeln aus ihrer Sofaecke vor dem Kamin. »Man weiß ja, wie das ist mit den Geschäften. Aber er machte sich große Sorgen um die Erziehung der Kinder und rief jeden zweiten Tag an.«

»Er starb in Aveiro, viel mehr weiß ich nicht«, verkündete der Junge an den Scheinwerfern, er hielt seine Hände sichelförmig vor den Mund. »Meine Mutter hat einen gemeinsamen Freund geheiratet, sie gingen in die Schweiz, meine Großeltern mütterlicherseits kümmerten sich um uns. Ich glaube, sie wohnt allein in Lausanne, mit einem Hund. Ab und zu schickt sie mir eine Schachtel gefüllte Schokolade, und ich schenke sie dem Portier, einem Diabetiker, der ganz verrückt ist auf Süßigkeiten.«

»Ans Meer?« sagte Marília. »Ich sehe jeden Morgen die Rua Azedo Gneco und rieche den Leichengestank aus den hinter den Autos verborgenen Mülltonnen, die die Müllabfuhr vergessen hat.«

»Hallo?« fragte das mikroskopisch autoritäre Stimmchen des Vaters. »Welche Note hat er in Mathematik?«

»Hör auf«, erwiderte Tucha, »deine Argumente interessieren mich nicht.«

»Wenn er in Geographie schlecht steht, dann hat er an drei Sonntagen hintereinander Kinoverbot«, befahl das Stimmchen.

Von wo riefst du uns an, Vater? denkt er. Hamburg, Paris, London, große, unbekannte, verregnete Städte? Von einem Hotelzimmer, mit einem Glas Whisky in der Hand und einem Mädchen im Pelzmantel neben dir auf einem Stuhl, die aussieht wie eine von den Schauspielerinnen auf den Reklamebildchen im Kaugummi, Warst du glücklich, denkt er, bist du glücklich, was erwartest du eigentlich? Als ich klein war und wir eines Nachmittags auf dem Gutshof waren, flog ein Vogelschwarm von der Kastanie am Brunnen auf den in der herabfallenden Nacht bläulich schimmernden Wald zu. Das Geräusch der Flügel hörte sich an wie vom Wind bewegte Blätter, zahllose, winzige, feine Blätter eines Wörterbuchs, ich ging an deiner Hand und bat dich plötzlich Erklär mir die Vögel. Einfach so, ganz unvermittelt, Erklär mir die Vögel, eine etwas peinliche Bitte für einen Geschäftsmann. Aber du hast gelächelt und sagtest, daß ihre Knochen aus dem Schaum vom Strand gemacht seien, daß sie sich von den Krümeln des Windes ernährten und daß sie, wenn sie sterben, auf dem Rücken in der Luft schwebten, mit geschlossenen Augen wie die alten Frauen beim Abendmahl. Wenn ich daran dachte, daß dich fünf oder sechs Jahre später die Noten in Geographie und Mathematik interessierten, stieg ein seltsamer Taumel in mir auf, ein Gefühl der Absurdität, von geradezu komischer Unmöglichkeit, als würde der indische Arzt sich plötzlich zu mir umdrehen und mir unversehens erklären Sie haben Krebs.

»Vor einiger Zeit habe ich von einem Gasthof an der Flußmündung in Aveiro gehört«, sagte ich. »Wir könnten es dort versuchen, was meinst du?«

Grauer Himmel, graue Erde, der Regen, der nicht kam, der mit Sicherheit auch in den nächsten Tagen nicht kommen würde, wenn man das angstvolle, fast asthmatische Atmen der Erde sah. Das Tal von Santarém sah aus, als seien baumwollene Gardinen darüber gebreitet, die sich sanft in der Mittagskälte wellten. Das Kind mit dem nackten Hinterteil trabte nun mit offenem Mund auf den Laden zu. Dort drin wusch der Hinkende wahrscheinlich im Marmorbecken die Tassen ab, im pastellfarbenen, unbequemen Licht der kümmerlichen Behausung.

»Allein in Lausanne mit einem Hund«, wiederholte der Beleuchter. Sein undeutliches Gesicht schien zu lächeln bei der Vorstellung von einer gealterten, grauhaarigen Frau mit einem Zeitungsstapel unter dem Arm und einem ergrauten Hund an der Leine.

»Ich habe nie etwas von dieser Heirat gehalten«, sagte Tuchas Vater, während er in einem Häuschen neben den Wohnwagen und der Plane des Zirkuszeltes die verbleibenden Karten zählte. »Sie waren beide unausgeglichen, zerbrechlich, etwas Besonderes. Früher oder später wäre die Nachricht von ihrer Trennung doch durchgesickert.«

»Er liebte Chopin«, sagte die Schwester mit der Musik, »er fuhr nach São Roque, um den Chor der Gulbenkian zu hören, er saß hier hinten, betrachtete überrascht die Wände der Kirche, von denen der Gesang aufzusteigen schien. Im Grunde sind wir ein wenig die schwarzen Schafe der Familie.«

»Aveiro«, sagte Marília, »Warum Aveiro? du hast doch irgendwas vor, und jetzt möchte ich gern sehen, wie das endet: auch wenn der Film nichts taugt, halt ich bis zum Ende durch.«

Ich habe die Telefonnummer des Hotels von Tomar in der Klinik hinterlassen, denkt er, wenn es Ärger gibt, treffen sie mich nicht an, nur ein Wirrwarr von Namen und vergebliches Rufen. Die Mutter wird mir doch nicht so mitspielen am Wochenende, denkt er, sie ist so besorgt wegen der Eleganz ihrer Gefühle, seit ihr andere Schönheiten abhanden gekommen sind. Nie habe ich etwas für die Krebshilfe gespendet, denkt er, den gut gekleideten Mädchen, die mich an den Straßenecken überfielen, bin ich immer ausgewichen, sie streckten mir fordernd, großmütig, gesund die Schlitze ihrer Blechbüchsen entgegen, ich wich ihnen aus, weil meiner Meinung nach nämlich der Staat – – was eine gute Entschuldigung ist für – –: einer unbestimmten Institution das überantworten, was mich konkret ängstigt.

»In drei Tagen kann viel passieren«, sagte ich nicht sehr überzeugt zu Marília, als würde ich ein Kind belügen. »Und wir müssen uns erholen und miteinander reden.«

Der Frauenarzt, der mit meiner anderen Schwester verheiratet ist: die glibberigen Finger waren so dick und kompakt wie die Arme eines Tintenfisches:

»Vielleicht hatte Mutters Krankheit mit all dem etwas zu tun. Ich für mein Teil glaube das nicht, ich fand ihn schon seit Monaten merkwürdig.«

»Ich habe dich immer geliebt«, brüllte er Tucha an und hieb sinnlos mit der Faust auf eine beschlagene Truhe. (Wir hatten sie in Sintra gekauft.) »Und damit du Bescheid weißt, ich werde nicht einfach so mir nichts dir nichts nachgeben.«

Er startete das Auto, und mit einem kleinen Sprung war er auf der Landstraße. Der einsame, kleine Laden hinter ihnen wurde immer kleiner. Am besten wäre es Richtung Coimbra, dachte er, und wenn wir hungrig sind, können wir unterwegs irgendwas essen, in so einer Dorfgaststätte mit Papierdecken auf gestrichenen Metalltischen, und das 19. Jahrhundert soll mir gestohlen bleiben mit seinem Schnurrbart-Adel und seinen blutigen, stümperhaften Revolutionen. Sie überholten die Straßenteermaschine, die wie ein Topf bebte, die Kerle besserten den Boden mit einer Art schwarzen Körnern aus, die unter den Reifen knisterten. Dunkle Steinchen sprangen wie Hagel gegen die Kotflügel. Hier und da drängten sich die Sträucher mit den angstvollen Gebärden von Schiffbrüchigen zusammen, die Stadt blieb in sich verschlossen wie ein Geheimnis rechts liegen.

»Wenn nötig, beschafft ihm einen Nachhilfelehrer in Physik«, befahl das Stimmchen. »Ich wünsche nicht, daß mein Sohn nutzlos herumhängt.«

»Das zweite Prinzip der Thermodynamik hat er nie verstanden«, erklärte ein älterer Herr mit einem Aufgabenheft aus dem sechsten Schuljahr vor sich und einem Schiff in einer Flasche auf dem Bücherregal. »Vielleicht hatte er mehr Talent für Sprachen und Literatur, das kann ich nicht beurteilen, aber in Naturwissenschaften war er eine Katastrophe.«

Ich muß dir unbedingt sagen, daß ich fortgehe, dachte er, und es fällt mir leichter weit weg von der Rua Azedo Gneco, von der Wohnung, die wir zusammen eingerichtet haben, von den ständigen Anrufen deiner Parteifreunde, der ätzenden, kastrierenden, betäubenden Atmosphäre vertrauter Gegenstände. Ich habe Freitag, Samstag, Sonntag, um mir Mut zu machen im unbekannten Zimmer eines Gasthofs, wo ich die Flußmündung sehe, wo ich sehe, wie das Wasser langsam ins Meer fließt. Mein Executive-Bruder hat dort einen Film gemacht: Möwen und Boote im blauen Morgen: der Projektor tickerte im Dunkeln, und wir, aufrecht und schweigsam auf unseren Stühlen, als wohnten wir von der Loge aus feierlich dem Jüngsten Gericht bei. Von einem Balkon aus winkte meine Schwester ganz beschämt und verschwommen ein scheues Adieu.

»Wenn du meinst, daß sowieso nichts zu machen ist, dann gehe ich eben«, sagte er zu Tucha. »Hilf mir wenigstens beim Kofferpacken.«

»Ein exzentrisches Geschöpf«, brüllte der Beleuchter. »Ein paar Monate lang hat sie mit einem russischen Antiquar und zwölf Dalmatinern zusammengelebt.«

Der indische Arzt zog nach der Autopsie vorsichtig die dicken Gummihandschuhe aus: »Außer den Gallensteinen ist nichts zu finden. Ohne Selbstmord hätte er noch dreißig bis vierzig Jahre ohne organische Probleme gehalten.«

»Aveiro«, sagte Marília und wühlte in ihrer Tasche nach Kaugummi. (Ihr Profil schmerzte ihn wie ein Gewissensbiß.) »Dann werde ich wenigstens erfahren, was du die ganze Zeit im Schilde führst.«

Merkt man denn meine Unruhe so sehr, denkt er, mein Zaudern, mein Zweifeln, diesen Schwall von Bitterkeit, der mich manchmal nach dem Abendessen innerlich zerfrißt wie Säure, mich am Schreiben meiner Dissertation über Sidónio Pais hindert, mich ans Fenster drängt, um die trübe, altgewohnte, häusliche, vertraute Nacht des Viertels zu beobachten, die Hunde, die an den Mülltonnen schnuppern, die riesigen Laster der Stadtreinigung mit dem Gelblicht auf dem Führerhaus? Ich sollte die Rechten wählen, eine Krawatte tragen, arbeiten wie mein Vater, die vollgefressenen ausländischen Aktionäre in die Bars von Estoril ausführen, wo sie schließlich die Reste des Abendessens auf die unterwürfige Uniform des Chauffeurs spucken, mit einigen Freundinnen, versteht sich, deren Münder zu stark geschminkt sind, und die ebenfalls betrunken sind und auf zu hohen Absätzen herumstolpern. Wirtschaftler müßte ich sein, denkt er, ich hätte reich heiraten, eine Bank gründen sollen, in Ferngesprächen von den Kindern gute Noten in Mathematik verlangen und sie mit Sonntagen ohne Kino bedrohen sollen, mit dem tragischen Verbot, Einladungen zu Festen anzunehmen, mit Freunden oder zum Tanzen wegzugehen.

Der Frauenarzt-Schwager lächelte: er brachte eine riesige Pappzange mit und schwang sie drohend vor der Leiche:

»Also, nun wollen wir doch mal diese Traurigkeit rausholen.«

»Säuerlich war er, wortkarg, ließ das Essen stehen«, sagte die Mutter und lackierte ihren Nagel am kleinen Finger braun. »Völlig anders als die Schwestern.«

»Kommunist«, wisperte der Prior aus Angst, man könnte ihn hören. »Aus einer so angesehenen Familie, so katholisch, und dann sowas als Sohn. Als Student hat er heimlich Flugblätter in der Universität verteilt, Propagandasprüche auf die

Wände geschrieben, manchmal kam er knapp an der Verhaftung vorbei.«

»Wenn sein Vater nicht so einflußreich wäre«, sagte ein Mann im Trenchcoat, der sein Gesicht hinter dem Arm verbergen wollte, »dann wär er längst im Knast.«

Tucha senkte mit dem Zeigefinger den Arm des Plattenspielers und setzte sich wieder: eine Stimme machte sich lauthals schreiend im Wohnzimmer breit:

»Dir werde ich grade beim Kofferpacken helfen«, sagte sie, »du weißt doch, wo deine Wäsche ist, deine Schubladen, deine Bücher. Sieh zu, wie du zurechtkommst.«

»Was ist an Aveiro?« fragte Marília. »Da kann man Hunderte und Aberhunderte von Möwen sehen, beim Gasthof, im Schilf, im Uferschlamm, auf dem Wasser des Flußdeltas, bei den vertäuten flachen Booten. Als ich klein war, erklärte mein Vater mir die Vögel, ihre Nester, ihre Gewohnheiten, ihre Art zu fliegen. Zieh kein Gesicht, wir waren damals beide anders. Wenn du ihn damals kennengelernt hättest, würdest du das verstehen.«

Er hatte sie zum Abendessen zu den Eltern mitgenommen und die ganze Zeit während der voraufgegangenen Martinis, bei Tisch, im Wohnzimmer, beim Verabschieden im Vestibül, auf der einen Seite die feindselige Höflichkeit der Eltern gespürt, sprachlos angesichts dieser Frau in Poncho und Holzpantinen, betont auf extrem links gekleidet, auf der anderen die proletarische Wut der Wachtmeisterstochter, die hartnäckig ihre schlechten Manieren bis hin zum Zahnstocher übertrieb. Warum hat sie es so nötig, denkt er, die beiden zu erschrecken, zu verletzen, letztlich mir durch sie wehzutun? Also gut, ich bin bürgerlich (Ich weiß nicht so genau, was das ist, bürgerlich zu sein), war mit einer bürgerlichen Frau verheiratet, es gibt Dinge, verstehst du, die ich nicht abstreifen kann: eine bestimmte Art, die Dinge zu sehen, eine bestimmte Scham, Gefühle auszudrücken, wie man mit Besteck umgeht, sich kleidet, der unfreiwillig beherrschte Umgangston.

»Er war nicht übel, und er war eine gute Tarnung für uns«, sagte ein grobschlächtiger Kerl mit Bart und Baumwollhemd, von energischroten Plakaten umgeben, auf denen Männer mit erhobenen Fäusten vor rauchenden Fabrikumrissen zu sehen waren. »Die Polizei ahnte nicht im Traum, daß wir eine Zelle bildeten, mit so einem geschniegelten Kerlchen wie dem unter uns. Das Schlimmste kam erst, als er sich ernstnahm und als Marxist verkleiden wollte und mit verbotenen Broschüren unter dem Arm herumlief und sich so dämlich anstellte, daß wir ihn eine Weile fernhalten mußten.«

»Ich würde doch zu gern wissen«, sagte die Stimme des Vaters am Telefon, »ob es die Schuld des Nachhilfelehrers oder deine ist. Noch ein blauer Brief, und ich nehme dich sofort vom Gymnasium.«

Ho Chi-minh, Mao, Che Guevara, Lenin, der Verräter Trotzki mit seinem Sirenengesang als Verbündeter der herrschenden Klassen, denkt er, statt Geographie und Mathematik und Französisch. Hitzige, verräucherte Versammlungen, die Gewißheit naher, endgültiger Erlösung. Alle waren älter als ich, denkt er, meine Familie diente dem Kapital, nie haben sie mich nach meiner Meinung gefragt, ob sie mich ernstnahmen? Ich hatte niemand, mit dem ich hätte reden können, denkt er, Tucha gähnte vor Müdigkeit, wenn ich ihr von den Errungenschaften des Proletariats erzählte, meine Schwestern verkrochen sich händchenhaltend neben ihren Verlobten auf dem Sofa, ließen die Beine sehen, zerflossen vor Verliebtsein, eine Freundin meiner Mutter kam seit einiger Zeit nicht mehr zum Kartenspielen, eine rothaarige Witwe mit Kindern in meinem Alter, groß, schlank, armreifklimpernd, es wurde geflüstert, sie und mein Vater hätten sich getroffen, er nehme sie auf Reisen mit und stelle sie im Ausland als seine Frau vor.

»Das einzige, was es zu besprechen gibt«, sagte Tucha, »ist der Unterhaltszuschuß für die Kinder, sonst nichts. Von meinem Anwalt habe ich da einen Vorschlag, den ich dir zeigen werde.«

»Die Vögel«, sagte Marília, »was wußtet ihr über die Vögel?«

Sie fuhren weiter auf der Landstraße, es war viel Verkehr auf dem Weg nach Coimbra, große Lastwagen kletterten schnaufend die Anhöhen hinauf, die unter dem blassen Morgenhimmel von ausgemergelten, ausgetrockneten Bäumen gesäumt waren. Es würde nicht regnen, nicht mehr auf diese Erde, das Meer würde porösen, tiefen, staubigen Kratern weichen, wie er sie sich auf dem Mond vorstellte und über denen reglos die steinerne Stille einer ewigen Nacht schwebt. Coimbra kam ihm wie ein unbedeutendes, weitläufiges Städtchen vor, mit einem einzigen Verkehrspolizisten, der auf einer Art Thron frenetisch die Arme schwenkte, und Masten mit zahlreichen Pfeilen, die nach Lissabon, Leiria, Aveiro, Porto, Figueira da Foz und anderen Orten zeigten, deren Namen er vergessen hatte. Sie wollten etwas essen und hielten in einem Café, in dem grauhaarige Herren zu zweit wie die Schmetterlinge der Seidenraupen in Pappschachteln vor leeren Tassen Dame spielten. Durch die Schaufensterscheibe sah er den Mann an der Tankstelle nebenan die Hände an einem schmutzigen Lappen abwischen oder in der über seiner Schulter hängenden Ledertasche nach Wechselgeld suchen. Die Gebäude standen hügelaufwärts blind hingesetzt wie Dominosteine, die die Hand des Zufalls gemischt hat. Mein Magen schmerzte leicht wie ganz sachtes Heimweh: Der Hunger, dachte er, das muß der Hunger sein. Oder ich werde alt. Oder ich bin krank wie ein alter, nutzloser Kutschengaul. Die Vögel, erklärte der Vater, an die Brunnenmauer auf dem Gutshof gelehnt, sterben ganz langsam, ohne Grund, ohne es zu merken, und eines schönen Tages wachen sie auf, mit dem Bauch nach oben, offenem Schnabel und schweben im Wind.

»Als kleiner Junge war er ein einfaches Kind«, sagte die Mutter und betrachtete sorgsam den Lack auf den Fingernägeln. »Gehorsam, fröhlich, weinte nicht. Erst als er größer war, wurde er seltsam. Vor allem, seit er mit Politik zu tun hatte.«

»Er hat nie zur Partei gehört: kein militanter Geist«, erklärte der kräftige Kerl mit dem Bart und dem Baumwollhemd. »Zu egoistisch, zu bürgerlich, zu ängstlich. Dem hat es an Mut, Nerven, Stehvermögen, Überzeugung, Kampfgeist gefehlt. Er hat ein paar Flugblätter verteilt und ein paar Plakate geklebt, sein schlechtes Gewissen damit beruhigt, viel mehr nicht. Ein wahrhafter Kommunist, ein Genosse, der nimmt sich nicht das Leben.«

Der Mondego war ein Kanal im Sand, ein scheues Rinnsal, das sich durch die Gräser im Schlamm mühsam einen Weg bahnte: geschwärzte Mauern, die nutzlos dieses nicht vorhandene Wasser einrahmten. Der Mann an der Tankstelle überprüfte in der Hocke die Reifen eines Motorrades. Einer der grauhaarigen Dame-Spieler mit Hängebäckchen wurde plötzlich dunkelrot und hustete los.

»Die Leiche konnte man eindeutig erkennen«, verkündete der Frauenarzt und zeigte auf einen riesigen Pappsarg mit vier unechten Fackeln auf den Ecken. »Diese kackfarbenen Strähnen, das blau-violette Hemd, die riiiiiesigen verbeulten Schuhe, das war er. Man brauchte gar nicht erst die Handschuhe und die roten Hosenträger zu untersuchen. Tot, Bauch nach oben, wie ein Vogel mitten unter Vögeln, unfähig zu fliegen.«

Der Vater nahm ihn wieder huckepack (mein Gesicht berührte fast die Kastanienzweige) und lief nach Hause. Die Mutter erwartete sie, lächelnd im Wohnzimmer sitzend, mit irgendeinem Roman auf den Knien: Meine Männer, sagte sie, und es gab kein Fältchen, keinen Schatten, keine verborgene Trauer in ihrem offenen Blick. Die Spatzen versteckten sich schon im Wald, die Schwestern, noch waren ihre Schenkel straff, sprachen im Zimmer über ihre Freunde.

»Er brachte die Polynome durcheinander », entschuldigte sich der Mathematiklehrer, »und wenn ein Schüler die Polynome durcheinanderbringt, was soll man da machen?«

»Dennoch haben wir einige Zeit nicht locker gelassen«, rechtfertigte sich der im Baumwollhemd vor dem schweigsamen Publikum, »eine ganze Reihe wirklicher Revolutionäre sind aus seiner Klasse gekommen. Wir haben ihm kleinere Aufgaben zugeteilt, ihn an Versammlungen teilnehmen lassen, am Kursende haben wir ihn zum Beisitzer in der Schriften- und Kopierabteilung gemacht, aber statt sich vor allem um die Arbeiterklasse und die Skripten zu kümmern, schrieb er Gedichte, zauderte, lag auf der faulen Haut. Wenn Fidel aus dem Holz gemacht wäre, dann hätten wir immer noch Batista an der Macht. Und was schlimmer war, Genossen, er hatte sich in so eine seichte kleine Adlige verliebt.«

»Mein Vorschlag zehn Contos im Monat«, sagte Tucha. (Die Eric Burdon Platte ging zu Ende.) »Deine Eltern können dir helfen.«

»Das kann mir keiner ausreden, daß du nicht was vorhast«, meinte Marília über den belegten Toast hinweg. »Immer, wenn du was im Schilde führst, hast du dieses dümmliche Lächeln, das mich wahnsinnig macht.«

Er bat einen riesengroßen, affektierten Angestellten, der sich mit der Anmut eines Schilfrohrs über die Tische beugte und ihn mit den sanften Augen einer Hündin anblickte, um die Rechnung.

Haben wir uns je gemocht, denkt er, haben wir uns je geliebt? Er betrachtet ihr hartes, stechendes Profil, die großen Handflächen, die kurzen, dicken Finger, die unerwartet große Brust, und denkt Aus welchem Grund sind wir seit vier Jahren zusammen? Es begann in dem Tief nach Tucha, ich fühlte mich allein, verlassen, zu nichts nütze, die Wände des gemieteten Zimmers preßten meinen Kopf zusammen, du lehrtest Semiotik an der Universität, wir gingen ein paarmal zusammen ins Kino, ich mochte deine kühle, trockene Art, das Leben zu sehen, deinen unerschütterlichen Pragmatismus, den Geruch deines Körpers in der Dämmerung, wir redeten über dieses und jenes, deine Zigaretten bewahrtest du in einem geflochtenen Etwas auf, am darauffolgenden Sonntag besuchte ich dich zu Hause, lernte deine Eltern kennen, Ein Kollege, so stelltest du mich vor, eines Tages, fast ohne daß ich es wollte, küßten wir uns im Auto nach einem Kolloquium, ich werde nie deine offenen Augen dicht an den meinen vergessen, du glaubtest mir nicht, du dachtest, ich hinge noch an Tucha, verloren, und irgendwie ein Dummkopf, du hattest verdammt recht. Oder war es, denkt er, weil du zur Partei gehörtest, verhaftet worden warst, in gewissem Sinne meine Erlösung darstelltest, die Rache an der Angst, die mich am Handeln hinderte, war es die Verbindung mit der Tochter von Ausgebeuteten, die mein schlechtes Gewissen von mir forderte? Danach die Wohnung in Campo de Ourique, zwei Contos fünfhundert, das ist nicht teuer, wir teilten uns die Miete, du kamst zu mir, ich holte sonntags die Kinder, und dein Geruch verfolgte mich, ich durfte deine Brust nicht anfassen, ruhig, ruhig, ganz ruhig, und schließlich zog ich nach langem Kampf deine Strümpfe nach unten, machte mich frei von deinem Rock, zerriß (zerriß?) den Schlüpfer auf der zu schmalen Couch, schlug mit dem Ellbogen auf den Boden, eine Art elektrischer Schlag durchfuhr mich plötzlich bis zur Schulter hinauf, ich ließ dich los und hielt mir jaulend den Arm, und du, Ach was ist denn, hast du dir etwas gebrochen, Ich glaube mein Arm, Marília, hilf mir, deine Eltern waren weggegangen, es war niemand zu Hause, die untergehende Sonne kroch über die Dielen im Zimmer, durch die Pünktchengardine gefiltert, du brachtest Watte, Alkohol, eine Sorgenfalte auf deiner Stirn, Laß mal sehen, beugen, strecken, Himmel ist doch gar nichts, du warst halb angezogen, halb nackt, deine Zehen auf dem Fußboden gespreizt, das offene Hemd ließ den rosafarbenen Büstenhalter sehen, ich streckte mich auf dem Rücken aus mit geschlossenen Lidern, und plötzlich rechts neben mir ein Gewicht, dein Mund an meinem Ohr, Steck rein. Ich öffnete dir die Tür, ließ den Motor an. Vielleicht steigt der Mondego im Winter, vielleicht werden die Steine von dem Schlammwasser überflutet, das im spitzen Winkel abgedrängt auf die Mündung zufließt. Die eisenhutfarbenen Häuser sahen ihn respektlos an, der braune Himmel weitete sich grenzenlos wie die Flügel einer Nonnenhaube.

»Der Anwalt sagt, daß zehn Contos sehr wenig ist«, meinte Tucha und rieb sich mit dem Blusenärmel einen Fleck von der Hose. »Bei dem Geld, das dein Vater hat, könnte ich viel mehr verlangen.«

»Vögel«, sagte Marília, »Vögel und verrückte Ideen. Jetzt möchte ich sehen, was das werden soll.«

Wieder die reizlose Landstraße nach Porto mit ihrem ununterbrochenen Verkehr von Lastwagen, Autos, Traktoren, hartnäckigen, langsamen, vibrierenden Mofas. Irgend etwas, ein loses Teil, das Dreieck, die Werkzeugbox im Kofferraum, rutschte mit einem unangenehmen, eigensinnigen und aufreibenden Geräusch hin und her.

»Wir haben seine zweite Heirat nie gutgeheißen«, sagte die älteste Schwester, die in der Küche Eiweiß zu Schnee schlug, »aber er war mündig und hatte alle Kinderkrankheiten hinter sich, was konnte man da noch tun? Carlos, der Ärmste, der hat noch mit ihm geredet, er kam ganz besorgt nach Hause. Ich kann mich genau erinnern, daß er sagte, Entweder ich irre mich gewaltig oder es sieht so aus, als würde er noch ein schlimmes Ende nehmen. Und bei meinen Eltern zu Hause war es eine schreckliche Qual mit dieser Göre, die sich so schlecht benahm und alle beschimpfte.«

»Er liebte Chopin«, fügte die Musiklehrerin flüsternd hinzu und öffnete den Flügel. »Ich werde euch sein Lieblingsnocturne vorspielen.«

»Es interessiert mich nicht, ob du heiratest oder nicht«, sagte der Vater, er stand mitten in seinem Büro und hörte das klingelnde Telefon nicht. »Für mich warst du in dem Augenblick gestorben, als du dich auf die Politik eingelassen hast.«

Du hattest so viele weiße Haare damals, Vater, denkt er, einen gebeugten Rücken, der Anzug hatte ein wenig Spiel über deinem Brustkorb, du hättest mich nicht mehr auf den Schultern tragen können. Ich wette, denkt er, du hast die Vögel vergessen, hast dir nie wieder Gedanken über sie gemacht.

»Eines kannst du dir merken, Kleiner«, sagte der Vater

noch, sah ihn mit unterdrücktem Haß an, sein Blick war wütend, flackernd, fremd: Du brauchst mit keinem einzigen Pfennig zu rechnen.«

Moderne Ölgemälde an den Wänden, ein Regal mit Gesetzbüchern, das Sofa, wo Mutters Freundin sich wahrscheinlich in schwarzen Strümpfen und Pelzmantel strampelnd hinlegte. Ob du noch Kraft hast, denkt er, kannst du noch?

»Du wirst sehen, die Flußmündung wird dir gefallen«, sagte ich. »Ein paar Tage Ruhe, weit weg von allem, da sieht das Leben ganz anders aus.«

Die Politik, denkt er: du hast mich einmal auf der Wache abgeholt, ich hatte dummes Zeug an die Wände gemalt, seitdem bin ich dir nie wieder lästig gewesen. Sie nahmen mich aus der Zelle, erklärten mir, sie würden mich im Hintergrund halten, in Wirklichkeit wollten sie mit dem Kind reicher Leute nichts zu tun haben. Du ganz ernst in ein Gespräch vertieft mit einem winzigen, aufgeblasenen Männchen mit abgeschabter Krawatte und ich schläfrig unter einer Lampe ohne Schirm in einem kleinen Raum mit einer Sekretärin und einem Stuhl, dieses schwere, fettige, dichte Schweigen ohne Schreie.

»Entschuldigen Sie bitte, Herr Ingenieur«, sprach das winzige Männchen, »aber wir tragen nicht die Verantwortung für diesen Ärger. Der Junge ist hergegangen, von andern angeleitet, und hat beleidigende Sätze gegen die Regierung hingeschmiert.«

Leise antwortete der Vater etwas, was er nicht verstand, und der Bazillus breitete gleich verständnisvoll und konsterniert die Arme aus:

»Die Jugend, Herr Ingenieur, da juckt der Übermut, aber wir müssen das Übel an der Wurzel ausrotten, bevor es größer wird, verstehen Sie? Und dann die anderen, der große Fisch, den haben wir schon ewig im Auge. Also, was ich aber tun mußte, ich mußte Sie, einen Pfeiler des Regimes, einen Industriellen von Gewicht, warnen. Der Herr Generaldirektor weiß sehr wohl, was das Land ihm schuldet, aber bitte seien Sie so freundlich und sagen Sie Ihrem Sprößling, in welcher Gefahr er ist.« (Der Zwerg war jetzt ernst, auf komische Weise ernst und aggressiv.) »Die Nachsicht hat ihre Grenzen, wir können nicht endlos die Augen schließen.«

Das war wohl der Raum für die Verhöre, denkt er, wo sie Tag für Tag die Leute unter Druck setzten, was haben sie im Gegenzug wohl von meinem Vater erpreßt? Freundschaften, Einfluß, Kontakte, Geschäfte, einen unauffälligen Scheck in der Schweiz? Der Vater hörte, blaß vor Demütigung, dieser idiotischen Rede des Pantoffeltierchens zu, suchte nervös nach einem nicht vorhandenen Aschenbecher, hielt die Zigarette aufrecht und versuchte damit, kilometerlange Asche festzuhalten: und ich wette, daß der Kerl das merkte und die Beklemmung, und daß er eine sadistische Freude über die Verlegenheit des Alten empfand.

»Haben Sie nicht einen Aschenbecher?« fragte der Vater schließlich in einem unterwürfigen, bittenden, resignierten Ton und zeigte mit dem Kinn auf die Kippe.

Der Bazillus lächelte ihn triumphierend von unten nach oben an (Arschloch, dachte er) und ließ seine faulen Zähne sehen:

»Entschuldigen Sie, Herr Ingenieur, ich hatte das nicht gesehen, hier bei der Polizei ist Rauchen verboten.«

Der Vater wartete, mit der hohlen Handfläche unter der Kippe, bis ein zweiter buckliger, winziger Mensch anklopfte, bat, hereinkommen zu dürfen und eine verbeulte Blechuntertasse auf den Tisch stellte. Ich hätte nie gedacht, daß ihn eine Unannehmlichkeit so mitnehmen würde: graue Falten liefen über seine Wangen, ich sah, daß der schiefe Knoten seiner Krawatte sich löste. Der Inspektor klopfte ihm triumphierend freundschaftlich auf die Schulter, plötzlich ganz Beschützer und Freund:

»Das ist alles höchst unangenehm, Herr Ingenieur, Sie glauben ja nicht, was wir für Ärger haben. Na, der junge

Mann scheint zu bereuen, das ist die Hauptsache. Aber zur Vorsicht bleibt die kleine Karteikarte hier, nicht wahr.«

Der Vater suchte in seinen Taschen nach einer neuen Zigarette, dankte unerwartet mit der Servilität eines Angestellten (Das wird sich nicht wiederholen, Herr Kommissar, das verspreche ich Ihnen), schob den Sohn auf den Ausgang zu vorbei an vulgären Sekretärinnen, wo vulgäre Männer lustlos Dokumente tippten, vorbei an roten und grünen Lampen über den Türen, vorbei an den Höhlen von Polizeichefs, die im Verborgenen die Jagd auf die Kommunisten ausheckten.

Der Winzling trabte hinter ihnen her und verschwand schließlich (Auf Wiedersehen Herr Ingenieur, bleib schön vernünftig, Kleiner) in irgendeinem Kabuff. Seine lackierten Fingernägel leuchteten im Dunkeln, und dann ging er plötzlich in die Stadt, der Fahrer lehnte am Kühler, versteckte schnell die Sportzeitung, zog die Mütze, die Novembersonne auf den Häusern, den Dächern, den Bäumen, auf den ausdruckslosen Gesichtern der Menschen. An dem Tag, denkt er, bin ich gestorben, Vater, da hast du mich für tot erklärt, weil ich dir diesen Ärger gebracht habe, du dich vor irgend so einem Würstchen erniedrigen mußtest, so einem Unglücklichen mit zwei Jahren Oberschule und in Kleidern, die er von der Stange kauft in einem Viertel, wo die Schaufensterpuppen aus Pappmaché im Schaufenster stehen, vor so einem wie deine Buchhalter, die du nicht einmal ansiehst. Der Chauffeur schloß respektvoll hinter dir die Wagentür, setzte sich ans Steuer, Wohin fahren wir, Herr Ingenieur, Bring mich schnell zum Flughafen und meinen Sohn nach Hause. Ich duschte, setzte mich an den Mittagstisch, niemand fragte mich irgend etwas, Mutter schluckte Tabletten gegen Kopfschmerzen, die Schwester mit der Musik las mit der Brille Noten und kam im Wohnzimmer nicht mit Debussy zurecht. Du hast mich nie auch nur aufbegehren lassen, meinen Ärger bis zu Ende durchstehen lassen: dein riesiger, behütender, autoritärer Schatten beschützte mich auf kastrierende Weise, und da beschloß ich, Literatur zu studieren, Lehrer zu werden, mich der Firma zu verweigern, keine Krawatte mehr zu tragen, Strukturalismus zu unterrichten, Literaturtheorie, französische Lyrik oder andere, ähnlich unsinnige Nutzlosigkeiten. Er hätte vielleicht gern in der Gewerkschaft gearbeitet, aber die Linke mißtraute ihm, die Rechte haßte ihn wie eine Art Verräter, und beide hatten mit ihrer Zurückhaltung recht, mit ihren Befürchtungen, ihrer Kritik. Was bin ich denn, denkt er, was will ich eigentlich, eine bürgerliche Frau, eine Kommunistin, und ich eine merkwürdige Mischung aus einem Konservativen und einem frustrierten Abenteurer, sentimental und kraftlos.

»Gut, ich gehe auf acht Contos runter, und jeden zweiten Sonntag«, sagte Tucha, die in der Hocke aus einem riesigen Stapel eine weitere Platte heraussuchte, »aber erwarte keine weiteren Konzessionen mehr von meiner Seite. Du deponierst das Geld auf der Bank und klingelst dreimal, damit deine Kinder hinunterfahren: Pedro kann bestens mit den Knöpfen im Fahrstuhl umgehen, in mechanischen Dingen hat er dein Geschick geerbt.«

Wie schön dein Körper war, wie du da über dem Boden hocktest, wie dein Hintern mich erregte: dich von hinten umarmen, dich den Penis im Rücken spüren lassen, den verwirrenden, immer wieder anderen Duft deiner Haare riechen. Diese Falte in deinen Schenkeln, die Linie deines Mundes, die intensive Traubenfarbe deiner Augen. Und ich mag es doch so, wenn du geschminkt einschläfst, ich werde die Wimperntusche auf dem Kopfkissen vermissen, mich danach sehnen, auf der hellen, straffen Haut deines Bauches zu weiden, die leichten, weißlichen Streifen von den Entbindungen an der Rundung über den Nieren.

»Hier haben Sie den Jungen, Herr Ingenieur, er soll aufpassen mit seinen Kameraden.«

Unausgegorene Verschwörungen im Hörsaal, die Freunde, die sich leise unterhielten und abbrachen, wenn ich näherkam. Sie haben mir nie mehr als das zugestanden, harmlose, unverfängliche Auseinandersetzungen unter Studenten: eines Tages, vielleicht, Kumpel, man muß erst mal einige Proben bestehen, wir müssen auf der Hut sein, verstehst du, immer sachte, ein paar grundsätzliche Vorsichtsmaßnahmen beachten, verstehst du, die Idioten von der Polizei immer hinter uns her, die zwingen uns dazu, ein paar Grimassen, Pokerface, Schulterklopfen, die Sonne ging dort hinten über dem Wald unter, die Vögel flatterten am späten Nachmittag alle gleichzeitig am Kastanienbaum vor dem Brunnen auf wie seltsame Früchte, schwebten eine Weile wie verloren im Wind, flogen davon in die Nacht hinein, die Kollegen mit den offenen Regenmänteln trabten in den Unterricht, suchten sich einen Platz auf den Bänken im Amphitheater wie die Rotkehlchen auf den Zweigen der Feigenbäume, daß mir Ihr Sohn ja auf dem rechten Weg bleibt, Herr Ingenieur, er soll mir nicht noch einmal mit Ärger kommen, meine zwei Männer, sagte die Mutter lächelnd, ich war so klein, daß ich den Boden nicht mit den Füßen berühren konnte, wenn ich mich auf die Sofas setzte, nicht sehen konnte, was auf den Tischen stand, den Regalen, auf den Kommoden, Nippes, Bilder, versilberte Kästchen, Terrinen, senkrecht aufgestellte Teller, ich fand hinten einen Platz, der Professor hatte schon begonnen, Dom João VI, ich zog den Kugelschreiber aus der Tasche, um mitzuschreiben, vielleicht kannst du eines Tages in die Partei eintreten, ernsthaft für die Arbeiterklasse kämpfen, dich von deiner bürgerlichen Herkunft reinwaschen, die jungen Arme meines Vaters hoben mich auf, sein Rasierwasser drang angenehm in meine Nase, er zeigte mit dem Finger auf den blauen Wald, sein Kopf näherte sich dem meinen, zeig, wie du dich für uns einsetzt, verteil diese Flugblätter in der Uni, und sagte, ich werde dir die Vögel erklären.

»Aveiro, was soll denn das, Aveiro,« sagte Marília protestierend, betrachtete die Pinien und Eukalyptusbäume, die namenlosen Dörfer, den dichten, von Regen schweren Himmel, noch fielen keine Tropfen, die, den Zeitungen zufolge, wahrscheinlich auch nie fallen würden. Was für Kommentare, denkt er, deine Genossen von der Partei wohl abgegeben haben, als du gesagt hast, du würdest mit mir zusammenziehen: Vorwürfe, Warnungen, Witzeleien, sie läßt uns für einen Privilegierten stehen, stell dir vor, für so einen kleinen, lumpigen Aristokraten, einen verhinderten Ausbeuter. Und dabei hatte ich kein Geld, ich hatte praktisch mit der Familie gebrochen, unser Vermögen war das Aquarium im Zimmer und der durchsichtige Fisch, der über den Steinchen am Boden herumschwamm, ich wollte meine trostlose Geschichte mit Tucha in mir auslöschen, von vorn anfangen, glücklich sein, denke ich.

»Die Polynome, das Übliche, die Quadratwurzeln, eine Katastrophe« erklärte der Mathematiklehrer mit gezwirbeltem, künstlichem Schnurrbart, während er Pappgewichte hob, auf denen mit Kreide 20 Tonnen stand. »Das bei einem Vater, der Unternehmer ist, und dann absolut keinen Sinn für Zahlen, das habe ich noch nie erlebt.«

Der Gymnastiklehrer kam in Weiß mit dem schwungvoll energischen Schritt eines Athleten hinter dem Kasten hervor. Eine rote, runde Nase, die mit einem Gummiband hinter den Ohren festgemacht war, gab ihm etwas Clowneskes:

»Eine Katastrophe am Barren, an den Kletterseilen, mittelmäßig im Handball«, verkündete er in hohem, leierndem Ton. »Er blieb immer ganz ruhig sitzen, dünn wie er war, fast rachitisch, und schaute den andern zu.«

Zwei Kerle mit Helmen unterhielten sich neben einem Motorrad am Eingang von Estarreja. Er hielt vor ihnen an, drehte das Wagenfenster herunter, steckte den Kopf hinaus und fragte:

»Wo gehts zur Flußmündung?«

Die Feuchtigkeit hüllte sich um ihre Worte, ein anhaltender, trüber, klebriger Dunst: Februar, dachte er, wer sagte denn, ich soll im Februar über mein Leben entscheiden, mitten im Winter wieder in ein Zimmer zur Untermiete ziehen, zwanzig Escudos extra pro Bad, ohne Erlaubnis,

Besuch zu haben, fernzusehen, dazu an der Heizung sparen, am Wasser, selbst an der Luft, die man atmet. Wer sagt denn, ich soll mit dreiunddreißig Jahren mein Leben ändern, wie blödsinnig.

Tucha rückte ein Bild an der Wand gerade und trat zwei Schritte zurück, um das Ergebnis zu prüfen:

»Trotz dieser Auseinandersetzungen würde ich gern deine Freundin bleiben. Natürlich nur, wenn du willst, ich zwinge dich nicht. Schließlich haben wir zwei Kinder zusammen, nicht?«

»Die armen Kinder«, sagte die Mutter und servierte den Besuchern, die reglos wie Wachsfiguren im Wohnzimmer ganz aufrecht auf den Sesseln saßen, Tee. »Sie können doch nichts dafür, daß sie auf die Welt gekommen sind, oder? Ich habe mich nie von meinem Mann getrennt, obwohl ich ausreichend Grund dazu gehabt hätte.«

»Man konnte seinen Körper kaum erkennen«, erläuterte Carlos, »er war von den Vögeln zerfressen, vom Schlamm der Flußmündung, von der Zeit, bis sie ihn gefunden haben. Der Inspektor von der Kriminalpolizei hat mir erzählt, daß es nicht einfach ist, einen Toten im Schilf zu finden, und dann tun die Möwen so, als kennten sie ihn nicht, als wüßten sie von nichts und würden nichts riechen. Die Möwen, die Albatrosse, die Enten, diese ganze ungewöhnliche Fauna am Meer.«

Einer von den beiden Männern ließ sein Motorrad stehen und kam ans Auto. Aus der Nähe betrachtet sah er älter aus, verbrauchter, als er zunächst angenommen hatte, mit dunklen Furchen auf den Wangen und roten, geschwollenen Händen voller Frostbeulen und Schwielen:

»Immer geradeaus bis Murtosa, und dann ist der Gasthof immer ausgeschildert, als wärs eine Stadt. Von Aveiro auf die andere Seite gehts nur mit dem Boot.«

»Plötzlich ist dir deine Karriere egal, der Kongreß und deine Arbeit über den Sidonismus und die Promotion, was ist dir denn über die Leber gelaufen?« sagte Marília. »Man könnte fast meinen, das Leben hätte keinen Sinn mehr für dich.«

»Ich scheiß auf die Freundschaft«, antwortete er, »von mir aus kannst du dir die Freundschaft in den Hintern stecken.«

Und dann brüllend, dunkelrot vor Wut:

»Wen willst du denn jetzt um den Finger wickeln, du blöde Kuh?«

»Auf mich kannst du dabei nicht einen Fingerbreit zählen«, sagte der Vater und zeigte die Spitze des kleinen Fingers. »Das hat mir noch gefehlt, ein Dummkopf von Sohn, der gegen die Regierung arbeitet. Die Politik ist eine zu ernste Sache für Kinder.«

»Gut, ich werde Ihnen eine Assistentenstelle geben«, sagte der Alte mit dem Schnurrbart, unter einem Stich mit einer wirren Schlachtenszene sitzend, auf dem Kerle mit gezücktem Degen (Spanier?) sich freundlich in rasender Fröhlichkeit massakrierten. »Niemand interessiert sich ernstlich für die Erste Republik, und Sie können uns einen interessanten Beitrag liefern. Die psychosoziale Komponente Ihrer Arbeit über die fernen Ursprünge des 5.Oktober hat mir gefallen, obwohl einige Ihrer Theorien mir umstritten und phantastisch erscheinen.«

(»Wenn die Vögel sterben«, erklärte der Vater, »treiben sie mit dem Bauch nach oben im Wind.«)

»Ein bißchen weniger Freud und mehr Objektivität würde Ihnen guttun. Nun ja, was das letztere angeht, war Oliveira Martins nicht viel anders als Sie.«

Damals trug ich eine Brille à la Gramsci, war dick, leicht erregbar, und die Haare fielen mir noch nicht aus: ein Kranz fettiger Locken umrahmte meine Wangen, aber mein Vater war reich, Tucha, und ich eigentlich ein nachsichtiger Ehemann: du gingst von Anfang an in unserer Ehe viel allein weg, verbrachtest viele Stunden außer Haus, hattest abends so viele Besprechungen an deinem Arbeitsplatz, warst Sekretärin für irgendeinen Freund deines Vaters in irgendeiner Container-Firma, warst Versicherungsvertreterin, um Geld zu verdienen: Kleider, Schuhe, Skifahren in der Sierra Nevada in der Karnevalszeit, Gruppenwochenenden (in Gruppe?) im Algarve. An irgendeinem Punkt deiner Geschichte gab es einen verheirateten Mann, um einiges älter als du, dessen Namen ich nie erfahren habe: ob es im Lauf unseres Zusammenlebens andere, ältere Männer gegeben hat, weitere Geheimnisse? Der ölige Morgen legte sich mit seiner trostlosen Schwere auf Marílias Gesten:

»Einfach so an die Flußmündung in Aveiro, sieh an. Manchmal, da frage ich mich selbst, warum ich es mit dir aushalte.«

Schwarze Launen, wütende Melancholie, Beklemmungen von der Farbe der Wolken ballten sich über dem Meer zusammen, Kissen über Kissen aufeinandergetürmt, voller Doppelkinne aus Taft. Die irritierende Stimme dieses Winzlings, der ihm vor diesen Typen in Zivil, die die Tür bewachten, wohlwollend auf den Hintern klopfte. Von der Traurigkeit der Pinien hingen lange, schwere, durchsichtige Tränen herab, warum zum Teufel habe ich mich mit einem Bourgeois eingelassen, die Frau mit den grauen Haaren, die den Hund in einem ausländischen Park ausführte, nahm die dunkle Brille ab und lächelte: ihre Augen verschwanden in lauter Falten:

»Ich kann mich nicht mehr genau an meinen ersten Mann erinnern«, sagte sie zögernd, »es ist zwanzig Jahre her, und allmählich vergißt man die Menschen. Ich erinnere mich bloß, daß er sich nicht trennen wollte, daß er einen fürchterlichen Aufstand gemacht hatte, mit Geschirr um sich warf und die Nachbarn weckte. Die Wut des Schwachen, verstehen Sie, der rührende Ärger eines Verunsicherten. Danach hat er eine Zeitlang mit irgend so einer kleinen Kommunistin zusammengelebt, einer Kollegin, so einer mit rotem Poncho und Holzpantinen, und dann hat er sich das Leben genommen, halb verfault tauchte er im Schilf von Aveiro auf, im Schlick, umgeben von Vögeln. Er sollte zu irgendeinem Kongreß fahren und ist dort gar nicht aufgetaucht, er kam sowieso nie zu Verabredungen, die er getroffen hatte. Und was das Sexuelle angeht, ich habe noch nie sowas Ungeschicktes gesehen, er brachte keine Erektion zustande, wurde nervös, gab lauter Entschuldigungen von sich und fing an zu weinen. Ich verstehe Ihr Interesse nicht, es gibt bestimmt nicht viele Leute, die sich Gedanken über ihn machen.«

»3,2 Kilogramm bei der Geburt und anfänglich Schwierigkeiten, die Brust zu nehmen«, las der Kinderarzt linkisch von der Karteikarte ab. (Es war niemand im Wartezimmer.)

»Die üblichen Kinderkrankheiten, alle Impfungen in Ordnung, mit acht Jahren operiert wegen Fimose.«

Er sah langsam vom Papier auf:

»Sie wissen sicher, was das ist, dieses Problem mit dem Penis, wenn die Vorhaut sich nicht bewegt.«

Wir sind gleich in Aveiro, Marília, es sind immer öfter Schilder, Gasthof, Gasthof, Gasthof, Gasthof, Pfeile, die in den Morgennebel zeigen, ein Geruch nach fauligem Wasser, man ahnt den Strand, und ich habe mir nichts für dich überlegt, ich finde keine Worte in meinem Kopf, die dir erklären, was ich fühle oder nicht fühle, daß ich wieder fliehen möchte, das Innere nach außen kehren, weggehen, statt in diesem Scheißland zu bleiben, mit all diesen Kinos, diesen Bars, diesen bärtigen Freunden, diesen weitschweifigen Künstlertypen, die vor einem einsamen Bier all das herausbrabbelten, was sie nie in die Tat umsetzten. Ich mag dich nicht mehr (habe ich dich je gemocht?), ich möchte lieber für eine Weile allein leben (habe ich eigentlich etwas anderes gewollt, verdammt?), ich brauche einfach einen Alltag ohne Fesseln, kapiert, ohne Stricke, die meine Beine und Arme festbinden (ich werde schnell genug neue finden, keine Angst), die Kinder werden größer, und ich brauche mehr Zeit für sie (wie viele Wochenenden ist es her, daß ich sie nicht getroffen habe?), wir sind gleich in Aveiro, und ich habe den Duft deiner Haare vergessen, die Form deiner Brust, die Art, wie deine Schenkel langsam feucht werden. Wenn Verwandte kamen, baute mein Vater das dreifüßige

Gestell hinten im Wohnzimmer auf, stellte den Projektor auf, löschte das Licht, ein weißes Viereck flimmerte auf der Leinwand, rote Striche und Kreuze zitterten und lösten sich auf, ein Lichtkegel, in dem der Zigarettenrauch sich in langsamen Kringeln über unseren Köpfen eindrehte, und dann das Meer voller Albatrosse, im stumpfen Winkel die Linie der Gischt, bis an den Horizont der sägemehlfarbene Strand, und wieder die Albatrosse im dichten Rahmen aus dichtem Filmblau, ihre spindelförmigen Körper, die geöffneten, blassen Schnäbel, die flachen Wedel der Flügel, Dutzende, Hunderte, Tausende von Vögeln, deren Krächzen und Kreischen man sich vorstellte und ein leichtes Stöhnen wie bei Kindern, Vögel auf den Felsen, wie sie sich herausforderten oder bekämpften, aufgebläht, rasend, leidenschaftlich, ausgelassen, wie sie sich riefen, provozierten, entfernten, mein Vater filmte nur Vögel, und die Gäste gaben gelehrte, tiefgründige Kommentare von sich, steckten sich Zigarren an, taten Eiswürfel in ihre Whiskygläser, das Stimmchen am Telefon klang plötzlich hart, gebieterisch, überrascht:

»Philologie? Warum denn Philologie, da kannst du doch nur Oberschullehrer mit einem lächerlichen Gehalt werden? Sei doch vernünftig, Junge, Wirtschaft oder Jura, aber doch nicht Philologie, sowas Erzdämliches. Kennst du jemand mit Philologiestudium, der ein Unternehmen leitet? »

»Er weigert sich, für uns zu arbeiten«, teilte der Freund des Vaters mit der bifokalen Brille mit, der das Büro in London leitete, während er mit scharlachrotem Stift maschinengeschriebene Absätze in einer dicken Akte unterstrich. »Es interessiert ihn überhaupt nicht, was ihm gehört, was einmal aus ihm werden soll, seine Schwager werden ihn im Handumdrehen übers Ohr hauen, und da beschäftigt der Kerl sich mit Dom Afonso Henrique und Dom Pedro IV, diesem blöden alten Kram, für den sich niemand interessiert, verbringt seine Tage in der Bibliothek über Manuskripten. Also ehrlich, ich weiß nicht, wo er diesen Spleen herhat.«

»Philologie?« fragte die Mutter stirnrunzelnd, »was ist das?«

Sie mischte die Karten mit der Fertigkeit eines Taschenspielers, verteilte sie rasch über das grüne Tuch an die Mitspieler, und jetzt hast du Krebs, bist blaß, ganz mager, du wirst sterben, die Kusine, die nie etwas zu tun hat, erlebt strickend deinen einsamen Todeskampf, vielleicht wird das Telefon am Wochenende in einem Hotelzimmer klingeln, in dem ich nicht bin, meine jüngste Schwester schluchzend Der Priester ist gerade rausgegangen, es wäre nicht schlecht, wenn du kommen könntest, aber ich bin nach Aveiro gefahren, Schwesterchen, um mir, wie egoistisch, selbst die Vögel zu erklären, die Möwen, die man jetzt in der Ferne sieht, dort, hinter den Pinien, wie sie kreisen oder in langen, aufsteigenden Schleifen fliegen, ich bin nach Aveiro gefahren, und ihr könnt mir alle gestohlen bleiben mit euren Familienproblemen, euren kleinen Toden, die mir so fern sind wie das Landhaus in meiner Kindheit, wenn mein Vater mich auf der Schulter trug, um mir unter der riesigen Kastanie von den Vögeln zu erzählen, es soll mir alles gestohlen bleiben, nur dieser Duft nach fauligem Wasser nicht, wo ich jetzt hinkomme, diese Weiden, die Gräser, diese namenlosen Bäume, nur die Betten sollen nicht so weich sein, sagt Marília, ich kann auf einer weichen Matratze nicht schlafen, denn sogar meine Träume gehen mir darin unter, resigniert, schon demütig, schon bereit zur Sicherheit andauernder Waffenstillstände. Diese Frau mag mich, dachte er überrascht und überholte einen Traktor, diese Frau mag mich wirklich, wie seltsam, noch mehr Nebel, mehr Pinien, kein Haus jetzt, nur Erde und Wasser, beide horizontal und grau, näherten sich und verschwammen ineinander, spiegelten sich eins im anderen wie parallele Spiegel, die sich beobachten, welches von beiden ist wirklich, Junge, halte sie auseinander, wirklich und falsch, ohne sie zu berühren, befahl der Geographielehrer, dunkle Männer radelten auf dem Seitenstreifen die Straße entlang, wohin wohl?, beugten den breiten, aufgeplusterten Rücken über den Lenker, Philologie, wiederholte die Mutter stirnrunzelnd, was soll denn das, Philologie, Wie schlafen die

Vögel wohl, fragte er sich, suchte in den Taschen nach Zigaretten, mein Gott, wie ungeheuer viele Dinge mußten in meiner Kindheit geklärt werden, die Dunkelheit, die Sonne, der Regen, das Lachen der Menschen, und in diesem Augenblick ein einzelnes Haus am Wasser bei kleinen, verfaulten Booten, die mit Ankern und Tauen im Schlamm festgemacht waren, zwei oder drei Autos mit ausländischen Nummernschildern (Frankreich? England? Deutschland?) vor der Tür geparkt, wir nahmen die Taschen aus dem Wagen, wie üblich wollte der Kofferraum nicht aufgehen und nicht zugehen, er mußte die Hände ganz fest auf den Deckel drücken, bis er ein beruhigendes Klicken hörte, schon gut, Marília; allein, am Strand, ganz aufrecht, betrachtete er den Fluß, der ohne ein Kräuseln auf ungewisse Meere zuströmte, nur Stämme und Stille umgaben sie an diesem plötzlich unendlichen Morgen ohne blaue Gucklöcher, er nahm den Koffer, ein anderes und noch ein kleineres Gepäckstück, du hast nach diesem schwarzgelackten Ding gegriffen, das aussah wie der Koffer eines dieser fein gekleideten Ärzte aus einem Western (Wo ist der verwundete Sheriff?), in dem die Toilettenartikel getragen werden, Der Mann da, Doktor McGraw, auf den Spiegelscherben vom Saloon ausgestreckt, und sie gingen wortlos hintereinander her auf das Gasthaus zu, die gläserne Eingangstür, *English spoken*, Etiketten mit Namen von Touristikvereinen waren neben die Klinke geklebt, Hunderte von Möwen schwebten schweigend über der grenzenlosen Bucht, als seien sie sanft auf einen Metallstreifen gesetzt, ohne Reflexe, rechts an der Theke eine Frau mit Brille, die etwas in irgendein Kontenbuch eintrug, hinter ihr hingen Schlüssel in einem Schränkchen, und weiter weg eine Art Wasserfall, verschwenderisch mit Blumen geschmückt, ein großer, hagerer Angestellter in Weste und glänzenden Schuhen stieg im Hintergrund eine Treppe hinauf, Wir möchten gern ein Zimmer, bis Sonntag, sagte ich, die Frau mit der Brille fuhr ungerührt mit ihren Zahlen fort, die Möwen draußen tanzten nun sanft, unmerklich auf und ab sich wiegend, Ein Zimmer bis Sonntag, wiederholte er lauter, ließ den Koffer und die größere Tasche, pluff, pluff, wie Leichen auf die Fliesen im Vestibül fallen, Plakate von Espinho und Armação de Pêra, der übliche Hahn von Barcelos auf einem Regal, ein Keramikaschenbecher mit einer schlecht ausgedrückten, noch schwelenden Kippe, die kurzsichtige Frau, immer noch mit dem Kinn nach unten, reichte uns, ohne uns anzusehen, die Meldekarte hin, Einen Kugelschreiber, bat ich Marília, die voller ironischer Neugier von Plakat zu Plakat tänzelte, Wie beschissen, unser Land, erklärten ihre Grimassen vor den Papierlandschaften, ehrlich, wie beschissen, unser Land, Wie immer, wenn du dich über mich ärgerst oder wunderst, dann wird deine Wut kosmisch, dachte er, umfaßt in konzentrischen Kreisen das ganze Universum in einer einzigen, rauhen Woge, die nach Espinho schmeckt, nach Armação de Pêra, Barcelos, Campo de Ourique am Sonntag, wenn ich nicht erkältet bin, Benfica hat gewonnen, es ist Sommer, und meine Wirbelsäule tut nicht weh, ich gehöre gern hierher und bin ab und zu mit dir zusammen, irgendein Zweig strich seine trockenen Strähnen wie den struppigen Schopf eines Alten am Fensterkreuz entlang, und das Geräusch kratzte mir in den Ohren wie die Kreide vom Lehrer in der Schule, ich schob die Karte hinüber, die Frau mit der Brille streckte den Arm aus, ohne hinzusehen, ohne mich anzublicken, griff mit der erstaunlichen, behutsamen Geschicklichkeit chirurgischer Pinzetten einen Schlüssel, gab ihn mir, ich hob den Kopf und sah vor mir zwei riesige, durch die Dioptrien unmäßig vergrößerte Augen, ein Paar abstoßender Insekten, umgeben von den unzähligen Füßchen der Wimpern, die Möwen flogen alle gleichzeitig auf, beschrieben im Nebel eine Spirale nach oben, ließen sich in der Bucht näher an der Mündung nieder, ich wollte sie einzeln wahrnehmen, sie zählen, eins zwei drei vier fünf sechs sieben und acht, ich war gerade bei neunzehn, als du mich riefst, Rui, mir fehlten noch so viele Möwen im Kopf, so viele Möwen an diesem düsteren, mit Kälte und Feuchtigkeit satten Morgen, jetzt trug ein Mann, auch in Weste und glänzenden Schuhen, aber älter, mit zerfurchtem Gesicht, ein Bauer, wie ein gedemütigtes Tier mit dem breiten, knochigen Rumpf eines Maultiers (Sie zahlen ihm sicher weniger als den anderen) unser Gepäck über den Flur, Zimmer mit Blechnummern, ein ausgeblichener Teppich, schäbige Aquarelle an den Wänden, ein Zimmermädchen in braunem Kittel ging an ihnen vorbei, zog einen Staubsauger hinter sich her, dessen schlaffer Rüssel wie bei einem toten Elefanten herabhing, Hier ist es, sagte der Bauer und kämpfte mit einem widerspenstigen Schloß wie dem am Kofferraum des Autos, ein ganz schmaler Eingang mit einer eingerahmten Preistabelle, ein kleines Abteil im Dunkeln, wo man den glänzenden Handtuchhalter ausmachen konnte (die kleinen Seifenstücke, dachte er, ich hasse diese kleinen Seifen, die sie unweigerlich auf die Hotelwaschbecken legen, hübsch schön eingepackt in Silberpapier mit Blümchen drauf), zwei Betten mit geblümten Decken, die Klingelknopfwarze an einem Kopfende, eine Spiegelkommode, und wir drei gegenüber, alle drei gleich, aber Linkshänder, sahen uns ernst an, Ich habe mich nie ans Erwachsensein gewöhnt, dachte er, wie dumm das alles ist, wenn mein Vater, ich weiß nicht bis wann, alles für mich regelte, den Ferienort auswählte, die Trinkgelder bezahlte, das Auto reparieren ließ, die kleinen Dramen des Lebens glätteten sich eines nach dem andern mit der Leichtigkeit von Wundern, Der Mathematiklehrer gibt dir diese Zensur und jetzt sieh zu, daß du nicht mehr in die Klemme kommst bis nächstes Jahr, Du hast diese Woche einen Termin beim Zahnarzt, Übermorgen stellst du dich beim Generalstab vor, bei Major Barroso, und er wird die Sache im Handumdrehen für dich regeln, der Vater, die Freunde des Vaters, die Strategien des Vaters, die Macht des Vaters, das Geld des Vaters, und jetzt mußte er im Kopf überschlagen, ob der Scheck, mit dem er das Gasthaus am Sonntag bezahlen würde, gedeckt war, der Bauer öffnete eine Gardine, das Fenster ging auf den Vouga, und er fand die ruhige Klinge des Wassers wieder, eine Klinge ähnlich dem Wind, der über Gräser hinstreift, die Mutter unterhielt sich mit den Freundinnen über Dienstmädchen, Erklär mir die Vögel, Vater, er schob zwanzig kleingefaltete Escudos in die Hand des Mannes, die Tür schloß sich, sie waren allein, und es überkam ihn dieselbe Panik wie an jenem Nachmittag, als er zum ersten Mal Verkehr hatte, er fragte den ältesten Schwager, Wie macht man das mit den Beinen, und wohin mit den Armen, was mach ich denn, das Mädchen lächelte im Bett, das Betttuch bis an den Hals hochgezogen, Komm her, Kleiner, ein Junge bringt Glück, und mir geht es echt beschissen, sie war von der sentimentalen Sorte, lauter komplizierte, unvorstellbare Probleme, der Selbstmord ihres Mannes, der Tod ihres Sohnes, einige tragische Monate im Sanatorium, Siehst du diese Narbe von einer Rippenfellentzündung?, schließlich saß er auf dem Bett, streichelte ihr Haar und kam sich erwachsen vor und verantwortungsvoll, Du mußt wieder heiraten und glücklich werden, weißt du, ihre Achseln rochen penetrant und unangenehm (Knoblauch?), ihr Mund strich über seine Brust abwärts, leckte eine Weile seinen Bauchnabel, die Schamleisten, die Testikeln, auf dem Laken ausgestreckt mit geschlossenen Augen wand er sich in unbekannter Lust, Wellen zogen über seine Haut, er denkt, ich werde mich um dich kümmern, dich wieder hinkriegen, wenn ich das siebte Jahr hinter mir habe, besorge ich mir eine Stelle und eine Wohnung irgendwo, Wohnungen gibt es immer, ich möchte gern in Estrela oder in einem Stadtteil wohnen, wo man den Fluß sieht, du ziehst dir den Mantel aus synthetischem Leopard an, und samstags gehen wir ins Kino, Liebesdramen im Odeon, VORBILDICHES EHEPAAR, REBELLISCHER INGENIEURSSPRÖSSLING UND EHEMALIGE PROSTITUIERTE VOM PAPST EMPFANGEN, ihre Zunge verweilt am Penis, bis die Lippen meinen Zylinder verschlingen, aus dem es tropft, rot vor Erregung, Schau, wie er schwillt, gleich komme ich, was machst du dann (spucken? hinunterschlucken? spucken? hinunterschlucken? spucken? hinunterschlucken?) mit dem, was aus mir rauskommt, und gleich darauf, Na also, gib schon her, zweihundert, war doch nicht schlimm, oder?, sie zog nicht einmal den schwarzen Büstenhalter mit einer Spitzenrose in der Mitte aus, wer weiß, vielleicht war sogar der Sohn gelogen, er ging die Treppe hinunter, angewidert von der Welt stellte er sich die Leute vor, die sich von Viadukten stürzen, sich an der Brüstung vornüberlehnen, er ging zu Fuß weiter bis São Pedro de Alcântara, stieß mit dem Fuß Papierfetzen auf dem Weg vor sich her und gleichzeitig dachte er sich eine wirksame Art aus, sich am ganzen Universum zu rächen, preßte die Hände an das kalte Eisengeländer, trügerische Stadt, dachte er, bis ins Mark verrottet trügerisch, so viele Häuser und so viele Straßen voller Halunken und Arschlöcher, er hatte die Stirn an das Fensterkreuz gelehnt, um den Fluß zu betrachten und die Bewegungen der Vögel, und der Spiegel im Zimmer des Gasthauses warf hinter ihm sicher den schwunglosen, schmalen Rücken seiner dreißig Jahre zurück, sie verstauten wortlos die Wäsche in den Schubladen, er putzte sich die Zähne, um den bitteren Tabakgeschmack von der Zunge zu waschen, da stehe ich, Schaum läuft mir über das Kinn, und diese Falten, diese Schatten unter den Augen, diese Furchen wie ein Siebzigjähriger, du zogst die Hosen hinunter, Marília, den Slip, setztest dich auf das Klo, um zu pinkeln wie eine Tonleiter auf der Harfe, mit den Ellenbogen auf den Knien und dem Kinn auf die Hände gestützt, und daß du kein Schamgefühl hattest, ärgerte mich, du hättest damit warten können, bis ich draußen war, wischtest dich wie üblich mit viel zu viel Klopapier ab, einem ellenlangen, endlosen Stück, wütend vom Halter gerissen, Tochter von Proletariern und Kommunisten, verschwenderisch wie sonstwas, die Zahnpastamenge, die du zum Beispiel auf die Bürste drücktest, die Bäder in der randvollen Wanne, der Pilot des Wasserboilers brannte ewig wie ein Votivlämpchen, und dann den Slip rauf, die Strumpfhose, die Hosen (du mußtest immer mit dem Hintern wedeln wie eine Pute, um reinzupassen), das ab und zu mit den Händen gekämmte kurze Haar, keine Schminke, das lange, weite Männerhemd fiel an dir herunter wie die Haut auf den Knochen von Menschen, die abnehmen, Tucha brauchte Stunden, um sich zurechtzumachen, malte sich die Augen mit einem Stift an, trug Lidschatten auf mit einer kleinen Bürste, aber wenn ich das jetzt aus der Distanz betrachte, dann finde ich das genauso öde, mein Wunsch nach Einsamkeit ist der gleiche, meine Sehnsucht nach Schweigen, ich will gleichzeitig in Ruhe gelassen werden und doch nicht, geliebt werden und nicht geliebt werden, gerufen, aber auch vergessen werden, Tucha rückte das Bild von uns vieren auf der Kommode zurecht und fragte in freundschaftlichem Ton:

»Wo schon alles ausgemacht ist, wann ziehst du jetzt aus?«

Zwei ältere ausländische Paare, jedes an einem Tisch, aßen in der Veranda des leeren Eßzimmers zu Mittag, wo der magere Angestellte ein zweistöckiges Tablett vor sich herschob mit Käse und Torten, und als sie sich einander gegenüber hinsetzten wie zu einer Schachpartie, lächelte einer der Alten ihnen zu. Es kam ihm so vor, als würde das Wasser in umgekehrter Richtung fließen, langsam, dunkel wie geschmolzenes Blei, seine unzähligen Vögel mit sich zerrend. Ein riesiges Boot mit gelblichem Segel und drei verschwommen erkennbaren Männern fuhr an der Veranda vorbei. Ein nicht lokalisierbarer Hund bellte. Ein Mann in rotem Jackett sammelte gelangweilt die Speisekarten ein (wozu die Kordel in der Mitte?).

»Aveiro«, sagte Marília, als wollte sie die letzte Haltestelle ankündigen. »Man wartet auf den großen Auftritt.«

»Für mich handelte es sich um Gäste, die genauso wie die anderen waren«, bekräftigte die Frau mit der Brille von der Rezeption und blinzelte mit ihren gigantischen Augen. »Ich mache keine Unterschiede bei den Kunden.«

Das Consommé war einfach aus der Tüte (Ein Leben lang dazu verdammt, von der Kindheit bis zum Tod, Tütensuppen zu essen, stellte er resigniert fest), die Eier schlechter gekocht als bei der alten Hausangestellten der Eltern, die um die fünfzig herum (Sie hat von hier aus geheiratet, sagte die Mutter stolz) einen schielenden Finanzbeamten ehelichte, und ich wurde Pate ihres Sohnes, so ein Kindskopf, der zu Weihnachten ankam, in Hahnentritt gekleidet, in gieriger Erwartung eines Geldscheins, Frohe Weihnachten, Onkel, und er still bei sich Geh zum Teufel, du Mißgeburt, der Patensohn starrte ihn an, ohne den Blick abzuwenden, wie ein hungriges Hündchen, mit den schüchternen Füßen trat er auf den Fransen des Teppichs herum, das fade Fleisch sah aus wie ein Berg Fett mit Kartoffeln und welkem Grün drumherum, die Engländer (es lagen englische Zeitungen auf ihrer Tischdecke) unterhielten sich von Tisch zu Tisch, gaben von Tisch zu Tisch ihre wohlerzogenen Blähungen weiter, durch die offene Küchentür sah man einen sorgfältigen Besen, der die Fliesen kehrte, ich lehnte mich im Stuhl zurück und bestellte zwei Kaffee. Die meisten Vögel, erklärte der Vater, abgesehen von Wellensittichen, Papageien und so, leben nur sehr kurze Zeit, wenn sie nicht schon bei Geburt sterben, es gibt welche, die ziehen zum Winter in wärmere Länder, und welche, die die Reise nicht schaffen und irgendwo unterwegs bleiben, und die, die von Uhus und Eulen verschlungen werden, wenn sie in der Dämmerung aufgestöbert werden, wenn sie zu spät dran sind und in der Nacht auf dem Weg in den Wald zu entkommen versuchen, Die ganze Leier hat sie heruntergebetet, dachte er im Garten von São Pedro de Alcântara, betrachtete die Dächer, das Labyrinth der Straßen und das blasse Blau des Himmels in namenloser Melancholie, wirklich die ganze Leier, und ich Rindvieh habe es auch noch geglaubt, eine behaarte Ziege, hat sich nicht mal die Mühe gemacht, die Unterwäsche auszuziehen, Komm, mein Kleiner, in mein Mündchen, wie salzig das Wasser von deinem Pimmel ist, Danke, sagte er plötzlich brüsk, ich möchte keinen Kuchen und keine Frucht, schüttelte den Umschlag mit dem Zucker, riß ihn an einer Ecke auf, schüttete den Inhalt in die braune Flüssigkeit, Philologie machen nur Mädchen und Schwule, bemerkte Carlos, Mutter hat gesagt, wenn du willst, bezahlt sie dir einen Journalismuskurs in Brüssel, die Belgierinnen sind große Klasse, du würdest dich prima amüsieren, Höchstens bis zum Monatsende, gestand Tucha ihm zu, es ist sinnlos, daß wir in dieser Form weitermachen, sie erhob sich, ging im Wohnzimmer auf und ab, blieb vor dem Bücherregal stehen, an die Buchrücken waren Fotos mit strahlenden Babies und Erwachsenen gelehnt:

»Wegen der Kinder«, meinte er, »der einzige Punkt, der mich interessiert, sind die Kinder.«

»Meine Enkel sind zutiefst traumatisierte Kinder«, sagte die Mutter, mit dem Kopf unter der Trockenhaube, während die Fußpflegerin auf Knien ihre Füße umhegte, die Ballen rieb, die Nägel anmalte. »Sie machen bis dreizehn ins Bett, und welches Dienstmädchen soll das heutzutage mitmachen?«

»Ein vollkommen gewöhnliches Baby«, schloß der Kinderarzt und gab der Krankenschwester die Karte, »bis ich ihn irgendwann aus den Augen verloren und nie wieder untersucht habe. Er muß jetzt dreiunddreißig, vierunddreißig sein, oder?«

»Ich war bei einem Psychologen«, sagte Tucha, »und er hat mir versichert, es sei die ideale Lösung für die Kinder, wenn sie allein bei mir leben, ohne Streit, ohne Auseinandersetzungen, ohne unser ständiges Gezänk.«

Die Fläschchen, die Windeln, vor allem die Schwangerschaften, dein riesiger Bauch, der über den geschwollenen Beinen tanzte wie eine Plastikgans an der Schnur, die lächerlichen Übungen für eine schmerzlose Geburt, zwanzig liegende, dickbäuchige Frauen, die im Takt mit den Männern atmen, die ihnen die Hand halten (Als würden wir fremdartige, abstoßende Tiere an der Leine unserer Arme halten), mitten in der Nacht aufwachen und spüren, wie dein Gesicht sich in einer Art Torso eines verankerten Wals fortsetzt, sacht gegen die schäumenden Falten des Kopfkissens schnaubt, der unbekannte Geruch deiner Haut, der seltsame Fisch, der in dir wohnt, eingerollt, die Eingeweide, dein blasses Lächeln in der Klinik, du bist glücklich, Liebes, deine weißen Hände, der flache Bauch. Wie ist es möglich, denkt er, daß sich so vieles verändert hat, wie ist diese Kälte zu verstehen, diese Distanz, dieser plötzliche Abstand zwischen uns beiden? Vielleicht sind wir zu jung, zu naiv, vielleicht haben die Zeit und die Lügen und die Irrtümer kein Mitleid mit uns, verzeihen uns nicht den geringsten Fehler, nicht die geringste Abweichung von der Berechnung, nicht die geringste Unaufmerksamkeit: an welchem Punkt unseres gemeinsamen Lebens habe ich nicht achtgegeben?

»Wir können es doch noch mal versuchen«, sagte er, »es ist nichts irreparabel.«

Sie hatten gerade Kaffee getrunken und waren ins Schlafzimmer zurückgegangen. Die vertäuten Boote verblaßten wie altes Haar, die Vögel schaukelten auf dem Fluß, auf dem gegenüberliegenden Ufer reckten sich, mit Kohle gezeichnet, einige Schornsteine aus dem verwischten Nebelgrau heraus, das wie eine Spirale über dem einsamen Gasthaus lag. Er setzte sich auf das Bett, um die Schuhe auszuziehen (am Kopfende hing in einem Raphia-Rahmen eine Zeichnung mit einem grünen Schiff), streckte sich auf der Decke aus, mit dem Bauch nach oben, während Marília sich im Raum nebenan die Zähne putzte (sie putzte sich dauernd die Zähne, wie übertrieben, mit diesem unangenehmen Geräusch der Bürste gegen den Zahnschmelz, beim Aufwachen, nach den Mahlzeiten, beim Zubettgehen): mit ihr war es anders gewesen, langsam, gemächlich, ohne übermäßige Begeisterung, aber dafür konnte er über das sprechen, was ihn interessierte, was ihn begeisterte, über die Partei, er hatte das Gefühl, daß man ihn verstand, ihn akzeptierte, sich unterhalten, die Meinungen des anderen hören, Filme, Bücher, die Universität, seine hochtrabenden, verworrenen Pläne, seine stürmischen Träume, die Lehre von der Geschichte anders zu gestalten, eines Nachts hatten sie sich sehr lange unterhalten, seine Augen schmerzten von den Zigaretten, die er geraucht hatte, eine bläuliche Helligkeit zog sich über den Himmel, Warum bringst du morgen deine Sachen nicht her, schlug er mitten in einem der Gespräche über Michelet oder Toynbee vor, Das sind die Kakadus, sagte der Vater, und das da die Hühnergeier, das da Adler, die mit dem langen Schnabel, das sind Ibisse, die beiden gingen in den Zoologischen Garten, um die Vögel aus der Nähe zu betrachten, ihre wilden Kristallinsen, die kleinen Krallen an den Füßen, die Anordnung der Federn auf den Flügeln, die größeren und die kleinen, die hellen Härchen an der Brust, die Raben liefen wie wir über den Zementboden, der voller Exkremente und Schalen lag, die Störche glichen einem Freund des Vaters, der beim Gehen die Füße immer ganz hochhob, die wie von zu engen Schuhen verkrümmten Füße der Straußenvögel rührten ihn, der Vater sagte, jeder Laut, den sie ausstoßen, bedeutet einen neuen Satz, wir sind noch nicht genügend entwickelt, um bestimmte Sprachen zu verstehen, bestimmte Gesten des Kopfes, oder zum Beispiel die Linie ihrer Flüge, Marília holte ein Buch mit einem grellen Umschlag aus ihrer Tasche und setzte sich zum Lesen auf ihre Matratze, resigniert wie eine Ehefrau in einem vor dem Fußballstadion geparkten Auto, die Federn protestierten quietschend, wenn einer von ihnen sich in den Kissen zurechtlegte, die jüngste Schwester, in Schwarz, öffnete mit geschwollenen Augenlidern die Wagentür und sagte:

»Ich weigere mich, vor der Presse irgendwelche Erklärungen abzugeben, ihr von der Zeitung verdreht nur alles.«

»Ich will nicht ich will nicht ich will nicht« sagte Tucha wütend, »und ich glaube, du solltest lernen, die Dinge so zu nehmen, wie sie sind. Beziehungen gehen zu Ende.«

Der Satz stammt nicht von dir, denkt er, den hast du irgendwo gelernt, beim Psychologen, von einer Freundin, einem Liebhaber, bei einem dieser endlosen Telefongespräche, wenn du dich im Zimmer einschließt, um dummes Zeug in den Hörer zu gurren. Ich hasse dich, denkt er, ich werde unsere Kinder gegen dich aufhetzen, sie auf subtile Weise vergiften, tropfenweise, Sonntag für Sonntag, Eure Mutter will nicht mit mir zusammenleben, Eure Mutter will nicht, daß ihr einen Vater habt, eure Mutter will mich durch einen anderen ersetzen, ich werde nachts mit einem Stock im Schatten deines Hauses stehen und jedem, der es betritt, die Hörner einschlagen, um elf Uhr parkt ein Kerl seinen Wagen, kommt näher, klingelt, und ich schlage mir selbst sanft mit dem Knüppel auf den Schenkel, Wenn du mit der Frau sprechen willst, du Hornochse, dann rede erst mit ihrem Mann, der Kerl weicht entsetzt zurück, zögert, Ich muß mich in der Tür geirrt haben, ein erbärmliches Lächeln verhohlener Niederlage, Ja sicher, ich wollte zur sechsundfünzig, und das ist die vierundfünfzig, entschuldigen Sie, ich trete zwei Schritte vor, im Innern amüsiere ich mich, mürrisch nach außen, Das kann schon sein, aber Ihr Gesicht ist mir nicht unbekannt, kommen Sie doch mal hier unter die Laterne, damit ich Sie besser betrachten kann, Ich habe mich in der Nummer geirrt, das ist alles, ich muß los, ich hab es sehr eilig, stöhnt der Junge, scheißt sich in die Hose vor Angst, denke ich, Dir quetsche ich die Eier ein mit dem Knüppel, deine Eierchen so groß wie gekochte Erbsen, seine Stirn voller Angstfalten, er trabt von der Seite verstohlen auf sein Auto zu, versucht den Schlüssel in die Tür zu stecken, ohne daß ich es sehe, abzuhauen, zu verschwinden, zu fliehen, ich greife ihn am Schlips, und dann kommt halb erwürgt, Was wollen Sie was wollen Sie was wollen Sie, jault er vor Angst, Was haben Sie vor, mein Herr, verbessere ich ihn und drücke ihn auf die Haube, stoße ihm mit dem Knie in die Rippen, Marília legt das Buch auf den Nachttisch, legt sich auf die Seite in das Bett, das von meinem durch einen gräßlichen Teppich getrennt ist, schließt die Augen, aber ich weiß, daß du darauf wartest, daß ich etwas sage, du kannst dir vorstellen, daß ich etwas ausbrüte, ich weiß, daß du unter den gesenkten Lidern hervor unruhig zu mir herübersiehst, daß du mich merkwürdig findest, erregt, unglücklich, ich hebe den Hörer ab, verlange die Nummer der Klinik, Herrgott nochmal, in Amoreiras im Sterben liegen, Zimmer siebzehn bitte, Einen Augenblick antwortet die Stimme der verliebten Eule, einige Geräusche, Quietschen, Knacken, Ja, sagt die Kusine, Ich bins, sagt er, wie geht es Mutter, Mäßig, antwortet die Kusine nach kurzem Zögern, willst du mit ihr sprechen? Nein, antwortet er, ich wollte nur wissen, wie es steht, mach dir keine Sorgen, sagt die Kusine mit erzwungener Fröhlichkeit, beschäftige du dich da mit deinem Dom Dinis, wir kommen hier schon zurecht, War Vater da, fragt er, wieder Schweigen, diesmal kürzer, Er hat vom Flughafen angerufen, sagt die Kusine, er fliegt nach Schottland, aber deine Schwestern sind hier gewesen und wenn du was ausrichten willst, ich lege plötzlich auf, betrachte den Stuck an der Decke, den Lampenschirm aus Stroh, die Flußmündung, die allmählich dunkel wird, was machen die Möwen jetzt, nimm mich auf den Arm und erklär mir, wie die Vögel einschlafen, die Nacht wird die Boote verschlingen und die Vögel, die Schornsteine von Aveiro, die Lichter werden unentschieden weit in der Ferne flimmern, Also was denn, sagt Marília und sucht tastend nach den Zigaretten auf dem Tischchen, steckt sich eine am Filter an, wirft sie fort, fängt von vorn an, Was kümmert dich meine Mutter, was geht mich im Grunde meine Mutter an, sie bläst mit den Lippen einen Kringel aus Rauch, Was also, sagt er.

»Er verschwand am Sonntag und die Frau zahlte, nahm den Wagen der beiden und verließ das Gasthaus am nächsten Tag«, erklärte ein magerer Mann im Hemd, verschanzt hinter lauter Metallkarteikästen. »Wahrscheinlich hatten die beiden Streit, Ehepaare, das ist immer unberechenbar, man weiß nie, wie das enden wird. Ich bin einmal zum Standesamt gegangen und habe geschworen, nie wieder.«

Tucha half ihm, die Koffer bis zum Fahrstuhl zu tragen und gab ihm einen Kuß auf die Wange:

»Adieu«, sagte sie ohne jede Erregung. Und dabei stachen dein Mund, dein Geruch, die übermäßige Nähe deines Körpers mir in die Augen wie eine seltsame Säure. Tränen?, denkt er indigniert, werde ich jetzt auf der Fußmatte richtig losheulen? Er zog die Fahrstuhltür zu, drückte auf den Knopf, etwas Undefinierbares hat sich in meinem Leben geändert. Er betrachtete das Gebäude und entfernte sich dann, durch das Gewicht des Gepäcks beeinträchtigt, mit kleinen Schritten.

»Willst du mir nicht sagen, was los ist?« fragte Marília.

»Einer, zwei, drei Nachhilfelehrer, so viele wie nötig, aber daß mir dieser Faulpelz nicht das Jahr schmeißt«, brüllte der Vater stehend im Wohnzimmer zur Mutter hinüber, die dasaß, ihm mit gesenktem Blick zuhörte und rhythmisch die Stricknadeln bewegte. (Er konnte mich nicht sehen, weil ich im Türrahmen stand und er mit dem Rücken zu mir vor den Sofas, die neu bezogen werden mußten.)

»Nur so ein Rindvieh wie der kapiert Mathematik nicht, was dem im Gymnasium beigebracht wird, das lernt doch jeder Schwachsinnige.«

»Er mag Sprachen und Literatur lieber«, erklärte die Mutter, »vergangene Woche hat er mir gestanden, daß er gern Geschichte studieren möchte. Ich war sprachlos.«

Der Vater schlug in der Bar Arte Nova mit der Faust auf den Tisch, Flaschen und Gläser tanzten:

»Philologie? Geschichte?« (Er sprach langsam, völlig überrascht.) »Bist du wirklich sicher, daß dieser Dummkopf mein Sohn ist?«

An der Straßenecke, in jeder Hand einen Koffer, bekam er kein Taxi. Die Tränen liefen ihm einfach die Nase entlang, sammelten sich zu einem winzigen See in dem Grübchen auf seinem Kinn, die eine oder andere verirrte sich und befeuchtete sein Hemd. Und dabei mochte er sie gar nicht, dachte er jetzt, er konnte sie gar nicht mögen, sie hatten nichts miteinander gemein, nichts, was sie verband, außer der gleichen dekadenten Herkunft und dergleichen unheilbar richtungslosen Jugend: zwei Kinder in einem Zimmer voller Spielzeug, die nichts mit sich und ihren sinnlosen Plänen anfangen können. War er seitdem erwachsen geworden? Erwachsen im

Innern, verantwortlich, fähig, voller Kraft für die erbärmliche Absurdität des Alltags?

»Menschen, die vergebens nach einem Sinn des Lebens suchen«, bemerkte der Psychologe, während er sorgfältig mit dem Bleistift Kreise auf ein Blatt Papier zeichnete, »sind immer potentielle Selbstmörder. Früher oder später wirft sie die Leere ihres Alltags in Ängste, wie eingesperrte Ratten in einem Versuchslabor, und dann haben wir die Tabletten, das Gas, den Strick, die Kugel, die Schwefelsäure, die achten Stockwerke, das Messer, den Strom, den Viadukt, die Pestizide von den Weinbergen, das Öl, das Meer: ihre Phantasie, meine Damen und Herren, kennt im wahrsten Sinne des Wortes keine Grenzen.«

»Geschichte, so ein ausgewachsener Blödsinn«, brüllte der Vater, hob das Whiskyglas in Augenhöhe, um sich aus einer geschliffenen Karaffe einzuschenken, die mit einem Dutzend anderer auf einem alten Spieltisch stand, »dir werde ich was erzählen, von wegen Geschichte, meine Liebe. Ein Taugenichts, der von nichts eine Ahnung hat, dieser Faulpelz, dieser Schandfleck, ein Kindskopf, der hat nichts zu wollen. Wirtschaft, Ingenieur oder Jura, und er ist ein Kerl. Geschichte, man stelle sich das vor, Geschichte, und dieser Unglückliche versteht nichts von Logarithmen.«

Das Licht fiel durch die Erker im Wohnzimmer herein, drang unwirklich silbern durch die Bougainvilleas und die wilden Rosen im Garten, und ihre Körper, die Möbel, die Bilder an den Wänden, die kleinen Gegenstände, die in das Haus vorgedrungen waren, schienen unwägbar in der glitzernden Helligkeit zu schweben, als würde Heliosdampf ihre Venen aufblasen. Das Haar der Mutter wirkte feenhaft geheimnisvoll und engelsgleich, ihr Kleid bauschte sich sanft über einer unerklärlichen Brise. Ich stieg die Treppe zu meinem Zimmer hinauf, ohne das Geländer zu berühren, etwas Biegsames, Schwammiges ließ mich gleichsam fliegen.

»Seit dem Tag, an dem wir uns getrennt hatten«, erklärte die Frau mit der dunklen Brille, die ihren Hund im Park einer ausländischen Stadt spazierenführte, »habe ich ihn praktisch nicht mehr wiedergesehen. Er ließ sich per Vollmacht scheiden, er war mit einem Stipendium in Straßburg.«

Der Flußlauf war völlig verschwunden, in einen tiefen, uferlosen See verwandelt, an dem hier und da unregelmäßige, glanzlose Lichter aufschienen. Kein einziger Vogel war auszumachen, kein Boot, und selbst ihre Gesten waren im Schatten unsichtbar.

»Wir kriegen um diese Zeit bestimmt kein Abendessen mehr«, wisperte Marílias fleischlose Stimme, die nur noch aus orangen Arabesken von Zigarettenasche und dem schemenhaften Schatten ihrer Gestalt bestand. »Sie haben den Eßraum geschlossen und sitzen alle vor dem Fernseher in diesem kleinen, gräßlichen Raum, der wie aus einem Heim mit Alten und Rekonvaleszenten in Invalidensesseln vor dem Bildschirm aussieht. Da werden wir die ganze Mannschaft antreffen, du wirst schon sehen: die Gleichgültigkeit an der Rezeption, die beiden Unglücklichen in der Weste, das Zimmermädchen, das morgen unsere Betten macht, kein Fleck auf dem Laken, von dem sie den anderen berichten könnte.«

Sie sprach langsam, nicht ungehalten, nicht verärgert, aber ich hörte überhaupt nicht mehr zu: ich saß unter der Kastanie am Brunnen auf Vaters Schoß, an einem entlegenen Nachmittag, der nie in mir verlöscht ist (die Mutter erwartete uns zu Hause lächelnd mit einem Buch auf den Knien), und hörte die Erklärung der Vögel. Ich war so versunken, daß selbst das Rauschen des Wassers vor dem Gasthaus unter dem Fenster, die Laute der Werbung im Fernsehen und der Husten der Engländer auf dem Flur aufgehört hatten zu existieren, um einem riesigen, unbegrenzten, hellen Raum zu weichen, der nur von dem rauhen Kreischen der Möwen bewohnt war.

Freitag

Die Zeugin Alice F. wurde über die Bedeutung des Eides sowie die strafrechtlichen Folgen einer unrichtigen oder unvollständigen Aussage belehrt. Zur Person vernommen, sagte sie aus, sie sei Wirtschafterin im Gasthaus von Aveiro und daselbst wohnhaft. Zur Sache befragt, sagte sie aus: Daß sie sich am Dienstag, dem zehnten Februar, zwischen sechzehn und siebzehn Uhr an ihrem Arbeitsplatz aufgehalten habe, um einem älteren englischen Ehepaar die Rechnung zu erklären und den Transport des Gepäcks in ein gemietetes Auto zu überwachen, in dem die Engländer gekommen seien, als plötzlich ein Kind männlichen Geschlechts, etwa zwölf Jahre alt, Sohn der Köchin des Gasthauses, das Vestibül betreten und in einem Zustand höchster Erregung die Engländerin mit dem schmutzigen Ellbogen beiseite gestoßen und der Zeugin zugerufen habe: »Dona Alice, schauen Sie mal, was da ist.« Als die Zeugin daraufhin das Kind strengstens zurechtgewiesen habe wegen seines schlechten Benehmens und seiner völligen Mißachtung des touristischen Gewerbes, das im vorliegenden Falle in der britischen Greisin verkörpert worden sei, deren Verhalten, wie auf diesen Inseln üblich, sich im Rahmen vollkommenster Höflichkeit bewegte, habe das Kind wütend ein weißgestrichenes Drahtgestell umgestoßen voller schöner Ansichtspostkarten mit den bemerkenswertesten Ecken unseres wunderbaren Landes wie Monsaraz u.a., und in unbezähmbarer Aufregung geschrien: »Hör doch mit deinem Predigen auf, alte Ziege, draußen liegt ein toter Mann auf dem Sand.« Ungläubig, da sie die seltsame Fruchtbarkeit kindlicher Phantasie kenne, die die modernen Medien auf morbide Weise ausbeuteten, habe die Zeugin die Abfertigung des ausländischen Ehepaares beschleunigt, sich freundlich von ihnen im Hof des Gasthauses verabschiedet, und sobald sie das Fahrzeug holpernd auf der Straße verschwinden gesehen habe, die von Pinien und einigen durch die Dürre ausgetrockneten Büschen gesäumt war, habe sie sich vorwurfsvoll an das Kind gewandt und nach der Bemerkung, »Und das bringen sie dir in der Schule bei, du kleines Miststück«, gefragt, »Was soll diese Unverschämtheit in einem Gasthaus?«, worauf man ihr unter Verwendung von Schimpfwörtern, die sie hier nicht zu wiederholen wage und die sie dem fortschreitenden, durch die bedauerliche Revolutionszeit ausgelösten Sittenverfall in dieser unglückseligen Zeit zuschreibe, geantwortet habe, es liege die Leiche eines Mannes zweihundert Meter westlich vom Gebäude des Gasthauses entfernt, halb zerfressen von der unersättlichen Gier der Möwen, und daß es nach Kleidung, Brille und Größe ein Gast zu sein scheine, der am vorhergegangenen Donnerstag mit seiner Frau eingetroffen sei und mit derselben am Wasser entlang spazierenzugehen pflegte in langen Gesprächen, über deren Inhalt und Themen sie nichts zu sagen wisse. Trotz ihres berechtigten Zögerns und ihrer Zweifel, was den Wahrheitsgehalt der Information betreffe, habe die Zeugin sich, um ihr Gewissen zu erleichtern, zu dem angegebenen Ort begeben, den die Vögel vom Vouga in einem ihr verdächtigen Schwarm umkreisten, da so viele Vögel und ein derartiges Gekrächze ungewöhnlich seien an einem allerdings grauen, jedoch nicht regnerischen Morgen, ohne Anzeichen eines Regens, der schwer und neblig feucht die Stadt in ein Tuch geronnener Tränen eingetaucht habe, und sei im Schilf auf den Gast Rui S. gestoßen, der mit dem Bauch nach oben, ausgebreiteten Armen und einem offensichtlich von den Schnabelhieben der Vögel unkenntlich gemachten Gesicht dagelegen habe, identifiziert auf Seite zwei der vorliegenden Akte. Die Zeugin sei sich sogleich sicher gewesen, sich vor dem erwähnten Rui S. zu befinden, nicht nur wegen der bereits in der vorliegenden Zeugenaussage gemachten

Angabe, sondern auch, weil ein Auge der Leiche sie völlig intakt, rund und riesengroß voller ängstlicher Unruhe oder unterwürfiger Resignation angeblickt habe wie sonst, wenn er um den Zimmerschlüssel gebeten habe. Die Möwen seien allerdings nicht sehr glücklich über ihr Auftreten gewesen, seien wütend kreischend um die Zeugin herumgeflogen mit derartig heftigem Flügelschlagen, daß sie sich erschrocken eilig in das Gasthaus zurückbegeben habe, um die Polizei anzurufen und das Vorgefallene zu berichten, nachdem sie dem Kind zwei Anisbonbontüten und zwei Ansichtspostkarten von Viana do Castelo *partial view* geschenkt habe. Befragt, was sie über den Verstorbenen wisse, gab sie an, ihn zum ersten Mal an besagtem Donnerstag gegen vierzehn Uhr mit seiner angeblichen Ehefrau gesehen zu haben, als er den Gasthof betreten und ein Zimmer für das Wochenende verlangt habe, was er übrigens mit einer unnötigen Grobheit getan habe, ein Verhalten, das die Zeugin dazu veranlaßt habe, ihm den Meldezettel und den Schlüssel schweigend zu übergeben, womit sie ihnen die üblichen Begrüßungsworte vorenthalten habe, die sie sonst an ihre Gäste zu richten pflege, ohne Unterschied der Nationalität, Hautfarbe oder sozialen Herkunft. Sie fügte hinzu, daß sie ihm gewöhnlich drei bis viermal am Tag an der Rezeption begegnet und daß er ihr besorgt und nervös erschienen sei. Einmal habe er sie um ein Gespräch mit einer Klinik in der Hauptstadt gebeten, aber er habe nicht mehr als sieben oder acht Einheiten vertelefoniert. Über die Frau befragt, die ihn begleitete, sagte die Zeugin aus, sie sei etwa so alt wie der Tote gewesen, ebenso nachlässig und feindselig wirkend, und daß sie am Abend vor der Entdeckung der Leiche, nachdem sie die Rechnung mit einem Scheck bezahlt habe, von dem man noch nicht wisse, ob er gedeckt sei, allein fortgefahren sei. Sie habe meistens einen Poncho getragen, in dem die Farbe rot vorgeherrscht habe, dazu Jeans und schwarze Latschen, und aufgefallen seien ihr an der Frau die ironischen Blicke, wie sie die Bilder und Lithographien an den Wänden mit den schönen regionalen Motiven gemustert habe, von der Zeugin selbst ausgewählt in der zweifachen Absicht, die Einrichtung sowie die Mußestunden ihrer Kundschaft freundlicher zu gestalten. Was die Motive für den Selbstmord angehe, wenn diese Hypothese sich nach den bisher zusammengetragenen Indizien bewahrheite und der gerichtsmedizinische Bericht diese Annahme zuließe, so gab die Zeugin an, überhaupt nichts darüber zu wissen, selbst wenn sie die offensichtliche Beklemmung des Beschuldigten in Betracht zöge und das seltsame Verhalten der Menschen heutzutage. Zudem wolle sie die verzweifelte Aufregung der Möwen und der anderen Vögel der Flußmündung wie Wildenten und kleineren Vögel, deren wissenschaftlichen oder volkstümlichen Namen sie nicht kenne, unterstreichen, da ihr Verhalten völlig ungewöhnlich gewesen sei für den, der die Vögel seit langem kenne, denn einerseits schienen sie die Leiche zu beschützen, andererseits zu zerfleischen, indem sie sie in ein Gewirr aus Blut und Stoffetzen verwandelten, was den Abtransport der Leiche auf das Äußerste erschweren sollte, da die Vögel blutrünstig wütend über jeden hergefallen seien, der sich dem Toten genähert habe, so daß die Verwendung von Feuerwaffen und der Schlauch der Feuerwehr notwendig gewesen seien, um sie zu vertreiben. Die Zeugin sei von dem Vorgefallenen derart beeindruckt gewesen, daß sie in derselben Nacht vom Fieber heimgesucht worden sei und von langen Träumen über Vogelmenschen mit blutenden menschlichen Gesichtern und schwarzen Krallen, die sie umkreisten und nach ihr gerufen hätten mit Stimmen, die trauriger gewesen seien als Kirchengesang, dabei hätten sie versucht, mit dem Schnabel ihre Schenkel und ihre Brust zu berühren. Selbst nachdem die Ambulanz den Toten zum Hafen gefahren habe (Wie konnte sie die mit einer Decke bedeckte Bahre vergessen, die Apparate der Zeitungsfotografen, die Menge der Neugierigen, die Polizisten mit dem Metermaß in der Hand, den dicken, sanften Typ, der alles zu dirigieren schien mit den Händen in der Tasche und einem

Streichholz im Mund wie ein Aufseher beim Bau), seien die Vögel noch mehrere Tage an dem Ort geblieben, wo der Tote gelegen habe, und hätten seltsame, unruhige Schleifen über dem Schilf beschrieben, bis nach und nach mit den ersten Regenfällen alles wieder die gewohnte Normalität angenommen habe und die Möwen zum Wasser zurückgekehrt, die Enten in den Süden aufgebrochen seien, die Heiterkeit des Winters die Eukalyptusbäume und Pinien beruhigt habe, die Boote wieder ihren gewohnten Kurs genommen hätten, die ungewöhnlichen Träume verschwunden seien und die Zeugin den Termin beim Psychiater von Aveiro habe streichen lassen, der sie von den fiebrigen Nächten voller Angst und Schweiß und Alpträumen mit fliegenden Männern habe befreien sollen, die großen, dunklen Märzwolken hätten sich zusammengeballt und seien davongezogen, und aller Kummer aus der sumpfigen Friedlichkeit und der glatten, reibungslosen Aufeinanderfolge der Monate habe sich tief in ihr verwurzelt und sich in ihr wie eine Art Tod als Gewißheit abgezeichnet, sie werde hinter der Theke des Gasthofs altern, wo sie Schlüssel übergebe und entgegennehme, verstehen Sie, bis zu dem Tag, wo, das heißt, Schlüssel übergeben und Schlüssel entgegennehmen, Schlüssel übergeben und Schlüssel entgegennehmen, Schlüssel übergeben und Schlüssel entgegennehmen und Schlüssel übergeben und Schlüssel entgegennehmen, rechnen, rechnen, rechnen, Rechnungen abstimmen, das Personal, die Lieferanten, die Besitzer bezahlen, das Bild des Ehemannes in Emaille auf der Brust tragen, im Stehen hinter den Kunden fernsehen, sich nur hinlegen, nur baden, nur essen, verstehen Sie, bis zu dem Tag, welche Erleichterung, wo. Das Protokoll der Zeugin vorgelesen und genehmigt.

Er wachte sehr früh auf, weil er im Bett am Fenster geschlafen und vergessen hatte, das Rouleau herunterzulassen und die Vorhänge zuzuziehen, es war ihm, als würden die Bettlaken auf der Bucht durch den Nebel aus tiefhängenden, dicken Wolken segeln, die von der trüben Wasserdichte aufstiegen. Er stand auf, ging ins Bad zum Pinkeln, ohne Licht anzumachen, und legte sich wieder unter die Bettdecke: Mein Kopf tut weh, meine Nieren tun weh, meine Beine tun weh, die Heizung muß die ganze Nacht über an gewesen sein. Schmutzige Helligkeit modellierte nach und nach die Umrisse der Gegenstände wie ein geduldiger Töpfer, und ich konnte jetzt dein gegen das Kopfkissen gedrücktes Gesicht erkennen, ein Auge, den offenen Mund, die Falten, die wie Anführungsstriche auf den Wangen lagen, die noch verschwommene Form deines Körpers. Die über die Stühle gebreiteten Kleider schienen geheimnisvoll rhyhtmisch atmend zu schimmern, langsam wichen die Wände vor und zurück: Das Pochen meiner Schläfen auf dem Kopfkissen läßt die Welt pulsieren. Er wollte eine Zigarette rauchen, ein Buch lesen, aber dann setzte er sich lieber auf, um den Morgen Stück für Stück auf dem Fußboden herannahen zu sehen, wie er die Fehler im Holz sichtbar machte, die Teppichfransen, die geschwungenen, angeschlagenen Beine der Möbel: der Tag beginnt immer mit diesem körperlichen Unbehagen, dieser merkwürdigen Geburt bekannter Dinge, dein entstelltes, schlafendes Gesicht. In der Rua Azedo Gneco wühlten unbestimmte Gestalten in den Mülltonnen, ein Lastwagen der Stadt fuhr langsam wassersprühend vorbei, und man konnte in der Ferne hinter den Häusern den keuchenden Tejo erahnen.

»Hier wohnst du also?« fragte die jüngste Schwester auf der Fußmatte am Eingang und streckte neugierig das Kinn in den Flur: die Garderobe war eine alte Schaufensterpuppe, ein Wagenrad lehnte an der Wand, der pseudoorientalische Stich mit einem Vogel mit langem Schwanz, der auf einem Zweig saß, kam mir plötzlich vulgär und dumm vor. »Darf ich nicht eintreten?«

Die Frau wandte den Kopf zur anderen Seite, ihre verzerrten Züge verschwanden, und statt dessen tauchte ein dunkler Haarschopf auf, den der Schlaf zerzaust hatte wie ein Wollknäuel mit vielen losen Enden. Seit wie vielen Wochen, denkt er, habe ich schon keine Lust mehr, mit dir zu schlafen? Es ist alles so vorhersehbar zwischen uns, denkt er, die Gesten, der Geschmack des Speichels, das unbefriedigende Aufhören, die Körper, die sich langsam, ohne Zuneigung, genau wie Zellen voneinander trennen. Ihr Körper nahm nun unter dem Bettuch Gestalt an, der Spiegel an der Kommode tauchte aus dem Schatten auf und warf eine Schrankecke, Bilder und einen Streifen von der Decke zurück.

»So viele Bücher«, sagte die Schwester, blickte sich in dem kleinen Wohnzimmer um, betrachtete die auf Pappe aufgeklebten Bilder, die an den Buchrücken lehnten, die Parkbank, die mit ihren Eisenfüßen die Strohmatte biß, Parteiplakate, alte Postkarten, Blechspielzeug auf einem Tisch. Tucha würde bestimmt sterben, wenn sie das hier sähe: wenn man ihr verbietet, das Haus mit Porzellan vollzustopfen, dann bekommt sie keine Luft mehr.

Er denkt, du wägst in Gedanken den schlechten Geschmack von all dem hier ab, um unter spöttischem Gelächter den Freundinnen davon zu erzählen: wenn ihr nur sehen könntet, wie mein Bruder lebt, wenn die Kommunisten siegen, dann zwingen sie uns alle, ein Wagenrad an den Eingang zu stellen und das Haus mit diesen unerträglich stinkenden Büchern vollzustellen. Und Carlos feierlich ernst aus der Tiefe seines Sessels hinter einer seidenen Krawatte hervor: Ich habe einen in der Fabrik, er ist ein hervorragender Angestellter. Genau wie meine Mutter, denkt er, wenn sie von wohlerzogenen Hündchen spricht, die kein Pipi auf den Teppich machen.

»Sozialdemokratie, Sozialismus, Kommunismus«, sagte der Vater mitleidig gereizt, »siehst du denn nicht, daß es immer dieselbe Falle ist? Ich mag gar nicht daran denken, daß du gegen die Regierung arbeitest, das ist gerade so, als ob du mich umbringen wolltest. Und was dieses impertinente Polizeimännchen angeht, werde ich mit dem Inspektionsleiter sprechen, und den werde ich erledigen.«

Da saß er mit den Händen unter dem Bettuch und blinzelte, sah den Morgen über dem Wasser anschwellen wie ein riesiges weißliches Brot, das aufgeht, mit den ersten Möwen auf der glatten Wasseroberfläche, perlmuttschimmernd wie die Innenseite der Augenlider: ob sie so schliefen, sich mit der Strömung treiben ließen oder sich im Sand versteckten, im Schilf am Ufer, das allmählich aus dem Nebel heraus sichtbar wurde, schütter und aufrecht wie Haarsträhnen? Er wollte das Rouleau herunterlassen, um die Helligkeit zu vertreiben, in die geborgene Ruhe der Nacht zurückkehren, das Zimmer in eine komplizenhafte Insel aus Finsternis verwandeln, einschlafen: der Körper treibt dahin, die toten Augen richtungslos, endlich hat das Herz Ruhe wie ein verankertes Boot. Eilige Schritte näherten sich auf dem Korridor, dröhnten in seinen Ohren, entfernten sich nirgendwohin: die Frau von der Rezeption mit den riesigen Pupillen? Der magere Angestellte? Der Bauer? Die Schwester schnüffelte in der Wohnung von Campo de Ourique herum, nach vorn gebeugt wie ein Museumsbesucher, die Lippen höflich vorwurfsvoll aufeinandergepreßt: Eine unbeschreibliche Bude, überall Kleider, Sachen auf dem Fußboden, Durcheinander von Papieren, das könnte ich nicht. Neben ihr bemerkte er schmerzlich die Unordnung in der Wohnung, die Haare im Abfluß der Badewanne, die Flecken auf der Couch, die seidene Staubschicht, die kaputte Jalousie, die schräg an der Scheibe hing.

»Wie hast du herausgefunden, wo ich wohne?« fragte er. »Das Telefon ist nicht einmal auf meinen Namen eingetragen, ich habe niemandem in der Uni die Adresse gegeben.«

Morgens vermischte sich die weibliche Stimme des Weckdienstes mit den gedämpften Geräuschen des Viertels drei Stockwerke tiefer, zog ihn aus dem schlammigen, fischlosen Aquarium seiner Träume: eine neutrale, körperlose, exakte Frau sagte ohne jede Regung die Zeit an und stieß ihn stolpernd ins Badezimmer, wo die Rasierklinge an seinen

Wangen aufblitzte wie der Mond im Meer. Der Klempner, der am Vortag dagewesen war, um das Waschbecken zu reparieren, hatte Schutt, Schlammspuren und Ziegelsteinreste auf den Fliesen hinterlassen, und er ging in die Küche, die vollstand mit ungespültem Geschirr, suchte eine Schaufel und einen Handfeger, um den Abfall in den orangefarbenen Mülleimer mit schwarzem Deckel zu kippen, den Mülleimer, den du trotz all meiner Proteste nie auf dem Treppenabsatz stehen ließest. Deine Nachlässigkeit habe ich nie verstanden, deine Sorglosigkeit mit der Wohnung, deine Gleichgültigkeit angesichts der von Kippen überquellenden Aschenbecher, der Asche auf deinen Handtüchern, der Zeitungsstapel, die sich unter dem Bett türmten. Freitags fuhr eine Putzfrau aus deinen Kreisen unachtsam und arglos über den aufgetürmten Dreck, klaute Zucker, zerbrach Gläser und ging fort, nachdem sie schamlos von meinem Thunfisch gegessen hatte. Von der anderen Seite der Wand konnte man Besteckklappern hören, Stimmen und die gedämpfte Musik aus einem Radio, während Lissabons Morgen ohne Hoffnung sich entmutigt an die Fensterkreuze lehnte.

»Du vergißt, daß das hier ein Dorf ist«, antwortete die Schwester und sah sich mit gerunzelter Stirn ein Plakat mit einem chinesisch wirkenden, peremptorischen Lenin-Gesicht an. Sie rümpfte sarkastisch ihre Nase: »Jemand aus der Familie deiner Frau?«

Die Zahl der Möwen nahm zu, von der Stadt kam ein Schwarm Enten im Dreieck herüber, beschrieb im Nebel einen weit ausholenden Halbkreis, im Morgengrauen raschelte der Wind in den Blättern. Ein Lastwagen fuhr laut rumpelnd auf ausgeleierten Stoßdämpfern durch die Straße: Wenn ich klein wäre, dachte er, würde ich die Scheiben anhauchen und meinen Namen mit ausgestrecktem Zeigefinger hinschreiben, oder mir ein Piratenschiff vorstellen, das die Bucht herauffährt, mit einer schwarzen Fahne am höchsten Mast und furchtbar häßlichen Männern, die über die Reling herunterlinsen. Wenn ich klein wäre, würde ich nach dem Bad gern die Brillantine meines Vaters benutzen, würde im Schlafanzug zu Abend essen und zur Strafe in die Küche geschickt werden, wenn ich das Besteck nicht richtig hielte, mich mit den Ellbogen aufstützte oder die Suppe verschüttete. Wenn ich klein wäre, wäre ich der Sohn vom Herrn Ingenieur und der Lehrer würde, besorgter als ich selbst über mein Unwissen, die Flüsse von Moçambique abfragen. Die Zensuren, die sie mir gaben, denkt er, waren für ihn, nicht für mich, die Schule konnte das Regime nicht zu sehr in Verruf bringen, indem sie den Sohn des Stellvertretenden Ministerpräsidenten ständig als Faulpelz oder Dummkopf hinstellte, der Direktor persönlich begrüßte mich seltsam zeremoniell, die Schuldiener hinderten die anderen Jungen daran, mich zu schlagen, wenn mir danach gewesen wäre, in der Pause Riesenscheiße zu schreien, hätten die Tutoren vor Begeisterung applaudiert, die Frau des Sekretariatsleiters, die Zeichenunterricht gab, schmolz vor respektvoller Hingabe: Noch so klein und schon so frühreif.

»Lissabon ist ein Dorf«, versicherte die Schwester, »und du kampierst in einem richtigen Saustall.« Ihre Augen zogen sich voller Verachtung zusammen, sie fuhr mit dem Finger über ein Regal und wischte ihn am Mantel ab: »Hoffentlich bist du nicht so geschmacklos und lädst die Eltern hierher ein.«

Vielleicht hätte ich selbst mich nie einladen dürfen, dorthin zu gehen, denkt er, während das dunkle Wollknäuel sich bewegt und undeutliche Wörter in das Kissen murmelt, ein Arm taucht unter dem Bettuch hervor auf, wankt ein wenig am Matratzenrand entlang und sinkt schlaff herab, bis die Finger mit sehr kurzen Fingernägeln und leicht gekrümmt den Teppich berühren. Ob es wohl lange, rote Fingernägel auf dem Kongreß in Tomar gab, sorgsam parfümierte und sorgsam gekleidete Frauen mit weisem Blick, die die Latifundien ihrer Schenkel unter dem Rock zur Schau stellten? Vielleicht hätte ich nach meiner Trennung nach Hause zurückkehren, neu anfangen, mich in die Tochter irgendeiner

Freundin meiner Mutter verlieben sollen, statt in die Erbin eines Wachtmeisters, nur weil sie mehr über Godard gelesen hatte als ich. Um diese Zeit lacht Tucha aus vollem Hals mit ihrem Freund, dachte er, in einer dieser Bars, wo die Menschen wie mechanische Puppen wirken, die vom Motor ihrer eigenen Unentschlossenheit angetrieben werden, bevor sie sich nachts in zerstreutem, düsterem Koitus vereinen. Wenn du sehen könntest, was er sich als Ersatz für mich angelacht hat, wenn du sehen könntest, mit wem er jetzt zusammen ist. Dann würde ich jetzt vielleicht im Unternehmen arbeiten, Godard nicht kennen, glücklich sein, mich mit Bridge und Wohlanständigkeiten begnügen, mit dem Hintern der Sekretärinnen, den Terrinen der Companhia das Indias, dem Bankkonto im Ausland. Jetzt waren noch mehr Möwen über der Bucht und noch eine andere weiße Vogelart, deren Namen ich nicht kannte. Ein mandarinenfarbener Fleck breitete sich wie ein Blutfleck im Morgen aus, die Wolken zogen lautlos gen Süden. Ohne Zärtlichkeit betrachtete er den schlafenden Körper und dachte Du hattest mehr Bücher gelesen als ich, das war es, was mich eroberte, du sprachst von Schriftstellern, von Regisseuren, von Malern, von deren Existenz ich nichts ahnte, du erzähltest von ihnen, und deine Hände mit den breiten Fingern öffneten und schlossen sich wie Meerespflanzen. Wie anders waren deine Sorgen als die von Tucha, denkt er, die von meinen Eltern, meinen Freunden, Mai 68, Vietnam, Black Power, Marshall McLuhan, entlegene, hitzige Themen.

»Er kannte nicht einmal die Filme von Dreiser«, sagte eine schlampige, ruhelose Frau von gut vierzig und kratzte sich mit einem roten Bleistift am Kopf. Ihre ungeputzten Schuhe rieben sich aneinander, wie angezogen von einem unruhigen Magneten. »Vier Jahre lang habe ich einen Kerl ausgehalten, der während der Vorführungen in der Gulbenkian einschlief.«

»Ein Saustall«, sagte die Schwester noch einmal, »ein richtiger Saustall, voller Poster gegen Religion und Familie.« Sie zündete sich mit dem porzellanverkleideten Feuerzeug eine

Zigarette an und lächelte: »Sie sammelten Krimskrams aus Blech und Puppen und Teile von Wagen und Karren, lauter so unnützes Zeug.«

Hinter ihr erschien mit erhobenen Armen und maskiert wie ein Gorilla, der die Menschen in der Geisterbahn auf dem Jahrmarkt erschreckt, der Vater: seine Stimme klang volltönend und gedämpft zugleich, sie schien aus einem Eimer voller Watterreste hervorzukommen:

»Was für eine ausgemachte Dummheit, diese Heirat.«

»Rui, der bei uns arbeitet«, sagte Carlos, »das war einer der Wunschträume meines Schwiegervaters: er hatte nicht das geringste Geschick für Geschäfte. Wenn ich es recht überlege, hatte er für nichts das geringste Geschick.«

»Wenn man von Dreiser redet«, fuhr die schlampige, ruhelose Frau fort und wischte mit dem mit Spucke angefeuchteten Finger einen Schlammspritzer auf dem Strumpf weg, »dann redet man auch von Marguerite Duras, von Andy Warhol, vom experimentellen Kino, von den Klassikern aus den zwanziger Jahren, von der Kunst der Avantgarde. Der abstrakte Expressionismus zum Beispiel war für ihn ein verschwommener Begriff. Ich glaube, was mich an diesem Mann anzog, war ein Irrtum von meiner Seite, die Illusion einer gewissen Unschuld, einer gewissen Naivität, die er in Wahrheit nicht besaß: der Meltau der Bourgeoisie hatte ihm den Kopf verdorben, er war nichts weiter als ein saftloser Décadent. Wenn Sie den Entwurf seiner Arbeit über den Sidonismus lesen (sie zeigte auf einen Stapel getippter, schon alter Blätter voller Korrekturen), dann verstehen Sie sicher, was ich sagen will.«

Der mandarinenfarbene Fleck nahm jetzt das ganze Fenster ein, und die Landschaft draußen wurde deutlich, hell, fast ohne Schatten (Schatten von Büschen, Schatten von Wolken, der bewegliche Schatten des Wassers wie das Weiß eines rohen Eis), die Gegenstände im Zimmer nahmen die geheimnislose Tiefe des Tages an, reglos an ihrem Ort vom Vorabend, und wie von einem inneren Mechanismus bewegt machte dein Körper sich an die mühevolle, langwierige Arbeit aufzuwachen: Stöhnen, Schnarchen, Seufzen, die Beine beugen und strecken sich, der Kopf ist unruhig, die Flut kommt über die Bettücher. Jenseits der Tür hat das ältere, englische Paar den quietschenden Schlüssel im Schloß in meinem Kopf gedreht, als würden sie mit einem Messer in meinen Nerven herumwühlen, die Alte brabbelt einen Satz in ihrer glatten, fischigen Sprache, der Mann hustet. Der Freitag nimmt seinen Platz ein, dachte er, als er die Dusche in dem winzigen Bad aufdrehte und den Wasserstrahl beobachtete, der von der Decke herabfiel wie ein Bündel gläserner Strähnen, die sich öffneten, sich im Email der Badewanne zerdrückten, träge langsam zum Abfluß strömten, nach und nach den Spiegel beschlagen ließen, die brennende Lampe, das Porzellan des Bidets, auf das er sich, mit den nackten Füßen auf der Gummimatte, gesetzt hatte, und dachte Ich wette, daß du jetzt blind die Hand nach dem Nachttischchen ausstreckst, nach dem erdbeerfarbenen Kaugummi, daß du verblüfft mit geschwollenen Augen im Zimmer herumschaust, wenn du aufwachst, daß du mühsam von irgendwo aus deinen ausschweifenden Träumen über Klassenkämpfe auftauchst, aus denen hin und wieder einzelne unverständliche, durch die Zähne gefilterte Wörter zu mir dringen. In der ersten Zeit, dachte er, brachtest du mir das Frühstück ans Bett, Willst du Kaffee mit Milch oder Tee?, im Bademantel, gekämmt, lächelnd, hast mich auf den Hals geküßt, hast die Toastkrümel von meiner Brust gegessen, bist mit deiner Hand auf der Decke bis zu meinen Hüften gefahren, mit amüsiertem Gesicht hast du nach meinem Penis getastet und nicht mehr an Marx, an Visconti, an konkrete Poesie, an den schrecklichen historischen Kampf zur Befreiung der Frau gedacht: Seit wie vielen Monaten schon leckt deine lauwarme, weiche Zunge nicht mehr über meine Rippen, seit wie vielen Monaten wühlt sich dein Kopf nicht mehr in meinen Schoß, seit wie vielen Monaten dringe ich nicht mehr in dich ein, mit einem Stoß, einem wütenden, leidenschaftlichen Stoß meiner Schamleisten? Er prüfte das Wasser mit dem Handrücken, zögerte, trat mit einem Schauer unter die Dusche und begann das Gesicht, die Ohren, die Achseln, den Nabel einzuseifen. In der Rua Azedo Gneco spritzte die kaputte Dusche durch ein Loch unter dem Arm hindurch, machte die Handtücher naß, überschwemmte den Fußboden: immer gab es etwas, was nicht funktionierte, Türgriffe, die sich nicht öffneten, defekte Wasserhähne, leckende Leitungen, Kurzschluß in der Heizsonne, die in einer Ecke stand wie eine Gitarre ohne Saiten, immer lag etwas beunruhigend Provisorisches in der Luft, etwas von Eisenbahnen, Wartesälen auf ärmlichen Flughäfen, es fehlten nur noch die Emailspucknäpfe in den Ecken, statt dessen gab es Bücher, Plakatrollen, ein heroisches Radio, das nie funktionierte.

»Ich sehe diese Behausung, in der er wohnt, richtig vor mir«, sagte Tucha zu den Freunden, mit hohlen Wangen trank sie mit dem Strohhalm einen Zuckerrohrschnaps. »Neulich habe ich seine Freundin getroffen, ein dunkles Monster, klein, rachitisch, kleidet sich wie ein Mann.« Sie lachte. »Vielleicht ist sie sogar einer.«

»Das hat doch alles weder Hand noch Fuß«, sagte die Schwester, als sie auf den Fahrstuhlknopf drückte. »Bitte die Eltern um ein Zimmer zu Hause, sei doch vernünftig. Früher oder später wirst du zu dir kommen und merken, wie absurd das ist, worauf du dich da eingelassen hast.« Ihr Gesicht verschwand, kopfschüttelnd fuhr sie hinter der doppelten rostigen Ziehharmonikatür hinunter.

Das Duschwasser wurde plötzlich kalt, und ich stieg aus der Badewanne und wickelte mich zähneklappernd in ein Handtuch ein. Eine Kakerlake lief zwischen den Fußbodenfliesen und den Wandkacheln herum, tastete angstvoll mit den feinen Antennen den Raum vor sich ab. Mein phosphoreszierender, verschwommener Umriß schimmerte in den Dampftropfen auf dem Spiegel: eine behaarte Heilige Jungfrau, dachte er, eine Heilige Jungfrau als Transvestit, umgeben vom Gelächter der Ballerinas. Und dennoch, Schwester, auch wenn du es nicht glaubst, ich habe gute Augenblicke in der Azedo Gneco verbracht, die Sonntage im Winter, wenn es draußen regnete und ich *Le Monde* las, mich wohlfühlte mit Marília, Schnaps trank oder Tee, gute, fast ungetrübte Augenblicke, ich schwöre es, nur der leichte Schatten einer diffusen, unerklärlichen Melancholie, das unheilbare Geschwür der ewigen Traurigkeit im Innern.

Dann nahm die Angst zu und mit ihr das Unbehagen, die Furcht, der Körper wälzte sich in den Bettüchern des Lebens hin und her, ohne Ort. Und der Grund? fragte er sich, trocknete sich die Ohren, den Hals, den Nacken, warum schleppe ich so mühsam diesen Schwanz hinter mir her? Er wischte ein Stück Spiegel mit dem Ellbogen ab, kämmte sich rasch (Jetzt, wo ich dünner bin, sehe ich Schubert ähnlich); ging ins Zimmer zurück, zog, vor deinem verschwommenen, schläfrigen Blick, die Sachen vom Vortag an: In welchem Land bist du noch auf Reisen, von welchen seltsamen Grenzen kommst du auf mich zu?

»Ich gehe raus«, sagte er, »ich mache eine Runde, will ein bißchen laufen, ich komme um neun zum Frühstück, Kaffeekanne und Tassen bewegen.«

Die japanische Armbanduhr auf dem Nachttisch neben dem Buch zeigte halb acht, und ihr besorgter, sanfter Mechanismus kam ihm wie ein in Panik geratenes kleines Herz vor (meines?), das unermüdlich auf den Tod zu galoppierte.

»Ein netter Junge und ein passabler Assistent«, meinte der weißhaarige Professor unter dem Stich mit der Schlachtenszene und spielte mit einem Papiermesser, auf dessen Schneide *Made in Hongkong* zu lesen war. »Übrigens saß er an einer merkwürdigen Arbeit, ein bißchen absonderlich und zweifelhaft, aber eigentlich hat mir seine jugendliche Originalität immer gefallen.«

»Ich kann nicht viel dazu sagen, ich erinnere mich nicht, denn ich war noch zu klein, um gewisse Dinge zu verstehen«, sagte eine ferne Männerstimme am Telefon. »Und außerdem bin ich jetzt schon seit acht Jahren hier in Kanada, ich habe Portugal nicht mehr betreten, und so weit weg, verstehen Sie, da haben die Erinnerungen sich aufgelöst. Ich erinnere mich an seinen Blick, sein Lächeln, wie wir in den Zoologischen Garten gingen, in den Zirkus, ein paar andere Sachen. Ja genau, ich erinnere mich an sein Lächeln und wie aufgeregt wir waren, wenn er sonntags auf der Straße unten klingelte: wir konnten allein im Fahrstuhl hinunterfahren.«

Die Dame mit dem Hund setzte die dunkle Brille wieder auf:

»Der Ärmste«, sagte sie, »tut einem immer leid, wenn einer so endet, nicht wahr?«

Er ging die Treppe hinunter (da war dieser häßliche Springbrunnen voller Blumengestrüpp, das Schlüsselbord, die Ansichtspostkarten auf dem Drahtgestell), er stieß die Glastür des Gasthauses auf und trat auf den Kies im Hof, die Schuhsohlen protestierten und stöhnten auf den winzigen Steinchen. Die Morgenkälte schmerzte in seinem Gesicht, er spürte, wie Nase und Mund starr wurden, die Zunge sich ohne Spucke zwischen den Kiefern einrollte. Ebenes Wasser, denkt er, ebener Himmel, Hunderte von Vögeln, die Pinien zitterten vor Kälte im Nebel, eingehüllt in den Zucker der Wolken. Es war niemand zu sehen, die beiden alten Engländer waren verschwunden, das Gebäude des Gasthofs kam ihm flach, unbedeutend, reizlos vor. Er ging einfach Richtung Stadt: seine Füße hinterließen langgezogene Abdrücke im Sand, ein Hund bellte in der Ferne, und sein Bellen zerriß mitleidlos das dünne Seidenpapier der Stille. Trotz allem, denkt er, habe ich ganz annehmbare Augenblicke in der Azedo Gneco verbracht, Schwester, bis ich mich wie immer ohne Ort nirgendwo befand, innen und außen aus mir selbst verjagt, ohne Heimat und Bindungen, verzweifelt frei. Ich muß, denkt er, wieder in ein Zimmer zur Untermiete (die stereotypen Möbel, die Schrankecke mit Vorhang zum Zuziehen, der Koffer unter dem Bett, die unsympathische, unnachsichtige, kleinliche Vermieterin) und wieder von vorn anfangen, bis mir klar ist, wo etwas zerbrochen ist, denn irgend etwas, verstehst du, ist zerbrochen. Ein Schwarm Spatzen hüpfte auf den Schilfhalmen am Ufer herum, der schwere, muffige Geruch der Bucht erinnerte an ungewaschene Achselhöhlen: irgend etwas ist an irgendeinem Punkt zerbrochen, das Leben hat sich unversehens um neunzig Grad gedreht, und nun stehe ich mehr ohne Kompaß da denn je. Wie gut, denkt er, daß ich keine Kinder mit Marília habe, wie gut, daß nichts zurückbleibt. Die Schornsteine von Aveiro rauchten ganz gemächlich, lösten die schwarzen, matten Kringel im Zobel der Wolken auf, und nur mit Mühe konnte man die verschwommenen Umrisse der Häuser erkennen. Unscharf und entsetzlich verlegen sagte die Schwester im Film Adieu vor eben diesem blauen, jetzt ziegelfarbenen Wasser, sie war sommerlich angezogen, mit bloßen Armen, ihr rundlicher Oberkörper auf das Geländer der Veranda gelehnt. Tucha hatte jahrelang gebeten, er sollte einen Fotoapparat kaufen (Wegen der Kleinen wenigstens), aber die Vorstellung von unbeweglichen Gesichtern in einer gefrorenen Zeit, die immer ferner rückte, hatte ihn von Kind an davor schauern lassen, durch eine kleine Linse zu schauen und den Menschen auf der anderen Seite lächeln zu sehen, und er gab auf: Ich mag die Familie in der Gegenwart, Tucha, wie sie mehr und mehr Falten bekommt, mit dem Älterwerden gebeugt geht, auf den Tod zuschreitet. Aber in Wahrheit hattest du Angst, daß die Enkel die Falten, den Bauch sehen würden, dich lächerlich fänden oder nicht mehr beachteten, beerdigt im Sarg des Bilderrahmens, in einer Korbtruhe, tief hinten in einer Schublade, irgendwo im Dunkel des Dachbodens, bis dieser ganze Abfall in Pappkartons auf den Wagen der Städtischen Müllabfuhr geworfen würde. Meine Mutter wacht jetzt auf, denkt er, es sei denn. Zum Teufel, denkt er. Ich gehe in den Gasthof, denkt er, und rufe in Lissabon an, um mich zu erkundigen, aber er spürte keinerlei Regung, als er an sie dachte, nicht einmal den Schatten einer Sehnsucht in seinem Kopf, er könnte sich, denkt er, zum Beispiel vorstellen, wie die Familie in der Klinik beieinandersaß, die verzweifelten Telefongespräche mit dem Vater (Luanda, Toronto, New York), die Verwandten, die in kleinen, feierlichen, weihevollen Gruppen eintrafen.

»Ich will im Flügel begraben werden«, brüllte mit einem Tuch um den Kopf die Großmutter plötzlich, ausgestreckt auf ihrem Krankenbett, mit einer Flut wilder Flüche. Ich war noch ein Kind und betrachtete sie erschrocken von der Tür aus: so ist das, wenn es zu Ende geht? Die Flaschen mit dem Serum, die verdächtigen Besuche des Arztes, die schweigsame Großmutter, wie sie reglos dalag, schlief, und plötzlich unverhofft, ohne Vorankündigung, öffnete sich wie eine riesige Höhle der zahnlose Mund, drei oder vier schwammige Zähne tauchten aus den dunklen Kiefern auf, und dann kam unweigerlich, alarmierend, ungeheuerlich der übliche Ausbruch: »Ich will in den Flügel, ihr Schlampen.«

»Ein Saustall«, versicherte die Schwester und lutschte dabei eine Halspastille, die ihre Sätze in Kräuterhauch hüllte, »ein unglaublicher Saustall.«

»Eine große Beerdigung war es sicher nicht, aber eine anständige«, meinte der Vater mit dem künstlichen Bart in der letzten Zirkusnummer, während er das Geld aus dem Kartenverkauf mit einem emsigen, mit Spucke befeuchteten Finger zählte. (Die Wellen kamen mit langgezogenem, schwerem, anhaltendem Rauschen heran und wichen auf dem in der Dämmerung nicht lokalisierbaren Strand zurück. Lichterreihen schaukelten auf und ab.) »Was den Flügel angeht, es gab natürlich keinen bei ihr zu Hause, und ihr Klavier gab sie den Armen, als sie anfing, alles zu verkaufen.«

Und er erinnerte sich an ein schwarzes Möbel an der Wand, auf gläsernen Füßen mit zwei leeren Leuchtern über den Tasten und einem Fransenschal auf dem Deckel, in einem düsteren Wohnzimmer voller Kommoden und Bilder mit bärtigen Gestalten, und an den Nachmittag, als die Großmutter herrisch, entschlossen und trocken, ohne sich mit irgend jemand zu beraten, am Stock über die Teppiche schlurfte und mit den verblüfften Kerlen von den Versteigerungshäusern über Schränke und Porzellan zu verhandeln begann, und er erinnerte sich an die Männer in Jeans, wie sie Kommoden die Treppe hinunterschoben, Treppenabsatz für Treppenabsatz zur Straße hinunter das Klavier, das in verstimmten b-Tönen klimpernd gichtig stöhnte, überwacht von der Alten, die ungerührt von der Schwelle aus dem Fortgang dieses seltsamen Notenlagers zusah, das schließlich auf einen uralten Lastwagen gehievt und schaukelnd in irgendeinen Keller abtransportiert wurde. Am nächsten Tag kamen die Töchter, protestierten und stritten mit ihr, stellten Forderungen, riefen einen Psychiater (Sie verstehen, Herr Doktor, meine Mutter ist nicht ganz richtig), telefonierten mit Anwälten (Jetzt verkauft sie die ganze Ausstattung, was sollen wir machen?). Hier in diesem Wohnzimmer verloren sie die Beherrschung, wurden abwechselnd rot und blaß, mit all ihren Ticks, zitterten vor Empörung, kamen mit lauter Vorwürfen und wütendem Gezänk, die Großmutter hörte ihnen mit dem Kinn auf dem Krückstock zu, ein ironisches Lächeln über den unzähligen Falten, siegreich in ihrer leeren Wohnung, wo das Ticken der Uhren nun bedrückend widerhallte bis zum Abendessen, als sie nach vorn fiel, mitten in die Suppe, und wir sie ins Bett legten, Spinatblätter klebten ihr noch an Nase und Kinn, ihr Hals glänzte vom Fett, aus einer Wunde an der linken Augenbraue rann langsam Blut. Und so brüllte sie, wenn sie aus dem Koma aufwachte, entstellt vom Delirium und ihrer Wut: »Ich will im Flügel weggebracht werden, ihr Schlampen«, und suchte mit den Armen ihre Töchter in dem leeren Zimmer.

Ein Klavier steht auf dem Sand, dachte er, weil er einen fast eckigen schwarzen Busch hinter einem Bündel Schilf entdeckte, ein Klavier auf dem Sand, umgeben von Möwen und Meeresvögeln, und die Großmutter schlug mit wirren, struppigen Haaren, eingehüllt in ihr Brautkleid, das sie in einer Truhe aufhob, mit den vom Rheuma verkrümmten Fingern die Kariestasten an, stolperte über eine Kinderwiege. Die Brise, die über die Gräser fuhr, wehte durch den zerfressenen Tüllschleier. Ein Katzenleichnam lag im Sand, fast ganz von den niedrigen Stoppeln am Ufer bedeckt. Eine Wolke riesiger Fliegen mit blauen Flügeln und rötlichen Körpern surrte um ihn herum. Die vertäuten Boote wiegten sich träge in den Hüften. Einen Augenblick lang starrte er den verfaulten Körper des Tieres an, drehte sich um und ging zum Gasthof zurück.

Der Zeuge Víctor P. wurde über die Bedeutung des Eides sowie die strafrechtlichen Folgen einer unrichtigen oder unvollständigen Aussage belehrt. Zur Person vernommen, sagte er aus, er sei ledig, neunundzwanzig Jahre, angestellt im Gasthof von Aveiro und daselbst wohnhaft. Zur Sache befragt, sagte er aus: Am Dienstag, den zehnten Februar, kurz nach achtzehn Uhr, soweit er dies genauer festlegen könne, habe er von der Wirtin des Gasthofes, Alice F. (Personalien Blatt 30 der Ermittlungsakte), erfahren, daß in der Umgebung des Hauses die Leiche des vormaligen Gastes, Rui S., aus Zimmer Nummer zwei gefunden worden sei, zum großen Teil seien Körper und Kleider von den Vögeln der Gegend zerfressen gewesen und, was verständlich sei, dies hätte großen Ekel und Entsetzen verursacht, vor allem, da es sich bei Rui S. um einen äußerst höflichen und freundlichen Menschen gehandelt habe, der nie ungeduldig geworden sei, wenn es Verzögerungen oder Mängel in der Bedienung gegeben habe. Der Zeuge habe seine gleichbleibende Liebenswürdigkeit geschätzt, die im Gegensatz zur deutlichen Antipathie und schlechten Laune der Dame gestanden habe, die ihn begleitete und die, wie er annehme, die Ehefrau gewesen sei und sich seiner Ansicht nach nicht nur ohne jeden Geschmack gekleidet habe, sondern auch noch äußerst unwirsch mit dem Personal des Gasthofes umgegangen sei, das sich bemüht habe, auf bestmögliche Weise die Kundschaft zu bedienen in einem Land wie dem unseren, in dem die Regeln der Gastfreundschaft und des höflichen Umgangs besondere Beachtung fänden. Nachdem er die Nachricht von dem Auffinden der Leiche erhalten habe, habe er sich in den Schlafraum des Personals begeben, um eine Beruhigungstablette einzunehmen (Valium 5), da er sein Herz habe unregelmäßig schlagen fühlen, er habe sich das Gesicht mit kaltem Wasser gewaschen, um sich zu erfrischen und zu Kräften zu kommen, und sei zu der von der erwähnten Alice F. genannten Stelle gegangen, wo sich außer ihr das englische Ehepaar aus Nummer sechs, der Koch, sein Arbeitskollege, das Zimmermädchen und zwei Männer befunden hätten, aus einem Lastwagen, der mit Feuerholz beladen am Randstreifen geparkt war, alle hätten sie jeden Augenblick mit dem Eintreffen der Obrigkeit gerechnet, die in diesem Falle durch zwei Wachtmeister aus dem Nachbarort repräsentiert worden sei, die mit dem Fahrrad unterwegs gewesen und sichtlich mit Mühe die Hügel hinaufgeradelt seien, wobei ihnen die Kolben ihrer prähistorischen Gewehre und das übrige, nutzlose Zubehör ihrer Uniform hinderlich gewesen seien. Der Zeuge habe bemerkt, daß die Menschen sich in respektvollem Abstand von der Leiche hielten, sie hätten sich zu einem kleinen Haufen verschiedener Gesichter, Arme, Beine, Hände und auffallend regloser Körper zusammengeschart, wie auf einem mexikanischen Wandbild oder einem dieser Wandgemälde mit vielen Leuten zu Präsidentschaftswahlen, und sie hätten nicht gewagt näherzutreten wegen der Wolke aus Möwen, die fürchterlich kreischend über dem Toten gekreist seien, und seine Augen seien wie kreisförmige Glasstücke gewesen, gerundet von einer seltsamen Mischung aus Zärtlichkeit und Haß. Da er sich vor den bis dahin so scheuen, freundlichen Vögeln gefürchtet habe, die sonst friedlich über der Flußmündung flögen und sich immer höchst unauffällig und zurückhaltend zwischen der Stadt und dem Gasthof verhalten hätten, sei er zum Gasthof zurückgekehrt (es habe ununterbrochen geregnet und die Pflanzen auf den Beeten seien vor sich hingewelkt wie die rissige Haut alter Menschen), habe sich an die verwaiste Telefonzentrale gesetzt, die sich in einem winzigen Kämmerchen hinter der Empfangstheke befinde, an einem Nagel ein Kalender mit einem Mädchen im Badeanzug, daneben Mütze und Jacke einer Uniform für einen Portier, den es nicht gebe, und auf dem Boden ein Stapel verschiedener alter Telefonbücher, dort habe er die ständige Anschrift des Toten gesucht, habe den grünen Stöpsel in das kleine Loch für Ferngespräche gesteckt, die Nummer gewählt und gewartet. Eine weibliche, säuerliche, unangenehme, knöcherne Stimme habe ihm geantwortet, und der Zeuge habe erst ohne ein Wort hastig aufhängen wollen, dann aber mit einem kleinen, zögernden Hauch gesagt, »Wer ist da?«, und schon habe ihn diese idiotische Idee gereut, Was habe ich mir nur dabei gedacht. Die Stimme am anderen Ende habe zwei oder dreimal in sein hartnäckiges Schweigen gefragt, »Wer spricht da?«, und er habe zögernd, Silbe für Silbe, geantwortet, »Hier ist der Gasthof in Aveiro, wir wollten Ihnen sagen, daß Ihr Mann gestorben ist.« Es sei eine Pause von mehreren Sekunden gefolgt, die der Zeuge jetzt nicht mehr genau bestimmen könne, worauf seine Gesprächspartnerin »Ach, wirklich?« ausgerufen habe in zerstreutem, sachlich klingendem Tonfall, der ihn überrascht habe, da er den Eindruck vermittelt habe, wissen Sie, als hätte sie an etwas anderes gedacht. »Er ist tot, man hat ihn draußen im Schilf zwischen den Möwen gefunden«, habe er erklärt, und wieder eine Pause und die Stimme, »Ach, wirklich?«, genauso gleichgültig wie kurz zuvor, hohl und fern habe sie geklungen, äußerst kühl und überaus desinteressiert. Er habe am liebsten auflegen wollen (Wie kann man nur derart hartherzig sein, wenn der eigene Mann gestorben ist?), er habe die Gabel mit dem Finger berührt, sich dann aber mechanisch sagen hören, »Möchten Sie nicht wenigstens wissen, wie?«, worauf ein einziges Pfeifen, Husten und Stimmengewirr in der Leitung zu hören gewesen sei: Da hat ein Specht in die Leitung geschissen, habe er gedacht, irgend so ein unverschämter Specht, der sich über mich lustig macht, während diese säuerliche, knochentrockene Frau irgend etwas geantwortet habe, was er nicht verstanden, was ihn jedoch ermutigt habe, nachzufragen: »Wollen Sie wirklich nicht wissen, wie?«, und darauf habe er sie in der Ferne sagen hören: »Die Polizei wird herkommen, dann werde ich hinreichend Zeit haben, alle Einzelheiten zu erfahren«, und da habe er sofort verstanden, klar, die mochte ihn nicht, wahrscheinlich haben sie sich gegenseitig jahrelang zu sehr verletzt, um sich noch zu ertragen, sich mit dem flackernden, bitteren Haß von Ehepaaren gehaßt, voller Ressentiments wegen zerbrochener Hoffnungen, voller Enttäuschung darüber, was hätte sein können und nicht war, »die Polizei wird herkommen, ich werde einen vollständigen Bericht über die Sache erhalten, also jedenfalls wundert es mich gar nicht, denn seit langem wundert mich nichts mehr bei ihm«, und ich sah diesen dicken Mann mit der Brille vor mir, ein bißchen lächerlich in seiner blauen Latzhose, am Tisch im Speisesaal des Gasthofes, so höflich, wie er um die Speisekarte bat, den Wein aussuchte, den Fisch, das Fleisch, den Nachtisch, und traurig lächelte wie auf einem Foto, mit seinen dicken, kurzen Händen Brotkügelchen drehte oder im Aufenthaltsraum mit übereinandergeschlagenen Beinen in Zeitschriften blätterte und mit den ausländischen Gästen kompliziertes Englisch sprach. »Haben Sie Kinder?« habe ich gefragt, und die Stimme brach in häßliches Gelächter aus, scharf, reizlos, als würde ein künstliches Gebiß auf den Tonleitern eines Xylophons Purzelbäume schlagen, verstehen Sie, »Nein, keine Sorge«, versicherte sie, »es gibt keine armen Waisenkinder für die Reporter, Kinder mit traurigen Augen, die sich an die Mutter klammern, und keine Schlagzeile in der Zeitung, Universitätsdozent Nimmt Sich Das Leben Und Hinterläßt Drei Minderjährige, nichts Besonderes, eine ganz gewöhnliche Tragödie, ohne jeden Skandal, Seien Sie beruhigt.« Und dann dieses kurze ironische, stachlige, lieblose Lachen, und ich, »Kommen Sie nicht her, Ihren Mann begleiten?«, und darauf sie gleich, »Wir haben uns am Sonntag entschlossen, uns zu trennen, und außerdem waren wir eigentlich nie so recht verheiratet«, Wer hätte das geahnt, dachte ich, ein Doktor und so ernst, auf dem Meldezettel hatte er eingetragen: verheiratet mit, wie schamlos, eine Frechheit, eine Unverschämtheit, »Ich weiß nicht, warum ich Ihnen das hier alles erzähle, im Grunde hat mich diese Nachricht wohl ein bißchen schockiert«, sagte sie, Von wegen, meine Liebe, ihr Frauen seid nicht so leicht zu schockieren, »Sie glauben ja gar nicht«, sagte ich, »was da an Möwen um ihn herumfliegt, sie haben ihn fast bis auf die Knochen zerfressen, sogar die Haare, man kann schon etwas Weißes, Hartes an den Knien erkennen«, und wieder eine Pause, absolutes Schweigen ohne Worte, in das wir beide hineinpaßten, ein Schweigen wie ein Abgrund, wenn die Pferde im Film springen, so kam ihre Stimme fast freundlich durch eine Art dunklen Tunnel herüber, »Die Vögel?«, fragte sie, »die Vögel aus seiner Kindheit?«, sie mußte im Delirium sein oder so, dachte ich, schließlich hatte der Tod ihres Mannes ihren Verstand verwirrt, man versucht, sich nichts anmerken zu lassen, aber plötzlich bemerkt man eine Geste, einen Ton, eine Grimasse, ich ging mit dem Mund näher an die Bakelitmuschel, »Wie meinen Sie das mit den Vögeln?«, aber ich hörte nur ihr Atmen durch das Telefon, ein merkwürdiger Wind, der sich näherte und entfernte, und dann kam die Wirtin mit einem uniformierten Polizisten hereingestürzt, beide höchst wichtig, »Legen Sie sofort auf, wir müssen die Feuerwehr anrufen«, befahl der Mann, »hoffentlich schadet dieser unglückliche Vorfall nicht dem Ansehen des Gasthofes«, seufzte die Wirtin, »*Madame*, seien Sie ganz unbesorgt, in einer Woche wird sich niemand mehr daran erinnern«, entgegnete der Polizist, »Ja, aber ist Ihnen denn nicht aufgefallen, wie die Möwen sich verhalten?« sagte die Wirtin, »Was ist mit den Vögeln?« rief ich in das Telefon, »Die werden sich schon beruhigen«, erklärte der ergraute Polizist gelassen, er war dick und klein, er kam mir wie ein für einen Maskenball verkleideter Polizist vor, das Atmen an meinem Ohr wurde schwächer und entfernte sich, »Legen Sie dieses Dreckding auf«, der Dicke wurde größer, »ich hab keine Zeit für Scherze«, die Puppe auf dem Kalender wurde größer, bis sie die ganze Kammer mit ihrer rosafarbenen Anwesenheit ausfüllte, eine riesige Brust, die mir vorkam, als sei sie aufgeblasen, erdrückte mich, Hunderte von Flügeln streiften über die Scheibe, der ganze Gasthof war voller Tauben, »Ach, die werden sich beruhigen«, versicherte der Polizist, »ich kenne mich aus mit dem Gedächtnis vom Federvieh, ich habe zwanzig Jahre lang mit Wachteln zu tun gehabt«, durch das Fenster konnte man die Flußmündung sehen, den Kreton der Wolken, den drohenden Regen, der nicht kam, »Setzen Sie sich ganz schnell ins Auto«, habe ich sie gebeten, »gleich ist die Feuerwehr hier«, »Mit wem quatschst du denn da?« rief die Wirtin sofort mißtrauisch, »das werde ich dir vom Lohn abziehen«, und ehe sie den Stecker an der Schnur herauszog, hörte ich, »Die Vögel vom Gut, die Amseln, die Rotkehlchen, die Spatzen«, und dann nichts mehr, nur das Tuten des unterbrochenen Gesprächs, die Frau auf dem Kalender umarmte mich, der Polizist wählte nach vorn gebeugt Aveiro, und die Pinien wurden von dem durchscheinenden, schimmernden Papier des Nebels verschluckt, und ganz allmählich entglitten sie, weit fort von mir. Das Protokoll dem Zeugen vorgelesen und genehmigt.

Er betrat das Zimmer mit dem Frühstückstablett in der Hand (das Brot in einem Körbchen, kleine, eingepackte Butterstücke, Tassen, Edelstahlkännchen, Dinge, die aneinanderstießen und klapperten), und der laue, klebrige, unangenehme Geruch des Schlafes stieg ihm in die Nase, die verschwitzten Bettücher, die hingeworfenen Kleider, die beschlagenen Fensterscheiben. Ein Rechteck aus Pappe hing mit einem Loch für die Klinke innen an der Tür und drohte in großen, herrischen Lettern DO NOT DISTURB.

»Guten Morgen«, sagte er mit dem Tablett in der Hand, er

betrachtete die Wände ringsum und die erbarmungslos von der Sonne angestrahlten Gegenstände, die häßlichen Möbel, die bedruckten Briefumschläge auf einer Art Schreibtisch, die Kunststoffaschenbecher, den Papierkorb in einer Ecke, die Flußmündung hinter der Veranda mit den auf und ab wippenden Enten und dann, blind, nach der Brille suchend, Nase und Lippen geschwollen, du. Der Träger deines Nachthemds glich einem Spitzenkranz aus Tausendschön: und diese flache Brust, die breiten Schultern, das Kinn, das die letzte, wirre Botschaft der Nacht murmelte, eingehüllt warst du in einen unverständlichen Schatten aus Silben. Er suchte nach einem Abstellplatz für das Tablett, fand keine Stelle, angelte mit dem Fuß einen Stuhl an die Bettkante: das Grün des Sitzes schmerzte wie eine ungerechtfertigte Beleidigung in seinen Augen, und dann bemerkte er, daß er beim Hinausgehen das Licht im Bad nicht ausgeschaltet hatte, das sich nun vor der trüben Energie des Morgens verkroch. Ein Boot segelte in einem Stoffrahmen zwischen den beiden Nachttischen aus hellem Holz. Schließlich stolperte deine Hand über die Brille, du setztest sie auf wie jemand, der sich ankleidet, die Wimpern wurden kleiner, dein Gesicht wurde lebendig und wach, als du auf die Armbanduhr schautest: Du wunderst dich wahrscheinlich, was wir hier machen, dachte er.

»Was für ein komischer Ort, dies Aveiro«, die Kusine runzelte entsetzt die Stirn, die Nadeln strickten heftig den endlosen Pullover. »Ich war mal vor ewigen Zeiten dort auf dem Weg nach Porto, ich sollte unbedingt einmal den Vouga sehen: ein gräßliches Kaff, das nach Fisch und Fäulnis stank. Also ich könnte ohne mein Viertel, die Lapa, nicht leben.«

»Montijo des Nordens«, sagte Carlos verächtlich. »Schlamm, Abfall, Feuchtigkeit. Wenn einer wie er den Schlick von Montijo mag, das ist doch krankhaft.«

»Er hat immer nachmittags den Tejo überquert, wenn er keinen Unterricht hatte«, erklärte die Schwester mit der Musik und drehte den Klavierhocker, »und dann setzte er sich auf den Steg und sah ins Wasser. Er konnte Stunden hintereinander so dasitzen, ohne ein Wort, und die streunenden Hunde streicheln, die vorbeikamen. Ich war einmal mit, aber ich habe mich die ganze Zeit auf dem Boot übergeben.«

Er löschte das blasse Licht im Bad, das auf dem Teppich erbleichte, dann sah er, wie sie Zucker in den Tee tat, mit den knochenlosen, weichen Bewegungen eines Menschen, der noch nicht ganz wach ist: So viele Haare auf den Armen, Marília, wie konnte ich nur mit dir schlafen?

»Brötchen oder Weißbrot?« fragte sie mit ihrer praktischen, flinken, unangenehmen Lehrerinnenstimme: die Dekadenz von Godard, die Erneuerung des amerikanischen Kinos, die Esplanade von Campo Grande mit den Schwänen und dem Rasen hinter deinem Haar: Werde ich es fertigbringen, dir zu erklären, daß ich fortmöchte, Brötchen, daß ich dich nicht mehr mag, daß ich woanders, nur Butter, mein unterbrochenes Leben wiederaufnehmen möchte, mit weniger Büchern, weniger Ausstellungen, weniger Filmreihen des deutschen Kinos, weniger rechthaberischen, bärtigen Freunden, weniger Kultur? Er schaute sie an. Wie alt wir morgens schon aussehen, zerknittert, fahl, verbraucht, wie diese unvorhergesehenen Falten in unseren Gesichtern auftauchen. Er dachte: Wie war denn das verflixt noch mal vor vier Jahren?, und das Brot schien anders zu schmecken als das in Lissabon, die Butter, die Milch, die aus der Metallkanne kam. Der Geruch deines Körpers war wie der in den Bettüchern des Gasthofs, von künstlicher Frische und schlaff, unter der Decke bewegte er sich wie eine Eidechse. Die Frau berührte mit zwei gleichgültigen Fingern sein Gesicht: Sogar deine Finger sind gealtert, Marília.

»Du bist ganz kalt«, sagte sie.

Deine Zärtlichkeit rührt mich nicht, deine Liebkosungen erregen mich nicht: er fühlte sich so weit fort von ihr, von allem, einsam schwebte er in einer Art innerer Wüste, als gäbe es niemand um ihn her, als sei er wirklich und für immer allein. »Es ist Februar«, antwortete er, »mir ist draußen kalt geworden.«

Die Pinien, die übrigen Bäume, der Sand, der Fluß, der Winterwind voller kleiner Messer, der den Nebel rasiert, und vielleicht wird alles blau sein im Juni, meinem Geburtstagsmonat, die Wärme, der Gasthof voller Menschen, belgische Familien, Ferienmuße.

»Mir ist draußen kalt geworden«, wiederholte er und dachte verärgert Wann hört dies Streicheln endlich auf? »So wie die Wolken aussehen, wird es nie wieder regnen: das Meer wird eine Sandwüste, Marília, wie der Mond, wie die Herzdame-Frisur meiner Mutter.« (Ich muß in der Klinik anrufen und nach ihr fragen.)

»Wie die von deiner Ex-Frau, wenn du gestattest«, ergänzte Marília mit einem Anflug von sarkastischem Lächeln. »Du hast gemeint, Tucha sei ein Genie, dabei konnte sie die *Gioconda* nicht von Jahrmarktbildern unterscheiden.«

Aber ich fühlte mich wohl bei ihr, bei den Kindern, im Haus in der Rua da Palmeira, ich wollte um keinen Preis fort, sogar die Kacheln in der Küche vermißte ich. Und genau da bin ich reingefallen, weil ich eingewilligt habe und abgehauen bin, denkt er, denn irgendwie war ich glücklich: wir hörten abends Platten, sprachen über Banalitäten, du im Schaukelstuhl, ich auf dem Boden sitzend mit einem vergessenen Buch neben mir, wenn wir schwiegen, spürten wir das Atmen der schlafenden Kinder, aber immer, selbst zu dieser Zeit war da das schlechte Gewissen, die offene, pochende Wunde der Partei, die Reue über meine Feigheit, der Preis, den ich zahlte, um mit dir zusammenzuleben. Die Frau mit dem grauen Haar, die sich mit dem Bleistift am Kopf kratzte, versicherte, jede Silbe betonend, vor einem Plakat, auf dem ein Kerl mit erhobener Faust neben dem Umriß einer Fabrik voller Schornsteine zu sehen war:

»Ein unverbesserlicher Bourgeois.«

Sie öffnete eine kleine Dose mit Marmelade, wie sie auf Reisen im Flugzeug serviert werden, probierte sie und legte sie beiseite: Zu süß, da kriege ich Krämpfe in der Luftröhre: die Kehle zieht sich plötzlich zusammen, man kann die Luft nicht schlucken, die Möbel drehen sich und wanken, fangen bedeutungsvoll an zu tanzen, der Boden verschwindet vor einem wie Wasser in einem Abfluß. Marília kaute bedächtig wie eine Kuh bei Walt Disney, und er dachte, wenn ich hier noch lange weitermache, fange ich bestimmt an, dich zu hassen. Er nahm den Hörer ab, wollte um eine Verbindung mit dem Krankenhaus der Mutter bitten, ließ es dann aber. Das Zimmer ging in eine Art kleiner Veranda über mit zwei Stühlen, einem weiß gestrichenen Holztisch und einer Balustrade aus Zement und Eisen, wo man sich vielleicht im Frühjahr am Nachmittag mit einem Glas in der Hand hinsetzen konnte, die mächtigen, beweglichen Schatten der Dämmerung beobachtete, die Sonnenorange, die über der Mündung unterging. Die Schwestern spielten im Wohnzimmer Karten, ohne die Sonnenuntergänge zu beachten, Vater saß für sich in einem Sessel und versuchte unerläßlich die dunklen Bedeutungen der Zeitung zu entziffern, dazu nahm er dauernd seine Brille aus der Tasche, setzte sie auf, steckte sie weg. Tucha wechselte auf dem Teppich kniend die Windeln des Jüngsten, der strampelnd auf dem Sofa lag. Überrascht denkt er, Babies haben wie wir zehn Finger und Fingernägel und Haare. Wenn Marília wieder schwanger würde, denkt er, was dann? Die Fläschchen, die Windeln, diese fieberhafte Aufregung der ersten Zeit, und dann die Erschöpfung nach schlecht durchschlafenen Nächten, dieser winzige, unersättlich gierige Mund. Die Männer transportierten das Klavier der Großmutter mit Hilfe von Stricken die Treppe hinunter, die Alte schlug ungeduldig mit dem Krückstock auf den Treppenabsatz, und beim nächsten Mal war sie dran, der Sarg holperte über die Stufen, die Leute in Schwarz, die plötzlich mit Schweigen gefüllte Wohnung, aus der ihre Schreie ausgezogen waren. Tage später kamen auch die letzten Möbel fort, das letzte Geschirr, die letzten Bilder, die letzten, muffigen Wäschekoffer, und in den größeren Räumen hallten nun meine Schritte wider, mein Asthma-Husten, verstehst du, der an den Wänden entlangpfiff. Sie nahmen auch die

Vorhänge mit, und die Gebäude gegenüber näherten sich mir neugierig lauernd: Ich hätte nie gedacht, daß du dich unterkriegen lassen würdest, Großmutter, daß sie stärker sein würden als du, trotz deiner kleinen Statur, deiner zerbrechlichen, brüchigen Eichhörnchenknochen, trotz des Bettes, an das sie dich gebunden hatten, als könnten sie selbst den Wind einfangen. Wenn Marília schwanger würde, hätte ich den Mut, sie zu verlassen?

»Schnell, schnell«, rief die Stimme des Vaters und klatschte hinter dem Vorhang in die Hände. »Es ist noch eine halbe Stunde bis zum Beginn der Vorstellung.«

Die Frau erhob sich, zog das Spitzennachthemd aus (die Schamhaare, dachte er, in diesem lockigen, schwarzen Dreieck die Hand vergraben, die Nase, den Penis, wiehern, nicht aufhören), und sie ging nackt ins Badezimmer auf ihren riesigen Bauernfüßen, den gespreizten, fast kindlich rosigen Zehen. Er schüttelte die Mähne und die Flankenmuskeln (der Schweiß auf dem Rücken glänzte) und trabte auf das Fenster zu: die Testikeln strafften sich, stemmten sich hart gegen die Bauchmuskeln, der Schwanz richtete sich langsam auf wie ein steifer, ekliger Rüssel. Wie Sabber glänzte es auf seinen Lippen und seiner Nase, die Hufe bebten auf dem Teppich: Ich kann nicht mit dir schlafen, weil ich mich von dir trennen will, wir werden Aveiro wie zwei Fremde verlassen. Ein neuer Entenschwarm schwamm die Flußmündung hinab in vorsichtigem Bogen, das Spiegelbild der vertäuten Boote zitterte. Ein rauchender Zylinder entfuhr seinem After, schlaff fiel er zu Boden. Er machte eine halbe Drehung, schlug hier und da an die Möbel (eine Wasserflasche hüpfte vor Schreck auf der Untertasse) des Zimmers, das viel zu winzig war für seinen langen, braunen Rumpf, eines der Hufeisen zerschlug das Metall der Heizung an der Wand, zerbrach zwei oder drei der Heizkörperrippen, und das Tablett rutschte mit lautem Getöse vom Stuhl. Ich mag deine hängenden Hinterbacken, deine Schenkel, die hängenden Schultern, die hervorstehenden Schlüsselbeine, aus dem Bad rollte in weißen, luftigen Wölkchen Wasserdampf, die der Spiegel am Schrank vor ihm wiedergab, du hattest den Plastikvorhang vorgezogen und eine durchsichtige Duschhaube aufgesetzt, denkt er, ich konnte deine Gestalt erkennen, wie du gebeugt deine Beine einseiftest, ich werde von hinten in dich eindringen, deine Vulva aufreißen, deine erstaunten Nieren gegen die Badewanne pressen, er erhob sich mit wütendem Schnauben auf den Hinterhufen:

»Was ist denn mit dir los?« sagte die Frau mit dem Schwamm in der Hand, »bist du verrückt geworden?«

Es war so dunstig, daß ich deinen Rumpf, die entsetzt aufgerissenen Augen unter der Haube, die nicht sehr festen Brüste mit den dunklen Warzen kaum erkennen konnte. Der Schweif streifte über die Tür, die Nüstern sogen gequält die Luft ein, der Hals bewegte sich ungestüm hin und her:

»Stell dich da hin«, bat die Frau, »hats dich plötzlich erwischt?«

Und sie legte die Seife ab, versuchte sich mit dem sinnlosen Schild des Schwammes zu schützen (Woraus sind eigentlich Schwämme gemacht, fragte es ganz leise flüsternd in ihm, Meerestiere, synthetische Produkte, *Made in Sacavém*?), er stieß mit dem Maul und den riesigen Zähnen durch den Vorhang, während sie überrascht, bedrängt, fast freudig, in die Ecke zu den Wasserhähnen flüchtete, von den nassen Schamhaaren tropfte Wasser, ich stützte die Hufe auf die Wandkacheln, scharrte mit den Hufeisen auf der glasierten Keramik, Halbmonde aus Schlamm, Halbmonde aus Scheiße, sicher trat ich auf meine eigenen Fladen von vorhin, noch ein Furz, diesmal ein kleinerer, löste sich mit einem gedämpften Laut auf der gelben, gelöcherten Gummimatte aus dem After, und als er sie mit einem heftigen Ruck von unten nach oben aufspießte mit der ganzen wütenden, in seinem Körper aufgestauten Kraft, sah er im Spiegel verschwommen das Bild eines Pferdes mit einem Büschel auf dem Kopf wie bei Zirkustieren.

»Hopp«, rief der Vater und knallte mit der Peitsche, »hopp,

hopp«. Und er sprang geflissentlich gehorsam über Hindernisse, drehte sich, richtete sich auf und kehrte um.

Beschämt knöpfte er den Hosenschlitz zu und ging ins Zimmer zurück, um das nasse Hemd zu wechseln. Die Turnschuhe machten einen seltsam schwappenden Laut wie eine Zunge auf dem Boden. Marília kam in das Handtuch gewickelt, mit einer Haube im Nacken und einer Haarsträhne über der Stirn benommen und tropfnaß hinter ihm her:

»Was hast du denn nur getrunken«, sagte sie, »was ist denn heute mit dir?«

Es lag so etwas wie eine abstoßende Dankbarkeit, eine unsinnige Hoffnung in ihrer Stimme: Wie idiotisch, daß ich mit dir gevögelt habe, denkt er, wir sollten jetzt dasitzen und uns unterhalten, zivilisiert den Barthes und die Bilder aufteilen, einen wohlerzogenen Abschied vorbereiten, Freunde bleiben: wie macht man das? Er zog sich ein gepunktetes Hemd an und ließ sich auf dem grünen Stuhl am Fenster nieder, ohne sie anzusehen, aber er spürte im Nacken die kleinste Geste, den Verschluß des Büstenhalters, der auf dem Rücken zugemacht wird, mit umgedrehten Armen wie bei Verrenkungskünstlern, das hastig mit der Stahlbürste gekämmte Haar, unerwartet ein Strich Tusche auf die Wimpern. Draußen schwoll der Tag an wie ein schwangerer Bauch, und seine Adern verzweigten sich im trüben Himmel hinter den Wolken in schwebenden Regenbüschen. Der Nebel verwandelte Aveiro in einen verschwommenen Fleck, in dem er mit Mühe die Schornsteine als vertikale Pinselstriche erkennen konnte: wir könnten hier zu Mittag essen, reden. Vielleicht würde sie ganz allein, ohne jede Hilfe zu dem Schluß kommen, daß es für beide besser wäre, sich zu trennen. Vielleicht käme der Vorschlag von ihr, und ich bräuchte nur noch zuzustimmen, ohne sonderlich begeistert zu sein, würde ja sagen, selbstverständlich, für ein paar Monate ein Versuch, hin und wieder würden sie sich treffen, darüber sprechen, dann könnte man weitersehen. Marília holte ein Fläschchen aus der Tasche und parfümierte sich Hals und

Ohren mit einer plötzlich weiblichen Geste, daß er entsetzt war: Schau wie glücklich sie ist, denkt er, seit Monaten hat sie gefastet, sich alles mögliche vorgestellt und gegrübelt und jetzt, peng, sind alle Zweifel zerstreut. Er hängte die Wäsche zum Trocknen über den Holzaufsatz des Bettes, betrachtete die dünnen Pinien am Straßensaum: Du mußt deine Angst überwinden, du Feigling, du mußt dich erklären.

»Willst du in Aveiro Mittag essen?« fragte er.

Die Kusine vor dem Fernseher ribbelte eine Reihe Maschen auf und strickte weiter:

»Mutter starb zwei Tage nach ihm, sie hat zum Glück nie etwas erfahren. Sie hat noch eine Spritze in die Brust bekommen, an irgendeinen irrsinnig komplizierten Apparat haben sie sie angeschlossen. Die Arme, sie wog nur noch etwa zwanzig Kilo, ein wirres, seelenloses Knochenbündel.«

»Der Krebs seiner ersten Frau und der Selbstmord seines Sohnes haben meinen Mann zutiefst erschüttert«, sagte die große, elegante, blonde Frau, während unzählige Armreifen klimpernd aneinanderstießen. (Mehrere Schönheitsoperationen hatten ihr Gesicht zu einer unbeweglichen, glatten, ausdruckslosen Gipsjugendmaske gemacht.) Vielleicht kann er deshalb nicht mit mir schlafen: er nimmt die Schlaftablette, gibt mir einen Kuß, dreht sich um und schnarcht. Ich bin es leid, ihm zu einem Arzt zu raten, er antwortet darauf, es sei nichts, Ärger in der Firma, Kopfschmerzen, die üblichen Ausreden. Im Grunde spürt er, daß er alt ist, nicht mehr kann, abends nickt er vor dem Video ein, mit der ausgebreiteten Zeitung auf dem Schoß, wenn der Film zu Ende ist, sitzt er immer noch reglos da vor dem flimmernden Bildschirm, mit seinem Glatzkopf und dem Kinn auf der Brust.

»Ist sicher hübsch, Aveiro«, sie lächelte komplizenhaft zustimmend, und für einen Augenblick sah ich wieder deutlich das schwarze Dreieck ihres Schamhügels, die hängenden Brüste, den vor Wasser triefenden, eingeseiften Körper vor mir, »eigentlich gehen wir so wenig aus.«

Du hattest den Kongreß völlig vergessen und warst dankbar, überrascht, fast fröhlich, weil er angezogen über den Badewannenrand gestiegen war, sich trotz der Dusche, trotz der glatten Wanne, trotz des Wassers, mit den Händen vorgetastet hatte, froh über seinen Mund auf deiner Brust, über seine Zunge auf deiner Zunge, über den Finger, der langsam auf und ab über deine Klitoris streichelte. Du bist ja wirklich völlig verrückt, und ganz ungewohnt klang ihre Stimme nun zärtlich und zustimmend, sie öffnete die Schenkel weiter, um dem auf und ab reibenden Zeigefinger zu helfen, der Dampf beschlug meine Brille, und es gab dich nicht mehr, obwohl du mein Hemd aufmachtest und meinen Gürtel und energisch Hose und Unterhose nach unten schobst, das Wasser lief mir über Knie und Knöchel und machte die Strümpfe naß, ich stützte mich mit den Handflächen an der Wand ab, lehnte mich an dich, während du mich am Loch im Hintern streicheltest, die Testikeln, die Schamleisten, den Penis und ganz langsam, warte, mein Begehren in deinen Körper hineinstecktest, die Plastikduschhaube streifte über mein Gesicht, aus deiner Kehle kam ein rhythmischer Laut, während meine Lenden sich dir näherten und sich entfernten, deine Nägel auf meinem Rücken, deine Zähne auf meinem Arm, das Wasser lief noch immer dampfend auf die Wut unserer ineinanderverhakten Schaukelstühle herab, langsam glitten wir an der Wand hinunter, bis wir am Abfluß knieten, du nahmst mich aus deiner Vagina heraus, rolltest dich mit einer öligen Bewegung an meinen Bauchnabel, Laß mich dich trinken, laß mich deine Milch auf der Zunge schmecken, und plötzlich lief wie in einem Taumel das ganze Blut in meinem Schwanz zusammen, er wuchs, wurde größer, glänzte, eine Explosion, zwei, drei Mal, irgendein Ballen warf mich aus mir selbst mit wütender Energie hinaus, und dann entleerte ich mich allmählich, wurde schlaff, verlor die stählerne Festigkeit und die Elastizität meiner Muskeln, du ließest meine Knie los, strecktest dich in der Wanne keuchend auf dem Bauch aus, hattest mich vergessen, warst weit weg, verdreht wie ein Kleid, das man auszieht, während ich taumelnd und benommen wie ein Pinguin in das Zimmer zurückstolperte, die Brillengläser an der Bettdecke abwischte, das dunstige Universum wurde wieder deutlicher, und statt der großen, blonden Freundin meiner Mutter, die mit elegant gekreuzten Beinen im Sessel saß (Der Duft ihres Parfüms, der Duft ihrer Strümpfe, der Duft ihrer Kleider) erschien die Großmutter mit erhobenem Spazierstock und brüllte:

»Ich will im Flügel begraben werden, ihr Schlampen«, saß aufrecht im Bett, zerzaust und aggressiv, mit dem Serum, das Tropfen für Tropfen in den Arm geleitet wurde.

Sie gingen die Treppen zur Eingangshalle hinunter, wo unförmige Pflanzen in Rosa und Grün in dem Becken voller Algen wuchsen (Wie viele Gäste hatten sie wohl schon verschlungen, methodisch mit ihren riesigen Kiefern zermahlen?), und er legte den Schlüssel auf die Theke, hinter der das Geschöpf mit den riesigen Wimpern seine endlosen Zahlenkolonnen mit tarantelgleicher Langsamkeit addierte und jede Reihe mit der nachdenklichen Bleistiftspitze überprüfte. An einem Ende der Rezeption konnte man neben einem Plakat von Albufeira, *Sunset in August*, hinter einer halboffenen Tür eine vorsintflutliche Telefonzentrale sehen, einen wurmstichigen Schreibtisch, ein auf einen Nagel aufgespießtes Papierbündel, das bei Ertönen einer altersschwachen Klingel erbebte. Von einem im Nebel matt wirkenden Lastwagen vor der Tür stiegen Kästen mit Erfrischungsgetränken herab, die Pinien und das Wasser wisperten im Dunst: nichts reflektiert hier, nichts, dachte er, außer diesem schmerzhaften, seltsamen Himmel voller Wolkenleitern, Wind und unsichtbaren (braunen?) Flügeln der Vögel. Der Wagen wollte nicht anspringen, die entleerte Batterie kratzte unter dem Motor wie ein Stück Draht in einer Blechbüchse, das Auto roch nach kaltem Tabak und verbranntem Leder.

»Ich glaube, das Wetter wird sich überhaupt nicht mehr ändern«, sagte er, drehte den Schlüssel noch einmal herum, trat auf das Gaspedal, zog den Schock, »als würden wir für immer unter dieser schwebenden Glocke leben und auf ich weiß nicht was warten, nicht wahr? Von dieser Feuchtigkeit tut mir der Nacken weh, Gedanken und Hände scheinen verquer, ich weiß nicht, wo Anfang und Ende sind.«

Altersschwache Busse fuhren auf der Straße und wurden verfolgt von wütenden Hunden mit aufgerissenen Mäulern, ein schwarzer, stürmischer Vogel flatterte wuchtig zwischen den Pinien auf und ab, schluchzend fuhr der Wagen langsam auf dem Kiesweg an: natürlich wird sich dieses Wetter nie ändern, Wolken und noch einmal Wolken, und Wolken über den Wolken, sie erreichten den Asphalt und wurden schneller, Richtung Aveiro. Ich teile dir während des Mittagessens mit, daß ich mich für einige Monate von dir trennen möchte, daß ich nachdenken muß, wir werden Freunde bleiben, uns besuchen, ich werde dir zur Seite stehen, senkrecht glitten die Bäume vorbei, kleine, ärmliche Dörfer hier und da. Die Schwester mit der Musik nahm die Finger von den Tasten und sagte zur Klasse:

»Die mit den Triangeln zuerst. Die Tamburine fangen erst an, wenn ich mit der Hand ein Zeichen gebe.«

Mein Chorlehrer im Gymnasium, dachte er, stotterte, trug eine Brille, nervöse Ticks verzerrten sein Gesicht, und dann immer seine unerklärlichen Ausbrüche: er ohrfeigte uns mit der Zigarette im Mund, ohne daß die Asche abfiel, und am jährlichen Vortragsabend, wenn die Aula gefüllt war mit gerührten Eltern und der strengen Wachsamkeit des Direktors in der ersten Reihe, wenn diese mit ihren Rückenlehnen im Dunkel zu einem Knäuel verschmolz, pflanzte er sich mit erhobenem Taktstock flehend vor uns auf, seine Stirn glänzte vor Aufregung und Schweiß: mein Vater war immer im Ausland, wenn dieses Gesinge stattfand, er hat mich nie vierstimmige Rhapsodien von Volksliedern in frohgemuten, rührseligen Arrangements anstimmen hören, wenn ich dastand, Teil dieses Gesangvereins, dieser Wabe voller Köpfe, hell angestrahlt von einem rostigen Scheinwerfer. Der Leiter, zerfressen von Angst, bewegte die Ärmel mit einer kleinen Pfeife im Mund, die den Ton angab, der Motor des

Wagens lief nun weich und gehorsam, rechts sah er ein Schild mit der Aufschrift Aveiro, es kamen mehr und mehr Häuser, und dann Gebäude, Geschäfte, Querstraßen, ein Platz, der Geruch des Flusses, den man an jeder Ecke schweigsam und hartnäckig unter dem grauschattierten Himmel erahnte. Wir hielten auf einem kleinen Platz vor einer Tankstelle mit einem Buckligen in einem schmutzigen Monteuranzug, eine Nase wie eine Ratte aus der Kanalisation, fast hockend saß er auf einem Klappstühlchen, wartete auf Kunden, und der Nebel fuhr mir mit seiner unangenehmen Hand durch die Knopfleiste. Zwei indische Priester in langem Gewand gingen an ihnen vorbei, ohne sie anzusehen, der Chorleiter wischte mit dem Arm über die Stirn, drehte sich in den Lackschuhen um und verbeugte sich gerührt vor dem Scheinwerfer, um sich für den Beifall zu bedanken. Meine Mutter haßte das Gymnasium, denkt er, für sie wimmelte es dort von Kommunisten und nackten, Französisch lehrenden Prostituierten, und vielleicht hat sie sich deshalb nicht über mein verpfuschtes Leben gewundert. Aber sie konnte sich glücklich schätzen, wenn sie nur an dich dachte, Marília, der Chorleiter zeigte mit einer unbestimmten und zugleich weitausholenden Geste auf uns, der Beifall wurde stärker, du hast es immer vermieden, den Freundinnen von mir zu erzählen, du tatest so, als wüßtest du nichts, wenn sie dich fragten, es beschämte dich, daß der Schwiegervater deines Sohnes ein Polizist war, okay, wir trennen uns, sagte sie, ich verstehe das völlig, wir brauchen deshalb kein Drama zu inszenieren, wir gingen durch schmale, krumme, verlassene Straßen, Jetzt, beim Mittagessen, werde ich mit dir sprechen, die große, rothaarige Frau mit den langen Ohrringen winkte ihm hin und wieder von einem Balkon im ersten Stock zu, Wahrscheinlich konnte der Vater nicht mehr, brachte es nicht mehr, und sie lachte, nackt im Bett, an die blaue Uniform des Chauffeurs mit den silberfarbenen Knöpfen geklammert, Ich frage mich selbst, ob die Mutter Verdacht schöpfen würde, Marílias Arm hakte sich bei mir ein unter dem Vorwand einer Stufe, Wie ein Ehepaar, denkt er, ein geborgenes Ehepaar, warum hast du keinen Mut, die Dinge zu erklären, es erschreckt dich, daß sie dich mag, du spürst im Innern die Angst vor dem Alleinsein, ein ganz sachter Schleier aus winzigen Tröpfchen wehte im Wind hin und her, streifte über sein Gesicht, entfernte sich, kam wieder näher, sie suchten ein kleines Restaurant am Ufer mit dem lehmigen Wasser aus, mit einer Veranda, wo ein vereinzelter Tischgenosse mit der Gabelzinke in ein gekochtes, weißes, hervorstehendes, rundes, blindes Fischauge stach und es mit federndem Froschmaul kaute, der Angestellte gab uns die Speisekarte, Ich wette, du suchst dir Tintenfisch aus, und plötzlich merkte er an ihren Blicken und Gesten, Sie mag mich noch immer, und für diesen Tag schob er das Gespenst der Scheidung von sich, da saß sie froh, ruhig, sicher, verliebt, verflixt noch mal, bestellte Tintenfisch, gegrilltes Schweinesteak, Weißwein, der Ober breitete eine Papierdecke zwischen uns aus, und er beobachtete das trübe, stehende Wasser (auf dieser Seite gab es nicht so viele Möwen), auf dem Halme, Holzstücke, ein Korb, verschiedene Abfälle schwammen, undefinierbare Gegenstände, Boote mit eingezogenen Rudern, der gräulichkörnige Dunst, vielleicht das Meer dort in der Ferne, das einbalsamierte Gesicht des Obers nahm Gestalt an (seine kleinen Augen, die Augenbrauen), und sein Mund, umgeben von konzentrischen Falten, näherte sich ihm:

»Wir haben kein Schweinesteak mehr. Auf der Speisekarte steht da ein Kreuzchen, haben Sie das nicht gesehen?«

Er würde nie (und er wußte das) die Dissertation über den Sidonismus schreiben, seine Gedanken waren blockiert, er konnte nicht schreiben: Entwürfe, Skizzen, zerrissene Blätter, wirre, unbrauchbare Absätze: entweder habe ich nie die Begabung besessen, oder ich habe sie als Kind mit den Milchzähnen verloren, vielleicht nur eine gewisse Fertigkeit, eine gewisse formale Geschicklichkeit, an der Oberfläche aufgefangene Ereignisse aufzuschreiben, ohne Tiefe, wie dieses trübe Wasser des Vouga, den eine unerklärliche Unentschlossenheit lähmt. Ich mag keinen Tintenfisch, denkt er, die Beine ekeln mich und die Saugnäpfe, die dunkle Sauce, dieses blasse, feste Fleisch.

»Tintenfisch, wie ordinär«, gab der Geist der Mutter verächtlich von sich. »Bestell doch wenigstens ein Steak.«

»Steak, gut durch«, rief der Ober in die nicht lokalisierbare Küche, wo sich sicher eine dicke Frau mit dem schmutzigen Chaos von Töpfen herumschlug und von einer flachbrüstigen Küchenhilfe mit flehenden Augen unterstützt wurde.

»Im Restaurant hat sie Tintenfisch gegessen«, sagte die älteste Schwester und verzog das Gesicht. »Da könnt ihr mal sehen, so eine war das«.

»Ich wette, daß ihr die Sauce übers Kinn lief und sie Zahnstocher benutzt hat«, fügte Carlos hinzu. »Abgesehen von den Olivenkernen, die sie auf die Messerklinge gespuckt hat.«

»Ganz so dumm war sie nicht«, sagte der Frauenarzt, »aber es gibt Dinge, die kommen mit den Chromosomen, die brauchen Generationen, um sich herauszubilden, um ihren Schliff zu kriegen. Zum Beispiel guter Geschmack. Bildung. Manieren. Das kommt nicht von ungefähr.«

Die Salz- und Pfefferstreuer, das billige Besteck, die angeschlagenen Teller: Nie werde ich etwas schreiben, nie werde ich etwas hinkriegen. Eine kauernde Gestalt fischte auf einem Holzponton: Onkel Francisco, dachte er, aber die Gesten waren anders, die Körperhaltung nicht vertraut. Die alterslose, resignierte Frau von Onkel Francisco verbrachte die Wochenenden im Bett, mit einem Eisbeutel auf dem Kopf (Du glaubst ja gar nicht, wie schmerzhaft so eine Migräne ist, Junge), wartete, daß ihr Mann zurückkehrte, nach Salz und Fischsuppe roch, mit einem Bündel ekelerregender, winziger Fische am ausgestreckten Arm. Er steckte sich eine Zigarette an, und der Ober stellte ihm beflissen einen gesprungenen, schwarzen Plastikaschenbecher hin. Jetzt werde ich reden, denkt er. Er fuhr mit den Ellbogen über das Papiertischtuch, bis er mit dem Zeigefinger die Gabel genau parallel zum Messer gelegt hatte, hüstelte diskret wie vor einer entscheidenden Ansprache, und da landete ein Taubenpaar auf dem Ponton neben dem Mann mit der Angel und fing grundlos zu kreischen an.

Der Zeuge Hilário A. wurde über die Bedeutung des Eides sowie die strafrechtlichen Folgen einer unrichtigen oder unvollständigen Aussage belehrt. Zur Person befragt sagte er aus, er sei geschieden, sechsundvierzig Jahre alt, Angestellter im Gasthof von Aveiro und daselbst wohnhaft. Zur Sache vernommen, sagte er aus: Daß er zusammen mit dem auf Blatt zweiundsiebzig der Ermittlungsakte genannten Victor P. den Dienst im Restaurant und zum Frühstück teile, beide schliefen in einem Dachzimmer neben den Räumen der Wirtin mit Anrecht auf eine wöchentliche warme Dusche im Bad derselben, und sie überwache persönlich, wie lange die blaue Gasblume in dem Emaillefensterchen des Boilers brenne, da drei Minuten völlig ausreichend für einen Mann seien, um sich einzuseifen, daß das erwähnte Zimmer sich genau über dem von dem Opfer Rui S. und seiner angeblichen Ehefrau bewohnten befinde. Er fügte hinzu, daß man der Mängel in der Bauweise wegen deutlich jedes Geräusch, auch das kleinste, im unteren Stockwerk vorkommende, vernehmen könne, hierin eingeschlossen das Quietschen von Bettfedern, Rülpsen, Gurgeln, Plätschern im Bidet und Zärtlichkeitsbezeugungen. Dem Zeugen zufolge hätten sich das Opfer Rui S. und seine angebliche Ehefrau durch ein beunruhigendes Schweigen ausgezeichnet, das er der Tatsache zuschreibe, daß die Frau nicht sehr hübsch und appetitlich gewesen sei, mein Kollege hat sogar gesagt, daß ihr zum Kerl nicht mal der Bart fehlte, hast du schon die Haare auf ihrem Kinn gesehen, wetten, daß sie sie jeden Morgen wegrasiert und daß sie mehr Haare auf der Brust hat als ich, und ich habe ihm geantwortet, das ist nicht schwer, denn du ziehst deine ja raus mit dieser Manie, daß du nach Lissabon gehst und in einem Nachtclub für Transvestiten tanzt, und er hat gesagt, ich habe schon in zweien gearbeitet, und das sind die glücklichsten Menschen auf der Welt, immer mit künstlichen Wimpern, mit einer blonden, gut befestigten Mähne, und dazu diese zügellosen, reichen Kerle mit dicken Autos, die draußen auf einen warten, einen auf den Mund küssen und mit der Hand die Beinmuskeln rauf streicheln, und dann gleiten die Tausender in die Lacktäschchen rüber. Also ich, wenn ich Geld hätte, ich würde in eine von diesen Kliniken in Marokko gehen und mich in eine Frau umwandeln lassen, die setzen einem Plastikbrüste ein und alles und so, da würdest du mich nicht wiedererkennen, wenn ich zurückkomm, du würdest mich ansehen, und du wärst so scharf auf mich wie ein Sack voll Sensen, stramm wie eine Auto-Antenne, du würdest eher bersten als schlaff werden, drei Monatslöhne würdest du hergeben für zwanzig Minuten im Himmel, wenn du willst, kannst du ja so tun, als wäre ich ein Mädchen, und wir fangen gleich an, manchmal habe er sich arrangiert mit gewissen, einsamen Gästen, die schüchtern gewesen seien und affektiert, solche, die mit der feuchten Zeigefingerspitze die Krümel von der Tischdecke aufsammelten, unheimlich sauber, als würden sie Harfe spielen, mittelalterliche Herren, einfach zu sympathisch, so gepflegt und derart fröhlich, dann sei er um Mitternacht glücklich lächelnd mit den Schuhen in der Hand auf ihr Zimmer gegangen und im Morgengrauen übernächtigt zurückgekommen, habe sich auf dem Bett ausgestreckt und nachdenklich an die Decke gesehen, wenn er in Nummer sieben gewesen sei, habe man ihre Gespräche gehört, ihr Gickern und Kitzeln und auch Offenbarungen, Versprechen, Schwüre, ihr rührendes Gegurre, aber dem Zeugen zufolge hätten sich Rui S. und seine angebliche Ehefrau durch absolute, beunruhigende Stummheit ausgezeichnet, charakteristisch für zerstrittene oder schon in der Gewohnheit erstarrte Paare, jeder von ihnen auf seiner Matratze eine Zeitschrift durchblätternd in stillem Haß, gelassenem Unbehagen, geduldigem Ärger. Während der Mahlzeiten hätten sie nicht viel gesprochen: sie hätten die Gerichte und den Wein ausgesucht und auf den Fluß geschaut, wo das Wasser gegen den Strom zu fließen scheine, da der Regen noch nicht gekommen sei, mein Vater schrieb mir vom Land, Mein Sohn, im nächsten Jahr können wir die Kühe nicht füttern, der Glanz ihrer Brillengläser verbarg die Leere ihrer Gesichter, ich habe geantwortet, Steck die Hörner von den Rindern dem Minister in den Arsch, weil er den Staudamm nicht gebaut hat, den er uns vor den Wahlen versprochen hat, und dann kam an einem Nachmittag mein Kollege ganz aufgeregt in die Anrichte, Komm her, Schätzchen, sieh dir an, wie flott die Polizisten sind, und da liegt eine Leiche, wir haben beide durch die Luke geschaut, und ich hab eine Gruppe von Leuten in Regenmänteln gesehen, der Himmel war grau, Bäume und Wolken sind in diesem Februar von der Mündung her gewachsen, wie aus Stein gehauen, in Basalt, vom Wind herumgewirbelt, mit den Fingerabdrücken der Häuser und Pinien in ihrer dichten, farblosen Haut, wie Fußspuren an einem Morgen am Sandstrand, ein Fotograf hat Fotos gemacht, Leute mit Jagdflinten haben die neugierigen Vögel aufgeschreckt, die Wirtin hat einem Mann etwas erklärt, der sich auf einem Block Notizen gemacht hat, ich kam mit hochgekrempelten Armen und Schürze raus, mit dem Huhn, das ich rupfen wollte, in einem Zinkeimer, den ich über den Arm gehängt hatte, die starren Hühnerfüße baumelten heraus, der runde Körper des Huhns schlug mir beim Laufen gegen die Schenkel, man sieht nicht alle Tage einen Toten, aber er war schon zugedeckt mit einem Stück Plane, und man konnte nur schwach eine Erhebung im Sand erkennen, es hätte ebensogut ein Toter sein können wie irgend etwas anderes, was lang und groß ist, der Schlammgeruch überdeckte die Gerüche und die Stimmen, ich bin mit meinem Huhn näher ran, der Mann, der sich Notizen auf den Block gemacht hat, hatte kein Interesse mehr an der Wirtin, die hat ihn beleidigt angesehen, und er hat mich gefragt, He, du da mit dem Kittel, arbeitest du auch im Gasthof?, und dann, wie die Gäste aus Nummer sieben gewesen wären, ihre

Angewohnheiten, ihre Gespräche, was sie gegessen hätten und was nicht, ob sie viel oder wenig weggewesen wären, Sohn, hat mein Vater gesagt, wir haben kein Futter für das Vieh, ob sie Besuch bekommen hätten, ob sie telefonierten, ob ich irgend etwas Merkwürdiges in ihrem Verhalten bemerkt hätte, und dann kam er auf die Frau, ob die sympathisch war oder unsympathisch, groß, klein, blond oder dunkel, ihr Aussehen, Kleidung, Benehmen, ich glaube, er hatte Asthma, denn er hat wie ein Fisch über seinem Stift geatmet, mit offenem Mund, besorgt war er und rot angelaufen, er hat die Wörter beim Schreiben mitbuchstabiert, auf der linken Wange bis zum Hals runter, da hatte er so einen weinroten Fleck, wie ein richtiger Alentejano vom Land sah der aus, die Möwen kreischten in hektischen, fiebrigen Kreisen hinter ihm, die Bahre der Feuerwehrleute schaffte den Leichnam zur Ambulanz, mit Rotlicht auf dem Dach und einer gebieterischen Sirene, die auf und ab heulte und sich auf der Straße entfernte, auf dem Sand war nur noch ein Fleck, den haben die Männer mit Schaufeln zugedeckt, und dabei haben sie die Vögel als Dreckskerle und alles mögliche andere beschimpft, der Fotograf verstaute die Kamera in einer Umhängetasche und alle, auch die mit der Flinte, kamen ins Gasthaus an die Bar, um auf Kosten der Geschäftsleitung einen kleinen Schnaps zu trinken, es ist nicht gut, wenn das zu sehr durch die Zeitungen geht, das hält die Gäste ab, erschreckt die Touristen, die Reiseunternehmen, nicht wahr, sie kündigen Verträge auf, wir erwarten für den Sommer Amerikaner, Dollars, Sie verstehen schon, die Männer haben ein Glas nach dem anderen geleert, ausweichend, die Wirtin füllte ihre Gläser bis über den blauen Strich, die Männer bekamen allmählich rote Ohren, plötzlich kindisches Gekicher, in seiner dümmlichen Strenge versuchte ein dicker Inspektor der Wirtin etwas zuzuflüstern, während er seine Hand nach ihrem saftlosen Hintern von verzweifelt trostloser Trockenheit ausstreckte, der sinnloserweise bedeckt war vom Stoff des Kleides, sie haben lärmend an einem großen, sehr langen Tisch zu Abend gegessen, der war bald voll mit leeren Flaschen, Flecken, Krümeln, angetrockneten Essensresten, und auf den Untertassen lagen ausgedrückte Kippen, ein Kerl, der die Winterjoppe nicht ausgezogen hatte, war schnarchend eingenickt auf seinem Teller mit Melone, die Köchin hat wütend auf jeden Karamelpudding gespuckt, bevor sie ihn mir gab, mein Kollege ist geschäftig von Polizist zu Polizist getänzelt wie ein Ballerino, der Fotograf wollte aufstehen und eine Rede halten, aber seine Beine versagten, er fiel wieder auf seinen Stuhl und gab auf, sein unruhiger Blick rutschte ab in eine glasige Teilnahmslosigkeit, schließlich murmelte er zerstreut einen zusammenhanglosen Satz über japanische Uhren und Spitzenhöschen, Hauptsache, diese Kerle hauen zufrieden ab, hat die Wirtin mir zwischen den Zähnen zugeflüstert, und trotz allem wissen Sie ja, welchen Aufruhr es am nächsten Tag gegeben hat, Schlagzeilen auf der ersten Seite und diese makabren Fotos, wir haben Stunden gebraucht, um ihren Dreck im ganzen Gasthof wegzumachen, einer von ihnen ist in das Blumenbecken gekracht, hat eine Reihe Töpfe umgekippt, dreizehn Porzellanfrösche zerbrochen, ist der Länge nach im Wasser liegengeblieben und hat die Kollegen mit dem Stolz eines Walrosses angeschaut, sein nasser Schnurrbart hat gezittert wie ein Schleier vor dem Mund, im Morgengrauen sind sie abgezogen, eine bläuliche Linie war schon zu sehen von den Umrissen der Stadt, der Motorenlärm hat in meinem Kopf gewühlt wie ein brennender Draht, ich kam hier zum Strand runter, starr von der Kälte, die aus den steifen, gespreizten Pinien zu kommen schien, aus der Nacht, die sich zusammenzog wie die Haut über den Lidern auf einem Gesicht der Schlaflosigkeit, und einem zögerlichen, zitternden, milchigen Licht Platz machte, allmählich konnte man, verstehen Sie, die Einzelheiten in der näheren Umgebung erkennen, die vertäuten Boote, die Büsche, den perlmuttenen Strandstreifen, von der Mündung her landete der erste Entenschwarm auf dem Wasser, die Rücklichter der Autos blinkten unsicher über die Straße, gleich ist es Tag, habe ich gedacht, und die Wolken näherten und entfernten sich, ich habe gehört, wie hinter mir jemand hustete, und da stand die Köchin mit übernächtigtem Gesicht und hat die Stelle betrachtet, wo die Leiche gelegen hatte, den aufgewühlten Sand, das Schilf, die Gräser, die vielen Fußspuren, und da war vor allem diese absolute, glasklare Stille am frühen Morgen, die Möwen schliefen noch, wissen Sie, noch abwesend, irgendwo, man wußte nicht wo.

Selbstverständlich, denkt er, hast du nichts von dem, was du beim Mittagessen sagen wolltest, gesagt, selbstverständlich bist du die ganze Zeit über still gewesen, hast den Nachmittag von der Veranda aus hinausgeschaut, hast die kleine, gelbe Plastiksenftube über einem Steak aus geschmiedetem Eisen ausgedrückt, neben dem ein gummiartiges Spiegelei und in Fett schwimmende Bratkartoffeln lagen. Hin und wieder kam ein Fischer herein, um an der Theke einen Kaffee zu trinken, und (denkt er) es war, als schleiften sie den Geruch von Schlamm und Fischen hinter sich her, als begleite sie auf ihren Südwestern oder den Gummistiefeln der Modergeruch des Holzes vom Kai. Und dann dieses Jubeln in deinen Augen, Marília, denkt er, allmählich verblaßte es, deine Gesten wurden langsamer, nachdenklicher, die Augenbrauen dichter über der Nase, die Schultern schmaler unter dem ewigen Wollponcho, der wie ein Insektenpanzer aussah. Nachmittags, denkt er, gingen wir schweigend in Aveiro spazieren, die Straßen, Häuser und kleinen Plätze verströmten einen feuchten, lauen Geruch, den tierischen Hauch von etwas Lebendigem, das die Februarkälte ermordete: wir setzten uns schließlich auf eine Bank, betrachteten die Häuser, ohne uns zu berühren, ohne uns zu unterhalten, ohne zu lächeln, wir setzten uns mit den Händen in den Taschen auf diese Bank und hingen jeder unseren widersprüchlichen, schwelenden Gedanken nach.

»Hör mal«, fragte der Vater streng, »wo hast du dieses Mädchen aufgetan?«

»Was hat er nochmal gesagt, wie das Mädchen da hieß, Jorge?« fragte die Mutter ihren Mann und griff mit langen, rotgelackten Fingernägeln in die Zigarettendose aus Schildpatt.

Du warst ins Bad gegangen (Wo kann ich mir die Hände waschen?), meine Schwester mit der Musik hatte dich durch den Korridor begleitet, du gingst gebeugt, schnüffeltest mit deinem kurzsichtigen Zinken nach den Lichtschaltern, und im Wohnzimmer hatten wir alle im Kreis neben einem niedrigen Tischchen gesessen, nach Whiskey und Käsehäppchen aufgestoßen, die wie Kokons von Seidenraupen aussahen oder wie Bambusstöckchen, meine Eltern, meine beiden Schwestern, meine Schwager und ich, ihre säuerlichen, vorwurfsvollen Blicke mit dem unterdrückten Ärger; zusammen mit den Möbeln, Bildern, den Büchern im Glasschrank, den Chinavasen und den bunten Fotos von den Enkeln, saßen sie da, voller Vorwürfe und unterdrücktem Ärger aus Ressentiment und Verachtung. Zu dieser Zeit lebten wir schon seit Monaten in der Azedo Gneco zusammen, umgeben von Plakaten, Staub und hinkendem Mobiliar, und meine anfängliche Begeisterung, meine anfängliche Bewunderung schwanden dahin. Zu dieser Zeit, denkt er, begann ich zu glauben, daß ich nie jemanden lieben würde, daß ich mich überhaupt nie für irgend etwas interessieren würde.

»Marília«, wiederholte die Mutter und zerkaute die Silben, als wollte sie das Gewicht des Namens mit der Zunge prüfen, während hinter ihr das Ticken der Wanduhr mit orientalischen Motiven auf dem Uhrenkasten wie ein fernher treibendes Echo ertönte und verhallte. »Marília, was für ein lächerlicher Name.«

Es muß vier oder fünf Uhr nachmittags gewesen sein, denkt er, als wir uns von der Bank erhoben, um in der Ecke eines fast baumlosen Platzes in ein dunkles, kleines Lokal einzukehren, in dem eine Neonröhre an der Decke den Stühlen und der wurmstichigen Theke etwas melancholisch Unwirkliches verlieh. Ein junger, großer Blinder mit gestreiftem Blindenstock zwischen den Knien schien mit seinen weißen Statuenaugen eine katastrophenreiche Zukunft zu erhorchen. Hin und wieder erbebten seine Hände, und einmal zog er ein Schnupftuch aus der Tasche und schneuzte sich dröhnend. Der Vater suchte den Deckel für den würfelförmigen Eisbehälter (Er hat nie genau verstanden, wie dieses Monstrum geöffnet wird, dachte er) und wühlte mit seinen herrischen, dicken Fingern in den trüben, aneinanderklebenden Würfeln herum.

»Die größte Dummheit«, verkündete er, »die du je begangen hast, war deine Trennung von Tucha.«

»Von der wußte man wenigstens, wer sie war«, fügte die älteste Schwester hinzu und nagte an dem Zahnstocher mit dem Käsehäppchen wie ein Hase in einem Zeichentrickfilm an einer Mohrrübe: auf ihrem länglichen Gesicht lag plötzlich eine unerwartete Grausamkeit.

Und wieder die steife Feierlichkeit dieses Hauses, denke ich, die selbst tagsüber dunklen Zimmer, zum Fürchten voll mit erfundenen Gespenstern, die schweren Falten der Vorhänge, diese ernste, dichte, gewichtige, feierliche Atmosphäre, der kritische Blick der Großeltern von der Wand, irgendwo Klaviermusik. In der geräumigen Küche setzten die alten Dienstmädchen ihre Brille auf, um ihn besser sehen zu können, sie zögerten noch, ob sie den Jungen nun mit Herr Doktor anreden sollten, die Schneiderin betrachtete ihn mit gefalteten Händen und Tränen in den Augen wie eine Statue in der Kirche. Alte Deolinda, denkt er, wie lange schon warst du nicht mehr dort? Ein, zwei Jahre? Aber er erkannte die Düfte wieder, der Bougainvillea-Zweig strich noch immer über das Fenster, die Schwager fühlten sich immer mehr zu Hause in den schwarzen Ledersesseln mit den bauchigen Armlehnen, wie beim Erzbischof. Vielleicht stand irgendwo in der Schrankkammer noch die Korbtruhe mit den alten Masken und Karnevalskostümen und den Spitzen, die beim Berühren zu Staub zerfielen, mottenzerfressene, lange Rüschenröcke aus vergangenen Zeiten. Der Frauenarzt betrachtete aufmerksam den Boden seines leeren Glases, Carlos öffnete gekonnt wie ein Barkeeper das Siegel einer neuen Flasche.

»Tucha hat nicht wieder geheiratet«, sagte die Mutter vorwurfsvoll, »sie lebt allein mit den Kindern, und sie benimmt sich, wie man es von ihr erwartet, sie geht abends nicht aus und gibt keinen Anlaß zu Klatsch. Und du stürzt dich gleich in so eine Geschichte hier.«

Er bestellte zwei Bier und beobachtete die im Glas aufsteigenden Bläschen, die im Neonlicht irisierten, das um sie herum die aseptische Blässe eines Barbierladens verbreitete. Der Blinde spuckte lauthals in das Taschentuch, und durch die offene Tür sah man eine kleine, weiße Hündin, deren Zitzen am Boden entlangschleiften, über den Platz trotten, gefolgt von einer Horde lechzender, kläffender Schäferhunde. Ein Autobus holperte ohne zu halten an den Gebäuden vorbei, und er konnte deutlich das Profil des Chauffeurs erkennen, wie an die Scheibe gepreßt eine dunkle, ausgeschnittene, sehr aufrechte Silhouette ohne Gesichtszüge, und dazu andere, gleichermaßen reglos, eingeschwärzt, abstrakt. Ich bin nicht in der Lage, denkt er, mit dir zu sprechen, ich könnte deine Enttäuschung niemals ertragen, deine Wut, die Zigarette, die du dir mit ungewohnter Heftigkeit ansteckst, den offenen Mund mit den verbrauchten Zähnen, wie du mich voller Ironie beschimpfst Armer Scheißbourgeois steck dir deine Zweifel in den Arsch.

»Nein, hör mal, beantworte mir nur diese Frage«, sagte die Mutter eindringlich und schnippte sorgfältig die Asche in den Aschenbecher, »glaubst du, daß deine Kinder glücklich sind? Nur diese eine Frage, sag ehrlich: glaubst du, daß deine Kinder wirklich glücklich sind? Bist du vielleicht schon einmal bei einem Psychiater gewesen?«

Der Kleine, denkt er, der hat Angst, der fürchtet sich, in Campo Grande mit dem Boot zu fahren, ob das ein Synonym für Angst ist, ein Symptom für eine Neurose, ein Zeichen für irgend etwas Lästiges, Schwerwiegendes? Er versucht, sich in dem kleinen Lokal in Aveiro an das zu erinnern, was die Kinder mögen, aber gerade, als er es vor sich zu sehen glaubt, verschwindet es wieder, und er sieht nur flüchtig zwei kleine Gesichter am Seeufer zwischen den Schwänen, das Gras, die Autos und die Terrasse mit den Tischen aus weiß gestrichenem Gußeisen, wo er im Sommer öfter hinging, um den Juli-Geruch in der Nase zu spüren, benommen von den öligen Schuppen des Wassers. Im Grunde verzeihst du mir nicht, denkt er, daß ich dir kein Kind gemacht habe, sie führt gerade das Glas zum Mund, ein wenig Bierschaum bleibt an ihrem Kinn hängen, wie Speichel, der einem eingespannten Maultier aus dem Maul trieft.

»Ist dir nicht kalt?« fragte Marília zischend, mit unverhohlenem Haß.

Unmöglich, denkt er, daß du nicht weißt, was in meinem Kopf vor sich geht, du warst immer intelligenter als ich, es war alles so viel leichter und weniger mühsam mit Tucha, ich wette, daß du meine Zweifel errätst, meine Zurückhaltung, diese mich zerreißende innere Lähmung. Es wurde dunkel in Aveiro, die Leuchtschrift an einigen Geschäften blinkte bereits, in Kürze würden die Straßenlaternen eine nach der anderen in jedem Viertel angehen, zunächst flackern, nur die Drähte würde man brennen sehen, dann würde das Licht allmählich die ganze, an ihrem eisernen Fragezeichen aufgehängte Laterne ausfüllen, und wie ein gigantischer Sumpf würde der Vouga in der Finsternis untergehen.

»Diese Peinlichkeit hättest du uns wirklich ersparen können«, sagte die Mutter leise, denn Marília mußte jeden Augenblick in Begleitung der Schwester von der Toilette zurückkommen, und das Geräusch ihrer Holzpantinen hörte man auf dem Teppich kaum.

Der Vater erhob sich vom Sessel (die Federn gaben einen erleichterten Seufzer von sich wie ein rülpsender Pater), besah sein ergrautes Haar in einem goldgerahmten Spiegel, rückte den Knoten seiner Krawatte zurecht und tippte sich mit dem empörten Zeigefinger an die Wange.

»Was mir zu schaffen macht, ist diese Dummheit mit der Politik«, flüsterte er und sah vorsichtig zur Tür. (Als ich klein war, dachte ich, sprachen sie Französisch.)

»Daß du eine Kommunistin heiraten würdest, die sich bestimmt einen Teufel um die Gesetze schert.«

»Das weiß doch jeder, daß die Kommunisten Atheisten sind«, sagte Carlos mit übereinandergeschlagenen Beinen und lächelte voller Genugtuung auf seine Seidensocken herab. »Ich habe im Buch eines Pide-Inspektors gelesen, daß die sich zusammentun und auseinandergehen, wie es ihnen in den Sinn kommt.«

Dich habe ich nie gemocht, du Armleuchter, denkt er, deine dämliche Selbstgenügsamkeit, deine Erklärungen, deine aufgeblasene Männlichkeit, die keine Widerrede duldet. Er war zwei Klassen über mir im Gymnasium und ist berühmt geworden, weil er bei ich weiß nicht mehr welcher Gelegenheit dem Helfer im Physiklabor, einem rachitischen Kerlchen, der in einer Amateurband Klarinette spielte, eins mit der Faust verpaßt hatte. Mit einem Hieb, denkt er, hast du ihm fünf Zähne ausgeschlagen, deine Eltern haben dich am Ende des Schuljahres zu den Priestern in ein Internat gegeben, eins für Boxchampions, sie haben dich von weitem mit resepektvoller Vorsicht beobachtet. Der Laborgehilfe mit der Klarinette konnte nicht mehr spielen und ging nun auf Trommel über, man bezahlte ihm die Reparatur seiner Kiefer, das Kerlchen verschwand und kam Wochen später mit leuchtenden Schneidezähnen wieder, die ihm als Spuckregen aus dem Kiefer zu fallen drohten, wenn er redete. Marília setzte sich mit gekreuzten Beinen auf den Fußboden und lutschte die Apfelsinenscheibe vom Wodka aus, das Gesicht meiner Mutter verzog sich seitwärts gewandt zu einer Grimasse, und mir fiel plötzlich zum ersten Mal auf, wie abgeschabt deine Hose war, wie abgetragen und alt dein Hemd. Die Schwester mit der Musik saß abseits auf einem

Stuhl und blätterte, ohne die Familie zu beachten, ruhig in irgendeinem Heft. Eine Partitur? denkt er. Verse? Ich weiß, daß du Gedichte schriebst, einmal stieß ich auf einer Messe auf deinen Namen in einem Buch, das verramscht wurde, merkwürdige Gedichte, einzelne Wörter, Sätze, wenn sie das zu Hause wüßten, sie würden ohnmächtig. Oder vielleicht hatten sie sich schon an deine Häßlichkeit, an deine heitere Verrücktheit gewöhnt, an deine ständige Geistesabwesenheit. Und vielleicht warst du wirklich die Kommunistin der Sippe, mein häßliches Entlein. Aber du lebtest bei den Alten, gingst abends wenig aus, hast sie nicht mit lärmenden Extravaganzen belästigt.

»Ein letztes Bier für den Weg«, sagte er zu Marília, »und dann gehen wir. Ich habe den Dufflecoat im Gasthof vergessen, jetzt wird mir auch kalt.«

Draußen gingen die Lichter an, Grüppchen von Männern in Alpercatas und verdreckten, kalkbespritzten Hosen kamen zu einem Glas Rotwein vor dem Abendessen herein, ließen sich im Wohnzimmer nieder, auf den stolzen, schweren, steifen Stühlen des Wohnzimmers unter Jagdszenen und englischen Landschaften in Öl. Der Blinde hob die Hand, um einen Schnaps zu bestellen, und seine Finger schienen wie die Fühler eines Insekts die Leere abzutasten. Das träge Gemurmel der Gespräche schlängelte sich durch das Lokal, verschmolz mit dem würdigen Hin und Her der Uhr im chinesischen Kasten. Die alterslose Frau, die hinter der Theke stand, füllte die Gläser der Schwager, und er sah ihre dicken Stampferbeine ohne Fesseln in Stoffpantoffeln und den gehorsamen, winzigen Hund, der an ihren Krampfadern schnüffelte.

»Mein Tonikum, Dona Almerinda«, bat der Blinde mit einer Stimme ohne Echo, ohne Schattierungen und suchte mit den entleerten Augen die lange, durchsichtige Flasche, die wahrscheinlich (denkt er) so etwas wie Mondschein in seiner Finsternis bedeutet.

»Nur ein Bier«, sagte ich, »und Lupinenkerne, bitte.«

Mein Vater beugte sich mit dem städtischen Lächeln eines alternden Filmschauspielers im künstlichen Plastikgesicht zu dir hinunter:

»Und was unterrichten Sie dort an der Universität?«

Und Dona Almerinda ging zwischen ihnen hindurch mit einem Glas in der Hand, und ich dachte Er hat gar nicht die Absicht, sich mit ihr zu unterhalten, er will sie nur vor den anderen bloßstellen. Er denkt Wie widerlich und giftig sie doch lächeln. Der halboffene Mund der ältesten Schwester glich einer fleischfressenden, abstoßenden Muschel. Carlos gab der Mutter und einem älteren Arbeiter, der sich zu ihm nach vorn beugte, mit gewölbter Hand Feuer, steckte sich selbst eine Zigarette an und verwahrte das goldene Feuerzeug wieder in der Brusttasche seines Jacketts. Die Porzellanlampen, die Silberdosen, kein Staub. Er denkt an die im Wohnzimmer aufgestellten Spieltische, an das Geflüster und die kleinen Schreie, das schrille Lachen von Mutters Freundinnen, an die überquellenden Aschenbecher, den reglos unter der Decke hängenden Rauch. Auf dem Sofa liegend streckte die rothaarige Frau die schwarzen Strümpfe und lächelte ihm träge zu: ihre Brust hob und senkte sich sanft und verbreitete um sich den wissenden Weihrauch ihres Körpers.

»Die Französische Revolution?« fragte der Vater verwundert und strich sich das Haar mit der Handfläche glatt. »Und warum nicht, wenn Sie gestatten, die Portugiesische Revolution? Es hat doch eine Revolution in Portugal gegeben, nicht wahr, eine kommunistische Revolution?«

»Das ist das letzte«, versprach ich mit einer entschuldigenden Geste, »das Bier schmeckt einfach gut.«

Die Männer in Alpercatas aßen Kabeljau-Kroketten, Kürbiskerne, kleine, gewöhnliche Meeresfrüchte, deren Schalen sie auf den Boden spuckten, nachdem sie sie mit schweigsamer Gleichgültigkeit ausgelutscht hatten. Die Kälte auf der Straße und die Wärme ihres Atems gingen eine seltsame Verbindung ein, in der verstreute Wortfetzen schwebten, die

Helligkeit des Fernsehers auf einem Bord und Rülpser, die sich anhörten wie Reifen, denen die Luft ausgeht. Sicher war jetzt kein einziger Fischer auf dem Ponton, und er ahnte die stumme, riesige Nacht dort draußen, erforschte sie durch die Fensterscheiben. Das Bier mit seinem bitteren Geschmack härtet meine Knochen, macht sie schwer, kompakt, unfähig zu fliegen, und er dachte Ich bin endgültig kein Vogel mehr, ich bin im Schlamm und Schlick von Aveiro vor Anker gegangen wie ein unbrauchbares Boot, das auf das Skelett seiner Querrippen reduziert ist, zerfressen von Muscheln und Tintenfischen. Ich mag nicht mehr von hier fortgehen, nicht mal mehr den kleinen Finger mag ich rühren, das hektische Hin und Her des Blutes in meinen Gliedern spüren, den angstvollen Galopp der Venen. Der Frauenarzt kratzte nachdenklich an einem Pickel auf der Stirn, meine älteste Schwester blickte, von den dumpfen Blicken der Arbeiter verfolgt, hämisch und blöd drein.

»Warum nicht die kommunistische Revolution vom April 1974 studieren?« fuhr der Vater hartnäckig fort und drückte mit wachsender Wut sein Haar gegen die Schläfen. »Warum bringen Sie Ihren Studenten nicht bei, wie man ein Land durch infantile Übergriffe zerstört, wie man den Provinzen in Übersee einen Fußtritt versetzt, wie man den Lakaien Rußlands erlaubt, in São Bento zu bellen?«

Rot vor Zorn, denkt er, rot vor aufrichtiger Empörung. Wütend, denkt er, weil es Gewerkschaften gibt, weil es Streiks gibt, weil sie ihm eine Zeitlang seine Geschäfte erschwert haben. Und die Mutter, die so sehr klagte, wie schwer es sei, Hausangestellte zu bekommen? Und daß kein Gärtner aufzutreiben sei, um den Rasen zu pflegen?

»Dona Almerinda«, rief der Blinde mit erhobenem Kinn, zu niemandem gewandt. »Bringen Sie mir ein gekochtes Ei und zwei Schoppen Weißen.«

Die Schwester mit der Musik sagte aus dem Hintergrund,

»Aber Vater«,

doch der Alte hatte sich in eine glühende Rede über unsere

zivilisatorische Arbeit in Afrika gestürzt, über die jahrhundertelange Arbeit voller Intelligenz und Blut, die freizügig einer Horde von dreckigen Schwarzen geboten worden war, von dem unvermeidlichen Abrutschen eines wohlhabenden Landes in den Ruin, dazu pflichtete ihm die Mutter bei und unterstrich die wichtigsten Passagen, indem sie konsterniert murmelte:

»Es ist wirklich eine Schande.«

Die Lichter der Straßenlaternen, die er von der Tür aus sah, schwebten jetzt schwerelos festgemacht in der Nacht, einige Fenster waren hier und da erleuchtet, auch sie in der Dunkelheit schwebend und leicht verschleiert durch den Nebel über dem Fluß. Allmählich machten die Arbeiter den ersten fuchtelnden, torkelnden Betrunkenen Platz, die die Neonröhre an der Decke anzog wie große, zerschlissene Schmetterlinge. Einer von ihnen stützte sich auf die Armlehnen von Carlos' Sessel, und ihre Köpfe, der schmutzige und der saubere, der grobe und der feine, betrachteten sich ironisch, ohne Zuneigung, von den gegenüberliegenden Enden des Schanktisches. Marília zog eine leichte, billige Zigarette aus einem perlenbestickten Beutel, der ihr an einer Kordel über der Schulter hing, und steckte sie sich an, ohne daß jemand im Wohnzimmer ihr Feuer reichte. Die Glastür zum Eßzimmer wurde plötzlich hell, und er konnte das Dienstmädchen beim Tischdecken erkennen (Silberbesteck, Kristallgläser, der matte Glanz des Geschirrs), ein junges, blondes Mädchen, das sich mit Mühe auf den hohen Absätzen bewegte. Da hingen schwere Kopien alter Meister, die gläsernen Augen halbnackter Heiliger, die ihm in seiner Jugend das Soufflé vergällt hatten, die Klingel in Gestalt einer Bäuerin mit weitem Rock, derer sich die Mutter für ihre gebieterischen Anweisungen bediente. Über zwanzig Jahre Mahlzeiten, denkt er, die angefüllt waren mit autoritären Ansprachen und trockenen Lektionen über gutes Benehmen, wie bei der Abrichtung von Hunden.

»Hat man eines Ihrer Unternehmen verstaatlicht?« fragte

Marília meinen Vater gelassen. »Haben die dämlichen Kommunisten Sie gezwungen, als Bote zu arbeiten? Das ist leichte Arbeit, wissen Sie, mein Onkel hat so eine Stelle in einer Bank gehabt.«

Ich trank noch ein Schlückchen Bier, sah dich von der Seite an: schweigsam, starr, angespannt, mutig und besiegt sahst du zur Tür: Du wirst das bis zum Ende durchstehen, in dieser Hölle wirst du ruhig bleiben. Was für eine Scheiße, denkt er, daß ich das nicht kann, daß ich mich nicht auf deine Höhe begeben kann. Auf dem Plastikteller suchtest du nach einem Lupinenkern, machtest mit den Zähnen die gelbweiße Schale auf, schnipptest sie verächtlich auf den Teppich, gefolgt von der verblüfften Empörung meiner Schwestern. Ob ich will oder nicht, denkt er, bleibe ich an diese Portieren gebunden, diese Möbel, diese Menschen, die einfach nicht wahrhaben wollen, daß sich etwas unwiderruflich geändert hat, und die auf den Seen ihrer Arraiolos-Teppiche Schiffbruch erleiden werden und sich an ihre pompöse, hohle Überlegenheit klammern, die sie verloren haben.

»Wenn die junge Dame mich um eine Stelle als Sekretärin in meinem Büro bittet, könnte ich Ihnen sogar eine verschaffen, wenn wir Sie vorzeigen können und Sie kompetent sind«, antwortete der Vater mit einem kleinen, weißen Fleck zergangener Wut zwischen Augen und Mund. »Und sogar Delegierte der Gewerkschaft könnten Sie werden, wenn Ihnen danach ist: Wir haben die Situation schon wieder ganz unter Kontrolle, verstehen Sie, und die Kommunisten in die Schranken gewiesen: wir haben es in fünfzig Jahren nicht zugelassen, daß das Unkraut uns lästig wird, wir haben gelernt, wie man das macht.«

Er tat drei oder vier entschlossene Schritte auf dem Teppich, betrachtete im Spiegel wieder seine Frisur, ging zu der rothaarigen Frau, die ihm sehnsüchtig vom Sofa aus zuwinkte, glitzernd mit riesengroßen Ringen (die langen Ohrringe, wie an einem Lüster hängende Glasplättchen, stießen an den langen Hals) und er umarmte sie, seine Lackschuhe strampelten ins Leere. Seine wie eine Ziehharmonika zusammengeschobenen Hosen ließen die grauen Strümpfe sehen und ein Stück Bein ohne Haare, weiß wie ein Tintenfisch. Die Gestalt des Dienstmädchens kreiste im Eßzimmer, verteilte die Servietten (Er denkt Du hast kein Anrecht auf einen Serviettenring, Marília), während das Stöhnen des Alten heftiger und schneller wurde. Soll ich ihm helfen, den Gürtel aufzumachen, denkt er, und die altmodische Unterhose mit Knöpfen hinunterzuziehen? Und er sah Caxias vor sich, die heraustretenden politischen Gefangenen, die er im Fernsehen gesehen hatte, das Winken von den Militärlastwagen herab, sein Neid, daß er kein Held war, keinen Kampfanzug besaß, keine Waffe, daß er niemanden befreite. Er mußte an den Ersten Mai denken, an die Lieder und Rufe und die Freude der Menschen auf den Straßen: Damals waren wir rein, denkt er, sogar ich war es, vorher und nachher war ich ein Dreck, aber an diesem Tag nicht. Die Eltern schifften sich eine Woche später nach Brasilien ein, kamen zwei Jahre danach mit einem rachsüchtigen, kleinen Lächeln zurück. Carlos befahl eine der Fabriken zu schließen, die Aufstände waren vorüber, der Vater schickte einen Schlägertrupp, der mit Knüppeln Arbeiterversammlungen verhinderte, der Schwager, der Frauenarzt, ließ sich als Abgeordneter für eine höchst christliche Partei aufstellen, und Tucha ging mit aufgepflanzter Fahne inmitten ihrer Freundinnen gegen den Sozialismus demonstrieren. »Wenn ich Gewerkschaftsdelegierte wäre«, fragte Marília und spielte mit einem gräßlichen Reif aus Elefantenhaut, »würden Sie dann Ihre Spürhunde auf mich hetzen?«

Dieses unerträgliche Abendessen, denkt er, das geschmorte Fleisch, das nicht die Kehle hinunterwollte, die Mutter, die in ihrer kleinen Pillendose nach Valium suchte, das irritierend überlegene Lachen des Vaters:

»Um Himmels willen, meine Liebe, wir haben da zivilisiertere Methoden, Probleme am Arbeitsplatz zu lösen: eine begründete Kündigung ist schnell besorgt.«

Wie lange ging diese Peinlichkeit, denkt er, diese Unerträglichkeit? Die Suppe wollte nicht weniger werden, sie wuchs unter dem Löffel, die Reiskörner vermehrten sich auf dem Teller, der Wein schmeckte nach Essig, das Spinatgemüse klumpte sich unzerkaubar in den Backen zusammen. Wir müssen los: der letzte Bus fährt um halb zwölf, und ihre Autos mit den großen, verchromten Zähnen der Kühlergitter bleiben hier draußen am Straßenrand. Das Tor, die Beleuchtung, denkt er, die geschnittene Buchsbaumhecke, das zärtliche, erschrockene Gesicht der Schwester mit der Musik, als sie sich im Vestibül verabschieden:

»Ist nicht so ganz gut gelaufen, was?«

Dona Almerinda bediente den Blinden wieder und verschanzte sich dann hinter der Theke, um mit den Forderungen der Betrunkenen zurechtzukommen, die der Wein rauh und entschlossen machte.

»Ich habe gesehen, in welchem Elend die unglückseligen Russen leben«, versicherte der Vater. »Die einzige erlaubte Zerstreuung ist Lenins Mumie: wissen Sie, die stehen Schlange für diese makabre Vorstellung.«

»Die Ärmsten«, seufzte die Mutter und nahm sich noch ein Stück Kuchen.

Der Kuchen, den ich mochte, denkt er, die *bavaroise* aus meiner Kindheit, der Rest wurde im Kühlschrank aufbewahrt, man aß heimlich mit den Fingern davon, ohne daß die Köchin es merkte. Den hat sie meinetwegen gebacken, denkt er, bestimmt hat sie ihn meinetwegen gebacken, vielleicht hofft sie noch, daß ich nicht völlig verquer liege, denn schließlich bin ich ihr Sohn, nicht wahr, es gibt immer irgend etwas, an das man sich noch halten kann.

Die Schwester mit der Musik blieb am Tor stehen, um sich zu verabschieden, mitten zwischen den Bougainvillen und den wilden Rosenstöcken, während wir uns die Straße hinunter entfernten auf die Bushaltestelle zu: wir hatten damals den *Dyanne* noch nicht, weil das Geld für die Anzahlung nicht reichte, wir legten jeden Monat eine absolut lächerliche

Summe zurück, vielleicht im April, Marília, vielleicht im Juli, der Verkäufer im Ausstellungsraum lächelte, eilte unter Verbeugungen von Modell zu Modell, war überschwenglich zu Diensten, sein Bild wurde verzerrt und vervielfältigt auf Spiegeln und Scheiben, auf den Karosserien und im konvexen Glanz der neuen Lacke widergespiegelt, er machte Motorhauben auf, erklärte Motoren, wies stolz auf den geräumigen Stauplatz für das Gepäck hin, rümpfte mißtrauisch ausweichend die Nase angesichts deines Ponchos, ich unterschrieb im Stehen den Scheck, über einen Schreibtisch voller Papier gebeugt, Können wir ihn gleich mitnehmen?, fragte Marília, der Mann wurde plötzlich ernst, es täte ihm sehr leid, aber nein doch, morgen oder übermorgen gewiß, eine kleine Formalität, um die Dokumente zu vervollständigen, das Fahrzeug noch einmal durchzusehen, ein vertrauliches Schulterklopfen, Wir möchten doch nicht, daß nachher schlecht von uns geredet wird, nicht wahr?, er hielt den Scheck in zwei Fingern, reichte ihn mit vielsagendem Blick einem jungen Mädchen, die sehr beschäftigt schien, mit dem rechten Daumen in einem Stapel Briefe blätterte, er versprach, den Boden gratis mit Matten auszulegen, um unser Mißtrauen zu zerstreuen, während die Kollegin die Bank anrief, um sich den Scheck absichern zu lassen, wir hörten sie deutlich fragen, wir hatten uns in eine Ecke vor ein Tischchen voller Zeitschriften gesetzt, das junge Mädchen nickte zustimmend mit dem Kopf, Gehen wir in die Werkstatt, sagte der Verkäufer, vielleicht haben unsere Leute ein Wunder vollbracht, er zwinkerte, rutschte allmählich in eine unangenehme Vertraulichkeit ab, wir gingen in eine enge Autowerkstatt hinunter, wo Männer in makellosen Monteuranzügen mit trägen Tüchern über die glatten, glänzenden Oberflächen rieben, ein Glatzkopf, der gekleidet war wie die anderen, las in einem Glashäuschen Zeitung und parlierte jetzt mit dem Verkäufer, der mit dem Kinn auf uns zeigte, dann gab er eine kurze Anweisung, ging hüstelnd vor uns her zu einem beigefarbenen Auto, das zwischen Lieferwagen stand, tätschelte es zwei oder dreimal bewundernd, Also hier ist Ihr Himmelsgefährt, zu Diensten, Sie Glückspilze, Sie, wir unterschrieben einige Papiere, während die Angestellten im Monteuranzug die Lieferwagen beiseite fuhren, der Verschnupfte reichte uns mit gelangweilter Gleichgültigkeit die Schlüssel, wir nahmen beide nebeneinander Platz wie auf einem Thron, ich probierte den Schalthebel aus, die Pedale, die Winker, Alles okay? fragte der Verkäufer nun überdrüssig und eilig, man konnte oben am Ende einer Rampe ein Stückchen Straße sehen, Menschen die in der Sonne vorbeihasteten, die obere Hälfte eines Busses, der übliche Lärm einer Stadt, ich rückte den Rückspiegel zurecht und dachte Jetzt gehörst du mir, blickte triumphierend auf Marília, ließ den Motor des Wagens an, legte den ersten Gang ein, machte die Handbremse los, ließ den Fuß zu schnell von der Kupplung, das Auto stotterte, machte vier Sätze und rammte sich mit fürchterlichem Getöse, wie Büchsen, die sich übereinanderstapeln, verbiegen und zerdrücken, in eine Ecke. Als ich benommen die Tür öffnete, sah mich der Verkäufer (habe ich den etwa auch getroffen?), mit nach hinten verdrehtem Schlips und verrutschtem Jackett wutschnaubend an, der Lack seiner Liebenswürdigkeit war völlig zerstört, und knirschte aus dem Mundwinkel, Sie Riesenidiot, Sie, und die vor Entsetzen erstarrten Kerle in den Monteuranzügen näherten sich langsam dem verbeulten *Dyanne*, der einer nicht detonierten Bombe glich.

Der Fernseher überschwemmte das kleine Lokal plötzlich mit Marschmusik, ein flimmerndes Gesicht kündigte das Programm für den folgenden Tag an, zeigte der Kamera hin und wieder die ungleichen Zähne, von denen ein blauer Lichtkegel auszugehen schien, der blasse, sich bewegende Rauten auf den Boden warf.

»Dein Vater ist ein Idiot«, sagte sie plötzlich mit einer Heftigkeit, die ihn überraschte, sie lehnte am Pfosten der Bushaltestelle in der lauen, wohlvertrauten Nacht der Lapa. Und vier Jahre weniger in dieser Zeit, denkt er, herrjeh, sie waren wie Jahrhunderte. Wenn du ahntest, wie beschämt, traurig, zerrissen ich war, du würdest mich zum Teufel schicken und auf der nächsten Parteisitzung deine Selbstkritik anbringen: Ich gestehe, daß ich mich für einen Bourgeois interessiert habe, ich gestehe, daß ich monatelang die Arbeiterklasse vernachlässigt habe.

»Es ist nicht nur dein Vater«, fügte sie in einer ärgerlichen Aufwallung hinzu, »auch deine Mutter, deine Schwestern, deine Schwager, was für Idioten.« Sie trug einen Silberring mit Reliefs auf dem Mittelfinger der linken Hand, ihre Unterlippe zitterte vor Demütigung, vor Verlegenheit und Wut. Du bist wohl ohne einen Pfennig nach Marokko gefahren, mit dem Rucksack auf dem Rücken, hast hier und da mit einer Horde dreckiger, bärtiger Freunde gelagert, die sich in feierlicher Blutsbrüderschaft Krimskrams schenkten. Wir wissen so wenig voneinander, Marília: ich habe dich nie gefragt, mit wem du vor mir zusammen warst, und dennoch erahne ich sie hinter deinen Augen, wenn du ernst bist und abwesend, magere, blasse junge Männer, Mitglieder der Kinemathek, die dir wichtiger sind als ich, Sommeraufenthalte am bevölkerten Strand von Fonte da Telha mit Diskussionen über Stendhal, Jungs, die beim Rundfunk oder für eine Zeitung arbeiteten und dir über Kneipentische ausführliche Bekenntnisse zuflüsterten, das Bairro Alto, natürlich, Trindade, klar, diese Bars, wo die Linke sich mit Bier vollaufen läßt, klar, große Projekte, die nicht zu verwirklichen sind, eine Kulturzeitschrift, ein gemeinsam herausgegebenes Buch, eine Bewegung, die in Widerstand und Kampf zusammenhält. Der Plastikteller voller Schalen stößt ihn ab, die niedergeschlagenen, beharrlichen Stimmen stoßen ihn ab, die Nacht draußen scheint im Rhythmus des Vouga zu pulsieren, ihr angespannter Körper stößt ihn ab, wie er mit schmalen Schultern wartet, das stößt ihn ab, alarmiert ihn. Nur fort, denkt er, ins Auto, zum Gasthof zurück an der Straße, die jetzt dunkel daliegt, drohend zwischen den Pinien. Die Familie hat sich sicher nach ihrem Fortgang noch unterhalten, kleinlich, indigniert, wütend, die Mutter seufzend eine Zigarette nach der anderen rauchend in ergebener Märtyrerpose.

»Dein Vater mußte eine Beruhigungstablette einnehmen, für den Blutdruck, so hat ihn das mitgenommen.«

Vaters Blutdruck, denkt er, stand immer im Zentrum der Aufmerksamkeit der Sippe, das war der Punkt, an dem wir uns geräuschvoll trafen, aus Angst vor der Aussicht eines Herzinfarktes, Heute hatte er 17, Heute hatte er 14, der Krankenpfleger aus der Poliklinik kam nachmittags, um persönlich das Auf und Ab der kleinen Quecksilbersäule im Meßgerät zu überwachen, mit dem Stethoskop in den Ohren drückte er auf einen Gummiballon, der Vater hatte den rechten Hemdsärmel aufgekrempelt, schloß angstvoll die Augen, das waren die einzigen Augenblicke, in denen ich mehr von seiner Haut zu sehen bekam als sein Gesicht oder seine Hände, den behaarten Unterarm von der Farbe eines Krötenbauches, der über dem Ellbogen vom Schlauch der Maschine zusammengepreßt wurde, die einzigartige Verwundbarkeit deines Fleisches. Der Krankenpfleger verstaute die Instrumente in einem Kasten, erhielt im Vestibül den Umschlag von meiner Mutter, Vielen Dank Herr Valdemar, bis morgen, und verschwand unter respektvollen Verbeugungen im Garten, und du bliebst allein zurück, Alter, zwischen den Bücherregalen, die ergrauten Haarstoppeln an den Schläfen leicht zerzaust, und machtest mit einer wehleidigen Grimasse die Hand auf und zu. Zum Geburtstag schenkten meine Schwager dir ein japanisches Wunderding, das den Blutdruck von selbst maß, man legte eine Art Münze auf das Handgelenk, betätigte einen Knopf, der einen hohen Klickton von sich gab, und es erschienen erleuchtete Zahlen auf einem Uhrenfensterchen, man konnte es in der Tasche bei sich tragen, ins Büro mitnehmen, im Handschuhfach des Autos, und bei Rot an der Ampel prüfen, ob der Blutdruck stieg oder fiel, und er schrieb Kurven auf, nahm Maß, diskutierte mit den Ärzten, kannte aufs beste alle Medikamente, alle Arten von Diät, alle Gefahren, unterhielt sich stundenlang strahlend und begeistert über Thrombosen und Embolien, erbot sich, aller Welt den Blutdruck zu messen, rief die Angestellten in sein Arbeitszimmer, hieß sie, die Jacke abzulegen und die Manschette aufzuknöpfen und wandte dieses Wunder der asiatischen Technik an, schrieb ihren Blutdruck auf ein Papier, das sie mitnehmen mußten, Nehmen Sie das mit, und wenn Sie das nächste Mal in die Sprechstunde gehen, vergessen Sie das nicht, Sie können sagen, daß ich gemessen habe, manchmal rief er mitten am Nachmittag an, um siegesgewiß zu verkünden, Ich bin von 18 auf 17 runter, unterbrach Sitzungen, Besprechungen und Abendessen, um den Ansturm des Blutes zu testen, einmal zwang er zwei verärgerte, ungläubige Minister und drei Abgeordnete, den Arm freizumachen, während die Suppe auf dem Tisch kalt wurde, Warten Sie nicht auf uns, nur einen Augenblick, Fernanda, ich komme schon, sogar in den Pausen im Kino, erzählte die Mutter, ging er auf die Toilette, um den Knopf zu betätigen, während er mit gespreizten Beinen vor dem Pinkelbecken stand und statt zu pinkeln, peng. Nein, nein, er sei nicht verrückt, erklärte er der Familie, es war einfach so, daß er sich für gewisse Dinge begeistern konnte, da war zum Beispiel die Zeit mit den elektrischen Spielzeugeisenbahnen, er überschwemmte einen Wohnraum mit Waggons, Signalen, Miniaturbahnhöfen, die Sicherungen gingen mehrmals durch, er lud die Enkel ein, D-Züge und Expreßzüge, er wurde ungeduldig, wenn einer sich dumm anstellte, machte die Menschen herunter, bis er eines Tages, weißt du, plötzlich das Interesse verlor, wieder gelangweilt vor den Fernseher zurückkehrte und zur Zeitung, er schenkte dieses ganze Sammelsurium, das blitzte und Kurzschlüsse fabrizierte (wir blieben ruhig wartend im Dunkeln sitzen) den armen Kinderchen der Gemeinde, einen Wagen für diesen, einen Güterwaggon für jenen, eine Station für diese arme, unglückselige Familie, viel Freude damit, nicht wahr, und ein Glückliches Neues Jahr, dann gab es den Sommer mit den Rollschuhen.

Er fuhr auf Rollschuhen in die Firma, am Bürgersteig entlang, in drei Meter gebührendem Abstand folgte ihm im ersten Gang der Chauffeur im Jaguar, er ließ den Vorplatz vor der Firma zementieren, die gräßliche Büste des Großvaters stand auf einem Granitsockel, und morgens hatten die Arbeiter eine Freistunde unter der Bedingung, daß sie im Uhrzeigersinn um das Hauptgebäude liefen, er selbst gab den Anfängern Unterricht oder fuhr Pirouetten, drückte das Haar an den Schläfen glatt, hinter ihm stolperte der Verwaltungsrat her, er beförderte die Angestellten je nach ihrem Geschick im Abfahren und Bremsen, einer schaffte es so vom Boten zum Abteilungsleiter, weil er über drei Küchenhocker setzte, ohne dahinter aufzuschlagen, ein anderer kletterte vom Buchhalter zum Verkaufsdirektor, weil er den Rekord zwischen dem Parkplatz und der Kantine brach, zur Aufnahmeprüfung in die Firma gehörte nun ein Slalomlauf durch einen Wald aus leeren Bierflaschen, den er selbst mit gezückter Stoppuhr überwachte, nach der Aufgabe der Rollschuhe durchstanden wir die fürchterliche Phase der Kakteen, wir trugen ständig ein Fläschchen Jod bei uns und eine Pinzette für die Augenbrauen, um damit die Dornen herauszuziehen, die sich uns verräterisch in den Körper gruben, alle Räume des Hauses schienen von perfiden Stacheln eingenommen zu sein, deren Nadeln die Kissen auf den Sofas durchstachen und sich in unser Hinterteil eingruben, ganz zu schweigen von der berühmten Zeit der Babykrokodile im Bad, die seelenruhig an den Kacheln entlangkrochen und dabei ihre beschuppten Kiefer öffneten, die vor riesigen Milchzähnen nur so strotzten, eins davon kam einmal die Treppe hinuntergewackelt und biß dem Mädchen, das gerade bei Tisch bediente, in die Wade, wir hörten plötzlich Au au au au au au au, und dann fielen Frikadellen, Reis und weiße Sauce auf den neuen blauen Nadelstreifenanzug des Frauenarztes, aus Vorsicht pinkelte ich nur noch in den Garten, bis die Geranien in den Töpfen nach Amoniak stanken, Was ist nur mit diesen Blumen, fragte die Mutter beunruhigt, findet ihr diesen Geruch nicht seltsam, die Leute hielten sich angeekelt fern von den Kommoden, die Kanasta-Freundinnen baten sie selbst im Winter, sie möge die Fenster öffnen, wegen meiner Hitzewallungen, weißt du?, nicht zu reden von der unglaublichen Schrumpfkopfsammlung der Jívaros, die sich mitten in der Nacht, ohne daß man sie berührte, nach faulen Eiern stinkend, öffneten, und von der Leidenschaft für künstliche Gebisse, die im Morgengrauen der Schlaflosigkeit wie von selbst auf die Plastikkiefer zu schlagen schienen, auf der Straße sprach er sogar Leute an und fragte, Würde es Ihnen etwas ausmachen, mir Ihr Gebiß zu zeigen? und die Menschen sahen ihn verblüfft an und gingen hastig weiter, vielleicht hatte die Manie mit den Vögeln nur eine Winzigkeit in meiner Kindheit gedauert, und nur ich bin es, der ein Leben lang daran denken muß, ich erinnere mich an staubbedeckte Bücher und Alben mit Drucken aus einer mit Nägeln beschlagenen, auf dem Dachboden vergessenen Truhe, Rotkehlchen, Wellensittiche, Spatzen, Kakadus, Möwen, eine Eule auf einem Baumstamm, die uns mit aufgerissenen Augen der Schlaflosigkeit anstarrte, Dein Vater ist ein Idiot und deine Mutter ist eine Idiotin und deine Schwestern und deine Schwager sind absolute Idioten, der Blinde war mit dem Kinn auf der Brust eingeschlafen und schnarchte durch die dicken Lippen, vielleicht weiß er nicht, wohin, sagte Marília und zeigte auf ihn, vielleicht weiß er mit dem verfluchten Leben, das er hat, nichts anzufangen, und ich dachte Du glaubst sicher, die Wohnung will ich für mich, ich werde dich zu deinen Alten treiben, einer der Betrunkenen kroch auf dem dreckigen Boden auf allen Vieren und brachte Dona Almerindas Hündin zum Bellen, seine roten Kiefer wurden größer und kleiner, wau, wau, wau bellte der Betrunkene und rutschte auf dem Sägemehl und den Schalen aus, Dona Almerinda schob ihn mit dem Pantoffel fort, der Kerl verlor das Gleichgewicht, klammerte sich an die Beine eines Kumpels, eines ihm unbekannten uniformierten Briefträgers, und beide schlugen mit dem übertriebenen Getöse eines

Clowns lang hin, Du denkst, ich will die Wohnung für mich, aber wer aus der Azedo Gneco ausziehen wird, das bin ich, ich habe beim letzten Bier gerade meine Berufung zum Gaukler entdeckt, ich kaufe ein Akkordeon, um von Dorf zu Dorf aufzuspielen, nehme den Blinden mit, und wir werden glücklich sein, der junge Vater setzte ihn auf den Brunnenrand, sein faltenfreies Gesicht lächelte zärtlich, Er mußte ein Beruhigungsmittel für den Blutdruck einnehmen, so empört war er, der Schatten des Feigenbaums strich wie ein lichter Schleier über seine Stirn, während Herren in Westen hinter ihm vorbeiglitten, die Vögel plötzlich schräg aufflogen, wirbelnd auf den Wald zu, Willst du immer noch, daß ich dir die Vögel erkläre?, fragte der ältere Herr lachend und drückte die ergrauten Strähnen gegen die Schläfen, Ich werde eine Zeitung kaufen, dachte er, und mir die Zimmer zur Untermiete rot ankreuzen in den billigen, alten Stadtvierteln Luciano Cordeiro, Campo de Santana, Martim Moniz, Benfica, eins mit eigenem Bad in Pedrouços, Küchenbenutzung in Alcântara, kleines, preiswertes Appartement in Alfama, wir werden die Stiche und die Bücher aufteilen, ich miete einen Lieferwagen, um sie abzuholen, und dann wird mir, wer weiß, jeder Buchrücken, wenn ich ihn betrachte und mich sehr einsam fühle, Wellen von Sehnsucht bringen, die Vergangenheit in schwarz und weiß gewinnt allmählich an Farbe, dein Körper im Bett, deine Ticks, dein Kölnisch Wasser, deine kleinen täglichen Gewohnheiten, der Bus in die Universität, das Huhn mit vorgebackenen Pommes frites zum Abendessen am Sonntag, vielleicht mag ich dich dann, wenn ich dich verloren habe, sie hatten in dem kleinen Lokal gerade widerliche gebratene Leberstückchen gegessen, Dona Almerinda machte hinter der Theke Kasse, befeuchtete mit der Zungenspitze den Bleistift, Ihr seid alle Idioten, sagte Marília und brach in Weinen aus, der Bus kam auf riesigen Rädern herangeholpert, er legte seinen Arm um ihre Schultern und drückte sie, und sie schüttelte ihn wütend ab, Laß mich los, zum Teufel mit dir, laß mich los, Zweimal nach

Campo de Ourique bat er den Fahrer, Marília, mit der Nase an der Scheibe, beobachtete übertrieben aufmerksam die vorüberziehenden Gebäude und Straßen, winzig, zerbrechlich und verzweifelt unter ihrem roten Poncho, Vater, du interessierst dich ja gar nicht mehr für die Vögel, sagte ich anklagend, nur noch für Zahlen und Firmen und Pfandbriefe und Aktien und Notare und solche Dinge, geh und schau dir auf dem Dachboden die verfaulenden Alben an, geh, sieh uns verfaulen, wir aßen ein Drittel der Leberstückchen, tranken einen Kaffee, machten uns in der Finsternis des Platzes auf die Suche nach dem Auto, zwei Betrunkene lagerten auf einer Bank und schliefen aneinandergelehnt, gleichgültig wie alte Liebende, komm her, damit ich deinen Blutdruck messen kann, befahl der Vater, und widerstrebend näherte er sich dem imposanten Apparat, die eingefettete Glatze des Alten glänzte unter der Lampe, die Handrücken waren voller Pigmentflecken seiner sechzig Jahre, die Finger zitterten, er wäre nicht mehr in der Lage, noch jemand auf den Schoß zu nehmen, denkt er, er interessiert sich nicht mehr für das Landgut, er interessiert sich für gar nichts mehr außer für Fabriken und Infarkte, und Marília, zu Hause angekommen, zog den Poncho aus und die Holzpantinen, warf sich bäuchlings auf das Bett, ein Schuhband zerriß mir, ich warf das Stück, das ich in der Hand hielt, in eine Ecke, Beruhige dich, verdammt, wir gehen nicht mehr hin, ich habe mir die Familie, die ich habe, nicht ausgesucht, aber es ist vorbei, ich verspreche es dir, Kälte und Feuchtigkeit kristallisierten sich in den Bäumen des Platzes zu Myriaden kleiner, zerbrechlicher Nadeln, es würde nie wieder regnen und Aveiro würde ewig im Nebel liegen wie ein herrenloses Schiff, mit diesen zusammenhanglosen Querstraßen, den Bankfilialen, den abgelegenen Konditoreien und leeren Plätzen, in einer erleuchteten Apotheke wickelte ein junger Mann im Kittel Medikamente ein, und der Geruch der Hustensäfte vermengte sich mit dem Geruch von Unbehagen und Ebbe, da ist das reglose Auto unter einer Platane wie an den Stamm gefesselt mit einem unsichtbaren Strick, irgendeine Kirchenuhr ertönte mit endlosen, rhythmischen, trägen Schlägen, der Klang breitete sich mittelalterlich in konzentrischen Kreisen in der gesättigten Luft aus, vierzehn-acht, gab der Vater bekannt, denk dran, daß Dreißig ein gefährliches Alter ist, eine salzlose Diät wäre angebracht, seine dunklen Augen sahen mich prüfend an mit medizinischer Sachlichkeit und ohne jede Zärtlichkeit, der Schnürsenkel des anderen Schuhs hielt noch trotz einer ganz dünnen Stelle, Ich putzte mir mürrisch die Zähne, beruhige dich, rief ich aus den Kacheln, ich setz dich diesen Idioten nicht mehr aus, Ich interessiere mich noch für die Vögel, Alter, ich möchte noch immer wissen, wie sie sind, Ihr könnt euch gar nicht vorstellen, was für Kummer er uns gemacht hat, seufzte die Mutter, er ist mit einem völlig verschlampten Geschöpf zu Hause angekommen, er ließ den Motor an, schaltete die Scheinwerfer ein und fuhr Richtung Gasthof davon, Pinien über Pinien, der zerfetzte Nebel der Nacht, der sich vor ihm zusammenballte und wieder auflöste, Er schrie los, und das bei uns, diese kommunistische Propaganda gegen Gott, die Leberstückchen drehten sich mir unangenehm im Magen herum, voller Nadeln und Kanten, kleine, säuerliche Rülpser, ich öffnete den Mund, um meine Backenzähne im Spiegel zu betrachten und stieß auf der anderen Seite auf mein verdutztes Mondgesicht, das bin ich jetzt, diese unbrauchbare Hülle, diese Falten, Die scheren mich einen Dreck, und ich werde nie wieder den Fuß in das Haus setzen, das schwöre ich dir, seine Stimme vibrierte zwischen den Kacheln, dem Porzellan, der Duschschlange, ich spähte durch die Tür, du lagst noch immer in derselben Stellung wie kurz zuvor im Bett, Die Vögel, antwortete der Vater murmelnd mit einem beunruhigten Ausdruck, was ist das mit den Vögeln, vielleicht warst du eingeschlafen, ohne dich auszuziehen, und ich mußte dich mit Püffen wecken, dir helfen, das Hemd und die Hose auszuziehen, den Slip von den toten Beinen abzustreifen, während du im Schlaf stöhntest und dich wehrtest, Warte, ganz ruhig, einen Augenblick, ich komme schon, die Flußmündung wirkte wie ein großes, stehendes Gewässer ohne Leben, das im Dunkeln glänzte, Ich hoffe, er erdreistet sich nicht, noch einmal in das Haus meiner Schwiegereltern zurückzukehren, sagte der Frauenarzt im Club zu einem bestürzten Freund, Teresa kam ziemlich angewidert von dort zurück, sie hat zwei Valium genommen, als sie ins Bett ging, Schläfst du? fragte er die reglose Gestalt ängstlich, tat ein paar schüchterne Schritte auf dem Linoleum, deine Schulter hob sich deutlich und scharf gegen das Fenster ohne Jalousie ab, Bäume über Bäume auf der Straße am Gasthof, riesig in der Finsternis, ein Gewirr aus Zweigen und Nebel, wir gehen um die Flußmündung herum, gleich kommt die Brücke, gleich kommt der Koloß des Gasthofes, die Benommenheit von den Bieren wich allmählich einer unbarmherzigen Leere, eine Katze trabte vor ihnen über den Asphalt, Die Vögel, sagte der Vater murmelnd, verblüfft, was ist das mit den Vögeln, und unterdessen flogen die Vögel von der Kastanie, vom Feigenbaum, von den nächststehenden Stämmen in einer einzigen, übergroßen Welle auf den Wald zu, ich parkte das Auto auf dem Kiesweg neben den Autos der ausländischen Paare, und man hörte nicht das leiseste Geräusch vom Wasser her, keine Welle, keine Strömung, keinen Wasserfall, vollkommene, horizontale Stille, trauerflorfarben, und weit in der Ferne die durch den Nebel gebrochenen Lichter von Aveiro, Schläfst du? wiederholte er, während er langsam näherkam, nach vorn gebeugt in der Hoffnung, ihre Augen zu sehen, nicht böse sein, ich habe dir schon versprochen, daß wir nicht mehr hingehen, sie mußten klingeln, der Angestellte kam mit schläfrigroten Lidern, um ihnen zu öffnen, die Pflanzen wuchsen und blähten im Vestibül den beklommenen Atem der Blumen, deine Holzpantinen hallten auf der Treppe vor meinen beschämten Sohlen wider, Vögel, fragte die Mutter völlig überrascht, was für eine Geschichte ist das mit den Vögeln?, sie betraten das Zimmer, wir tasteten nach dem Lichtschalter in dem winzigen Vestibül, und die Dunkelheit löste sich in Betten, Nachttische, einen Sessel, unsere Koffer auf einem Holzgestell auf, Daß er keinen gesunden Menschenverstand hat, zum Teufel mit ihm, er soll uns am Arsch lecken, sagte der Frauenarzt und trank den letzten Schluck trockenen Portwein, aber verflucht noch mal, ein Minimum an Anstand könnte er wohl haben, nicht wahr?, er lief auf Zehenspitzen weiter zu dem liegenden Körper, sein Mund schmeckte nach der Schulfrische der Zahnpasta, sein Haar über den Ohren war naß, weil er sich das Gesicht gewaschen hatte, wir hatten die Mäntel auf die Haken gehängt, wir zogen uns aus, mir war schlecht von der Leber, der Sauce, dem Bier, meine Kehle brannte sauer vom Aufstoßen, ich legte mich hin, ohne die Unterhosen auszuziehen, zog mir die Decken über den Kopf, weil das Licht mich bedrückte, hörte dich barfuß im Zimmer hin und herlaufen, ein Glas füllte sich mit Wasser, so etwas wie ein Rülpser, dann quietschten die Federn des Bettes neben mir, deine Beine rieben sich aneinander und suchten nach Platz, um sich zu beugen, damit du einschlafen konntest, Die Vögel, sagte der Vater und sah, jetzt ganz ungläubig, über die Zeitung, ich erinnere mich nicht an die Vögel, ein Stück Mond wuchs, durchsichtig und fließend, zwischen zwei Wolken, und verschwand von neuem, von der Finsternis verschlungen, Als wir vor vielen Jahren auf dem Gutshof waren, erklärte er unter den Bettüchern hervor dem Alten, der ihn verständnislos ansah, am Brunnen, erinnerst du dich, die Mutter war unten im Wohnzimmer und wartete mit der Suppe auf uns, der Sommerduft am späten Nachmittag, der Geruch der Erde, der reifen Äpfel, der unruhigen Gräser in der Dämmerung, die Eule flog horizontal durch die Scheunenwand, Dona Almerinda zählte zusammen, verstaute die Papiere in einer Schublade, verkündete, wir schließen jetzt, der Müllwagen rumpelte unten vorbei, während Männer mit orangefarbenen Leuchtstreifen den Dreck von der Rua Azedo Gneco hineinwarfen, den traurigen Dreck von Campo de Ourique, Essensreste, Papierschnipsel, Hühnerknochen, leere Dosen, den reglosen

Lappen meines Kadavers, Auf dem Gut? fragte der Vater, ohne zu begreifen und klappte die Schildpattbügel seiner Brille auf und zu, was war denn auf dem Gut? Ich werde mich übergeben, dachte er, wie konnte ich nur diesen Mist aus der Kneipe runterschlucken, die Schwester mit der Musik enthauptete in der Ferne Debussy, eine merkwürdige Benommenheit entleerte seinen Körper, ich schlafe ein, dachte er und konnte noch, während er in einen See aus Schlamm voller bekannter Gestalten eintauchte, die gerunzelte, besorgte Stirn des Vaters erkennen, ich rückte an dich heran, zog dich an der Schulter, Ehrenwort, mit der Familie ist es aus, Ehrenwort, daß es aus ist mit der Lapa, wir werden nie wieder den Fuß über ihre Schwelle setzen, und in der verschwommenen Helligkeit Lissabons, der nebligen Helligkeit von Aveiro kamen mir deine Augen so tragisch ausdruckshohl vor wie die Gipsaugen einer Toten.

Samstag

Er stand nachts zweimal auf, um sich, gequält und verkrampft in Schüben zu übergeben, vornüber gebeugt, halb zerkaute Leberstücke im Klo; so benommen, so blaß war er, so unwohl war ihm, daß er entsetzt dachte, Ich werde sterben, während die Frau sich hin und her wälzte, denn das Licht, die Schritte, die würgenden Laute aus meiner Kehle mußten unangenehm in ihren Schlaf eindringen wie dicht an ihrer Wange die Klingel des Weckers auf dem Nachttischchen, die sich morgens wie ein Stilett in das Ohr hineingräbt. Es mußte fünf oder sechs sein, die Seele kam in glibbrigen Stückchen aus dem schlaffen Mund, und schließlich setzte ich mich in Unterhosen auf den grünen Stuhl am Fenster, schaute durch die Blechjalousie auf die sterbende Nacht über der Flußmündung, schräge Streifen einer matten Helligkeit schienen aus den Schattenknäueln der Pinien oder dem wirren, übereinandergetürmten Basalt der Wolken zu kommen. Mein Magen fühlte sich an wie von Säure gebleichter Tintenfisch, der sich in meinem Bauch zusammenzog und aufblähte und dessen Säure-Tentakeln sich durch die Venen bis in die Hände vorschoben. Ich mußte Fieber haben, denn ich fühlte mich, als hätte ich Grippekälte im Körper, obwohl ich ein Hemd auf der Haut trug: die Haare an den Beinen richteten sich aus den kleinen Gänsehautinseln auf, die Testikeln verschwanden im rötlichen Wald der Scham. Der laufende Wasserhahn im Waschbecken oder im Bidet goß seinen Ärger in den glänzenden Kachelwürfel aus, in den ich mich meiner selbst entleerte wie an dem Nachmittag, als ich dich zur Hebamme begleitete, schüchtern und verlegen, damit wir den Fisch ertränkten, der sich gekrümmt in deiner Gebärmutter ausbreitete. Jetzt, wo du schläfst, unbeeinträchtigt von Bier und gebratener Leber, und ich unter der Decke die ungefähre Form deines Körpers im schmutzigen Morgenrot von Aveiro erkenne, jetzt, wo ich an Verstopfung, an Colitis, an endgültig und letztmalig geplatzten Eingeweiden sterben werde, jetzt, wo mein Mund nach fauliger Sauce und ranzigen Lupinenkernen schmeckt, findest du mich vielleicht, wenn du aufwachst, bäuchlings über dem Badewannenrand hängend, wie ich mit gläserner Grimasse mein eigenes, verzerrtes Spiegelbild betrachte, ich erinnere mich an den Nachmittag, als ich mit dir aus dem Bus stieg, nahe der Praça Príncipe Real auf dem Weg zur Hebamme, voller Angst und Schuldgefühle und Reue. Wir haben nicht einmal darüber diskutiert, kaum darüber gesprochen, du sagtest mir zu Beginn, als wir zusammenzogen, Ich will keine Kinder, und nie habe ich zu fragen gewagt, warum nicht, aus Furcht, du könntest deine Meinung ändern: die zwei von Tucha und eins oder zwei von dir, das wäre eine unmögliche Kinderschar für mich, eine unmögliche, monatliche Belastung, eine unmögliche Sorge für mich, vier Kinder, die um mich herum wimmern, die sich verändern, die heranwachsen, es gab eine kleine Kammer voller Kisten und Zeitungen in der Azedo Gneco, staubig, feucht, abgeschrägt, dunkel, und manchmal dachte ich, Wir stellen das Bettchen von der Kleinen da rein. Ich sagte immer Die Kleine (mir ist nie die Idee an einen Jungen gekommen), und ich hatte schon den Klang ihrer Stimme erfunden, ihr Lachen, wie sie weinte, ihre Haarfarbe, ihren Namen, ihre wiegenden Hüften, ich dachte Wir stellen das Bettchen der Kleinen dorthin, und nie sprach ich mit dir darüber, ich vernahm ihr unhörbares Lachen beim Abendessen und lächelte in meinem Innern oder hinter einer Knorr-Suppe. Du sagtest Ich will keine Kinder, und du wußtest, daß ich wußte, daß du das meinetwegen sagtest, wegen meiner blödsinnigen Furcht vor dem Enkel eines Wachtmeisters mit Zahnstocher im Mund, weil ich meinen Vater nicht ablegen konnte, meine Mutter, die Terrine von der Companhia das Indias, in der sie mich gewiegt haben. Und darum, als du mir erklärt hast, Seit zwei Monaten kommt meine Regel nicht, ich habe eine zuverlässige Adresse auf der Praça das Flores, da habe ich weitergelesen auf dem Safari-Stuhl, dieselbe langweilige Zeitschrift unter der gräßlichen, monströsen, verchromten Lampe, die du einmal an einem Nachmittag bei einem Altwarenhändler aufgetrieben und triumphierend im Wohnzimmer angebracht hattest, mitten in dem ganzen, wirren Abfall, in dem wir lebten. Und wenn ich in dem Augenblick gesagt hätte, Marília, Nein, wenn ich gesagt hätte, Marília, Ich will das Kind, hätte sich dann etwas geändert zwischen uns? Ein plötzlicher Brechreiz stieg in mir auf, ich hielt mir die Hände ängstlich vor den Mund: Ich sterbe. Wir kamen an einem Antiquitätenladen voller hinkender Sessel vorbei, mit gesprungenem, restauriertem Geschirr und Empiremöbeln, die im Schatten ertranken, an einer Taverne, alten, kranken Häusern, auf denen die Oktobersonne erbarmungslos Risse und Löcher der Fassaden bloßlegte und den blutfarbenen Rost ihrer Türen. Keiner sah den andern an, denkt er auf dem Bidet sitzend, keuchend, während unsichtbare, grausame Hände erbarmungslos seine Eingeweide auswringen und ein kleiner Furz seinem After entweicht. Wir suchten nach den Nummern auf den Gebäuden, hielten vor den Schaufenstern von Lebensmittelläden, beugten uns über Zeitungsschlagzeilen, die in Stößen auf dem Fußboden lagen, bewacht von dicken Frauen in Kittelschürzen, unter deren Röcken ein paar Münzen klimperten. Ob die Hebamme so ein Geschöpf ist, denkt er, mit einem Knoten und zweifelhaften Fingernägeln, das mit den Menschen im rauhen Ton einer Feile spricht? Natürlich fühlte ich mich schuldig, natürlich war ich bedrückt, denn ich hätte gern allein weitergelebt, in Untermiete, ohne Komplikationen, ohne Befürchtungen, ohne Dramen. Die Koliken kamen und gingen, Marília hustete im Zimmer, und ich hörte, wie ihr Körper unter den Bettüchern seine Lage veränderte, sich auf der Matratze regte, seufzte, stöhnte.

»Nein, zum Glück hat er keine weiteren Kinder hinterlassen«, sagte Carlos mit einem erleichterten Lächeln, während er die Spitze seiner Zigarre mit einer komplizierten Art von Schere abschnitt. »Uns reichte der Ärger, den Tucha uns wegen der Aufteilung des Erbes gemacht hat.«

Ein Gebäude wie die anderen, neben einer Autowerkstatt, in der ein Mann einen Kotflügel auf einer verdreckten Bank ausbeulte. Die Tür war offen:

Es ist im zweiten Stock, sagte Marília: sie stiegen eine baufällige Holztreppe mit überhohen Stufen hinauf, und aus dem Deckenfenster oben fiel wie Wasser aus einer Schale ein wenig Licht, das die Fußmattenzungen mit dem trägen Appetit von Rindern aufschleckten. Marília drückte auf eine Blechklingel: ein hohler Ton erklang wie aus einer endlosen Höhle, Flure über Flure, an deren Ende in einem Zimmer voller Eimer mit Verbandmaterial und chirurgischen Instrumenten eine Alte in blutbeschmiertem Kittel ihre Arme bis zu den Ellbogen zwischen deine gespreizten Schenkel eintauchte.

»Bist du sicher, daß es hier ist?« murmelte ich und spähte mißtrauisch in die Stille der Stockwerke, auf das abgeblätterte, morsche, abgegriffene Holz, ein riesiges Spinnennetz hing vom Rahmen der Dachluke. Als hätte mich drinnen jemand gehört, wurde ein Spalt geöffnet, und ein mißtrauisches Auge tauchte mürrisch in meiner Augenhöhe auf.

»Natürlich haben wir sie dann mit einigen Aktien zum Schweigen gebracht, aber sie wohnte auf unsere Kosten in der Schweiz«, fügte Carlos hinzu, von einer öligen Rauchwolke umgeben. »Man stelle sich das vor, da kommt noch so eine daher und will eine Scheibe vom Erbe, kommt uns mit Anwälten, mit Bevollmächtigten und mit Gericht.«

»Was wollt ihr?« fragte das Auge unwirsch. Die Spitze eines Pantoffels war unten am Teppich zu sehen, ein magerer Hühnerknöchel. Warum gehen wir nicht fort? denkt er. Ich will keine Kinder, denkt er. Er sitzt im Gasthof von Aveiro auf dem Bidet, hält sich den Magen und denkt, Ich kam mir so unbehaust vor, so mies, schämte mich so über mich selbst.

»Ich habe einen Termin«, erklärte Marília mit schwacher

Stimme, »ich habe am Montag mit Ihnen gesprochen, Sie haben gesagt, ich soll heute um elf kommen, nüchtern.«

Das Auge wanderte von mir zu dir, glitt an deinem Körper hinab auf der Suche nach deinem Bauch und drehte sich plötzlich heftig zu mir hin:

»Sie kommt rein und du wartest unten: es gibt genug Stehkneipen auf dem Platz draußen.«

Dieses Weib, denkt er, wird dich meinetwegen umbringen, und drückt krampfhaft das Futter seiner Hosentaschen zusammen, um sich die feuchten Hände zu trocknen.

Die Tür geht auf, Marília tritt ein, er erkennt eine Spiegelkommode im Flur, einen Bügel mit einem Herrenregenmantel, ein barfüßiges, kleines Mädchen mit nacktem Hintern schwingt einen Löffel, und dann schließt sich der Riegel mit einem Seufzer, und er bleibt allein auf dem Treppenabsatz stehen, in seinem Kopf hallt das ängstliche Pochen des Blutes wider. Ich lösche das Licht im Bad, nachdem ich mir den Mund mit einem Handtuch abgewischt habe, setze mich auf deinen Bettrand, streiche mit der Handfläche leicht über die Bettücher, über den schlafenden Körper, die Nachtwolken lösen sich allmählich in rauschendes Schweigen auf, durch die Jalousie dringt das Wasser der Flußmündung herein, dein Gesicht ändert die Lage, gleitet in den Tag. Carlos legte das Zigarrenende auf den riesigen Aschenbecher und tätschelte sich mit zufriedenen Fingerspitzen das Doppelkinn:

»Jetzt, wo die kommunistische Gefahr vorbei ist, können wir ganz in aller Ruhe mit den billigen Arbeitskräften, die wir haben, die Idee meines Schwiegervaters weiterverfolgen. Die Japaner und Amerikaner sind hellauf begeistert von unseren Produkten.«

Man hätte meinen können, auf dem Platz seien die Blätter auf den Bäumen mit Licht lackiert, Autos und Menschen bewegten sich wie aufziehbares Spielzeug, die Schaufenster der Geschäfte besaßen die Unwirklichkeit eines Aquarells. Er ließ sich auf einer Bank vor dem Haus nieder, sein Blick war auf den Vorhang im zweiten Stock geheftet: wenn irgendwas passiert, rufe ich die Polizei an, denunziere die Hebamme, beschwere mich bei meinem Gynäkologen-Bruder, vielleicht kann ich die mächtige Empörung meines Vaters heraufbeschwören.

»Ob ich ein Kind von ihm abgetrieben habe?« fragte die schlampige Frau mit dem grauen Haar und kratzte sich noch immer mit dem Bleistift in den Haaren. »Schon möglich, was weiß ich, ich kann mich nicht erinnern, es sind seitdem schon so viele Jahre vergangen.«

»Er kam zu mir in die Schule, um sich Geld zu leihen«, erklärte die Schwester mit der Musik, während sie ihre Brille mit einem Taschentuch reinigte. »Ich wollte gerade gehen, da lehnte er ganz verlegen an einer Laterne und wußte nicht, wie anfangen. Marília ist schwanger, ich brauche fünf Contos, ich kann sonst mit niemand drüber sprechen außer mit dir. Und ich, ich hatte den Eindruck, verstehen Sie, daß alle im Café, meine Kolleginnen, die Angestellten, die Schüler uns hörten.«

Eine alte Frau mit gefärbten Haaren und einem Hund auf dem Schoß ließ sich neben ihm nieder, und das Tier, ein gräßliches weißes Vieh an einer blauen Leine, knurrte ihn gleich wütend an und bleckte seine Fischzähnchen. Aus Vorsicht rückte er an das äußere Ende der Bank, und die Alte sah ihn haßerfüllt an.

»Ich brauche fünf Contos«, sagte er zur Schwester, während er das runde Stückchen Zitronenschale betrachtete, das auf der dampfenden Pisse schwamm. »Marília ist schwanger und ich dachte, du könntest mir helfen.«

Diese billige Konditorei, denkt er, mit lauter Leuten aus dem Gymnasium, die Kolleginnen, die sie von weitem mit vielsagendem Blick grüßten: die Ärmste, obwohl sie so häßlich ist und eine Brille trägt, hat sie jetzt einen Freund gefunden. Und er stellte sich das Geklatsche am nächsten Tag vor, das Flüstern, die Anspielungen und Witzeleien. Die Schwester trank Mineralwasser, blinzelte, schwieg und suchte schließlich ewig lange in ihrer Tasche nach dem

Scheckheft, dabei legte sie eine Unzahl von Gegenständen auf die Tischplatte: Kalender, Etuis, Schlüsselbunde, Fotos, Kugelschreiber. Er steckte das papierne Rechteck in seine Tasche und ging hinaus, ließ sie allein im Café, vor ihrem Glas voller Bläschen, ihrer Besorgnis, ihrer Güte. Dieses Geld habe ich dir nie zurückgegeben, denkt er, es ist mir nie eingefallen, daß ich es dir schuldete.

»Nein, ich kann mich wirklich nicht erinnern«, sagte die Frau mit den grauen Haaren und griff nach einer von Büchern angeschwollenen Schultasche. »Ist das denn so wichtig?«

Er erhob sich vom Bett, ging ins Bad zurück und besah prüfend sein Gesicht im Spiegel: blaß, weich, zerknüllt, formlos, wie durch einen Zerrspiegel gesehen. Eine willenlose Strähne klebte auf seiner feuchten Stirn, die fast durchsichtigen Ohrläppchen hingen wie Stearintropfen über dem Hals. Die Alte und ihr Hund schienen jetzt gemeinsam zu schnarchen, vereint durch denselben wütenden Impuls, und das Tier bewegte die Lippen über den farblosen Kiefern mit anklagender Grimasse: Du bringst sie um. Jetzt, denkt er, wirft die Hebamme in den Hausschuhen mit dunkler Flüssigkeit getränkte Wattestücke in eine Ecke des Raums, das Kind mit dem Löffel spaziert zerstreut umher und stolpert in seinem watschelnden Gang über die Eisenbeine der Liege. Und du? denkt er. Liegst du mit geschlossenen Augen da, halb betäubt durch die Gasmaske? Bist du bei Bewußtsein, mit gerunzelter Stirn, den Blick an die Decke geheftet, und machst mir schweigend Vorwürfe? Er versucht sich vorzustellen, was dort vor sich geht, aber die Bilder geraten durcheinander, es gelingt ihm nicht, er beginnt von vorn. Die Alte und der Hund brabbeln immer lauter, was ist dort oben jetzt wohl los, hinter den unschuldigen kleinen Gardinen im zweiten Stock, sie ähneln sich, sie werden noch gleichzeitig losbellen, die Schwester trinkt ihr Mineralwasser aus, winkt dem bärtigen Sportlehrer von weitem, der ihr mit einem flüchtigen, uninteressierten Lächeln antwortet, er kommt in der Azedo Gneco mit dem Scheck an und sagt zu Marília, die auf dem Boden liegend Zeitungsausschnitte in ein Album klebt:

»Ich hab die Kohle.«

Kein Guten Tag, denkt er, kein Wie geht es dir, nicht mal Hallo, nur, Ich hab die Kohle, mit verschwörerischer, liebloser, hastiger Stimme. Da tun sich zwei unbedeutende Gauner zu einer kleinen Schurkerei zusammen, keiner von uns will Kinder, ich nicht, weil ich schon zwei habe, du aus obskuren Gründen, die Partei, das Proletariat, was weiß ich, in Wahrheit aber ist es, weil wir nicht aneinander glauben. Einfach so, in einem Satz: Wir glaubten nicht aneinander.

»Ein zweiter Stock auf der Praça das Flores?« fragte die Frau mit dem grauen Haar, suchte im Wirrwarr ihrer Erinnerungen. »Ja, ich war zwei oder dreimal dort, ein düsteres Haus, eine grauenhafte Hebamme, aber ich weiß nicht, ob einer der Föten von ihm war.«

»Er hat eilig das Café verlassen«, sagte die Schwester, sie hielt den Scheck mit den Fingerspitzen wie ein Bild, das noch feucht ist. »Wirklich, ich habe ihn in dreißig Jahren nie so durcheinander gesehen.«

Er steckte sich eine Zigarette an, ohne den Blick vom Fenster zu wenden, und das scheußliche weiße Hündchen bellte, verschluckte sich und hustete. Die Alte zischte ihn ungeduldig an:

»Würde es Ihnen etwas ausmachen, wenn Sie zur andern Seite rauchen, das kleine Tier hat Asthma!«

»Ich hab nie Abtreibungen gemacht«, versicherte das Auge, gekrönt von rotgefärbten Haaren. »Können Sie das Gegenteil behaupten?«

Er lief um den Platz herum, außen an der Umzäunung entlang, wischte sich die Handflächen am Taschenfutter ab, die Sonne erdrückte die Obst- und Gemüsekisten in ihrer Farbenpracht vor den Geschäften, und er beobachtete die Gardinen, seine Angst stieg mit dem Maiduft der Bäume. In der Nähe mußte es eine Behörde geben, denn aus einem

Papiergeschäft kamen Leute mit Formularen, Marília, mit Lederriemen auf einen Eisentisch gebunden, windet sich vor Schmerzen, Frauen reinigen ihre Vagina mit Kompressen, und ich sitze hier unversehrt, springe hier herum, weil ich so nötig pinkeln muß wie beim Examen, überflüssig und gerührt. Er ging an der Bank vorbei, auf der er gesessen hatte, die Alte mit dem Hund rückte beiseite, und er beugte sich über das Waschbecken, getrieben von einem nicht zu unterdrückenden Brechreiz, der wie ein Geysir aus seinen Eingeweiden hervorschoß und die Porzellanrundung mit einer Art grünem Schleim füllte, der träge wie Rotz auf den Abfluß zulief. Mit tropfender Nase und feuchten Augen hob er wieder den Kopf, und da sah er sie, sah dich: sehr blaß, mit Sonnenbrille, an den Türrahmen gestützt, das Kinn wandte sich von links nach rechts auf der Suche nach mir. Deine Tasche hing offen an deinem Arm, ein Blusenzipfel schaute aus dem Rock. Wie durchsichtig deine Nägel sind, wenn ich dich nicht gleich nach Hause bringe, wirst du bestimmt ohnmächtig.

»Wie geht es dir?« fragte er sie unsicher zischelnd.

»Nein, um Himmels willen, tun Sie mir den Gefallen und sehen Sie sich das Haus an«, sagte das Auge nachdrücklich. »Das möchte ich doch gern sehen, ob Sie das, was Sie sagen, beweisen können.«

»Schlapp, ruf ein Taxi«, antwortete Marília und stützte sich auf seinen Arm wie auf eine unbequeme Krücke. Ihre Gesichtszüge waren langgezogen, grau, sahen aus wie das Foto auf dem Führerschein, in einem dieser Fotomatons gemacht, die einen Streifen mit vier feuchten Bildern durch einen kleinen vergitterten Spalt ausstoßen, vier gleiche, verschwommene Gesichter, regnerisch sozusagen, sie sind einem ähnlich, aber sehr häßlich. Dort oben im zweiten Stock bewegte sich keine Gardine. Ein junges Mädchen in Schwarz betrat das Gebäude, und er dachte sofort, Noch ein Opfer. Die Alte mit dem Hund wollte jetzt, daß dieser an einen Baum pinkelte, (die Wurzeln drückten die Steine auf dem

Bürgersteig nach oben), hob eine seiner Hinterpfoten mit der ehelichen Hand, ihre Zärtlichkeit war geradezu abstoßend, als führte sie bei ihrem Mann einen Katheter ein. Zwei oder drei volle Taxis fuhren vorbei und winkten vor seiner bittenden Handbwegung mit dem Finger ab, bis ein hinfälliger Mercedes mit einem pockennarbigen, dicken Fahrer schließlich ratternd vor Schüttelfrost am Bürgersteig hielt.

Er schnaubte sich die Nase mit einem Stück Klopapier, drückte zum zwanzigsten oder dreißigsten Mal in dieser Nacht auf die Spülung und atmete nun langsamer: Qual, Übelkeit und Erbrechen entfernten sich von ihm wie das Meer bei Ebbe, und eine tiefe Müdigkeit stieg von seinen Beinen auf in den Körper, öffnete die trägen Flügel seiner Brust. Die Uhr auf dem Nachttischchen zeigte sieben Uhr an, der Morgenwind kräuselte das Wasser draußen, die Wolken berührten die Pinienwipfel mit ihrem dichten Schleier aus Waschlaugentropfen. Er zog an dem Band, um das Rouleau herunterzulassen, legte sich ins Bett und versuchte zu schlafen.

»Wenn ich mich sehr nach ihm sehne«, sagte die Schwester, »dann fallen mir zuerst der Nachmittag mit dem Scheck und seine Verzweiflung ein, der Ärmste. Sie glauben das vielleicht nicht, aber ich habe nie einen Menschen gekannt, der so wenig auf das Leben vorbereitet war wie er.«

Im Taxi habe ich den Arm um deine Schultern gelegt und dein Ohrläppchen gestreichelt, dieses seltsame, reglose Stückchen Fleisch. Du hattest immer dieselben Ohrringe an, von klein auf, ein kleiner blauer Stein, ganz dicht an der Haut, Die hat meine Taufpatin mir geschenkt, ich kann sie nicht mehr abnehmen. Tucha besaß dagegen einen riesigen Vorrat an Ohrringen und langen Hängern in verschiedenen Farben, die um den Hals pendelten, wenn sie den Kopf bewegte, und ihren Nacken mit ganz leichtem Klimpern streiften. Wie ihre Kleider, denkt er, ihr Lippenstift, ihre Schuhe, ihre Schminke mich erregten, und wie gleichgültig Marília mich läßt, abseits, ohne Interesse. Er liebkoste ihr

Ohrläppchen und dann die Nase und das Kinn, während das Taxi mit der Gangschaltung am Lenkrad auf dem Nachhauseweg von einer roten Ampel zur anderen stolperte. Ein Behinderter in einem komplizierten Dreiradgefährt überholte sie rechts, und der Fahrer ließ mit dem, was vom Fenstergriff übrig war, die Scheibe herunter, beugte sich aus dem Auto und ließ einen Hagel von Beschimpfungen auf ihn los. Wir kommen nie in der Azedo Gneco an, denkt er, ewig schlängelt sich Campo de Ourique vor uns, aber die Gebäude wurden langsam vertrauter, er erkannte die Straßen, die Ecken, das Polizeirevier, wir sind fast da. Der hochrote Fahrer wandte sich umständlich nach hinten:

»Haben Sie diesen Idioten gesehen?«

»Ich habe nie Grund zur Klage gehabt«, sagte die Frau mit den grauen Haaren und verwahrte den Bleistift in ihrer Aktentasche. »Keine Infektion, keine Blutungen danach, kein Ärger. Wollen Sie die Adresse?«

»Wenn ich schwanger wäre«, versicherte die Schwester mit der Musik, »hätte ich keine Ruhe, bis das Baby nicht da wäre. In meiner Familie gab es nur Mädchen, vielleicht war das der Junge, auf den wir gewartet haben.«

Er bezahlte den Dicken, der gegen Hinkende und Einarmige losbellte, öffnete die Eingangstür zum Mietshaus (Warum zum Teufel bringen sie die Schlösser so weit unten an?), vornübergebeugt wie ein kleiner Fisch mit dem Schwanz im Maul, so stand er mit dem Schlüssel im Mund da, drückte auf den Knopf im Fahrstuhl, und als der Kasten kam, war ein zerlumpter, betrunkener Kerl drin, der auf dem Boden saß und schnarchte.

»Vielleicht ist er ein Engel«, meinte Marília stoisch lächelnd, »und der letzte Knopf führt direkt ins Paradies. Der ist aus Versehen hier heruntergekommen und ist dazu verdammt, auf den Bänken der Avenida zu übernachten.«

»Alle Welt weiß, daß man von der Azedo Gneco keinen Paß zum Himmel braucht«, sagte er und denkt, Du wirst ins Bett fallen und ich werde gleich meinen Schwager anrufen:

wer weiß, was für Komplikationen so was noch nach sich zieht.

Die Schaufensterpuppe, das Wagenrad, der winzige Flur, das Zimmer: die Matratze auf einer Matte, wie immer die zerwühlten Bettlaken, Bücher, Papiere, Zeitungen, das Aquarium ohne Fische, der Schreibtisch, übersät mit Steinen und Muscheln und Gläsern voller Murmeln, mit denen du dich ständig umgibst. Du hast dich angezogen auf das Bett gelegt, ohne die Schuhe auszuziehen: an diesem Vormittag bist du zwanzig Jahre älter geworden. Ich ging in die Küche, um ein Glas Wasser zu holen, und du schütteltest den Kopf. Im Wohnzimmer wählte er, auf einer wackligen Sessellehne sitzend, die Nummer des Krankenhauses, Der Herr Doktor ist noch nicht da, der Herr Doktor ist schon fort, vielleicht bei einer Entbindung, würden Sie bitte einen Augenblick warten, er hat eine Sitzung, könnten Sie bitte Ihren Namen nennen, und nach endlosem Schweigen die Stimme des Kerls am anderen Ende: Ja?

»Natürlich ahnte ich gleich, was los war«, sagte der Frauenarzt und streifte die Gummihandschuhe ab. »Ich riet ihm Antibiotikum und Ruhe, viel mehr kann man in einem solchen Fall nicht tun.«

»Wir sind gerade von einer Behandlung bei einer Hebamme zurückgekommen«, stotterte ich, »Marília hat eine Blutung, die ist ein bißchen stark.«

Es waren noch andere hinter meiner Stimme, vielleicht hörte jemand in der Leitung unserem Gespräch zu, vielleicht tratschte der Schwager alles an die Schwester weiter und die Schwester an die übrige Familie, eine solche Gelegenheit konnte er sich doch nicht entgehen lassen: Du, Mutter, stell dir vor, was Jaime mir erzählt hat. Wenn der Vater auch nur eine Ahnung davon hätte, würde er ihn nie wieder eines Blickes würdigen.«

»Eine Abtreibung?« fragte der Frauenarzt in professionellem Tonfall, in dem triumphierende Schadenfreude mitschwang.

»Entschuldigen Sie«, sagte das Auge gebieterisch, »ich bin es, die darauf besteht, daß Sie sich die Wohnung ansehen. Das ist sehr schwerwiegend, solche Anschuldigungen gegen ehrbare Menschen in die Welt zu setzen.«

»Nein, was denkst du denn«, antwortete er nach sorgenvollem Zögern. (Jetzt sitze ich schon in der Tinte.) »So eine Untersuchung, wie die Frauen sie manchmal machen, du weißt schon.«

»Ich könnte vielleicht Tee trinken, wenn du mir welchen bringst«, sagte Marília mit farbloser Stimme.

»Warum seid ihr nicht zum Arzt gegangen?« fragte der Schwager mit teuflischem Nachdruck, und eine vage Unruhe lag in seinen Worten.

Er fand keinen Zucker, er fand in dem Durcheinander der Küche keine Tasse. Der Wasserhahn tropfte auf die schmutzigen, von einem steinzeitlichen Abendessen verkrusteten Teller, der Herd war rostig und voll altem Dreck: Wie lange macht hier schon keiner mehr sauber, dachte er verärgert, wie lange schon häuft sich der Dreck in dieser Wohnung, Berge von Zeitschriften in der Speisekammer, offene, stinkende Konservenbüchsen? Er wollte das Gas anzünden, um Wasser zu kochen, aber die Streichhölzer brachen eintönig eins nach dem anderen ab, und er warf die Schachtel wütend auf den Boden.

»Es ist schwer, einen Termin zu bekommen«, log er, »und außerdem gibt es hier in der Nähe eine bekannte Hebamme.«

Du hörtest mich sicher vom Zimmer aus, Marília, hörtest bestimmt meinen Ärger: was du wohl gedacht hast? Am Fenster des Wohnhauses gegenüber hüpfte spöttisch ein Kanarienvogel in seinem Käfig hin und her. Ein Kerl im Unterhemd und mit hervorstehenden Schlüsselbeinen beobachtete die absolut leblose Straße, Campo de Ourique schnarchte zur Mittagszeit zäh vor sich hin, mexikanisch schläfrig. Im Waschtank auf dem hinteren Balkon schwamm in einer Brühe Wäsche. Er fand zwischen Spaghettipackungen einen Teebeutel und ließ ihn am Faden in die Aluminiumkaffeekanne: er bewegte sich ungeschickt in der Küche, er haßte die vielen Pflanzen in irgendwelchen Gläsern auf den Regalen, den muffigen Gestank von verfaultem Essen, der wie ein Anemonenleichnam über die Kachelhaut schwamm.

»Wenn ich dir einen Rat geben soll, dann mußt du mir genau erzählen, was passiert ist«, sagte der Schwager schmierig und honigsüß wie der Fuchs in der Fabel. Das Telefon gab dauernd ruckartiges Schnalzen von sich: Diese Telefonzentrale ist wirklich das Letzte.

»Hier ist mein Zimmer, hier das Zimmer meines Sohnes, hier das Klo, hier das Wohnzimmer«, erklärte das Auge und zeigte ironisch mit theatralischer Stadtführergeste die Räume. »Vielleicht mache ich die Abtreibungen im Kinderbettchen, was?«

Dann stieß er auf einen verstopften Ausguß, er suchte, einen Gummisauger im Kopf, im Schrank herum, unter dem Herd: eines Nachmittags, vor vielen Jahren, hatte ihn eine der Schwestern (Welche?) durch den Garten verfolgt, bewaffnet mit diesem prekären Knüppel, denn er hatte, als er sie auf einer Bank zusammengekauert fand, versucht, unter den Röcken das seltsame Geheimnis der glatten Scham der Frauen zu entdecken, während von oben das entsetzte Rufen der Mutter heruntertönte:

»Tretet mir ja nicht auf die Rabatten.«

An diesem Morgen in Aveiro, dessen Helligkeit durch das Rouleau flimmerte, denkt er, auf der Matratze ausgestreckt, Du sagtest immer *mir*, alles, was um dich herum geschah, Alte, hatte mit dir zu tun: ist mir krank geworden, ist mir um zwei Uhr morgens nach Hause gekommen, ist mir furchtbar dick im Wohnzimmer aufgetaucht, ist mir gestorben, als ich es am wenigsten erwartet habe: das Universum drehte sich gehorsam um die jetzt abgemagerte Achse deines Körpers in dieser Klinik von Amoreiras, wo man glauben konnte, daß sogar die Zeit auf den sechseckigen Uhren im Korridor stillstand. Er trat mit Tasse, Untertasse, Kanne, Zuckertopf und Löffel näher, sie bebten bedenklich auf dem Korbtablett, und dann deine geschlosssenen Augen, die gestraffte, bläuliche Haut unter den Lidern, wie gläserne Vögel deine Hände auf dem Bettuch, da dachte ich für einen Augenblick, du seist gestorben. Aber deine Brust hob und senkte sich langsam, und hin und wieder formte sich der Mund zu einem Kekskringel, als wolltest du den Plakaten an den Wänden eine endgültige Offenbarung machen: Proletarier Aller Länder Vereinigt Euch; Ewiger Ruhm Der Arbeiterklasse. Aber da war die Sonne auf der Brüstung, die weißgestrichenen Erker auf der Rückseite, ein häusliches, trostloses Unbehagen lag wie eine Todesqual über dem Zimmer, eine auf uns zugeschnittene süße Ewigkeit im Schweigen der Möbel. Über der Spiegelecke der Kommode hingen Halsketten in verschiedenen Farben, ein alter Rosenkranz, nach dessen Herkunft ich aus Scheu nie zu fragen gewagt hatte, gelbe und braune Perlschnüre. Ich kam mir so mies vor, rührend und komisch, wie ich da stand, die geflochtenen Henkel festhielt, einen rechten Winkel bildete mit deinem breiten, in den Poncho eingehüllten Körper.

»Mach ihr kalte Umschläge«, riet der Frauenarzt, »das hilft die Blutungen aufzuhalten. Und wenn du willst, komme ich morgen früh vor dem Entbindungsspital bei euch vorbei. Nein, nein, das macht nichts, es ist auf dem Weg.«

Schließlich stellte ich das Tablett auf dem Fußboden ab (ein bißchen Tee schwappte auf den Teller) und hockte mich auf einen niedrigen Schemel aus Lammfell, den du bestimmt aus einem Altwarenladen herausgezaubert hast oder bei einem dieser Verkäufer an der Straße nach Sintra oder Guincho, die den Autos ihre Kostbarkeiten entgegenwedeln. Ich wälzte mich hin und her, aber ich konnte nicht einschlafen, weil die Reflexe auf dem Wasser, die durch das Rund der Jalousien vergrößert wurden, seltsame, leuchtende Figuren unter meinen Lidern formten, weil Bilder und Wörter und Klänge in meinem Kopf zu einer betäubenden Kadenz verschmolzen, weil die Pflanzen aus dem Vestibül des Gasthofes meine Füße verschlangen, mit ihren kleinen, sauren, weichen

Zähnchen meine Beine zernagten. Er tat zwei Löffel Zucker in die Tasse, hielt sie Marília an die Lippen, die mit Mühe den Kopf aus dem Kissen hob (eine Ader pulsierte an ihrem Hals), und in diesem Augenblick klingelte es, kurz und trocken, gebieterisch.

»Mach dir nicht die Mühe, nicht nötig, danke«, sagte er hastig, »bis Dienstag ist alles in Ordnung.«

Er öffnete die Tür, ohne durch den Spion zu sehen, und auf der Fußmatte fand er den Betrunkenen aus dem Fahrstuhl, der ihn mit dem breiten Grinsen einer Erscheinung anlächelte. Die Kleidung hing in Fetzen an ihm herab und bewegte sich ab und zu um den Körper wie aufgewirbelte Federn, die lange Nase glich einem neugierigen Schnabel. Er roch ausgesprochen schlecht, nach Dreck, Wein, irgendwelchem Abfall, und er hatte den Eindruck, der Mann würde gleich blaugrüne Rotweinflecke auf ihn erbrechen. Aus dem Zimmer kam Marílias tonlose Stimme:

»Wer ist da?«

»Ich bitte dich, das macht mir doch nichts«, versicherte der Schwager, »dann kann ich auch mal deine Wohnug kennenlernen. Und außerdem sieht man sich so selten, nicht wahr?«

Teresas Bericht hat in der Sippe die Runde gemacht, denkt er, und den höhnischen Appetit der Familie angeregt: Kommt alle her und seht euch an, wie ein gescheiterter Kommunist lebt, ein bürgerlicher Revolutionär: und dann ihr Spott über die *naperons*, die spanischen Puppen, die Pünktchengardinen, das Foto von deinem Vater in Uniform, mit den großen, runden, bäurischen Augen.

»Was wollen Sie?« fragte er den Betrunkenen, dessen verkrustete Lippen sich zu einem brüderlichen Grinsen auseinanderzogen. »Ich habe kein Geld.«

Als Antwort breitete der Kerl die Arme aus, um ihn zu umarmen, und das mit einem solch begeisterten Schwung, daß er fast mit dem Rücken auf den Kunstmarmor des Treppenabsatzes geschlagen wäre. Der Weißclown und der Dumme August, dachte er angesichts der riesigen Schuhe des

Mannes, in einem Zirkus ohne Publikum, angestrahlt von einer kärglichen Deckenlampe. Der Betrunkene zog mühsam eine speckige Broschüre ohne Einband aus der Tasche.

»Mein Freund«, verkündete er lallend und schwenkte die verdreckten Seiten. »Ich biete Ihnen das Ewige Leben für zehn Escudos an: wer hat nicht zehn Escudos, um seine Seele zu retten?«

Ein Rinnsal aus trockenem Blut lag über seiner linken Wange, das Mantelpolster kam unter dem brüchigen Stoff zum Vorschein: er war weder Zigeuner noch Schmuggler und ganz offenbar auch kein Zeuge Jehovas, sondern eher ein Scharfschütze der Errettung.

»Du, vielen Dank«, entschuldigte er sich, »aber Marília hat ja ihren Arzt, wir gehen Dienstag hin. Es war mehr, um sie zu beruhigen, weißt du?«

»Eine große Blutung, sind Sie sicher?« fragte die Frau mit den grauen Haaren. »Nein, ich habe keine Ahnung, es lief immer alles blendend.«

»Und wenn ich das Ewige Leben gar nicht will?« fragte ich ihn, »wenn ich diesen ganzen Dreck satt habe?«

Konsterniert schlug sich der Betrunkene mit den Handflächen so auf die Schenkel, daß Staubwolken von der Hose aufstiegen. Ein Stück angetrockneter Schlamm fiel wie eine Kruste von seinem Hemd ab:

»Die reinste Hölle, mein Lieber«, versprach der Kerl mit tragischer Grimasse. »Der erstbeste Schnellzug in die Hölle.«

»Rui«, rief Marília aus dem Zimmer.

Ob du den Tee allein trinken kannst? denkt er und stellt sich dünne Finger mit weißen Nägeln vor, die kraftlos nach der Tasse tasten, der offene Mund wie der Schnabel eines wartenden Vogels. Der nächtliche Wind bewegte um sie herum die Gräser am Brunnen, die Schattenraute des Hauses verschlang den Kachelsee mit seinen Plastikfischen, die vergessenen Safari-Stühle, das Dreirad der Schwester mit der Musik, das wie ein totes Tier auf der Seite lag und die Pfoten seiner Räder in die Luft streckte. Aus dem Hühnerstall, der nach Stroh und Hühnerdreck roch, kam das unzerfurchte Schweigen eines ruhenden Eies. Die nächsten Bäume murmelten wie Harfen, der Vater zeigte mit dem Finger auf den Wald, dessen bläulicher, dichter Fleck sich regte:

»Sie sind schlafen gegangen.«

Im Wohnzimmer gab es ein Album voller Zeichnungen mit nackten, beflügelten Männern, Falken mit Menschenrumpf, seltsame Mischungen, Menschen und Vögel wie Zentauren: Und wenn die Mutter sich jetzt vom Tisch erhöbe und wie ein besorgter Wellensittich über die Teller voller Suppe flöge? Er war nie in den Wald gegangen, weil er zu weit war, nie auf ein anderes Gut, das von einem Drahtzaun und an einigen Stellen von einer Mauer mit Glasscherben umgeben war, er lehnte sich an einen Telegraphenmast, sah fasziniert zum Wald hinüber, stellte sich seltsame Federwesen vor, die dort krächzend im dichten Geheimnis der Bäume herumhüpften.

»Wirklich eine Hölle, mein Lieber«, schwor der Betrunkene und versuchte, sich auf die Fußmatte zu knien. Das harte Brot häufte sich in den zu Säcken aufgequollenen Taschen, Schuppen und Fett hielten sein schütteres Haar auf dem Schädel zusammen. »Und jetzt das Ewige Leben, verdammt«, (eine grandiose Spiralbewegung faßte die unerhörten Köstlichkeiten des Paradieses zusammen), »das ist eine andere Geschichte. Siebeneinhalbtausend, Partner?«

»Sie sind schlafen gegangen«, wiederholte der Vater, »bis morgen früh sehen wir keinen mehr.«

»Gehen Sie«, bat ich den Betrunkenen, »meine Frau ist krank.«

»Fünftausend Reis«, schlug er vor, »bloß die Kleinigkeit von fünftausend Reis für ein Leben mit endlosem Glück. Na los, alter Sünder, sei nicht so ein Geizkragen.«

Hinter den geschlossenen Augen sah er die seltsamen Vögel aus dem Album über dem Vouga auffliegen, zum Fenster hin, sah die Vögel sich entfernen und wieder näherkommen. Staubnebel stieg von ihren riesigen Schwungfedern auf, Brotstücke fielen ihm hin und wieder aus der Tasche, der triefäugige Blick suchte mich. Blähungen liefen durch meine Eingeweide wie Mäuse durch eine Kellermauer, ein Fläschchen Säure tröpfelte in den Magen, irgendein Backenzahn begann zu schmerzen. Ich suchte in der Tasche nach einer Münze, und der Betrunkene trat näher, sehr interessiert, begierig. Die Stimme des Schwagers klang jetzt beleidigt:

»Ich glaube, du willst nicht, daß ich zu dir komme. Ich hoffe, du hast genügend Verstand, auch nicht zu mir zu kommen.«

»Er rief an, um sie um einen Gefallen zu bitten, und außerdem war er besonders unhöflich zu Jaime«, beklagte sich die älteste Schwester mit einer Modezeitschrift auf den Knien. »Natürlich haben wir von da an alle Beziehungen abgebrochen.«

»Wie man sieht«, erklärten die Hausschuhe, »ist Ihr Verdacht unbegründet. Ich arbeite nur im Entbindungsspital, mein Herr, meine Kinder machen mir schon genug Arbeit hier.«

»Fünfundzwanzig Tostões«, bat der Betrunkene und versuchte, ihn mit seinen schlaffen Fingern am Rockschoß festzuhalten. »Fünfundzwanzig Tostões, und wir reden nicht mehr drüber.«

»In meiner Familie herrscht eine etwas konservative Ansicht von den Dingen«, flüsterte die Schwester mit der Musik, als könnten die Eltern sie hören. »Wenn ich ihnen von diesem Scheck erzählte, würden sie bestimmt vor Schreck in Ohnmacht fallen.«

Der Mann vom Stockwerk tiefer, ein energischer Judotrainer, der die Treppe immer in großen Sprüngen nahm mit seinem Sportbeutel auf dem Rücken, ließ den Fahrstuhl stehen, kam heraus, um mit seiner Tochter zu sprechen, und die Gegenwart dieses aufdringlich sympathischen Sportlers, der die Nachbarn mit muskelstrotzender Liebenswürdigkeit begrüßte, gab mir den nötigen Mut, der lauen, trägen Hartnäckigkeit des Betrunkenen entgegenzutreten.

»Ich habe keinen Pfennig«, erklärte ich zur Treppe hin in der Hoffnung, der Superman würde mich hören und sein Strahlenblick rettend die Stufen durchbohren. »Zisch ab, ich habe schon gesagt, daß meine Frau krank ist.«

Der Bettler, der immer noch auf der Fußmatte kniete, sah ihn mit seinen jammernden Triefaugen an und versuchte sich auf seinen wackligen Knöcheln zu erheben, aber einer der Schuhe rutschte auf dem Kunstmarmor aus, er verlor das Gleichgewicht, die zerfledderten Seiten des Buches verstreuten sich über den Fußboden, und um nicht hinzufallen, packte er mich verzweifelt (Was denn? Was ist denn? jaulte ich entsetzt auf) an der Hose.

»Gar nichts«, sagte ganz fern Marílias hohe Stimme. »Aber wenn du nicht frühstückst, wird alles kalt.«

Ich stand mit bloßen Oberschenkeln im Hemd vor meinem Bett, und ihr Gesicht nahm unter der zerzausten Wolle ihrer Haare allmählich Form an. Im Fensterausschnitt, über dem ein Schein grauer Helligkeit lag, ließen sich große Möwenschwärme in geometrischen Formationen nieder. Die Möbel nahmen die braungrüne Bescheidenheit ihres Daseins wieder auf. Ein kleines Schiff segelte auf die Mündung zu.

»Ich habe mich die ganze Nacht übergeben«, sagte er protestierend, »ich habe die Leber aus der Kneipe nicht vertragen.«

Seine Glieder kamen ihm wie ohne Knochen vor, und wie zuckriger, unangenehmer Schweiß und widerlich wie Bonbonpapier klebte das Bettlaken an seinem Rücken. Er richtete sich auf und betrachtete angewidert den Brotkorb: Croissants, Brötchen und andere Rundstücke mit Zucker, vulgäre Formen mit Warzen wie die Brüste einer Striptease-Tänzerin. Und in ihm stotterte, drängte erbarmungslos, bitter und unnachgiebig die Rede von der Trennung, zu der er nicht ansetzen konnte. Er trank einen Schluck Tee, schob die Tasse mit dem Handrücken fort, wandte den Kopf zur Flußmündung (Wie schwer mein Gehirn ist, dachte er, wie das Blut durch die Adern in meinen Ohren stolpert): der schwebende, leichte, diesige Wolkenschleier näherte sich: in ein paar Tagen würde es regnen.

Rui S. gestorben, Assistent und Forscher an der Philosophischen Fakultät Lissabon: Rui S., den wir die Ehre hatten von der ersten Nummer an zum Kern unserer Mitarbeiter der *Zeitschrift für Geschichte* der Studenten der Philosophischen Fakultät von Lissabon zu zählen, starb plötzlich am 10. dieses Monats in Aveiro. Er stammte aus einer in Wirtschaftskreisen bekannten Familie, besuchte mit respektablen Ergebnissen das Gymnasium, wo er schon sehr früh durch seine ungezwungene Umgangsart, eine hohe Intelligenz und außergewöhnliche Bildung auffiel. Aus dieser Zeit stammen übrigens seine ersten Schriften (barmherzigerweise von Freundeshand aufbewahrt), Erzählungen und Gedichte, aufgenommen in die Wandzeitung der Studenten, deren stellvertretender Leiter er war, daraus ließ sich bereits die tiefe geistige Unruhe erkennen, die seine unglückliche Existenz (nach Aussagen derer, die ihn näher kannten) unaufhörlich begleitete. Nach Abschluß des Gymnasiums schrieb er sich an der Philosophischen Fakultät in Geschichte ein und brach so, vielleicht recht unvermittelt, mit der Familientradition brillanter Ökonomen und Unternehmer in der Absicht, sich dem Studium und der Erforschung bestimmter, weniger bekannter Aspekte der jahrhundertealten Geschichte unseres Volkes zu widmen, für die er die psychologische sowie die soziale Sichtweise heranzog in dem Bemühen, den Grund historischer Phänomene unter sorgsamer Einbeziehung des persönlichen, verborgenen Profils ihrer Interpreten zu erklären. Ein herausragendes Beispiel hierfür ist seine Diplomarbeit »D. António I., Bericht eines Kollektiven Selbstmords« (hektographierte Ausgabe in zwanzig Exemplaren, o. J.), oder die früher in dieser Zeitschrift veröffentlichten kurzen Aufsätze »Die latente Homosexualität bei Dom Miguel« (1969), »Maria da Fonte und der Klassenkampf« (1969), und »Der Widerstand des Volkes während der Französischen Invasionen« (1971), die ihm, so glauben wir, einige Bitterkeit von seiten der repressiven, unerbittlichen staatlichen Zensur eintrugen. In dieser Zeit war er auf mutige Weise politisch engagiert (verteilte Flugblätter und vervielfältigte Kommuniqués) als Beisitzer der Abteilung für Freizeit der Studentenvereinigung unserer Fakultät, ein Posten, von dem er später zurücktreten sollte, da es tiefgreifende Meinungsverschiedenheiten gab, was die Ausrichtung des studentischen Widerstands im Verlauf der langen faschistischen Nacht anging, die wir schmerzhaft durchlebt haben. Mit dem Diplom wurde er in den Lehrkörper der Fakultät aufgenommen, in dem er bereits die Funktionen eines Hilfsassistenten am Lehrstuhl für Moderne Geschichte II innegehabt hatte, und zu dieser Zeit reiften in ihm, durch die aufmerksame Analyse wirtschaftlicher Faktoren (er beherrschte mit seltener Schärfe die marxistischen Theorien, zu denen er jedoch immer eine aufrichtig kritische Distanz wahrte) seine persönlichen Ansichten vor allem über die Erste Republik, deren leidenschaftlicher Interpret er war. So veröffentlichte er nacheinander »Psychologisches Profil von Manuel de Arriaga« (in *Historia*, Nr.3, 1974), »Teófilo Braga und die Sozialistische Lehre« (in *Jornal de Ideias*, Nr. 12, 1. Folge, 1976), »Von den Kasino-Konferenzen bis zum Fünften Oktober« (Sonderdruck aus *Momenta Historica*, 1976), »Die Entstehung des Begriffs der Monarchie bei Ramalho Ortigão« (in *História*, Nr.10, 1978), »Einführung in das Studium der Bewegung der Carbonarios« (Selbstverlag, 96 Seiten, 1978), »António José de Almeida, Weg eines Lebens« (in *Revista de História*, Nr.17, 1979), »Die Soziopolitischen Wurzeln des Königsmordes« (Selbstverlag, 57 Seiten, 1980), »Von der Diktatur Francos zur Konstitutionellen Republik« (in *Jornal de Ideias*, Nr.1, 2. Folge 1980), wobei seine Dissertation über den Sidonismus, noch ohne Titel, unvollendet blieb, woraus wir in Kürze voraussichtlich bedeutsame Auszüge veröffentlichen werden, wenn wir dafür das Einverständnis der Hochverehrten Witwe oder ihrer Repräsentanten erhalten. Parallel dazu gab er unter dem Pseudonym Alberto Júdice im Selbstverlag zwei kleine, dichte Lyrikbände heraus, deren unleugbares Echo bei der Kritik leider nicht von der stets launischen Zustimmung des Pubikums begleitet wurde: »Die Rückkehr des Prometheus« (1976), und »Interregnum der Liebe« (1979) sowie in begrenzter Auflage der Erzählungsband »Unterbrochene Reise« (1977) der auf ausdrücklichen Wunsch des Autors nicht in Buchhandlungen zu haben war, der jedoch, wie wir wissen, den lebhaften Beifall von Autoren wie Fernando Namora, Vergílio Ferreira, José Cardoso Pires und Agustina Bessa Luís fand. Als Lehrender hatte Rui S. gewisse Schwierigkeiten, sich verbal zu artikulieren (üblich bei hochintelligenten Geistern), verfügte jedoch auf außerordentliche Weise über Einfühlungsvermögen, menschliche Wärme und eine umfassende Bildung und Beherrschung des Stoffes, den er darlegte, über Eigenschaften also, die ihm in kurzer Zeit die herzliche Sympathie der Studenten einbrachten, was sich zum Beispiel in dem liebevollen Spitznamen *Pneu Michelin* ausdrückte, mit dem man ihn wegen seines gutmütigen, rundlichen Äußeren bald titulierte. Obwohl er ein verschlossener, scheuer Charakter war, war der Kollege immer bereit, die Studenten auf den Korridoren der Fakultät, in der Bibliothek derselben oder auch in seiner sympathischen Wohnung zu empfangen, um im Auftrag des Lehrkörpers mit ihnen über die unterschiedlichsten Punkte des Lehrplans des von ihm geleiteten Lehrstuhls zu diskutieren. Ohne finanzielle Ambitionen lebte er äußerst bescheiden, geradezu karg, was vielleicht mit seiner Sympathie für das Ideengut der Linken zu erklären wäre, einer Partei gehörte er nicht an, obwohl er in einer bestimmten Zeit seiner kurzen Existenz als glühender Anhänger des Dialektischen Materialismus galt, von dem er sich später in einem in unserer Zeitschrift veröffentlichten Artikel mit dem Titel: »Demokratie und Sozialismus: Eine notwendige Korrektur«, distanzieren sollte, eine Zeitschrift, die der Herr Erzbischof von Braga zu unserer Ehre in seiner Osterpredigt erwähnte. Der Verfasser dieser bescheidenen Ausführungen, Herausgeber der *Revista de História* und Schatzmeister der Katholischen Universitätsaktion von Lissabon, der eine liebevolle Bewunderung für den Verstorbenen empfand, unterhielt sich mehrfach mit Rui S. über die Soziallehre der Kirche und den Inhalt der letzten päpstlichen Enzykliken, wobei er bei diesem immer ein klares Verständnis gefunden hatte und, wie er zu behaupten wagt, eine stillschweigende Bejahung (obwohl nie in Worten ausgedrückt) des christlichen Personalismus sowie seines Wirkungsvermögens als einzigem Mittel des Menschen von heute, in der Welt zu sein und die ungeheure wirtschaftliche und psychologische Ungerechtigkeit der Modernen Welt ohne Auswüchse aufzuheben. Ich wohnte in seiner Nähe in der Sampaio Pina, und manchmal, wenn ich Licht in seiner Wohnung sah, klingelte ich unten auf der Straße, die Tür öffnete sich mit einem Knacken wie ein Deckel, ich ging hinauf, und oben traf ich ihn mit seinem vagen Blick, den unentschiedenen Händen, dem Lächeln, das sich immer selbst zu entschuldigen schien, zwischen den überall verstreuten Büchern, dem Blechspielzeug, den ständig überall herumliegenden Zeitungen. Wir setzten uns, um uns zu unterhalten, auf verblichene Liegestühle vor die alte, ausgeschaltete Heizsonne, und ich habe nie verstanden, warum jemand wie er aus einer so reichen Familie in einer solch elenden Umgebung lebte, zwischen diesen angeschlagenen Tassen, den zerschlissenen Matten, diesen Möbeln vom Altwarenhändler mit Holz oder Pappstückchen unter den Beinen: Wo hatte er nur so viel stinkenden Dreck zusammengeholt, dachte ich, die verbogene, rostige Spülung im Bad funktionierte zum Beispiel nicht, das Waschbecken blieb ewig verstopft, ein sehr alter Radioapparat in einem Winkel auf dem Boden gab Husten und Pfeifen von sich, die Poster an den Wänden vergilbten mit der Zeit, Karikaturen, Bilder, Metallarbeiter mit muskulösen, erhobenen Fäusten: ein verschämter Kommunist? ein Landstreicher, der sich nicht akzeptiert? der Verrückte, den Millionäre brauchen, um ihn den anderen Kindern als Beispiel vorzuhalten? Er reinigte mit einem Hemdzipfel langsam reibend die Brille, seine blinden Augen schienen mir nach innen zu schauen wie ein Vogel im Käfig, er bot mir einen gräßlichen Schnaps in einem kleinen Glas an, von dem er erst den Staub pustete, als löschte er eine Geburtstagskerze. Wollen Sie nicht etwas trinken, wollen Sie nicht die Kehle ein bißchen anfeuchten, sein kindliches Lächeln schwebte im Wohnzimmer wie die Anwesenheit eines gerade Verstorbenen, er sagte wenige Sätze und verlor sich, zerstreut, hatte mich bereits vergessen, in ein inneres Labyrinth, das sicher schon voller trauriger Abfälle und wurmstichiger Bücher war, die die ganze Wohnung füllten, Irgendwann bringe ich Ihnen mal eine Grille mit, um Freude in Ihrem Palast zu verbreiten, versprach ich ihm einmal, eine Grille, ein Chamäleon, einen Kanarienvogel, irgendeinen Vogel, und als ich von Vögeln sprach, schaute er mich überrascht an, ohne zu antworten, ließ die Fingergelenke knacken, erhob sich, Hätten Sie zum Beispiel nicht gern einen Papagei, fragte ich, einen Stieglitz, einen Wellensittisch, eines von diesen zwitschernden Tierchen, und er stand stumm mit der Nase an der Spitzengardine vor dem Fenster. Morgens gab es nicht einmal Tauben bei uns im Viertel, nur ältere Frauen mit Plastikeinkaufsnetzen auf dem Nachhauseweg, nur verblichene, häßliche Häuser, nur Melancholie ohne Hoffnung in der Luft. Ich dachte, wenn man wenigstens den Fluß durch das Fenster sehen könnte, wenn wenigstens ein Streifen Wasser in dieses Wohnzimmer käme, und dann, wissen Sie, wohnte da diese vulgäre, schlampige, ungekämmte Frau bei ihm, die eine Zigarette nach der andern im Holzaschenbecher ausdrückte, die in der Küche mit den Töpfen kämpfte, die ihn, glaube ich, mit einer Sanftheit ohne Zärtlichkeit betrachtete, und der Dummkopf merkte gar nicht, daß sie ihn nicht mochte, daß sie ihn verachtete, daß sie so weit war, ihn gegen den erstbesten ungestümen, bärtigen Kommunisten einzutauschen, der auftauchte, denn was seine

Frau angeht, mein Gott, da gab es keinen Zweifel, daß sie die Barfüßigen an der Macht wollte, sie unterrichtete auch an der Fakultät, aber nur Atheisten und Verrückte kamen in ihre Seminare, finstere Typen mit gelben Augen, die im Namen des Proletariats verschwörerisch in den Ecken herumstanden, und manchmal, wenn wir uns unterhielten und auf den Safari-Stühlen Kaffee tranken, kam diese Frau da an die Tür, ohne ein Wort, mit einem spöttischen Lächeln, oder wickelte meine Wörter ein und warf sie in den Papierkorb mit unumstößlichen Argumenten, Und jetzt reichts, mein Süßer, was du da vorbetest, das taugt einen Dreck, und er beobachtete sie aus seinen ausdruckslosen, matten Augen, die bar jeder Begeisterung, bar jeden Gefühls waren, seine Hände auf den Knien, der dicke Körper wie in Wartestellung (worauf?), mit triefender Nase in Wartestellung (auf wen?), das fossilienhafte Lächeln wie in Wartestellung (worauf?), und ich dachte, Du mußt doch sehen, daß sie dich nicht mag, daß sie mit dir spielt, daß du ihr gleichgültig bist, daß sie dich verachtet, daß sie keinen Pfifferling für dich gibt, ob du was wert bist oder nicht. Die Frau ging hinaus, schlurfte mit den ironischen Holzpantinen über den Korridor, Na, wie ist das Schnäpschen?, fragte er, um die Stille auszufüllen, der Arzt hat mir alkoholische Getränke verboten, wegen einer früheren Gelbsucht, er hat mir Fett und Erregung verboten, Gymnastik und portugiesischen Eintopf, er hat mir alle angenehmen Dinge des Lebens verboten, außer dem einen, daß ich hier sitzen darf und mich mit dir über Geschichte unterhalte, über Philipp I., Philipp II., Philipp III., über 1640, 1908, über diesen ganzen gelehrten Mist, den ich verabscheue, Aber was wollte er in Wahrheit, was wünschte er sich, was fühlte er?, fragte ich mich mit brennendem Magen und Augen, die von dem unsäglichen Fusel tränten, immer in diesem ewigen mikroskopischen Glas angeboten, von dem er umsichtig den Staub abpustete, Ich habe eine Taube auf dem Balkon, sagte ich zu ihm und blickte auf seine ungeputzten, rissigen Schuhspitzen, warum tun Sie das nicht auch, zur Zerstreuung?, und für Sekunden kam mir sein Gesicht belebt und bewegt vor, die Wangen bebten, die Nüstern weiteten sich vor Aufmerksamkeit, Ich mag Vögel, sagte er mit einer Stimme von weit her, der neugierigen, kindlichen Stimme eines Jungen, der im Dunkeln nach dem Ohr sucht, das ihm zuhört, ich mag Vögel, obwohl man sie mir nie richtig erklärt hat, mein Vater hat vor Urzeiten das Interesse an ihnen verloren, er sammelt Baby-Krokodile im Schwimmbad, Du hast heimlich einen gekippt, dachte ich, und jetzt kommst du mir und erzählst von Schwimmbädern und Krokodilen, Fast hätten sie meiner Schwester ein Bein abgerissen, fuhr er fort und betrachtete die Mäuler, tauchte unter und kam hoch mit einem Alligator über dem Schenkel, Du glaubst gar nicht, wie viele Zähne diese Viecher haben, dreieckige, winzige Zähne, spitz wie ein Taschenmesser, Wer will Tee, brüllte die Megäre aus der Küche, ihr Schrei hallte an Töpfen und Kacheln wider, die Tauben verschwanden alle still davonfliegend aus dem Wohnzimmer, ich verneinte mit dem Kopf, Ich, Liebes, rief er schlaff zurück, mutlos, ohne Knochen, Ich, Liebes, wiederholte ich in meinem Innern, was für ein kastriertes Kätzchen du geworden bist, Wenn es nur für dich ist, dann lohnt es nicht, brüllte die Stimme, da wartet man, bis mehr Leute einen trinken wollen, und darauf hörte ich die Holzpantinen ins Schlafzimmer gehen, und die Tür schlug zu, Sie hat sich im Käfig eingeschlossen um zu schlafen, dachte ich, und um mir zu zeigen, daß es spät ist, sie legt sich sicher auf ein Bündel Stroh, auf die eigene Kacke und die Knochen von Lamm oder Kalb oder Esel, die man ihr von weitem durch das Gitter zugeworfen hat, fünf Escudos, um sie sonntags zu sehen, Kinder und Militärs gratis, die Kommunistische Bestie vom Amerikanischen Zirkus, die Revolutionäre Amazone, die Enkelin von Engels, wie sie sich im Käfig unter den Achseln kratzt, ich erhob mich, er erhob sich, wir erhoben uns, wir blieben einen Augenblick im Abfallhaufen des Wohnzimmers stehen, man mußte wie ein Storch staksen, um nicht auf Papier zu treten oder über Pappkartons und Bücherberge zu stolpern, als würde man von Stein zu Stein springen, bis zu dem winzigen Eingangsflur, Denken Sie mal nach über das mit den Tauben, riet ich ihm beim Abschied, es kann immer sein, daß Sie die Erklärung allein finden, und während ich im Fahrstuhl hinunterfuhr, blieb er dort stehen, ruhig, auf dem schlecht beleuchteten Treppenabsatz, wischte die Brille mit dem Hemdzipfel ab, stand da mit zerzaustem Haar und so benommen, als sei er gerade aufgewacht mit der Kommunistischen Bestie, die in der Finsternis des Schlafzimmers auf ihn wartete und die Klauen auf dem stinkenden Stroh der Bettücher bewegte. Der unglückselige Historiker hinterläßt eine Witwe und zwei minderjährige Kinder aus erster Ehe. Die *Revista de História* der Studenten der Philosophischen Fakultät spricht der werten Familie des Angehörigen ihr aufrichtiges Beileid aus.

Er setzte sich auf die Plastikbrille des Klos und schloß die Tür: der Dampf von Marílias Duschwasser machte den Spiegel noch immer blind, und mein Gesicht ist eine verschwommene, weißliche Form wie das undeutliche Oval des Mondes im Nebel, oder der Flecken der Stadt in der Ferne, denkt er, auf der anderen Seite des Vouga, gebrochen durch hintereinanderliegende Dunstschichten, wie mit den Beinen in der Luft, trübe, grenzenlos aus der Entfernung. Rasieren, denkt er, duschen, Zähne putzen, hinausgehen, während du im Bett auf mich wartest, mit einem Krimi auf der Brust, einem Titel in großen Buchstaben, einem grellen Umschlag, ein Mann und eine Frau mit riesigen Brüsten küssen sich schamlos. Er drehte den Wasserhahn auf, und wie durchsichtiges Glas platzte das Wasser hinter dem Blümchenvorhang von der Decke herunter in eine Pfütze und zerfloß auf der schmutzigen Gummimatte in der Badewanne: als ich klein war, kam meine Mutter immer und schaute, ob ich mich richtig wusch, rieb mich mit einem runden Schwamm ab, fuhr mit ihrer eiligen, sachlichen Hand voller Ringe über die kraftlosen Testikelkugeln: Mach dir die Ohren richtig sauber, den Hals, den Nabel. Vergiß nicht, dir den Po zu waschen, nachdem du auf dem Klo warst. Das Sodbrennen war fast völlig verschwunden, die Magenschmerzen spürte er nur noch entfernt, sie waren kaum mehr von Bedeutung und nun erträglich geworden: wieder gesund und ohne Entschuldigungen, wieder mit einem übermäßig langen Samstag ohne Ende vor sich. Die Klinge rasierte schlecht, der Rasierschaum haftete nicht am Kinn, das Menthol der Zahnpaste brannte auf seiner Zunge, und auf dem Plastikrund des Klodeckels sitzend trocknete er sich die dunklen Haare am Körper mit einem sandpapierrauhen Handtuch ab, mit kreisenden Bewegungen, die immer weiter ausholten wie die konzentrischen Wellen auf einem Brunnen, wenn ein Stein in die glatte Oberfläche fällt. Eingehüllt in das ausgeblichene Badehandtuch sah er dich, eingehüllt in das Badehandtuch sah ich dich: nicht im Bett und nicht lesend, sondern mit der Nase an der Fensterscheibe und den Händen auf dem Rücken wie ein strenger Polizist, der gleichgültig in den diesigen Morgen schaut.

»Ich habe sie nicht sehr gut gekannt«, sagte die Schwester mit der Musik in dem leeren Klassenzimmer, auf dessen Bänken Tambourine, Trommeln, Agogôs, Kastagnetten und Blockflöten aufgereiht lagen, beleuchtet von der grünen Helligkeit der Fenster. »Sie war verschlossen, wir haben uns eigentlich nicht unterhalten, und nach dem Tod meines Bruders habe ich sie überhaupt nicht mehr gesehen. Hin und wieder lese ich ihren Namen in der Zeitung unter einer Besprechung historischer Bücher, ich habe gehört, daß sie zu einer bestimmten Zeit höllische Schwierigkeiten in der Universität hatte, weil sie zur Partei gehörte. Aber daß sie am Tod meines Bruders schuld sein soll, das glaube ich nicht.«

»Die Lakaien Moskaus«, rief Carlos gewichtig aus, »sind die wahrhaft Verantwortlichen für das Elend, in das wir geraten sind: Gewerkschaften, Streiks, Arbeiterpfarrer, Demonstrationen, diese ganze Schweinerei. Zum Glück hat die Industrievereinigung ein wachsames Auge: die Portugiesen wollen kein Satellit Rußlands werden.«

So stand Marília da: vollständig angezogen, mit dem Rücken zu mir, auf ihre Holzpantinen gepflanzt (habe ich dich schon irgendwann einmal in anderen Schuhen gesehen?), so schaute sie mit den hohlen Augen eines Admirals wie eine ausgestopfte Wildkatze aus dem Museum in den Nebel. In der letzten Zeit hast du oft so dagestanden, abwesend, zerstreut, nicht dazugehörig und hast Campo de Ourique drei Stockwerke weiter unten angeschaut, diese langweiligen Fassaden, die faulige Gelassenheit der Gewohnheit, und ich habe nie geahnt, was in dir vorging, in deinem Kopf, deine Pläne und Erinnerungen, quälende oder heitere, was von dir wich oder dich bedrängte wie der Wellengang der Gezeiten: Wie jetzt, denkt er, heimatlos, vor der Bucht, umrahmt von der milchigen Helligkeit der Fensterrahmen wie auf einer alten Fotografie.

»Laß uns irgendwo zu Mittag essen«, sagte sie plötzlich, »ich will mit dir reden.«

Du drehtest dich zu mir um, und zum ersten Mal in all diesen Jahren fand ich dich fast hübsch, fast ohne Fehler, fast attraktiv: es war nicht Godard und auch nicht das amerikanische Kino oder der Nouveau Roman, weder die Monate vor 74 im Gefängnis noch deine Kenntnis des abstrakten Expressionismus und deine Erfahrungen mit der PIDE vor meiner beschämten Unwissenheit: du warst es, dein Umriß gegen die Haut des Wassers, deine trockenen, spitzen, mutigen Augen, die gerade Linie deines Kopfes, die breiten Bauernhände, die reglos auf dem Rock lagen wie faltige Vogelkrallen.

Die Frau mit den grauen Haaren hatte jetzt ihre Tasche fertig gepackt, schloß sie mit einem Schlüssel zu und erhob sich:

»Wissen Sie, was ich an so einem Tag wie heute gern tun würde?« fragte sie mit einem unangenehmen Lächeln, das ihre schlechten Zähne zeigte. »Keine Parteiarbeit, ehrlich, einfach Gedichte schreiben. Aber sagen Sie das nicht weiter, das ist so was wie ein Geheimnis.«

Ich steckte mein Hemd in die Hose, zog den Pulli über den Kopf und machte den Reißverschluß des karierten Blousons zu, der in gewisser Weise die Verpflichtung zu einer politischen Uniform bedeutete, mein zweifelnder, zögerlicher Beitritt zur Arbeiterklasse: ASSISTENT DER PHILOSOPHISCHEN FAKULTÄT KLEIDET SICH WIE EIN KANALARBEITER: würde mir das reichen, würde ich dann in Frieden mit mir selbst leben, könnte ich damit den kleinen, hartnäckigen Teufel in mir beruhigen, dieses Schuldgefühl darüber, was hätte sein sollen und nicht war?

»Gedichte schreiben«, betonte die Frau mit den grauen Haaren noch einmal, schon die Hand auf der Türklinke. »Nein, im Ernst, einen Nachmittag nach dem andern unten an der Teufelsschlucht sitzen, das Meer betrachten, mich auf die Esplanaden setzen, mit den Ausländern reden, Museen besuchen und die Revolution einfach geschehen lassen. Sie muß auf jeden Fall kommen, verstehen Sie.«

»Schau, Mutter«, meinte er, »in Italien gehen zum Beispiel unheimlich viele Kommunisten in die Kirche.«

»Italien ist nicht Portugal«, sagte die jüngste Schwester kurz und rührte mit ihren affektierten Gesten den Kaffee um. »Und Papa hat schon alles, was es dazu zu sagen gab, gesagt, jetzt komm uns nicht mit diesem marxistischen Schwindel.«

Da stehst du, denkt er, aufrecht, dickköpfig, entschlossen, siehst mich in diesem Gasthauszimmer an, wie du meine Familie herausfordernd angesehen hast zum Abendessen bei meinen Eltern, und ich, gespalten, betrübt, mutlos, in mir wüteten grausame Dolche, um mich herum der Glanz der Kacheln, diese sanfte, wie ziellos dahintreibende, schwerelose Helligkeit der Lampen.

»Laß uns irgendwo draußen zu Mittag essen, ich will mit dir reden.«

Wie lange hatten wir nicht mehr miteinander geredet, Marília, seit wie vielen Monaten lebten wir in stockender, wachsender Stummheit nebeneinander her? Aufwachen, denkt er, aufstehen, essen, fortgehen, arbeiten, schlafen: und wenn wir uns in den Korridoren der Universität begegneten, waren wir zwei Fremde, nicht einmal ein flüchtiger Blick füreinander, kein sichtbarer Faden verband uns. Wenn mir jemand sagte, deine Frau, dann hielt ich inne, wie angenagelt vor Entsetzen und Überraschung: Dieses schlampig gekleidete, häßliche Geschöpf soll meine Frau sein, fünf Jahre älter als ich, die in diesen entsetzlichen Männerschuhen durch die Gegend stakt, Plakate mit Streikaufrufen an die Wände klebt, gefolgt von einer Gruppe verbissener, ergebener Studenten, glühenden Anhängern eines rigiden Sozialismus? Wenn Tuchas Eltern dich mit mir sähen, denkt er, wenn Tucha dich mit mir sähe, wenn meine Söhne dich mit mir sähen, würden sie meinen, ich hätte die Hausmeisterin geheiratet, würden das Gesicht abwenden und mit umständlichem Gehabe vermeiden, mich anzusprechen. Das Tierchen von der Bourgeoisie, denkt er, das nagt noch in dir, frißt noch an dir, beherrscht dich. Es gelingt mir nicht, denkt er, die Hülle der Dinge finde ich noch immer wichtiger als das, was innen drin ist. Warum, verflixt noch mal, mache ich mir solche Gedanken über das Äußere?

»Hast du vielleicht gelesen, was der Bischof aus Braga zu diesem Thema sagt?« fragte der Frauenarzt mit einem siegreichen Lächeln auf dem Gesicht. »Warum erkundigst du dich denn nicht, bevor du die erstbeste Schwindelei von dir gibst?«

Du brachtest keine Argumente, Marília, du hast mich nicht verteidigt, deine Nase voller Mitesser pendelte langsam hin und her mit der mechanischen Gleichgültigkeit eines Radarschirms. Draußen hatten sie den Kies um das Gasthaus herum gesprengt, und die Schuhe machten auf den Steinchen ein Geräusch wie malmende Kiefer. Der Fluß schien weder Ebbe noch Flut zu kennen: immer dieselbe, schmale Landzunge, dieselben anämischen Gräser, derselbe Wasserstand der Brühe und dann, hinter dem Gasthaus, die feuchte, rauschende und unaufhörliche Unruhe der Pinien. Das Auto erreichte die Straße mit einem kleinen Satz und glitt Richtung Aveiro davon. Ein grünes Lämpchen auf dem Armaturenbrett flackerte auf und verlöschte: Wir haben bald kein Benzin mehr. Der ältere Mann an der Stirnseite des Tisches, der die Versammlung mit einem Block und einem Kugelschreiber vor sich leitete, hob den Arm, und das Auf und Ab der Unterhaltungen brach ab:

»Die Genossin hat soeben darum gebeten, ihren Mann als Beobachter zu den Treffen der Zelle zuzulassen.«

Wenn der Motor ohnmächtig wird, denkt er, sind wir für alle Zeiten in diesem Pinienwald verloren, unter dem durchsichtigen Karton des Himmels, wir werden im Wagen alt wie zwei antike Mumien, die sich in den eigenen Mund beißen mit großen, verblichenen Zähnen ohne Zahnfleisch.

»Ja und?« fragte er im Taxi, fast ohne die Lippen zu bewegen. Eine dicke Vene zitterte auf seiner Stirn.

»Es hat überhaupt nicht wehgetan, war gar nicht schlimm«, sagte Marília, »mach dir keine Sorgen. Ich hatte wohl Glück, es hat nicht mal groß geblutet danach. Wenn wir zu Hause sind, lege ich mich ein paar Stunden hin und fertig.«

Ein Kerlchen mit einem von Akne brennenden Gesicht sah den älteren Mann mit erhobenem Finger an wie ein Schüler im Unterricht. Ein Ausdruck aufgesetzter Erwachsenenernsthaftigkeit zerknitterte seine Gesichtszüge.

»Genosse Tino hat das Wort«, kündigte der Ältere an und klopfte mit dem Kugelschreiber auf den Tisch.

Zwei Leute auf einem Fahrrad kamen ihnen entgegen, sie radelten bedächtig wie zwei Humanisten, über die Lenker gebeugt wie zwei Embryos. Der Nachbar mit dem Judo überquerte den Asphalt in einem weißen Kimono mit vier eiligen Purzelbäumen und verschwand in den Eukalyptusbäumen, und er hörte sich selbst überrascht sagen Ich mag dich, während seine Finger nach Marílias Hand auf den eckigen Knien neben sich tasteten. Häuser wuchsen kreisend an, zerschlugen sich gegen die Seitenfenster des Autos, entfernten sich unscheinbar und reglos in dem kleinen, rechteckigen Spiegel.

»Der Mann der Genossin«, fuhr der Jüngling energisch fort, »ist mein Professor an der Universität. Sein kleinbürgerlicher, reformistischer Unterricht, sein persönlicher Standpunkt sind ohne Konsistenz. Im allgemeinen gibt er Ansichten reaktionärer Historiker weiter. Ihn als Beobachter zuzulassen,« (flammende Akne, zitternde Lippe) »das hieße, einen sozialdemokratischen Maulwurf in die Zelle einzuführen ohne jeglichen Nutzen für die Arbeiterklasse.«

»Fangen wir noch einmal von vorn an«, bat die Schwester mit der Musik die aufgebrachte Klasse. (Zwei winzige Jungen prügelten sich heftig im Hintergrund.) »Dreivierteltakt. Die Tambourine ein bißchen mehr im Takt, bitte.«

Weitere Häuser, weitere Eukalyptusbäume, irgendwelche anderen Bäume, Emigrantenhäuser mit vielen Balkons, Kachelfassaden in schreienden Farben, viel Schmiedeeisernes, dazu lauter Porzellanfrösche im Garten.

»Dort«, sagte Marília.

Ein Restaurant am Straßenrand neben einer Tankstelle, Reklameschilder für Erfrischungsgetränke klebten an der Tür und an den Fenstern, ein altes Stierkampfplakat winkte halb abgelöst mit großen, roten Buchstaben. Vermoderte Boote zerfielen im Sand, ein rostiger Anker zeigte aus einem Boot heraus mit seinen drei Spitzen nirgendwohin. Die Schüler sangen jetzt begleitet von Dudelsäcken und Trommeln, und die Stimmen klangen allmählich voller und überzeugender. Genosse Tino schwieg plötzlich, offensichtlich mitten in einem Satz, als sei ein elektrischer Mechanismus in seiner Kehle kaputtgegangen, obwohl die Aknepickel noch vor Empörung oder vor Wut oder aus Fanatismus oder aus leidenschaftlicher Liebe zur Arbeiterklasse brannten, und der ältere Mann sprach jetzt, ohne daß man seine Sätze verstehen konnte. Auf seiner Schulter war eine rote Fahne, einige Typen machten sich hastig Notizen, ein Mulatte am äußeren Ende des Tisches hob den Arm. Ich mag dich, ich mag den Poncho, die Holzpantinen, deinen nackten, schlecht gebauten Körper, wenn er ausgestreckt auf dem Bettlaken liegt, ich habe mich an deinen Schweißgeruch gewöhnt, an deine Ironie, an die bittere Trockenheit deiner Witze, an den Geschmack deiner weichen Zunge in meinem Mund, ich habe mich an deine Blinddarmnarbe gewöhnt, an die Narbe am Knie, die Narbe an der Ferse, ich will sonntags zu deinen Eltern nach Hause, zu ihrer freundlichen Fürsorge, laß uns die Zeit ins Reine übertragen, Marília, mit dem rechten Fuß aufstehen, Eintrittskarten für den Zyklus belgischer Filme kaufen, ich werde alle langweiligen Filme von Delvaux aus Liebe zu dir sehen, werde mich zum dialektischen Materialismus bekehren und während der Demonstrationen Plakate tragen, einer aus dem Großbürgertum, sagte der Mulatte abschließend, ein Renegat, die Proletarier, die wir haben, geben uns schon genug zu tun, was die Parteidisziplin angeht, ich werde mich natürlich jeglicher Entscheidung der Genossen unterordnen, aber ich bin überzeugt daß. Sie stiegen aus dem Auto aus, und der Geruch des Wassers hüllte sie mit seinem Leichenhauch ein, Was ins Reine übertragen?, Wohin mit dem rechten Fuß aufstehen?, es roch nach Benzin, nach Öl, nach Motorqualm, Wie sehne ich mich nach der Azedo Gneco, dachte er plötzlich, sogar die Unordnung und der Staub fehlen mir, sie stießen die Tür auf, traten ein, das Geklapper von Tellern und Schüsseln, die verschiedenen Stimmen, das klimpernde Besteck stürzten wirr auf sie ein. Sie setzten sich neben eine Gruppe von Lastwagenfahrern, die vor ihrem letzten Schnaps saßen und sich mit den Ellbogen auf das Papiertischtuch stützten, auf dem sich lauter Reste auftürmten.

Hier hinten tut mir ein Zahn weh, einer von denen, die der Arzt noch nicht behandeln konnte, wenn ich alle drei Monate einen Termin bekomme und er sich mit einem kleinen Spiegel in der einen Hand und dem Bohrer in der anderen über meinen Mund beugt und das sanfte, neutrale Parfum aus Desinfizierungsmittel und Lavendel verströmt. Normalerweise nimmt die Sprechstundenhilfe am Eingang mir den Hund ab, macht seine Leine an einem Stuhlbein fest, vielleicht geht sie auf den Straßen von Lausanne mit ihm spazieren, von der Stadt sehe ich durch das Fenster außer der runden Lampe, die mich blendet, einen Platz, Häuser, den aseptischen, zu sauberen nackten Schimmer des Schnees: die kristallenen Eisfrüchte an den Bäumen, die milchige Haut der Menschen, das fleckenlose Gewebe der Wörter in der Stille, das übermäßige Weiß des Todes und den Schmerz. Und den Schmerz. Ich sitze auf dem Stuhl beim Zahnarzt, blitzende, scharfe Instrumente fahren in meinen Mund, kommen heraus, durchsuchen, ziehen, pressen, irgend etwas (ein Haken?) durchbohrt meinen Kiefer und verzweigt sich in meinem Kopf wie ein zitternder Busch, so etwas wie ein Seufzer steigt aus meiner Kehle auf, ich beuge mich über ein kleines Becken und spucke Blut in den Ausguß, das ein Wasserstrahl eilig die Leitung hinunterspült, während die Sprechstundenhilfe mit dem Rücken zu mir in einem Glasbehälter etwas vorbereitet, was ich nicht sehe. Ich senke die Lider, zwei lebendige Vorhänge pulsieren vor meinen Pupillen, undeutliche Formen nähern und entfernen sich, Lausanne verflüchtigt sich, ich bin jetzt nicht mehr siebenundvierzig Jahre alt, die angespannten Muskeln erschlaffen, ich öffne die Augen, und da bin ich in meiner ersten Wohnung, mit meinem ersten Mann, ein schräger Dachboden in der Lapa oder Estrela, den sein Vater uns überlassen hatte, die Kleinen schlafen in übereinander aufgestellen Betten hinten in einem Zimmer, ich ziehe eine brasilianische Platte aus dem Schrank, nehme sie mit drei Fingern aus der Zellophanhülle, drehe mich auf Knien um zu Ruis rundem Gesicht und sage, Ich will nicht mehr mit dir weiterleben.

»*Crachez*«, befiehlt der Zahnarzt.

Noch ein Blutkorn, das ein hartes Stückchen (aus Knochen) mit sich nimmt, porzellanfarben, bleifarben, ich stütze den Nacken rückwärts wieder ab, reiße den Rachen auf, senke die kleinen, rosafarbenen Lidergardinen, Ich will nicht mehr mit dir weiterleben, versichere ich, damals kannte ich Franco schon, er sollte in die Schweiz, nach Genf zurückkehren, Warum kommst du nicht mit, die ergrauten Haare, dieses verschmitzte Lächeln eines Barkeepers oder Skilehrers, der afrikanische Silberring auf dem kleinen Finger, seine Art, wie er das Glas hielt, wie er trank und redete, und Rui kerzengerade mitten im Wohnzimmer sah unbeholfen und unsicher zu mir herüber, ohne etwas zu verstehen, Franco besuchte uns zwei oder drei Mal, furchtbar sympathisch, gesprächig, interessiert an Geschichte, formvollendet, und Rui, vernichtet auf dem Sofa, hörte ihm zu mit seinen großen, kurzsichtigen, traurigen Rehaugen, und ab und zu murmelte er, *Je suis bien de votre avis*, wir trafen uns in der Wohnung einer Freundin von mir, die in London arbeitete, Franco legte die Zigarette auf den Aschenbecher des Nachttischchens, beugte sich zu mir herab, seine breite, behaarte Brust kitzelte, hob und senkte sich leicht, er ging mit seiner Hand in meine Vagina, roch daran, ließ mich die Meeresfeuchtigkeit aus der Handfläche lecken, während er mit der Zungenspitze die Form meiner Brustwarzen nachzeichnete, Ich gehe nach Genf, sobald ich die Sache mit der Scheidung geregelt habe, bechloß ich, ich mag deine sonnengebräunte Haut, deine Falten, den straffen Bizeps, seine Zunge strich über meinen Hals hinauf bis zum Kinnansatz, *Aide-moi*, bat er und führte meinen Arm, Ich gehe nach Genf, zum Nordpol, in den Kongo, wohin du willst, ich liebe dich, ich fand die ledernen Taschen der Testikel, die weichen, darin verborgenen Mispeln, und dann gleich darauf die dicke Wurzel des Penis, das geschwollene Rohr aus Fleisch, die runde, weiche Spitze, die ich durch verschiedene Häute in mich hineinführte. Ich beugte die Knie, machte die Beine breiter und begann sacht zu seufzen.

»Crachez à nouveau.«

Der Zahnarzt mußte etwa so alt sein wie ich, eine randlose Brille, Gummihandschuhe, ein stets ernsthaftes, aufmerksames Gesicht, auf den Wangen und der Stirn lauter Sommersprossen, und seine kleine Papageiennase bewegte sich vor meinem aufgerissenen Mund vor und zurück, aus den Nasenlöchern kamen Büschel rotblonder Haare hervor. Fünf Monate später traf ich mit den Kindern in Genf ein, rief Franco an, man antwortete mir aus einem Lebensmittelladen und ich erfuhr, daß er als stellvertretender Geschäftsführer für irgendein multinationales Unternehmen in Boston war: er beantwortete meine Briefe nie. Vor Jahren traf ich Franco durch Zufall hier in einem Restaurant wieder, wie ein Präsident der Vereinigten Staaten, in Begleitung der ganzen Familie, alt, verbraucht, mager, wie er die Speisekarte studierte, bewaffnet mit zwei verschiedenen Brillen, rechts neben sich seine Frau, ein ältliches, bläßliches Geschöpf, deren lächerlicher Ausschnitt die hervorstehende Magerkeit ihrer Rippen erkennen ließ. Die Sprechstundenhilfe reichte dem Arzt eine Pinzette, und er versenkte sie sofort geschickt manövrierend in meinem Zahnfleisch: der Schmerz nahm zu, dehnte sich unerwartet bis zum Ohr und zum Nacken aus, dann hielt er inne, zog sich zurück und erstarb langsam wie die Flamme einer Kerze, die erlöscht. Das Tuch um den Hals wurde mir abgenommen, die Kittel traten dienstfertig zurück, ich erhob mich vom Stuhl (Wo kann ich mich kämmen?), der Hund bellte im Korridor, als er meine Schritte erkannte, seine Schnauze wollte sich zitternd an meiner Brust vergraben, und als ich die Straße betrat, gehörte nach und nach die betäubte Seite des Gesichtes wieder mir wie vor vielen Jahren, als Rui mich geschlagen hatte (mit der flachen Hand, eine schnelle Bewegung, bedrückt und verzweifelt), nachdem ich verkündet hatte, Ich mag dich nicht, ich will mich trennen, und die Platte, die ich hielt, über den Teppich rollte, bis sie an die Sofaecke stieß, eins der Kinder im Zimmer hinten in Weinen ausbrach, das Weinen lauter wurde und Nuno im Schlafanzug auftauchte, winzig stand er im Türrahmen, hielt sein Kissen umklammert und schaute uns mit überraschten, runden Augen an.

Ob man wohl noch mit diesen Booten fahren kann? Große, blaue Fliegen bekämpften sich wütend im Sand über irgend etwas, einem toten Fisch, einem Essensrest, einer Leiche, die das Wasser herausgegeben hatte, halb von Öldreck geschwärzt, halb von Algen und Schleim bedeckt. Jenseits der Fensterscheiben bauschten sich die fließenden und doch dichten Wolken auf, zerteilten sich, verschlangen Zentimeter für Zentimeter das bläuliche Kanzleipapier der Himmelskuppel. An der Tankstelle schleifte ein an einem Pfahl mit einer Schnur festgemachter Truthahn seinen Ballonfederrock durch den Staub und wedelte wie ein Bürovorsteher mit seinem wabbelnden Unterkinn.

»Ich habe keinen Appetit auf Mittagessen«, sagte Marília, »bestell mir eine Kabeljaukrokette und einen Kaffee.«

Dem Kellner wurden die Teller durch eine Art offene Luke in der gekachelten Wand gereicht, und er sah den Rauch und die Fenster in der Küche, die angedunkelten Wände, zweifelhafte Tücher hingen an Nägeln, dicke Frauenarme hantierten mit großen Töpfen. Ich habe auch keinen Hunger, dachte er. Die Männer aßen Gemüsesuppe und Brot dazu, tranken offenen Wein und wischten sich Stirn und Kinn mit dem Jackenärmel ab.

»Zwei Kaffee und eine Kabeljaukrokette, sagte er zu dem Kellner, der mit einem Berg aus Tellern und Besteck gehetzt zwischen den Tischen herumtrabte. Ein Kalender mit Reklame für Tudor-Batterien hing genau über seinem Kopf von der Decke herab, Flaschen standen aufgereiht auf grün gestrichenen Regalen. Hinter einer mit Resopal verkleideten Theke stand ein Kerl mit einer Hasenscharte, er wirkte erschöpft und schenkte in kleinen Gläschen Schnaps aus. Jemand stellte einen Kaffee vor sie hin und auf einem kleinen Plastikteller Kabeljaukroketten, dazu eingewickelte Zuckerwürfel. Marília tauchte den kleinen Löffel in die schäumende, schwarze Flüssigkeit: sie machte ein Gesicht wie Menschen am Rand eines Schwimmbades, die vor dem Sprung noch zögern und mit dem Fuß das Wasser prüfen.

»Ich glaube, wir sollten gleich nach Lissabon zurückfahren«, sagte sie leise. Der Vater am Schreibtisch in seinem Büro ließ vorsichtig einen Tropfen auf den Kopf der Schmetterlinge fallen, und sobald die Tiere aufhörten, sich zu bewegen, spießte er sie mit einer Stecknadel auf eine Pappe auf. Seine Glatze glänzte unter der Lampe mit dem roten Schirm, die schweren Enzyklopädie-Bände verströmten eine angenehm laue, golden braune Stimmung.

»Da sich bereits alle Genossen geäußert haben, schreiten wir zur Abstimmung«, verkündete der ältere Mann und beschwichtigte mit ausgestreckten Händen die Diskussionen der anderen.

»Wer für den Beobachter-Status ist, soll den Arm heben«, sagte er entschieden und legte demonstrativ seine Arme übereinander.

Der Kaffee war schlecht, er löste den Zucker nicht auf, sondern hinterließ Pulverklümpchen auf der Zunge. Er trank ihn mit einem Zug aus und lehnte sich im Stuhl zurück, während der Vater den Karton in einen Schrank mit numerierten Schubfächern und lateinischen Namen auf den Etiketten über den Metallgriffen legte.

»Hör mal, unsere Beziehung läuft nicht gut«, sagte Marília hastig. »Wahrscheinlich war das immer so. Ich habe viel darüber nachgedacht und meine, wir sollten eine Pause einlegen, bis wir besser wissen, was eigentlich los ist.«

»Findest du das grausam?« fragte der Vater und schaute ironisch zu ihm auf, seine weißen, starren Augenbrauen wirkten noch struppiger. »Im Gegenteil, mein Sohn, damit kann man sie daran hindern, daß sie sich in Larven verwandeln.«

Er hatte das heitere, junge, begeisterte Lächeln verloren, die Überschwenglichkeit, wenn sie im Juli in einem riesigen Auto voller Koffer und Dienstmädchen im Landhaus ankamen. Die Frau des Hausmeisters hatte die Fenster geöffnet, die Möbel abgestaubt, gebohnert, gelbe Blumen in die Krüge gestellt. Die Zimmer im ersten Stock rochen angenehm nach frischem Holz und Harz, der Nachmittagswind trug den lauen Geruch aus dem Obstgarten herüber. In abgetragenen Hosen und einem alten Hemd ging der Vater unten mit den Händen in den Taschen zwischen den Kastanienbäumen spazieren, umspielt vom Licht, meine Schwestern fuhren mit offenen Haaren auf den Fahrrädern im Hof vor der Garage umher, und die verchromten Lenker blinkten. Unermeßlicher, blauer Friede, ein Gefühl der Unendlichkeit kam vom Gebirgskamm in der Ferne herab.

»Was?« fragte er so laut, daß einige Genossen sich entsetzt umdrehten und sogar Marília ein bißchen auf dem Stuhl zurückrutschte. »Was?« wiederholte er nun murmelnd.

Aber jetzt war der Vater gealtert, die Schädelknochen zeichneten sich unter der Haut ab, die Hände waren voller Alterspigmentflecken, die hervorstehenden, verletzlichen Sehnen am Hals waren wie ein Bündel in den Seidenkragen gezwängt. Bewaffnet mit einer kleinen Spezialbrille, die auf die normale Brille geklemmt war, und einer Pipette mit einem durchsichtigen, wankenden Tropfen, suchte er die Köpfe der Insekten: Ein alter Mann, denkt er, ein alter Mann, eingegrenzt auf den Zeitvertreib eines alten Mannes zwischen seinen Wörterbüchern und sinnlosen Enzyklopädien. Nur drei Leute, Marília eingerechnet, hoben den Arm, und einer links von dir senkte ihn langsam wie einen erschlaffenden Fühler.

»Uns trennen, bis wir besser wissen, was eigentlich mit uns los ist«, sagte sie wie vorher in diesem Ton ohne jede Zuneigung oder Haß und hielt dabei mit grenzenlosem Ekel die Kabeljaukrokette in der Hand.

»Wer weiß, vielleicht kommen wir zu dem Schluß, daß einer nicht ohne den andern sein kann.«

»Es ist genau das Gegenteil von dem, was du vermutest«, sagte der Vater, »sie leiden überhaupt nicht. Sie röcheln ein oder zweimal, die Flügel beben ein wenig (und da halten wir sie mit der Pinzette fest, damit die Farbe nicht abgeht) und das ist alles.« Seine Wimpern hinter den zweifachen Gläsern bewegten sich wie die Beine eines Tausendfüßlers, die blutroten Äderchen der Lider waren deutlicher zu sehen. »Und dann diese Flüssigkeit (und er zeigte auf das braune Glasfläschchen neben sich), die wirkt nicht nur tödlich, sondern konserviert auch: der Körper hält sich fast ewig, ein bißchen wie bei einer ägyptischen Mumie, verstehst du? Es gibt vollkommene, wunderbare Exemplare, die älter sind als dreihundert Jahre: sie gehören irgendeinem Herzog, ich habe sie in einem Museum in London gesehen.«

»Enthaltungen?« fragte der Vorsitzende, ohne sich zu regen, mit einem Glanz unerbittlicher Genugtuung im Gesicht.

Er bat um mehr Kaffee und noch eine Kabeljaukrokette, um der entsetzten Leere in seinem Magen abzuhelfen. Nein: erst ein gekochtes Ei mit Salz und Pfeffer. Auf dem Sand zog ein Junge in einer bis zu den Knien aufgekrempelten Hose, dem ein Schäferhund mit hängendem Kopf folgte, sein kleines Boot zum zinkfarbenen Sumpf des Wassers.

Und ein Glas Mineralwasser, bitte: der Kellner ging beschäftigt zwischen den Tischen hin und her und nickte zustimmend mit dem Kopf, ohne irgend jemanden wahrzunehmen. Das hemmungslose Klopfen in den Schläfen, die Hände ohne etwas, um sich festhalten zu können: Ich mag dich, winselte scheinheilig ein törichtes, unechtes Stimmchen in seinem Inneren, und ein Rülpser entfuhr seinem Mund.

»Keine Enthaltung«, stellte der, der den Vorsitz führte, nachdrücklich fest und sah dem Kerl, der den Arm erhoben, dann aber hatte sinken lassen, direkt ins Gesicht, dieser antwortete ihm eingeschüchtert mit einem unterwürfigen Blick. »Die Genossen, die dagegen stimmen, heben bitte die Hand.«

»Vater, manchmal hast du dich unter die Weinstöcke gesetzt und mit dem Blinden unterhalten, der als Verwalter für Großvater gearbeitet hatte und im hinteren Teil des Gutes in einem winzigen Häuschen an der mit Flaschenscherben gespickten Mauer wohnte, die das Grundstück umgab, und wie ein Kirchengewand senkte sich ein smaragdener, golddurchwirkter Schatten auf deine Gesten. Der Blinde hörte dir zu, kratzte sich mit seinem riesigen Daumen am Ohr und einem doppelten Nagel genau wie sein Sohn, der in einer Tomatenmark-Fabrik eine Maschine bediente und manchmal auf einem Motorrad mit höllischem Lärm auftauchte, er hatte einen riesigen Helm auf dem Kopf, so daß er wie ein mächtiger Käfer wirkte. Unter der Pergola hast du ganze Nachmittage mit dem Blinden verbracht, oder ihr habt schweigend geraucht, beide ganz still nebeneinander auf der Steinbank, während der smaragdene Schatten seine Richtung änderte, die Zweige der Bäume im Obstgarten steifer wurden und das Haus, das mit Kletterpflanzen bewachsen war, sich kantig und scharf wie Metall gegen den blassen Himmel abhob. Vielleicht wäre dieser Blinde imstande, mir die Vögel zu erklären, ein Mann, der ohne Hilfe und ohne zu stolpern über das Gut laufen konnte, vorsichtig um sich herum mit dem Stock die Umgebung erschnüffelte, seinen Mund, in dem ein einziger Zahn schief im engen Kiefer verfaulte, dabei auf- und zumachte, vielleicht konnte seine Filzmöwenstimme mir etwas von dem Aufruhr im Wald erzählen, wenn die Vögel aus der Kälte der Nacht auf den Boden zurückkehren, in den Gräsern flöten, wenn ihre Federn endlich im Dickicht der Zweige zur Ruhe kommen. Der, der den Vorsitz hatte, überprüfte die abgegebenen Stimmen, ohne seinen Gesichtsausdruck zu ändern.

»Stimmt«, stellte er fest. »Zwei dafür, keine Enthaltung, neunzehn dagegen. Der Mann von der Genossin kann nach Übereinstimmung der Mehrheit an den Versammlungen der Zelle nicht teilnehmen.«

»Du hast dich nie viel dafür interessiert, aber ich werde dir meine Sammlung zeigen«, schlug der Vater vor und ging auf einen großen Schrank mit schmalen Schubfächern zwischen zwei Bücherregalen neben dem Tisch mit den Zigarren und Getränken zu. »Fünfhundertsiebenundzwanzig verschiedene Spezies, eine beachtliche Zahl, nicht wahr? Wußtest du, daß ich sie zu einem guten Preis an ein Museum für Naturgeschichte verkaufen könnte?«

Fragestellungen, in Wahrheit Feststellungen, denkt er, dieser gebieterische Husten, der seine Macht unterstreichen will: meine Schwestern haben etwas von deiner Überheblichkeit geerbt, von deiner unwiderruflichen Gewißheit, Mittelpunkt zu sein, die Achse, der wahrhafte Motor der Welt. Nur die mit der Musik war mir ähnlich, verschlossen, zögernd, kraftlos, immer auf der Suche nach etwas unwiederbringlich Verlorenem. Der Vater zog an dem Metallgriff eines Schubfaches und zeigte auf einen kleinen Glaskasten mit zwölf gekreuzigten Tierchen, die der Größe nach auf den Pappvierecken angeordnet waren.

»Na?« fragte er stolz.

»Wir trennen uns, sobald wir in Lissabon ankommen«, erklärte Marília und stocherte mit dem Löffelchen in dem Zuckerkloß auf dem Boden ihrer Tasse herum. »Ich ziehe aus und bleibe eine Zeit lang bei meinen Eltern: so herum ist es einfacher, denn du findest so schnell kein Loch, um unterzukriechen.«

»Möchte die Genossin etwas gegen das Ergebnis sagen?« fragte der, der den Vorsitz führte und beugte sich mit scheinheiliger Liebenswürdigkeit nach vorn. »Was erschien der Genossin undemokratisch oder kam ihr als unrichtig vor in der Diskussion und der Abstimmung hier?«

Ich schmiegte mich an das runde Fenster auf dem Dachboden, verstehst du, er war voller auseinandergenommener Betten und hinkender Stühle, denn ich wollte die sich bewegende Silhouette des Waldes beobachten, die eiligen Umrisse der ersten Eulen bei Anbruch der Nacht, waagrecht in der lila schimmernden Durchsichtigkeit zwischen den Apfelbäumen im Obstgarten, und ich sah den Blinden dort unten, wie er gezielt und bedächtig mit aufsteigenden Bewegungen einen Rosenstock beschnitt wie mit einer wissenden, endlosen Liebkosung: wenn ich dich so berühren könnte, wenn ich dich wenigstens so streicheln könnte, meine Finger verwandelt in hingehauchte Küsse, Atemdüfte, Atemhauch über dem Haar, du würdest für immer bei mir bleiben, nie würdest du fortgehen, zum Teufel mit dem Haus deiner Eltern in dem bescheidenden Viertel Olivais, wo sie wohnen, in der Nähe des Wasserflugzeugs am Cabo Ruivo, das im Ölqualm auf dem Land verankert ist, ein ausgestopfter Albatros, der aufgegeben hat.

»Allein bleiben in der Azedo Gneco?« fragte er, »zusehen, wie der Müll sich anhäuft? Gerade habe ich dir im Auto noch gesagt, daß ich dich mag. Ich hatte geglaubt, es wäre nicht mehr so, aber ich mag dich.«

Der Kellner ließ das gekochte Ei auf dem Papiertischtuch allein und verschwand, beladen mit Tellern und Aluminiumschüsseln, von denen eine fettige Sauce tropfte: Auch ein Vogel, dachte er, ein armer Vogel im Kittel, benommen von den Wünschen der Kunden, den Schreien, den zahllosen, mit Barthaaren besprenkelten Wangen, ein Vogel, benommen von den Befehlen der Köchin aus dem kleinen Küchenfenster in den Kacheln. Der magere Junge schob das Boot ins Wasser, warf den Hund hinein wie eine leblose Uniform, sprang selbst mit einem linkischen Sprung wie eine Heuschrecke hinterher, legte die Taue zurecht und ruderte nun kraftvoll, entfernte sich allmählich mit kräftigen Stößen auf der glatten, reflexlosen Oberfläche des Wassers. Er brach das Ei auf, indem er es gegen die Tischkante schlug, und nahm die Schale ab, als schälte er eine Mispel, nahm auch die weiße, durchschimmernde Haut darunter ab, die einem dünnen Gummifilm glich, sie blieb hartnäckig an den Fingern haften wie Klebe. Er bestreute das Ei mit Salz und Pfeffer, biß lustlos in die weiche Masse, während draußen ein zweites Boot den Strand Richtung Aveiro verließ, diesmal mit zwei kleinen Männern mit gewichtigen Gesichtern bemannt, die einem wütenden Spatzenpärchen glichen. Die Lastwagenfahrer im Restaurant unterhielten sich pfeifend und gurrend mit kurzem, heiserem Gackern oder bewegten sich seitwärts an der Theke entlang wie Papageien auf der Stange. Marília schaute ihn an, ihre winzigen, runden Kakadu-Äuglein verspotteten ihn höhnisch unter den überbetonten Kopffedern.

»Warum solltest du in der Azedo Gneco allein bleiben? Warum dramatisierst du immer alles?« fragte sie, während sie ihr Ei mit ihren runden, gelben Fingernägeln schälte. »Soweit ich weiß, bist du doch kein Krüppel und kannst dir sehr wohl Gesellschaft besorgen: es gibt eine ganze Menge Frauen, die zur Verfügung stehen.«

»Stellt die Genossin«, fragte der, der den Vorsitz führte, »etwa die interne Demokratie der Zelle in Frage? Ist die Genossin sich der Schwere dieses Vorwurfs bewußt?«

»Er war nie in der Partei, Ehrenwort, und hat nie einer Partei angehört«, versicherte die Schwester mit der Musik, während sie einen kleinen Schluck Orangensaft schlürfte. (Die Schwäne schwammen auf dem See im Park auf und ab.) »Der Ärmste, ich kann ihn mir mit Fahnen oder Standarten oder so gar nicht vorstellen: er war ein Individualist, verstehen Sie, ein Einzelgänger, ein Bourgeois wie alle in unserer Familie. Er lebte in einer fiktiven Zeit, in einer toten Zeit und außerhalb des Raumes, in einer irrealen Vergangenheit aus versilberten Kannen und Dienstmädchengesprächen.«

Jetzt war das Restaurant voller Vögel, und selbst der Mann von der Tankstelle draußen humpelte wie ein hinkender Spatz umher, um die Reifen eines Zementtransporters zu überprüfen. Die Schreie der Vögel bildeten einen schrillen Chor, der ihn betäubte und ängstigte, ein Mechaniker erhob sich plötzlich, wedelte mit den Flügeln seiner Arme, als wollte er zur Decke hinauffliegen. Das gekochte Ei schmeckte nach Vogelfutter, er wischte sich die Finger an der Hose ab, lehnte sich noch weiter im Stuhl zurück wie eine alte Henne, die sich im Nest zurechtrückt.

»Du brauchst eine richtige Bleibe«, sagte Marília mit Wellensittichstimme, »wenn du anfängst und von Haus zu Haus auf Zimmersuche gehst, dann wirst du schrecklich deprimiert sein, dazu kenne ich dich zu gut. Wie kranke Tauben, wenn sie ganz still am Fuß einer Statue hocken, nicht wahr?« Ihr Gesicht, rot und blau, zur Schulter geneigt, betrachtete ihn unerbittlich mit derselben Sachlichkeit, mit der sie leidenschaftslos und ernst die Filme von Kubrick sah. »Du hast es doch besser in der Azedo Gneco als zur Untermiete mit Küchenbenutzung im Bairro Alto, oder?«

Enge Zimmer, Schränke mit Drahtbügeln, Fenster auf Innenhöfe oder Lichtschächte oder miese Korridore voller Müll und Dreck, Betten mit fleckigen Blümchendecken, rostige Waschbecken, taube, unsympathische Wirtinnen, Wäsche irgendwo zur Wäscherei. Als ich in Campo de Santana wohnte, denkt er, war da ein Kerl im Kabuff neben mir, der die ganze Nacht durch jaulte und mich nicht lernen ließ, erst wenn das erste Morgenlicht sich durch die verstaubten, dreckigen Scheiben hindurchwand, beruhigte er sich. Irgendwann starb er, und der Sarg kam die Treppe heruntergeholpert, bedeckt mit schwarzen Tüchern wie der von der Großmutter, von zwei oder drei gleichgültigen Männern getragen. Wir waren nur getrennt durch eine Bretterwand mit Blümchentapete, denkt er, und ich habe ihn nie gesehen, weiß nicht einmal, wie er aussah. Und ein Opernsänger wohnte dort, immer mit einer weißen Nelke im abgeschabten Revers, der versteckte sich jedes Monatsende vor allen Leuten, damit sie vergaßen, daß er die Miete noch nicht bezahlt hatte, und wahrscheinlich würde er nie Geld haben, um sie zu zahlen. Eines Abends traf ich ihn, wie er um Almosen bat, in einem Café, in dem ich immer Zeitung las, sehr würdevoll ging er von Tisch zu Tisch und sprach die Menschen verschämt hoheitsvoll an wie jemand, der um einen Gefallen bittet. Er bewohnte den Dachboden, und die Wände hatte er übersät mit Plakaten von sich selbst als junger Mann mit vor Brillantine glänzenden Augen.

»Ich habe in São Carlos gesungen«, teilte er mir feierlich mit und zeigte mir ein Bündel Prospekte. »Bariton. Nein, nein, aus gesundheitlichen Gründen, hier lesen Sie« (der gichtige Finger zeigte auf die Stelle): »Amílcar Esperança, sehen Sie meinen Namen? Ganz deutlich, nicht wahr, Amílcar Esperança.«

Er nahm das Gummiband von einer altmodischen Mappe ab und zeigte mir vergilbte Zeitungsausschnitte:

»Wollen Sie sich die Kritiken anschauen?« fragte er mit leuchtenden Augen. »Was die Presse über mich verbreitet hat? Warten Sie, im Ernst, nur dieser hier: MIT AMILCAR ESPERANÇA GIBT ES IN PORTUGAL ENDLICH EINEN BARITON. Nicht schlecht, was?«

»Möchte die Genossin«, fragte der, der den Vorsitz führte, »vielleicht damit andeuten, daß ich die Abstimmung beeinflußt habe? Ist die Genossin sich wirklich darüber klar, was sie da behauptet?«

»Die beiden Alten brauchen mich, sie haben sonst niemand«, sagte Marília und ließ das Plastikfeuerzeug an- und ausgehen, offensichtlich höchst interessiert an der Flamme. »Bei dem Blutdruck kippt meine Mutter eines schönen Tages um, da muß jemand da sein, um den Schlag aufzufangen. Sie können kaum lesen, kaum schreiben, wie sollen sie denn zurechtkommen?«

»Ich hätte eigentlich an einem Gesangsabend in Badajoz auftreten sollen«, erklärte Herr Esperança und warf das üppige Haupthaar mit einer entschiedenen Bewegung zurück. »Als Star des Programms, Herr Doktor.«

Wie sehr wollte ich, daß du fortgehst, denkt er, daß du verschwindest, mir aus den Augen gehst, und jetzt diese Angst, diese Beklemmung, diese Bestürzung, diese plötzliche, wachsende Liebe zu dir, dieser aufgedunsene Kloß Zärtlichkeit im Hals.

»Bleib bei mir«, bat ich leise, und ich mußte an die Unterhaltung mit Tucha vor vielen Jahren denken, die zerbrochenen Nippesfiguren, die Wut, die Verbitterung, schließlich das Nachgeben: die Treppen hinunter, über den Koffer stolpernd, ein Taxi rufen, in einem Keller in der Luciano Cordeiro absteigen, mit einem Schrank aus Kisten und einem Blümchenvorhang, einem auseinandernehmbaren Sofa, einer

Lampe ohne Schirm auf dem Boden, und der Vermieter, ungeheuer förmlich, hustete mir den Schleim seiner billigen Zigaretten auf den Rücken:

»Wie der Herr sehen kann, ist das ein fabelhaftes Zimmer.« Allein halte ich das nicht aus, denkt er, Vielleicht kann ich das hier alles noch retten, denkt er, Wir können noch drei oder vier Tage länger in Aveiro bleiben, die Bruchstücke von uns beiden zusammenfügen, von vorn anfangen. Ich fuhr mit der Hand über das Papiertischtuch, um deine Hand festzuhalten (Ich liebe dich), aber das Feuerzeug verschwand unter meiner Handfläche, versteckte sich, flüchtete sich erloschen in den Schoß: Verflixt, was stimmt denn nicht mir mir, daß ich dich nicht mal mehr berühren darf?

»Hier ist das kleine Waschbecken«, erklärten die billigen Zigaretten, »und zum Duschen die Tür am Flurende. Mittwochs und samstags, das Gas ist knapp, fünfzehn Escudos pro Bad. Für Seife und Handtuch müssen Sie natürlich selbst sorgen, Herr Doktor.«

»Ich bin mit einem internationalen Zirkus in der Kolosseums-Festhalle aufgetreten«, sagte Herr Esperança und streichelte mir mit wehmütigen Fingern den Ellbogen. »Ich bin gleich nach dem Zauberkünstler aufgetreten und habe in der Clowns-Nummer gesungen. Sie haben sich gegenseitig geohrfeigt, und ich sang dazu unerschütterlich mit Hosenträgern und gestreiftem Hemd eine Arie aus *Tosca*, bis sie mich mit dem Besen hinter die Kulissen gejagt hatten. Ein grandioser Erfolg, mein Freund, leider wollten sie das nicht mehr wiederholen. Seitdem bin ich der Kumpel von diesem Zwerg, der sonntags immer zum Damespielen herkommt, er hatte mir einen Kuchen ins Gesicht geworfen.«

»Ich schlage die sofortige Suspendierung der Genossin vor«, sagte der, der den Vorsitz führte, pfeifend vor Wut, »weil sie die Arbeitersolidarität der Zelle aus schlichtweg sentimentalen und also bürgerlichen Gründen angezweifelt hat. Ich wollte nur hinzufügen, Genossen, daß sich auf diese Weise wieder einmal der schädliche Einfluß des Kapitalismus manifestiert.«

Der Zwerg, immer untadelig, mit Krawatte und einer Haut wie zerknittertes Zellophanpapier, kam nach dem Mittagessen, tippelte wie eine Marionette in seinen Lackschuhen, hatte eine Zigarettenspitze im Mund, rieb die winzigen Hände aneinander, die an Armen saßen, mit denen er sich gerade an der Nase kratzen konnte, ließ sich auf einem Stuhl vor dem Spielbrett aus Pappe nieder und ließ die Beine baumeln. Er verdiente sich seinen Lebensunterhalt als Portier in einem Restaurant in der Alfama, weil es den Kunden gefiel, wenn dieses mißgestaltete Männchen, wie ein Affe auf dem Leierkasten verkleidet und kreischend unverständliches Wortgewirr von sich gebend, ihnen die Tür am Eingang aufstieß.

»Dieses Land hat seine Künstler nicht geachtet«, erklärte Herr Esperança voll bitterer Verachtung, während er die Steine für das nächste Spiel aufstellte und den Pyjama-Knopf vorrückte, der für einen verlorenen Spielstein benutzt wurde. »Sehen Sie, mein Freund, wie man uns zum Beispiel behandelt.«

»Ich fange an«, jaulte der Zwerg außer sich.

Herr Esperança nahm den Knopf hastig zurück und drehte das Brett, damit er die schwarzen Steine erhielt:

»Entschuldige, Santos, ich hab mich so in Rage geredet mit dem Herrn Doktor hier. Du kennst mich doch, Mensch, du weißt doch, wie sehr mich diese Ungerechtigkeit schmerzt, dann bin ich wie besessen, Ehrenwort, wie besessen.«

Der Verdacht eines Sonnenstrahls beleuchtete für einen Augenblick das Papiertischtuch, glitt draußen hinab, am Fluß entlang und verschwand: eine verzagte Helligkeit umgab die lauen Gesichter, die Flaschen auf den Regalen, die ockerfarben verputzten Wände, eine eingerahmte Heilige, die er trotz Brille nicht gut erkennen konnte.

»Ich nehme meine Sachen mit«, schlug Marília vor, »ein halbes Dutzend Bücher, wenn es hochkommt, mehr brauche ich nicht. Und außerdem habe ich den Verdacht, daß du nach Aveiro wolltest, damit wir uns darüber unterhalten, oder? In vier Jahren sind wir zum ersten Mal fortgefahren, da mußtest du doch was im Schilde führen. Oder irre ich mich? Sei ehrlich, ich mag kein Versteckspiel.«

Der Vater schloß das erste Schubfach und öffnete ein anderes weiter unten, das voller riesiger Exemplare war mit Flügeln, die der Palette eines Malers glichen:

»Südamerikanisch«, sagte er. »Aus Bolivien. Ich habe sie per Flugzeug kommen lassen.«

»Ach, mein allerbester Santos«, rief Herr Esperança aus und schlug dem schon in Panik geratenen Zwerg auf die Schulter, »dieses Spiel war dein letzter Piepser.«

»Genosse, du entschuldigst«, rief der, der den Vorsitz führte, dem Jüngling mit dem pickligen Gesicht zu, »aber wir werden sicher eine Gelegenheit haben, deine trotzkistischen Standpunkte in einer späteren Versammlung zu diskutieren, wenn du bis dahin nicht so vernünftig bist und nachgedacht hast. Ich verlange die sofortige Abstimmung über meinen Antrag und erkläre divisionistische Kommentare für überflüssig.«

»Du besorgst dir eine Putzfrau«, riet Marília, »und du wirst sehen, wie schnell du dich eingewöhnst. Wenn du willst, sehe ich ab und zu in der Azedo Gneco nach dem Rechten und helfe dir, wo es nötig ist. Männer sind so unselbständig, nicht wahr? Also, mir kann keiner erzählen, du hättest nicht etwas Ähnliches im Kopf gewälzt.«

»Ich habe gegen den Beobachter-Status gestimmt«, schrie der Jüngling hochrot (Schläfst du mit ihm?), »aber ich muß einfach gegen die hier angewandte Methode protestieren. Ich klage den Genossen Vorsitzenden des Autoritätsmißbrauchs an, und ich warne ihn, ich werde den Vorfall schriftlich an die höheren Parteiinstanzen weiterleiten.«

Morgens früh trat er ans Fenster und sah den Vater mit dem Blinden unter der Pergola reden oder die Rosenstöcke betrachten oder dem Hausmeister Anweisungen geben, in bester Laune, ohne Schlips, saß Vater auf dem Fahrradsattel meiner ältesten Schwester, die schwarzen Hosenbeine hatte er mit

Wäscheklammern zusammengehalten. Die Mutter las auf dem Rasen im Liegestuhl am Fischteich, der mit großen, matten Blättern bedeckt war, eine Zeitschrift, ein Junge aus Ton pinkelte ununterbrochen hinein: es muß Fotos aus dieser Zeit geben, Marília, nicht auf dem Gut, denn das hatten sie als Baugrund verkauft, als Lissabon maßlos zu wachsen begann, sondern in irgendeiner Truhe auf dem Dachboden in der Lapa in Umschlägen oder stickigen Alben, Fotos von lächelnden Menschen in Gruppen, die uns aus der Vergangenheit anschauen mit Augen von der Farbe eines trockenen Tabaks.

»Ja, das ist mir wirklich durch den Kopf gegangen«, gab ich zu und zerkrümelte die Eierschale, »aber diese Tage waren wirklich gut, um mehr nachzudenken. Im Grunde, verstehst du, weiß ich nicht recht, was ich ohne dich anfangen würde.«

»Du bist mir in die Falle gegangen«, krächzte der Zwerg und hopste auf seinem Sitz. Er trug an der linken Hand einen Ring mit einem schwarzen Stein, der mit Pflaster umwickelt war, um sich den Eidechsendimensionen seiner Finger anzupassen. »Jetzt paß auf, wie ich zum Gegenschlag aushole.«

»Dieses hier ist sehr selten«, sagte der Vater und betrachtete mit entzücktem Erstaunen ein dunkles Tier. »Wenn du wüßtest, was ich dafür bezahlt habe, würdest du auf den Hintern fallen.«

»Als er klein war«, erinnerte sich die Schwester mit der Musik, »haben unser Vater und er sich gut vertragen, drei Mädchen, verstehen Sie, der Wunsch nach einem Sohn, nach einem Mann, mit dem er reden, dem er die Kompliziertheit seiner Geschäfte übertragen konnte. Aber aus Rui ist nie etwas geworden, er wollte nie etwas von der Firma wissen, meine Schwager haben nach und nach gewisse Positionen übernommen, und jetzt sind sie es, die alles leiten.«

Er sagte zum Kellner, er wolle noch einen Kaffee, und versuchte ruhig zu bleiben, während eine beklemmende Angst in ihm wuchs, seine Handflächen erhitzte und das Blut zu schnellerem Galopp durch seinen Körper antrieb. Draußen füllte der Kerl von der Tankstelle den Tank eines Lastwagenfahrers, der mit einem erloschenen, auf der Unterlippe klebenden Zigarettenstummel oben in seinem Führerhaus kauerte, und auf der anderen Straßenseite erbebten die Schultern der dunklen, dichten, riesigen Pinien vor Fieber. Ein Teil der Nacht bleibt immer im Innern der Bäume versteckt, denkt er, ein fester, undurchdringlicher Schattenrest, in den keine Sonne vordringt, der Kern der Finsternis, den die Vögel am Nachmittag bewohnen. Ein kleiner Dampfer wellte die waagrechte Klinge des Wassers und zog einen reglosen Schaumstreifen hinter sich her, der in kleinen, immer unauffälliger und flacher werdenden Wellen bis zum Ufer schwappte, und Hunderte von Möwen schwebten ziellos über dem Wasser des Flusses, kaum konnte man ihre Köpfe und Hälse ausmachen.

»Wenn Santos da war, kam er sonntags manchmal und sah einer oder zwei Partien zu, klopfte an, bat um Erlaubnis und setzte sich auf diese Kiste da: denn nicht einmal Möbel hatte ich, nur ein paar Trümmer, die man mir als Almosen gegeben hat, die Kiste mit den Fotos und den Zeitungsausschnitten von meiner künstlerischen Karriere, die ich Ihnen gleich zeigen werde, damit Sie sich ein Bild machen können von der Nichtachtung auf unserer Erde: wenn Ihre Zeitung die Freundlichkeit besäße, sich dieses Falles anzunehmen, wäre vielleicht etwas zu erreichen, eine Pension, eine Rente, ein bescheidener Beitrag für jemanden, der während so vieler Jahre den Namen seines Landes hinausgetragen hat, ich will ja gar nicht sagen ins Ausland, denn gewisse Umstände haben mich immer daran gehindert, die zahlreichen Einladungen anzunehmen, die ich zum Beispiel nach Vila Nueva del Fresco und Badajoz erhielt, der also den Namen seines Landes hinausgetragen hat, sagte ich, in alle vier Himmelsrichtungen desselben, als Teil der berühmten Clownsgruppe Piaçaba & Companhia, die die Vorführung des Großen Internationalen Ibero-Amerikanischen Zirkus abschloß. Ich sang eine Arie aus *Carmen,* verkleidet als Stierkämpfer mit einer Gumminase, von einem Saxophon und einer Ziehharmonika begleitet, bis Piaçaba eintrat und mich am Ohr zog und ich schwieg und der Besenfeger, der Bruder von Piaçaba, heimlich mit riesigen, durchlöcherten Schuhen daherkam, mich am anderen Ohr zog und ich die Oper weitersang, die Oper verzeichnete bereits einen gigantischen Erfolg in der Provinz, das einzige Problem war nur, daß Piaçaba so schlecht bezahlte und immer verspätet, es gab Tage, mein Herr, an denen ich mir ein bißchen Kleingeld vom Zwerg leihen mußte, um etwas essen zu können, der hatte eine komische Nummer nur für sich, mit seiner Frau, die war auch Liliputanerin, auch ihre drei Kinder, die gaben sich Fußtritte und ungeheure Ohrfeigen, und die Leute lachten, bis sie nicht mehr konnten, vielleicht erinnern Sie sich an die *Ungarischen Gnome*, das war ihr Künstlername, sie gaben sich als Ungarn aus, was ein asiatisches Volk ist, und sie sprachen sogar eine erfundene Sprache, die niemand verstand, aber sie waren so portugiesisch wie Sie oder ich oder noch mehr, weil sie in Porto geboren waren, der Vater von Santos arbeitete als Hilfsmaurer in Miramar, ein riesiger Kerl, der voller Verachtung auf seinen Sohn herabsah wie auf einen schmächtigen Hund, der nicht gewachsen ist, die Geschwister müssen noch dort sein in ihrem Eisenwarengeschäft mit Werkstatt, alles ziemlich dunkel und rostig, mit dröhnendem Gehämmer, die Frau von Santos hatte die Fußtritte schließlich satt und wollte keine Ungarin mehr sein und tauschte ihn gegen einen Bankangestellten aus Famalicão ein, einen schmächtigen Typ, der sich nur in Liliputanerinnen verliebte und in einer Schublade an seinem Arbeitsplatz schwarze Damenunterwäsche versteckte, Santos machte im Zirkus weiter, ließ aber Ungarn fallen und gab sich nun als Kolumbianer aus, er ließ sich an ein Ziel fesseln, und es wurden Pfeile und Messer nach ihm geworfen, ohne daß er je getroffen worden wäre, und in den Pausen half er den Männern, die das Seil für die Seiltänzer spannten oder die Gitter für den hinfälligen einzigen Löwen des Zirkus aufbauten, ein hundertjähriges Vieh, wirklich, wie ein aus dem Abfall hervorgeholter, zerschlissener Kamelhaarmantel, der die ganze Zeit gähnte, wenn ein Tierbändiger mit Plastikpistole, die echt wirken sollte, in Litzen und mit Peitsche versuchte, ihn dazu zu bringen, daß er einen Reifen mit Papier oder Seide durchstieß oder auf einen Sockel stieg und sich auf die Hinterfüße setzte, Tatsache ist, daß er selbst kein Geld hatte, damit ich mir ein simples Stück Fleisch leisten konnte, und dann fing er mit Schnaps an, da wollte er mich nun anpumpen, und jetzt half mir *Madame* Simone mit den gezähmten Turteltauben und Tauben, sie roch immer nach Vogelfutter und Vogeldreck, sie schloß den ersten Teil ab mit ihren Vögeln, die kleine Plastikkutschen zogen und mit der Brust Blechwägelchen vor sich herschoben, alles ganz still, poetisch, schön war das, *Madame* Simone im langen Kleid, gebleichtem Haar und ungeheuer dicken, freiliegenden Schultern, sie kommandierte die Vögel mit einem Stöckchen, hin und wieder schweifte ihr vom Ruß der Wimperntusche behafteter Blick über das Publikum, im Wohnwagen trug sie einen japanischen Satinhausmantel mit einem Drachen, der die Zunge zeigte und blaue und grüne Feuerzungen aus dem offenen Rachen spie, sie besaß ein Bild von der Heiligen Philomena, mit einem brennenden Öllämpchen davor, und ein Porträt von Errol Flynn, erinnern Sie sich? in einem Porzellanrosenrahmen, der Schnurrbart von Errol Flynn lächelte der Heiligen Philomena ungemein gewagt zu, so daß man den Eindruck hatte, Sie entschuldigen, er würde gleich aus den Rosen heraustreten, um mit ihrem Einverständnis ihre Brüste zu tätscheln, *Madame* Simone machte mir Kroketten, Geschmortes, Soufflés, sorgsam zubereitetetes Essen, sie legte ein Wachstuch mit gelben und lilafarbenen Rauten auf, stellte eine Flasche Weißwein und zwei Brötchen dazu, zog das Grammophon auf, spielte einen Tango, ließ sich auf dem Sofa nieder und sah mir beim Essen zu, sie mußte fünfundfünzig oder sechzig Jahre alt sein, aber die viele Schminke im Gesicht überdeckte die Falten mit einer einheitlichen Paste, auf der ein Lächeln Zickzackrisse schlug wie in alten Gebäuden, ich kaute, benommen von ihrem Parfum wie eine von einem Spray angegriffene Fliege, an den Kroketten, *Madame* Simone schlug die Beine übereinander, der Hausmantel öffnete sich über den Schenkeln, – und ein gigantisches Stück Fleisch tauchte vor meinem erschrockenen Entsetzen auf, auf der Fußspitze schaukelte der Pantoffel mit einer riesigen Puderquaste, oder sie beugte sich vor, um mit mir zu reden, und ich sah in ihrem Ausschnitt die hängenden Welten ihrer Brüste, ich war damals, lassen Sie mich nachdenken, dreiunddreißig oder vierunddreißig, trug einen Mittelscheitel, eine gepunktete Fliege und hielt mich für den portugiesischen Tito Gobi, erwartete jeden Augenblick einen Brief von der Scala, der mich einlud, mit der Stefanini vor einem hingerissenen Publikum von Kritikern im Frack zu singen, stellte mir die ganze Titelseite des *Diário de Notícias* am folgenden Tag vor, AMILCAR ESPERANÇA HAT SICH DIE GESANGSWELT ITALIENS IM STURM EROBERT UND WIRD VOM PAPST EMPFANGEN, *Madame* Simones Kroketten fielen weich und angenehm, vom Wein getränkt, in meinen Magen, die eine oder andere verirrte Turteltaube streifte meinen Kopf mit dem schweren Flug eines Engels mit Sodbrennen, um dann flügelschlagend in den Gardinen zu verschwinden, unaufhörliches Gurren kam aus den in einer Ecke aufgetürmten Käfigen, hier und da schwebte eine Feder durch das Innere des Wohnwagens, ließ sich auf dem Teppich nieder, auf meinen Schultern, auf dem langen, gebleichten Haar der Tierbändigerin, das silbern glitzernd über ihre Schultern wallte, der unermeßliche Schenkel nahm bei jeder Bewegung des Pantoffels zu, die Wimpern klapperten langsam zu mir hinüber und waren bedeckt mit winzigen Mohnblättchen, sie schürzte ihre Lippen zum Spitzmündchen, und ich dachte Das Gesicht wird gleich in tausend Stücke zerspringen wie ein Puzzle, dessen Teile auseinanderrutschen, wie viele Hunderte sich überkreuzender Falten werden unter dieser Zementschicht hervorkommen, *Madame* Simone erhob sich, um Kaffee zu kochen, und als sie sich bewegte, raschelte der Morgenrock leicht wie das Papier eines Totenhemdes, während die Luft sich mit Kölnisch Wasser tränkte, sie zündete den Spirituskocher mit einem geschickten Streichholz an, und ein blauer Ring flackerte wütend im Metallzylinder auf, Stark oder schwach, fragte sie mit schwindender Stimme zu meiner dankbaren Verblüffung, Mittel, hauchte ich vor Angst auf der Suche nach Zigaretten in meiner Tasche, sie schenkte zwei Tassen ein, stellte sie zusammen mit einem Blechzuckerbehälter und einem in das weiße Pulver gesteckten Löffelchen auf ein Tablett mit Reklame für Kaufhausmöbel, rückte alles auf dem Stuhl neben dem geblümten Sofa zurecht, setzte sich wieder hin, ließ das faltige Elefantenfett an ihren Knien sehen und legte in fleischfressendem Tonfall los, Ach, Esperança, wollen Sie den Kaffee nicht im Salon zu sich nehmen?, ich hatte gerade den letzten Weißwein in meinem Glas ausgetrunken, erstens, weil es viele kleine arme Kinderchen auf der Welt gibt, zweitens, weil die hohe Tonlage dadurch gekräftigt wird und, mein teurer Herr, der Sinn für meine Pflicht als Künstler stand immer an erster Stelle, entweder man ist professionell oder man ist es nicht, und wenn man es ist, dann bedeutet das unaufhörliche Opfer, eine Hingabe, ein Sich-Verausgaben, ein Priestertum, die Turteltauben und Tauben wurden sanft unruhig in den Drahtkäfigen, ich knöpfte das Jackett zu und schritt wohlerzogen auf das Blumenwerk zu, ließ mich höflich auf einem Ende nieder, während ich die Zigarettenasche mit dem Daumennagel abschnippte, durch das Fenster des Wohnwagens konnte man die zerschlissene Plane des Zirkuszeltes sehen und ein Stück vom Käfig des hundertjährigen Löwen, der in unaufhörlichem Schlaf am Rande eines Komas wie ein pensionierter Beamter nickte, man hörte Piaçaba wie immer mit seinem Bruder streiten, sie waren Junggesellen und schliefen nebeneinander und hatten mit der Zeit die säuerlichen Gewohnheiten von Eheleuten angenommen, ich schnippte die Zigarette am Fingernagel ab, führte sie zum Mund, und eine Feuerzeugflamme leuchtete unerwartet vor meiner Nase auf, der Zement spaltete sich in ein endloses Lächeln voller gelber Kürbiskernzähne auf, ich erstickte unter dem Parfum, das platinblonde Haar blendete mich, die rußigen Augen verschlangen mich, der Ausschnitt wurde plötzlich größer, als sie sich vorbeugte, und ich konnte in der Tiefe violette Spitzen und Tüllblümchen erkennen, ein Pantoffel fiel von ihrem Fuß seitwärts und traf sich mit meinen Schuhen, die scharlachroten Fingernägel von *Madame* Simone strichen wollüstig langsam über das eigene Doppelkinn, geschwollene Ringe voller Steine blinkten, Küssen Sie mich, Esperança, befahl sie mit einem Schluchzer und öffnete die dicken Arme, die einen verwirrenden Geruch aus Kölnisch Wasser und Achselhöhle verströmten, eine Taube gurrte hinter der Gardine, das Grammophon spielte nun einen schwungvollen *Pasodoble*, das Tablett fiel mit Getöse zu Boden, Piaçaba schrie den Besenfeger mit Ach, du alter Mistkerl an, und ich fand mich wieder, wie ich die fülligen Geheimnisse des japanischen Morgenrocks erkundete, die silbernen Wellen streiften mein Gesicht, und wie ein Saugnapf lutschte etwas an meinem Hals und sagte Amílcar. Wir heirateten in Almeirim, Santos in Weste als Zeuge, gesetzt und sehr ernst, mikroskopisch, ich sehe ihn noch vor mir, wie er seinen Namen malte, mit der Zunge zwischen den Lippen, dem Bleistiftkreuzchen folgend, das der Mann vom Standesamt an den Rand des Dokuments gezeichnet hatte, damit sich niemand irrte, Schreiben Sie hier, ich zog in der darauffolgenden Woche in ihren Wohnwagen um und half ihr, die Tauben mit Mais zu füttern und neue Nummern einzustudieren mit den Vogelschnäbeln, zum Beispiel sollten alle zur gleichen Zeit den Kopf aus einem Holzhäuschen herausstecken oder auffliegen mit der portugiesischen und französischen Fahne im Schnabel, weil *Madame* Simone einen Ururgroßvater aus Marseille hatte und vierzig Jahre zuvor in Leidenschaft für einen Trapezkünstler aus Nizza entbrannt war, der sie später mit einer Kontorsionistin aus Sete Rios betrog und ihr als Erbe eine Tochter in meinem Alter hinterließ, Grundschullehrerin in Mirandela, das kurzsichtigste, pickligste Geschöpf, das ich in meinem ganzen Leben kennengelernt habe, ihre Brillengläser waren dicker als ein Bullauge im Schiff und sie sprach, als müßte sie einer Gruppe mongoloider Orang Utans mit Zahnschmerzen, Krätze und Gelbsucht erklären, daß eins und eins zwei sind, Simone sagte immer, wenn sie von der Tochter sprach, Wenn der Zirkus durch Mirandela kommt, mußt du meine Hortense kennenlernen und ein netter Stiefvater sein, die arme Kleine erinnert sich nicht einmal mehr an Charles, während die Kollegen das Zelt auf einem freien Grundstück aufbauten, suchten wir ihre Adresse, die Leute auf der Straße drehten sich nach uns um, ein schrecklich trauriger erster Stock in einer schrecklich traurigen Seitenstraße mit einem schrecklich traurigen Beerdigungsinstitut an jeder Ecke, alle miteinander bereit, schrecklich traurig Mirandela zu begraben, wir stiegen eine Wendeltreppe hinauf, die verschlissen war wie alte Knochen und oben die Tür, die Zunge der Fußmatte, der Metallknopf der Klingel, dein scharlachrotes, hautenges Kleid zündete die Dämmerung an, mit sechzig Jahren und einem anständigen Hüftgürtel ist eine Frau noch immer eine Frau, mein Herr, die Tür bewegte sich in den Angeln, auf der Schwelle erschien die Lehrerin, mager und häßlich, Hortense, ich habe mich mit diesem Herrn hier verheiratet, und Hortenses Gesicht zerfiel vor Entsetzen in zwei Hälften, die verwirrten, kleinen Augen blinzelten hinter der Brille, im Eßzimmer wacklige Möbel unterlegt mit Pappstückchen, dort tranken wir Portwein aus kleinen blauen Kelchen, durch die Pünktchengardine konnte man die Querstraße sehen, Höfe mit Hühnerställen, eine Reihe Ziegeldächer, Simone frischte nach all der Erregung über dieses Zusammensein vor einem kleinen runden Spiegel mit einem Foto von Esther Williams auf der Rückseite ihre Schminke auf, den Bogen des Mundes, die Lider, die Wangen, Ich möchte so gern, daß meine beiden Lieblinge sich gut verstehen, die Lehrerin blickte mich unaussprechlich vorwurfsvoll an, wir gingen um acht, wegen der Vorführung und weil die Turteltauben in den Käfigen todhungrig waren, nach einem Nachmittag des gegenseitig anklagenden Schweigens, blutiger Pausen und übertriebener Zärtlichkeit meiner Gattin, mit einem Flaschenhals in der einen Hand und einer endlosen goldenen Zigarettenspitze in der anderen kamen wir am Wohnwagen an, als sich schon eine kleine Schlange vor dem Kartenhäuschen bildete, die in der Lautsprechermusik und der verzerrten Stimme von Piaçaba ertrank, der die Artisten ankündigte, ein Scheinwerfer beleuchtete den Käfig des sterbenden Löwen, den eine bewundernde Gruppe betrachtete, das Tier riß hin und wieder vor gähnender Schläfrigkeit das Maul auf, *Madame* Simone unterhielt sich liebevoll schnatternd mit ihren Tauben, der Enkel von Piaçaba klopfte ans Fenster, damit sie mit den Vögeln in die Arena ging, ein Angestellter, der bei der Buchführung half, brachte die Käfige hinter die Kulissen, sie tauschte das rote Kleid gegen ein langes aus schwarzen Schleiern, die wie das Astwerk eines Baumes wedelten, und dazwischen tauchten unendliche weißliche, weiche Fleischmassen auf, die schlaffen Lenden, die Krampfadern, die untereinanderliegenden Speckrollen am Bauch, die Ballen am Fuß, und ich glaube, in diesem Augenblick, als ich ihre Beine hinabsah bis zu den Ballen, da entschied ich mich, als ich in dem von bunten Lämpchen eingerahmten Spiegel, vor dem ich mich kämmte, die krummen, verknorpelten, hornhäutigen Fußzehen sah, da stieg ein seltsames Unbehagen in meinem Bauch auf, ein Unwohlsein, eine tiefe, blinde Übelkeit, etwas von säuerlichem Erbrechen. Ich kam erst im zweiten Teil dran, so daß ich Zeit hatte, den Koffer zu packen, und wahrscheinlich vor lauter Eile oder Aufregung vergaß ich meine Socken, nahm den Postzug um zehn nach neun nach Lissabon und brach solchermaßen die meistversprechende Gesangskarriere meiner Zeit ab, wer auch immer ein Quentchen unparteiisch ist und meine Auftritte erlebt hat, wird Ihnen bestätigen, was ich sage, Simone starb Monate später an Gehirnerschütterung, da das große Trapez auf sie herabgefallen war, der Zirkus löste sich auf, Piaçaba suchte sich eine Stelle in der Öffentlichen Bedürfnisanstalt auf dem Rossio, wurde jedoch entlassen, denn er stahl das WC-Reinigungsmittel, der Löwe wurde an einen Emigranten aus Venezuela verkauft, der ihn für sein Vestibül ausstopfen ließ, und ich fand dieses Zimmer und arbeitete einige Jahre lang in Nachtklubs im Amüsierviertel, trug Samba-Lieder vor mit dem Vokalisten der Gruppe »Necas und seinen Rhythmusverteufelten«, alle in weißen Schuhen, gestreiftem Jackett und Strohhut, in der Bar Picapau traf ich Santos wieder, der Mäntel an die Garderobe hängte und den Damen amerikanische Zigaretten brachte, nicht immer läuft das Leben so, wie man es sich denkt, nicht wahr, mein Herr?, und das einzige, was wir machen können, ist, uns damit abzufinden, der Zwerg und ich, sonntags spielen wir unsere Spiele ohne richtigen Einsatz oder gehen zum Park mit dem Pavillon da unten und denken an den Zirkus zurück, haben Sie schon bemerkt, daß er im Alter einem Neugeborenen ähnlich sieht, rot und voller Falten, voller Grimassen und Krämpfe, ein Baby als Mann verkleidet, mit einem Hut auf dem Kopf und einer Krawattennadel, wir stellen das Spielbrett vor das Fenster, da kann man immer ein bißchen von der Stadt sehen, die Autos, die Leute, eine Kirche, Statuen, diese riesig hohen Gebäude von heute, Santos bringt ein Fläschchen Schnaps mit, um den Docht der Seele zu putzen, und manchmal, ich glaube, das wollen Sie wissen, mein Herr, da kam der Doktor ans Zimmer und klopfte an, er bat wohlerzogen und überaus höflich, hereinkommen zu dürfen, ein trauriges Etwas, zog den Hocker zu sich heran, setzte sich hin und schaute schweigsam dem Spiel zu, ohne zu trinken, oder er sah sich höchst interessiert die Plakate an der Wand an, ich in ganz weiten Hosen und Tirolerhut und steifem Schnurrbart mit einer lächelnden *Madame* Simone, die viel jünger war als in der Zeit, als ich sie kennenlernte, mitten in einem Taubenschwarm, eines Abends fragte er mich, Warum so viele Vögel, und ich erklärte ihm, Das ist meine verblichene Gattin, die Turteltauben gezähmt hat, und der Herr Doktor, verstehen Sie, hörte ohne ein Wort zu, sah sich die Tierchen an, die Schnäbel, die Pupillen, die Flügel, die drahtfeinen Füße, die weißen, grauen, bläulichen Schwungfedern, die für einen Augenblick auf dem Dachboden herumschwebten in einem einzigen, ängstlichen Wirbeltanz über dem Schopf des Zwerges, meinem und dem Schopf vom Herrn Doktor, der sie erstarrt betrachtete, seine runden Wangen bebten, dazu dieses melancholische Mönchslächeln, das er hatte, ich weiß nicht, ob Sie sich an dieses Lächeln einer Tonpuppe erinnern, wie eine dieser Figuren, bei denen man an einer Schnur zieht, und dann kommt ein übergroßer Schwanz aus der Soutane hervor, der Zwerg erzählte ihm, was die Tierchen alles konnten mit den Blechkutschen und dem Balancieren auf dem Seil, und hörte sich das mit offenem Mund an, Vielleicht hätte *Madame* Simone mir die Vögel erklären können, sagte er, ich suche seit dreißig Jahren nach einer Erklärung, und fügte hinzu, Na, ich kann doch ein Schlückchen Schnaps vertragen, und trank den Krug leer, lief rot an, begann zu husten, Den wird es noch erwischen, dachte ich, und genau zu dieser Zeit, verstehen Sie, hatte ich die Gewißheit, daß ich, ich weiß nicht, ob von der Zimmerdecke her, aus dem Schrank oder unter der Bettdecke hervor ein Gurren und Flügelschlagen hörte, ein Murmeln, das sich von Wand zu Wand zog, bis das ganze Zimmer sich in einen vibrierenden, unerträglichen Bienenkorb aus Tönen verwandelt hatte und der Doktor sich langsam senkrecht aus dem Stuhl erhob, um sich mit ausgebreiteten Flügeln wie ein lächerlicher, kurzsichtiger, hustender Serafin im verblichenen Blau des Plakates aufzulösen.

Die Boote liefen an diesem grauen Nachmittag eines nach dem anderen ein, sie fuhren zur schmalen Sandzunge des Strandes, und die großen Lastwagen draußen hörten auf, die Straße zum Zittern zu bringen wie in alten Filmen, so daß der

Mann von der Tankstelle ins Restaurant kam, um sich mit dem Kellner der Kabeljaukroketten zu unterhalten, die beiden steckten an der vom Alter schiefen Theke die Köpfe zusammen wie ein verschworenes Liebespaar. Da haben wir dieses verflixte Wochenende zugebracht, dachte ich, uns durch schäbige Lokale geschleppt, haben auf unbequemen, harten Stühlen gesessen, einen regenschwangeren Tag nach dem anderen erlebt, Tage, die gräulich, dicht, schwer waren, wir haben die Möwen und die Enten auf der Lagune treiben sehen wie lebloses, aufziehbares Spielzeug, haben den Wind in den Pinien flöten hören, haben den Modergeruch von Algen und faulendem, schon saftlosem Schilfrohr am Ufer eingesogen, und dann, Ich glaube es ist besser, wenn wir uns trennen, Ich gehe zu meinen beiden Alten zurück, du kannst in der Wohnung bleiben, Ab und zu komme ich dir helfen, wenn du willst, kurz, alles das, was ich ihr hatte sagen wollen, bevor ich entdeckte, daß ich sie ernsthaft mochte, daß sie mir fehlen würde, Scheiße, daß ich nicht wußte, wie ich ohne sie zurechtkommen wollte, dasselbe Gerede, dieselben Worte, fast der gleiche kühle, freundschaftliche Tonfall, und hier sitze ich wieder mit einem gekochten Ei in der Hand, Salz und Pfeffer rieseln über mein Handgelenk, und bin zu einer pathetischen Figur voller Überraschung geworden. Gleich fahren wir in den Gasthof zurück, denkt er, schweigend im Auto, ohne zu sprechen (was sollen wir auch jetzt noch sagen?), so weit entfernt einer vom anderen, daß wir, wenn wir uns zufällig berührten, uns gar nicht berühren würden, so fremd wie ich und Tucha uns waren, Marília, als ich im Fahrstuhl auf den Knopf drückte, allein mit dem Koffer auf dem Treppenabsatz, und sie aus Höflichkeit an der Tür stehen blieb, als sei ich ein Besucher, denkt er, mit dem Anflug eines säuerlich mitleidigen Lächelns im Gesicht, die Hand auf der Türklinke, die Kinder spähten neugierig beunruhigt hinter ihr hervor, wohin gehst du, Papa? fragte der Kleine, und alles Blut erstarrte in meinem Körper. Tucha antwortete, ich werde es euch gleich erklären. Der Bewohner aus dem Zimmer rechts neben mir sah hier unten die Post durch: unsere sachliche Begrüßung am Abend, eine liebenswürdige Gleichgültigkeit. Wenn ich ihn jetzt zum Beispiel weinend umarmen würde, was wäre dann?, und gleich darauf wohlbekannt, trostlos wie immer die Straße. Er legte das unversehrte Ei auf den Teller, wischte sich die Finger an der Serviette ab, die er aus einem Plastikhalter zog, stützte die Ellbogen auf und suchte in seinem Innern einen Anschein von Gleichgültigkeit und Ungezwungenheit zu wahren, während tausend unsichtbare Nadeln hartnäckig, sadistisch, unaufhörlich seine Eingeweide durchbohrten.

»Magst du mich nicht mehr?« fragte er mit zaghafter Stimme, deren Schwankungen ihn verrieten.

»Hast du noch nie einen Schmetterling getötet?« fragte der Vater ungläubig und kam mit einem Netz näher, in dem irgend etwas atmete. »Die einzige Schwierigkeit, Junge, besteht darin, die Flügel nicht zu zerstören.«

Die Männer zogen die Boote an Land, drehten sie um und verschwanden unter dem Holzbalkon des Restaurants mit über den Schultern hängenden Tampen: Wo sie wohl gewesen waren, denkt er, und wohin gehen sie jetzt? Verschiedene Grautöne, verschiedene übereinandergeschichtete, unterschiedliche Flecken bewegten sich langsam auf dem Wasser; der Himmel glich einem riesigen, unermeßlich gewölbten Gesicht ohne Gesichtszüge, ein Himmel, der sich auf die dunkelnden Baumkronen der Pinien stützte.

»Wenn wir etwas nicht zulassen können, Genosse«, warnte der, der den Vorsitz führte, mit beunruhigender Strenge, »dann sind es persönliche Gefühle, die sich dem ungeheuren kollektiven Kampf überordnen, den wir für den Endsieg des Sozialismus kämpfen.«

»Es geht eigentlich nicht um mögen oder nicht mögen«, sagte Marília und zeichnete mit einer Kippe in der Asche im Aschenbecher nachdenklich eine Spirale, »du stellst immer alles auf eine emotionale Ebene und vereinfachst und höhlst es damit aus. Es geht darum, daß ich jetzt aus den verschiedensten Gründen glaube, wir sollten so vorgehen. Es läuft nicht gut, vielleicht ist es nie gut gelaufen zwischen uns, ich weiß es nicht. Unsere Herkunft aus unterschiedlichen Klassen, die unterschiedliche Bildung, unterschiedliche Kulturen, unterschiedliche Ziele. Seit vier Jahren bleibe ich unseretwegen praktisch der Partei fern, und ich glaube, es ist an der Zeit, daß ich mich wieder engagiere. In dieser Beziehung fühle ich mich zum Beispiel schuldig, ich mache nicht gern halbe Sachen.«

»Willst du vielleicht Marx in Billigausgaben auf dem Rossio verkaufen, im Sonderangebot zu Weihnachten?« fragte ich unwillig.

»Du mußt sie mit der größten Vorsicht anfassen«, erklärte der Vater, und seine leichten, behutsamen Finger griffen mit den fließenden Bewegungen von Algen in die Schachtel. »Es gibt Spezialpinzetten und -handschuhe, aber ich komme so besser zurecht.«

»Er hat uns nicht mehr besucht«, sagte die älteste Schwester, »ich habe ihn praktisch nie wieder gesehen. Nein, nicht praktisch, sondern wirklich nicht.«

Der, der den Vorsitz führte, beugte sich nach vorn, er griff so heftig um die Tischkante, daß seine Knöchel weiß wurden:

»Die Arbeiterklasse läßt keine Schwächen zu, Genossen«, brüllte er, »die Diktatur des Proletariats erlaubt keinen Wankelmut.«

Der Nachbar sah noch immer die Post im Eingang durch, den die Hausmeisterin mit ausgehungerten Topfpflanzen übersät hatte, ich hob mechanisch den Arm, um ein Taxi heranzuwinken, Tucha brachte dort oben mit der nüchternen Effizienz einer Krankenschwester unsere Kinder ins Bett. Sie haben sicher verstanden, denkt er, daß etwas Ungewöhnliches passiert ist, aber sie trauen sich nicht zu fragen, ziehen ihren Schlafanzug an, putzen sich die Zähne, krabbeln ins Bett. Ich habe Sehnsucht nach ihren kleinen Zahnbürsten, denkt er, als die Enten sich aus dem Wasser aufschwingen und in einer weiten Hyperbel auf die Stadt zufliegen. Die bunten Kleider auf dem Stuhl, denkt er, die winzigen Schuhe, denkt er, ihr Atem, wenn sie schlafen, Wie konnte ich nur zustimmen und das alles verlassen.

»Wenn sie mir sagen, ich soll Marx auf dem Rossio verkaufen, dann werde ich Marx auf dem Rossio verkaufen«, versicherte Marília und zog das Feuerzeug aus dieser ewigen, blöden perlenbestickten Tasche hervor. »Warum verflixt noch mal fällt es dir so schwer zu akzeptieren, daß du nicht der Mittelpunkt der Welt bist und daß es Dinge gibt, die viel wichtiger sind als du?«

»Die Unterdrückten, ich weiß, ich weiß«, sagte er, »die Litanei kenne ich auswendig.« (Und die Nadeln stachen und stachen ihn endlos quälend.)

Der Kerl von der Tankstelle ging wieder hinaus, um in ein Glaskabuff zu kriechen, das voller Ölbüchsen und Bündel von Rechnungen war: bald macht er zu, dachte ich, schwingt sich auf das Motorrad, fährt schluchzend davon und zittert mit klapperndem Krach über den Asphalt. Schließlich zog der Vater mit Zeige- und Mittelfinger ein Paar zitternde Flügel heraus mit einem winzigen Körper dazwischen, dessen kleine Füße und Fühler sich bewegten.

»Der erste Teil der Operation ist abgeschlossen«, flüsterte er, »paß auf, was ich jetzt tue.«

»Natürlich habe ich hin und wieder von Rui gehört«, sagte die älteste Schwester und zuckte mit den Schultern. »Daß er noch an der Universität unterrichtete, daß er an einer subversiven Dissertation schrieb, daß er es nicht wagte, sich von dieser ordinären Frau zu trennen. Eine ganz schön verklemmte Welt ist das, wissen Sie, und später haben zwei Freundinnen von mir Geschichte belegt, um sich ein bißchen zu zerstreuen, und die haben ihn dort immer gesehen.«

»Genossen«, versicherte der, der den Vorsitz führte, und ließ die Tischkante los, »von heute ab werde ich keine kleinbürgerlichen Ausrutscher mehr in der Zelle dulden, Ausrutscher, deren Hauptschuldiger ich bis jetzt gewesen bin. Als

Verantwortlicher erkläre ich mich zur Selbstkritik bereit, und im Namen des sozialistischen Internationalismus fordere ich das gleiche von den anderen.«

Nie wieder die schielende Senhora Agostinha, denkt er, die ihre sterbenden, verknöcherten Pflanzen am Eingang gießt, nie wieder der nette Klempner, der jede Woche unweigerlich kam, um dasselbe verstopfte Becken freizumachen mit demselben krumm gebogenen Draht, nie wieder Tuchas Streiterei mit der Putzfrau um jeden zerbrochenen Teller, nie wieder morgens Pedro mit dem Kopfkissen unter dem Arm und großen runden Augen wortlos um einen Platz bei uns im Bett bittend. Über den alten, verwitterten Bootsrumpf lief öliges Wasser wie Seife, die Grautöne der Flußmündung wechselten nach und nach ihre Farbe.

»Auch wenn es dir schwerfällt, du bist nicht der Mittelpunkt der Welt«, sagte Marília noch einmal mit einer vergessenen brennenden Zigarette in der reglosen Hand, »und du bist alt genug, um dich davon zu überzeugen. Du bist ein Mensch wie jeder andere, mein Kleiner, genauso wichtig wie alle anderen.«

Ohne Aggressivität, denkt er, ohne Ironie, ohne Haß, ohne daß sie mir wie gewöhnlich durch ein kompliziertes Netz aus Spitzfindigkeiten ihre Ideen aufzwingen will, in dem sie sonst meine Fähigkeit verstrickte, ihr zu antworten. Fast zärtlich, denkt er, freundschaftlich, als wenn man mit einem etwas starren, stumpfsinnigen Kind argumentierte. Was du wohl in diesem Augenblick für mich empfunden hast, denkt er? Mitleid, verhaltene Empörung, resignierten Schmerz, vollkommene, absolute Gleichgültigkeit? Und dabei war ihr Gesicht noch dasselbe, unregelmäßig, häßlich, unerbittlich gelassen. Der Vater breitete die Flügel des Schmetterlings auf einem Stück Papier aus, heftete ihre Enden mit winzigen Stecknadeln fest und suchte mit den Augen das kleine, unbedeutende Fläschchen mit der tödlichen Flüssigkeit.

»Ein Bier«, bestellte ich mit erhobenem Finger beim Kellner, der auf einem Hocker balancierte, um den Fernseher auf einem Regal unter der Decke einzuschalten. Hoch über uns flogen die Enten im Dreieck auf den windigen Pinienwald und das offene Meer zu: ob es kahle Böschungen Richtung Norden gab, Brut- und Schlafplätze, Mulden im Sand mit lauter ängstlichen Jungen? Der Mann von der Tankstelle hängte ein Vorhängeschloß vor die Glaskabine, schnallte bedächtig den verbeulten Helm auf dem Kopf fest, warf das alte, rostige Motorrad an, indem er mit dem Turnschuh auf ein Pedal trat, und fuhr qualmend hinter den Enten her. Schließlich hielt ein Taxi vor ihm, die Azedo Gneco wich verschiedenen anderen kurvigen Straßen und Straßenverkäufern, einem Kino und dem Billardlokal aus der Oberschulzeit. Ein Epileptiker lag ausgestreckt auf dem Bürgersteig, er spuckte schäumend Stöße von Blut aus und wurde mit wißbegieriger Neugier von ein paar alten Frauen mit Einkaufstaschen über dem Arm beobachtet.

»Ich schlage vor, daß dieser unangenehme Vorfall«, sagte der, der den Vorsitz führte, mit einem säuerlichen Lächeln, »umgehend und vollständig im Namen des Zusammenhalts der Zelle vergessen wird.« (Vergeblich bemühte sich die Stimme, sanft zu klingen, sie war es nicht.) »Wir werden keine Genossen dulden, die einen Keil zwischen uns treiben, auch wenn er noch so gering ist.«

Und die Möwen, dachte er, wann werden die Möwen oder diese anderen winzigen, weißen Vögel mit dem langen Schwanz, die über den Sand hüpfen, davonziehen? Wann wird der Fluß leer sein von Vögeln, waagrecht und glatt wie ein Bauch sich langsam erheben, bis er die Nacht berührt? Die älteste Schwester nahm den Telefonhörer von der Gabel mit einer kraftlosen Bewegung:

»Sie waren auch in seinem Seminar, sie verstanden Bahnhof von all diesen höchst seltsamen, überkomplizierten Sachen, die mein liebes Bruderherz im Unterricht von sich gab. Nach sechs Monaten gaben sie vor Sehnsucht nach ihrem Bridge auf, sie hatten nicht die geringste Geduld zu diesem langweiligen Zeug. Wir gehen jetzt gleich zum Bridge-Kreis, um sie zu schlagen.«

Was wohl aus Senhora Agostinha geworden ist, denkt er, und was aus dem Büroangestellten vom vierten Stock, der immer bemüht und gefaßt, langsam und gemessen, wohlerzogen und gefällig war, aber ich bitte Sie, aber nicht doch?

»Vater ist fortgegangen«, erklärte Tucha. »Von heute ab sind wir drei allein hier.«

»Ganz vorsichtig ein Tröpfchen auf den Kopf«, sagte der Vater. Ein bläulicher Tropfen zitterte am Rand des Fläschchens, löste sich, fiel auf das Insekt, und der Rumpf des Tieres erbebte eine Sekunde, die Füße zappelten krampfartig, die Flügel schienen sich von den Stecknadeln zu reißen. Der Alte wartete mit seitwärts geneigtem Kopf und pfiff still vor sich hin.

»Vor allem bin ich deine Freundin«, sagte Marília und trank etwas von meinem Bier, lächelte mir mit einem weißen Schnurrbart um den Mund zu. »Möglich, daß dir das nicht viel bedeutet, aber ich bin im Ernst deine Freundin.«

Der bittere Geschmack der Flüssigkeit, die immer dunkler werdenden Farbtöne des ausgehenden Nachmittags, wie Pupillen, die einschlafen, der Kellner, der wieder auf dem Hocker balancierte und an der senkrechten Reihe von Knöpfen am Fernseher herumhantierte auf der Suche nach einem Bild, das nicht kam. Und draußen dieser Wind, der die welken Gräser am Straßenrand zerzauste.

»Am Sonntag«, verkündete Tucha an die Etagenbetten der Kinder gelehnt, »kommt der Vater und holt euch ab in den Zoo, da könnt ihr dem Elefanten fünf Escudos geben, das Affendorf besuchen und Erdnüsse essen. Seid ihr zufrieden?«

Die Filzpuppen im Zimmer, denkt er, die Bilder an den Wänden mit Bären und Katzen und Superman, der an einem Faden von einem riesig hohen Gebäude herabhängt, die blauen Möbel mit den ein bißchen lächerlichen Blumen, die übliche Unordnung im Korb mit den Spielsachen. Die Nacht des Lapa-Viertels draußen, denkt er, sanft, vertraut, fast intim, wie beruhigend die vertrauten Straßen, die bekannten Gerüche und die Stille.

»Es lebe die Arbeiterklasse«, brüllte der, der den Vorsitz führte, mit erhobener, geballter Faust, aufrecht neben der roten Fahne, die in einer Ecke lehnte. »Es lebe der Kampf für die Befreiung der unterdrückten Völker dieser Welt.«

»Hallo?« flüsterte die älteste Schwester ins Telefon und wickelte sich die Schnur um den Daumen. »Nein, ich komme gleich vorbei und hole dich ab, ich wollte gerade losfahren. Das Turnier beginnt um halb sechs, oder?«

»Diese Geschiche mit dir war so eine Art Pause in meinem Leben«, erklärte Marília und wischte sich den Mund am Ärmel ab. »Ich habe entdeckt, daß ich nicht für die Ehe gemacht bin, verstehst du, und außerdem gibt es Dinge, die wirklich wichtiger sind für mich.«

Erst nachdem er sich an das Steuer gesetzt hatte, dachte er daran, auch die andere Tür aufzumachen. Der Kerl vom Restaurant folgte vom Balkon aus mit verdrehtem Hals überaus interessiert den unsichtbaren Bildern auf dem Apparat.

»Fertig«, sagte der Vater, hielt mit den Fingerspitzen das reglose Tier fest und legte es auf ein rauhes Stück Pappe. »Jetzt ist er endgültig tot. Einfach, was?«

Als er vor der Veranda den Motor anließ, mußte er die Scheinwerfer anstellen, denn es war dunkel geworden. So dunkel, daß man kaum die nahe, asthmatische Anwesenheit der Wellen wahrnahm.

Sonntag

Das Flußdelta fiel nun langsam in Schlaf wie zwei Stimmen, die sich vermengen: zu Beginn war es nur die entseelte, reglose Wasserlagune, die belegte Zunge des Strandes, die im Nebel zersplitterten Pinien, hier und da ein Boot und in der Ferne die Stadt, verhangen wie die Augen eines Blinden, aber dann drangen die Vögel, die Möwen und Enten und all die namenlosen Vögel des Vouga in seine Beine und Arme ein, rissen ihm mit den Krallen das Bauchinnere heraus, ließen sich auf seinen Schultern nieder, auf den Nieren und dem Rücken, knabberten an dem wirren Traum, in dem er sich wälzte (die Mutter brütete ein riesiges Ei aus, mit ihm und den Schwestern darin, während sie mit den Freundinnen Karten spielte), und als der erste Schwarm kreischend in seinen Kopf eindrang, wachte er auf und hatte das Gefühl eines Schiffbrüchigen in den Knochen und einen Geschmack nach Algen im Mund, den ein tonloser Schrei aufgerissen hatte. Die Bettücher schwebten langsam hinaus auf den Balkon, einzelne Algen tanzten auf dem Kopfkissen, ein durchsichtiger Fisch entwand sich ihm aus den Schenkeln, blinkerte mit den Flossen und verschwand im Schubfach der Kommode mitten zwischen Hemden und Unterhosen. Marília schnarchte leise, und ihr Hamsteratem rührte ihn, die Finger, die auf der Decke geblieben waren, bewegten sich hin und her wie Meerespflanzen in lauen, unbewußten Krämpfen: so viele Jahre schon habe ich dich schlafen sehen, wenn die Tablette ihre Wirkung verlor und ich im Dunkel voller Beklemmung aufwachte, das Licht einschaltete und die Ruhe deiner neben mir ausgestreckten Gestalt mich irritierte wie ein ungerechtes Mißgeschick, so viele Jahre habe ich dich gehaßt aus dem steinigen Grund der Schlaflosigkeit hervor, jubelnd an die Zerbrechlichkeit deines schmalen Halses gedacht, an die Schere im Nähkasten, um dir die Pulsadern durchzuschneiden, und daran, dir hartnäckig den Bezug des Kopfkissens ins Gesicht zu drücken.

»Nein, ich hätte nie gedacht, daß sie ihn nicht mochte«, sagte der Vater ungläubig auf der Suche nach einer Zigarre in der Westentasche. »Na, und hören Sie, was konnte denn eine Schlampe wie die mehr wollen?«

Ich wachte auf, schaltete tastend das Licht ein (die Straßenlaternen auf der Azedo Gneco beschienen die Jalousien mit einer farblosen Sanftheit) und dachte, Es muß drei oder vier Uhr morgens sein, denn immer komme ich um diese Zeit irgendwie aus mir selbst zurück, an die Oberfläche der Betttücher, mit dem Weinen meiner Kinder, das in meinen Ohren widerhallt, und Tucha, häßlich, ungekämmt, drohend, mächtig mit riesigem Zeigefinger, zeigt auf die Straße, Raus mit dir, ich mag dich nicht mehr. Das eiskalte Wasser des Kühlschranks, dessen Inhalt von weitem dem einer Damenhandtasche glich, schmeckte nach Eisen, die nackten Füße rollten sich erschauernd auf den Küchenfliesen zusammen, Schweißkälte lief zwischen Haut und Schlafanzug meinen Rücken hinab, die elektrische Uhr über der Tür zeigte halb drei, und dann setzte ich mich auf das Sofa im Wohnzimmer, ohne zu rauchen, ohne zu lesen, ohne an irgend etwas zu denken, und betrachtete mit weit geöffneten Augen den eckigen Schatten des Regals. Nach einiger Zeit verschrieb der Arzt ihm Tabletten, die bis fünf oder sechs Uhr weiterwirkten und seine Träume in einer wirren Masse erwürgten, und er bewahrte nur die Erinnerung bruchstückhafter Episoden ohne Zusammmenhang, und er stand jetzt nicht mehr auf, spürte den Tag an den grummelnden Geräuschen im Haus heranwachsen, in dessen Bauch sich Teller regten, Klosettspülungen, Bestecks, das stumpfe Pfeifen des Fahrstuhls und die hohen Stimmen der Nachbarn, die sich ständig zu streiten schienen. Wie jetzt in Aveiro, dachte er, im Zimmer des Gasthofes, getränkt von der Feuchtigkeit, in die das

Flußdelta und die Möwen den Raum tauchten, wo er die Schritte der alten Engländer vernahm, die sich wie Taucher durch den Korridor bewegten, während deine Brust sich hob und senkte, den Fächer der Rippenstäbe dehnte und zusammenzog, die Schwingungen der Möbel, den Saft meines Blutes und die Bewegung der Wände wie den Wellengang der Gezeiten zu bestimmen schien.

»Ich versichere Ihnen, wenn man sie nicht mit richtigen Streichhölzern anzündet, ist der Geschmack nicht derselbe«, erklärte der Vater und zeigte mit dem Reklamelächeln aus einer Zeitschrift die Zigarre vor: er war noch ein eleganter Herr mit grauen Schläfen, gut gekleidet, bequem in seinem Ledersessel in der Bibliothek sitzend. Er blähte die Wangen mit einer Rauchwolke und besah sich mit gewichtigem Ernst die Asche: »Daß das ganz klar ist, ich habe mich immer so weit wie möglich aus dieser Verbindung herausgehalten.«

»Wie oft habe ich mir ein Herz gefaßt und wollte offen mit ihm reden, ich hasse ungeklärte Situationen«, sagte die ungepflegte Frau und klopfte mit dem Handrücken Schuppen vom Mantel. »Nicht, weil ich den Mut nicht gehabt hätte, verstehen Sie, sondern weil er so zerbrechlich war. Bis ich dann den Vorschlag mit dem Ferienwochenende wahrgenommen und einen Entschluß gefaßt habe. Natürlich hat das, was danach passierte, überhaupt nichts damit zu tun, niemand stirbt wegen einer gescheiterten Beziehung.«

Die Kusine aus der Klinik kam brummend in einem Käfig herein, mit langen Stoppeln auf den Wangen:

»Die Frau mit dem Bart, meine Damen und Herren, eigens für Sie gerade eingetroffen aus Kolumbien«, schrie der indische Arzt zu der reglosen Familie in den Zuschauerbänken hinüber, »Sie wird für Sie alle, meine Hochverehrten, dank ihrer beeindruckenden Muskelkraft drei Telefonbücher auf einmal zerreißen. Wir bitten das werte Publikum, nicht zu nahe zu kommen wegen der natürlichen Gefährlichkeit ihres wilden Temperamentes.«

Deine Uhr auf dem Resopal-Nachttisch zeigte halb sieben,

die Möwenschwärme kreisten ruhelos über der Oberfläche der Lagune. Ein unförmiger Schatten wuchs an, kam näher und nahm plötzlich in meinem Kopf Gestalt an: Wir werden uns trennen. Marílias Atem befächerte die Möbel jetzt fast wütend, die Zimmerdecke schien gleich in staubigen Stuckkrusten auf unseren Nacken niederstürzen zu wollen, irgendwelche Scheiben klirrten, die Luft in der Kanalisation seufzte, und noch lange hielt dieses Geräusch mit den Schwingungen eines Violoncello in das Schweigen hinein an: Wir trennen uns wir trennen uns wir trennen uns wir trennen uns, wiederholten die Vogelschreie höhnisch spottend, ein Hund bellte wütend unter dem Fenster (Wir trennen uns), die Pinien begrüßten sich, einander mit ihren langen, dunklen Armen zuwinkend, in denen die Nacht sich noch kauernd versteckte (Wir trennen uns), ein eisiger Hauch streifte sein Geheimnis ohne Sinn über die Gipfel der Eukalyptusbäume: Wir trennen uns. Herr Esperança mit angemalten Augenbrauen und riesigen, roten Hosenträgern richtete das Mikrofon, während der Zwerg hinter ihm aufrecht auf einem Stuhl die Klarinette ausprobierte, deren weiblicher Klang sich in Spiralen um ihn her aufschwang wie ein ganz zarter Rauchkringel:

»Er ist sonntags nie wieder zum Damespiel erschienen, wir haben erst später durch Zufall in der Zeitung gelesen, was passiert war«, sagte er mit der blechernen Stimme des Jüngsten Gerichts, die von den Trichtern der Lautsprecher verzerrt wurde. »Ihm zu Ehren werde ich für das werte Publikum den bekannten *Pasodoble Te quiero España* vortragen.«

»Wie töricht«, lächelte der Vater leicht verärgert mit einer Bewegung, die den Graduiertenring am kleinen Finger aufblitzen ließ. »Soweit ich weiß, hat sich noch nie jemand in der Familie wegen einer solchen Dummheit umgebracht.«

»Er kam mir nicht sehr erschüttert vor, als wir darüber sprachen«, sagte die ungepflegte Frau, während sie die Stufen der Universität hinunterging auf die Bushaltestelle zu und eine Tasche hinter sich herschleppte wie ein störrisches Kind. »Er war ruhig, still und sah mich mit diesem leeren Ausdruck an, den er immer hatte. Er wirkte wie immer, wissen Sie?«

»Der war doch neurotisch hoch zwei«, meinte der Frauenarzt und verstaute seinen Kittel im Wandschrank des Hospitals und nahm seine Weste von einem Drahtbügel. »Und wissen Sie, Neurotiker stehen Erdbeben des Gefühls in aller Ruhe durch. Wenn er sich umgebracht hat, und beachten Sie, daß ich den Selbstmord nur als Hypothese annehme, wenn er sich umgebracht hat, sagte ich, dann war es sicher aus irgendeinem anderen Grund.«

Jetzt bin ich völlig wach, dachte er, liege auf einem Bett in diesem gräßlichen, blöden Gasthof, das der Vouga ganz allmählich freigeben wird, bis auf ein leichtes Erbeben des Wassers an der Oberfläche der Spiegel und den Umriß einer Möwe auf dem Rouleau, die über dem Flußdelta schwebt wie ein großer, schwereloser Vogel aus Pappe. Ich bin hellwach in dem ohrenbetäubenden Geräusch in meinem Schädel, eingetaucht in das Gipsschweigen des Morgens, und ähnle dem ausgegrabenen Schädel eines uralten Tieres, mit Augen voller Nebel und Zähnen, die lose im Scharnier der Kiefer wackeln, und in deiner uralten Gegenwart an meiner Seite schnarchst du in den Bettüchern wie ein unförmiges Krokodil. Sechs Uhr dreißig, sechs Uhr fünfunddreißig, sechs Uhr zweiundvierzig: mühsam bricht sich ein schräger, orange getönter Lichtstreifen Bahn durch den Nebel und nähert sich, umgeben von Myriaden schwebender Nebelpartikel dem Ufer, und im Bauch des Nebels erscheinen die Vögel wie herrenlose Schiffe ohne Ruder, nichts als der schmale Umriß ihrer vor der matten Scheibe des Himmels durchleuchteten Knochen ist zu sehen. Er lehnte sich mit dem Rücken an den Kopfteil des Bettes, fuhr sich mit den Fingern durch das schüttere, fast durchsichtige Haar über der Stirn und senkte die Augenlider: er stand schon auf der Straße, und Tucha schloß dort oben die Tür zu, streichelte zerstreut die Kinder, wählte eine Nummer (Endlich bin ich ihn los, stell dir vor) einer Freundin und unterhielt sich kichernd und wispernd, mit übereinandergeschlagenen Beinen in den Kissen auf dem Fußboden: Verflixte Drecksau, du hast mein Leben kaputtgemacht. Wie lange habe ich gebraucht, bis du mit mir gegangen bist, wie lange, bis ich dich so weit hatte, daß wir heirateten: Ich weiß nicht, laß mich mal überlegen, es ist noch zu früh. Deine jüngeren Schwestern verspotteten mich im Flur, als ich zum ersten Mal zu euch zum Abendessen kam, dein Vater streckte mir seine weichen, zerstreuten Finger entgegen, ohne den Hintern vom Stuhl zu heben, und sah durch die bifokale Brille die Tagesnachrichten im Fernsehen:

»Alles in Ordnung?«

Tuchas Mutter gab mit einem unmerklichen Zeichen ihrer Wimpern Anweisung, die Suppe zu servieren: an der Wand stellte eine englische Landschaft aus dem 19. Jahrhundert zwischen den Vorhängen an den Fenstern majestätische, schwere Grünflächen zur Schau:

»Für meinen Geschmack ein bißchen schlapp, ohne Saft«, sagte sie, die Sehnen am Hals traten unter ihrer faltigen Haut hervor. »Er hatte keine Rasse, keinen Biß, verstehen Sie, man sah das gleich, er konnte sich im Vergleich mit meiner Tochter nicht messen.«

Eine von Tuchas Schwestern, in eine Art glitzerndes Trikot gekleidet, kletterte in Ballettschuhen auf einen gelbweißen Sockel und neigte langsam den Körper, bis sie mit dem Kopf die Kniekehlen berührte:

»Dicke Leute sind ekelhaft«, sagte sie mühsam zwischen den Zähnen mit einem gequälten Lächeln, »bei dem Bauch von diesem Typ hätte ich mich am liebsten immer übergeben.«

Marília, dachte er, was soll ich jetzt tun? Ich habe in Wahrheit nie ganz begriffen, was du mir bedeutet hast: ich fand dich immer zu entschieden, zu stark, zu energisch angesichts meines ewigen Zögerns, meiner Befürchtungen, meiner komischen Angst vor allem, meiner ewigen, ständigen Zweifel, Und was dann? Es war nicht nur Marx und das amerikanische Kino und das Avantgarde-Theater und die kurzen Fingernägel und der schlechte Geschmack, sich zu kleiden, und das Unterhemd des Vaters am Fenster, das Unterhemd, durch dessen Tausende von Löchern die Brusthaare zu sehen waren: Es war die Sicherheit in der Unordnung, die häusliche Ruhe auf dem Staub der Möbel, die Gewißheit, daß du da warst, es waren die Schuppen in der Haarbürste, der Eindruck, daß du mich vor den Hemden, die die Putzfrau schlecht gewaschen hatte, schütztest, vor dem Fehlen der Milch im Kühlschrank, den Besuchen beim Psychiater, der Einsamkeit und der Grippe, es war die Hoffnung, du würdest mich vor der Sehnsucht nach Tucha und den Kleinen bewahren und vor der ständigen, bohrenden Säuerlichkeit der Familie, vor den Fragen und unverhohlenen Blicken, dem gespielten Entsetzen, den Grimassen. Er stand auf, um Wasser zu trinken, denn ein bitterer Geschmack breitete sich in seinem Mund aus, und jenseits der Vorhänge erkannte er die Landschaft wie ein vertäutes Boot, wie üblich, dieselben Pinien, dieselben Eukalyptusbäume, dieselbe Straße ohne viel Verkehr, derselbe klebrig kalte Nebel.

»Seit er hier ausgezogen ist, wußte ich eigentlich nie genau, wie er lebte«, erklärte die Schwester mit der Musik ungeschickt und häßlich in ihrem Abendkleid und bewegte Arme und Hände wie Windmühlenflügel, sie stand unter dem Seil, auf dem der Turnlehrer mühsam balancierend seine komplizierten Übungen machte. »Angepaßte Bohemiens, glaube ich, die knapp dran waren.«

»Denen fehlte die Kohle, ganz einfach«, kreischte der Frauenarzt im Halbdunkel, während er das Gesicht von Carlos mit einer schaumigen Toilettenbürste bepinselte und in der anderen Hand ein riesiges Holzmesser hielt. »Es gibt Leute, die sich auch noch in der Schäbigkeit sonnen, nicht wahr?«

»Meine Schwiegersöhne haben mich ständig darauf aufmerksam gemacht, daß er unfähig war, sein Leben in die

Hand zu nehmen, und bei jedem Schritt zeigten sie mir, wie gefährlich es wäre, ihm eine leitende Stellung in der Firma zu geben«, sagte der Vater, melancholisch resigniert mit dem Kopf nickend, während er mit der Geschicklichkeit eines Zauberkünstlers einen papierenen Geranientopf aus der Manteltasche hervorzog. »Tatsache ist, daß er ein merkwürdiger Mensch war mit seltsamen Interessen: Sehen Sie, kurz bevor er starb, kam er zum Beispiel zu mir und wollte die Vögel erklärt haben, als könnte man die Vögel erklären, nicht wahr: ich habe nie verstanden, was er damit sagen wollte: die Vögel, also hören Sie, verstehen Sie das?«

Er erhob sich unter stürmischem Beifall (ein Teil der Familie stand auf den Holzbänken und feierte ihn hingerissen, die Hände klatschten einstimmig in rasendem Takt aufeinander, die Münder skandierten seinen Namen), er ging, von einem Scheinwerferkegel begleitet, in einem weiten, komisch an ihm herabschlotternden Clownsanzug auf das Badezimmer zu. Die mit Schatten geschminkten Lider, die rote Nase und das unrasierte Kinn ergötzten das Publikum: ein dicker Onkel in den hinteren Reihen schlug sich, den Mund weit aufgerissen, mit den Handflächen auf die Knie, erstickte fast an seinem Lachen. Als er Palmolive-Creme auf den Wangen verstrich, wechselte der Scheinwerfer zu Violett, und das Gesicht sah plötzlich wie eine Hämorrhoide aus, die kurz vor dem Platzen ist, ein unbändiges Gelächter brach in den Zuschauerreihen aus und wurde sofort mit Posaunengetöse vom Orchester untermalt. Abwesend, lächerlich, vernichtet sah er sich im Spiegel mit dem Handtuch das Gesicht abwischen und dachte Seit wie vielen Jahren wiederhole ich Tag für Tag diese idiotische Nummer? Warum verabschiede ich mich nicht vom Zirkus oder der Zirkus von mir?, während die Stimme des Vaters die Kacheln durchbohrte und mit matter Stimme den nächsten Artisten ankündigte, den die Begeisterung des Publikums in Applaus und Zurufen ertränkte.

»So«, murmelte der Alte und schwenkte das Fläschchen

für die Schmetterlinge, »ein Tropfen auf den Kopf genügt.« Und beugte sich vor, um mit der Pipette diesen mörderischen Tropfen in die blassen Nasenlöcher der Mutter zu träufeln. »Schau«, sagte er, »wie wenig Zeit sie zum Sterben brauchen: nur ein kleiner Augenblick, ein- oder zweimal zittern sie, fertig.« Er drehte die Wasserhähne der Badewanne auf, setzte sich auf den Rand, ließ das Wasser bis zum Überlauf ein und prüfte ab und zu mit der Fingerspitze die Temperatur. Das Metall, die Fliesen und die Scheiben des winzigen Raumes beschlugen langsam, die Lampe an der Decke entfernte sich senkrecht, weit weg, schwebte im Dunst, bis sie zu einem fernen, opalfarbenen, matten Mond geworden war. Er knöpfte die Schlafanzugjacke auf, und da war sein rundlicher Körper ohne Furchen, in weiten, weichen Falten fiel er über die Knochen, die struppige Rose auf dem Schamhügel, die x-förmigen, schielenden Knie, die sich erzürnt gegenseitig Vorwürfe machten: der Zwerg mit seinen Schulterklappen verbeugte sich feierlich mit einem tiefen Diener und zeigte mit einem riesigen Handschuh auf mich:

»Meine Damen und Herren, liebe Mädchen und Jungen, verehrtes Publikum, wir nähern uns erwartungsvoll dem Höhepunkt unserer heutigen Vorstellung«, brüllte er und schlug heftige Purzelbäume an der Manege entlang. »Der Große Monumentale Zirkus Garibaldi zeigt uns live die einzige nicht aufgezeichnete Nummer, den Selbstmord seines Hauptartisten. Die Geschäftsleitung empfiehlt den Herzkranken, den Schwangeren, den Depressiven und den Empfindsamen im allgemeinen, den Saal zu verlassen, damit dergestalt unangenehme, emotionale Vorkommnisse vermieden werden. Sie können sich selbst davon überzeugen, daß der unvergeßliche Rui S. in diesem Augenblick zu seinem letzten Bade schreitet.«

Er streckte sich aus, legte den Nacken auf die Wanne, schloß die Augen, und die Glieder schwebten träge schwankend wie Haare im Wasser. Sogar der Kopf wankte benommen durch den Dampf und die Schlaflosigkeit leicht hin und her, während der Vater in seinem Arbeitszimmer der Mutter ein Stück Pappe an die Füße heftete, auf dem irgend etwas geschrieben stand (ein lateinischer Name?). In welche Schublade seines Schrankes wird er sie wohl stecken, dachte er und, um den Schlaf zu verscheuchen, begann er sich einzuseifen (den Hals, die Achseln, den Bauch) mit einem dieser Muster im silbergrünem Papier aus dem Hotel. Der Vater beugte sich fast auf den Boden hinunter und schob die Platte in den Schrank für die weniger seltenen Exemplare oder die, die in schlechterem Zustand waren, so daß manchmal ein klebriger Geruch entwich. Sein Gesicht tauchte auf, war verlegen, entschuldigte sich:

»Ich hatte meine Technik noch nicht vervollkommnet, ich habe eine Reihe von Tieren mit den falschen Flüssigkeiten zerstört: du kannst dir nicht vorstellen, wie teuer einen solche Ungeschicklichkeit zu stehen kommt.«

Er rasierte sich im Bad, dabei betastete er sein Kinn und die Wangen, und als er aus dem Wasser stieg, in die Toga des Handtuchs gehüllt, mit kahlem Kopf, gekrönt von nassen Haaren wie ein römischer Senator im Kino, stellte er fest, daß sich die ganze Gesellschaft, im Galaaufzug und üppig mit Federn und Samtumhängen geschmückt, am Artistenausgang drängte und ihn schweigend beobachtete. Die Schwester mit der Musik, halb verborgen durch die breite, muskelstrotzende Gestalt des Turnlehrers, wischte sich mit einem unauffälligen Taschentuch die Tränen ab: ein Streifen Wimperntusche lief zum Mund hinunter, die Schnecken ihrer Frisur lösten sich allmählich in die üblichen, reizlosen Fransen auf. Der indische Arzt mit einer Nadel quer durch die magere Fakirbrust füllte den Totenschein aus, das Papier stützte er dabei auf sein knochiges Knie. Das Orchester (drei oder vier Vettern mit trauerndem Haarschopf auf einem Podest vor der Manege) fiel schrecklich verstimmt in einen trauervollen Tango, und er trocknete sich nun im Rhythmus des Schlagzeugs ab, während sein verschwommener Rumpf, blaß wie der Bräutigam einer Sirene wieder in dem oxydierten Spiegel auftauchte: Mit diesem Leichengesicht fehlt mir nur noch der Angelhaken im Mund, dachte er, fehlt nur noch, daß ich in diesem Augenblick gefischt worden bin. Wenn wir in Lissabon ankommen, dachte er, nimmst du dann deinen Koffer und gehst fort, oder bleibst noch ein paar Tage in der Azedo Gneco, schon fern, abgekapselt, fremd, und stierst apathisch die Bratkartoffeln vom Abendbrot an? Werde ich deine Fotos in den Müll werfen, sie in der Truhe aufheben, wütend umherlaufen, traurig und resigniert, wie die Schiffsminiaturen der Seeleute im Innern einer Schnapsflasche vor Anker gehen, einen Todeshauch über den Sitzreihen der Hörsäle verbreiten? Werde ich dich einige Zeit später aufsuchen, Marília, um dich mit Tränen in den Augen wie ein verstoßener Hund zu bitten, du sollst zurückkommen? Werde ich im Stadtteil, wo deine Eltern wohnen, aus dem Bus aussteigen, aufgelöst vor Angst, vor der Post auf dich warten, den Bürgersteig ungeduldig mit Zigarettenkippen pflastern? Oder werde ich in eine stürmische Beziehung zu irgendeiner launischen, hämischen, jugendlichen Schülerin abdriften, die mich jeden Abend an der Leine ihrer unwiderlegbaren Ansprüche in verräucherte Kneipen abschleppt voller Mädchen mit fettigem Haar, Pantinen und langen, geblümten Röcken, die von unbestritten genieverdächtigen Kerlen begleitet werden, die sich jedes Jahr um Lyrikpreise bewerben mit Heften voller wild zersplitterter Verse? Die jüngste Schwester im kurzen Röckchen und mit weißen Handschuhen bis zum Ellbogen war stark geschminkt und beschrieb auf einem Einrad mit ausgestreckten Armen in der Luft zwei anmutige Arabesken mit den Handgelenken.

»Alle sind wir da, alle sind wir da«, schurrte sie mit Puppenschmollstimme. »Wir dürfen ja seinen Tod nicht versäumen, oder?«

»Ich habe eine Reihe von Tieren kaputtgemacht, das stimmt«, entschuldigte sich der Vater mit ärgerlichen Falten, »aber jetzt geht mir dafür kein einziges mehr kaputt. Willst du mal sehen?«

Nun öffnete er angestrengt die Schubladen des Schrankes, und ich konnte, mit Stecknadeln auf Pappe aufgespießt, die Vögel der Kindheit erkennen, die nachmittags zum Wald hin aufgeflogen waren vom Feigenbaum am Brunnen, ihre Flügel gekreuzigt, mit vor Entsetzen unmäßig weit aufgerissenen, wäßrigen Augen.

»Sollen wir ihnen den Bauch durchbohren«, schlug der Vater mit komplizenhaftem Lachen vor und streckte die Tatze nach dem Brieföffner aus. »Wenn wir ihnen den Wanst aufreißen und sehen, was drin ist, findest du vielleicht diese berühmte Erklärung der Vögel, verstehst du?«

Er zog sich saubere Unterhosen an (das Publikum klatschte vor soviel taktvoller Aufmerksamkeit Beifall), die Strümpfe und das Hemd vom Vorabend (der eine oder andere mißbilligende Pfiff ertönte daraufhin), die Kordhosen (Ich ziehe sie kaum an, dachte er, warum zum Teufel habe ich sie eigentlich eingepackt?) und den Blouson der kommunistischen Uniform, blieb eine Weile reglos mitten im Zimmer stehen, sah dich schlafen und dachte Warum? Irgend etwas war seit dem Vorabend unwiderruflich zerbrochen wie ein alter, verbrauchter Motor, der stehengeblieben ist, und plötzlich kam er sich sehr verlassen vor und sehr allein an diesem Morgen in Aveiro, der in den Spiegeln noch seine farblosen Schatten wellte. Licht fiel schräg und gefiltert auf die Möbel, der Poncho hing über dem Stuhl wie die abgestreifte Haut einer Schlange, unter den Bettüchern hervor schwebte eine Ferse in der Leere wie der Fuß eines Erhenkten. Als ich dich zum ersten Mal nackt gesehen habe, denkt er, war das in der Wohnung einer Freundin in Algés, du hattest mich dorthin eingeladen, damit wir uns in Ruhe unterhalten konnten, über Orson Welles, Nie ist ein Film wie *Citizen Kane* gedreht worden, achte zum Beispiel mal auf die Szene mit dem Altern, ich mochte Fellini lieber, Visconti, die Italiener, was du als autoritär klassifiziertest, als dekadente Kunst. Die Wohnung ohne Fahrstuhl lag im vierten Stock mit Blick auf die Straße mit den Straßenbahnen und den alten, reizlosen

Häusern, dürren Bäumen, baufälligen Buden und klappernden Geräuschen aus den Werkstätten. Stunden und Stunden haben wir diskutiert, denkt er, saßen auf Sofas, die mit einer Art perlfarbenem Plastik überzogen waren, mit scheußlichen Reproduktionen von Gemälden an den Wänden, die kleinen Gardinen und die Decke eingedunkelt vom Rauchen, diese völlig unpersönlichen Blechaschenbecher und diese langweiligen Möbel, jeder mit einem Glas Capilé in der Hand, hartnäckig ernst, die Füße auf der Streifendecke, die als Teppich diente und sich unter den Sohlen auf- und zusammenrollte. Auf einem niedrigen Regal standen Kontenbücher, lagen alte Zeitschriften, ein Porzellansparschweinchen »Souvenir aus Malveira«, und hin und wieder protestierten die Leitungsrohre geräuschvoll hinter ihrem Rücken mit Blähungen. Im Badezimmer eine völlig verdreckte Wanne, von einem zerrissenen Vorhang verdeckt die Toilette, in der sich Menstruationsbinden häuften und Toilettenpapierfetzen und Urinschaum, verstopft, stinkend, es ekelte ihn, er zog es vor, sich die Hände im Bidet zu waschen, auf der Flucht vor dem Waschbecken mit blonden Haarbüscheln und vertrockneten Seifenstückchen. Der Spiegel selbst war übersät von Fliegendreck und zerdrückten Insekten, und die zwei oder drei Parfumflaschen standen muffig und eingestaubt in einem kleinen weißen Schränkchen vor ihm. Sie liebten sich unbequem und schnell auf der Couch eines winzigen Zimmers, die Federn drückten sich dabei ständig von unten in ihre Körper, und als sie dann auf dem Rücken liegend eine Zigarette rauchten, die Asche in die Zellophanhülle der Packung schnippten und vergilbte brasilianische Zeitungen von dem Stapel unter dem Bett auflasen, hörten sie den Schlüssel im Schloß, deckten sich hastig mit der Überdecke zu, und gleich darauf wirbelte, an eine riesige Aktentasche geklammert, die Freundin mit flatterndem Rock herein, warf die Tasche in eine Ecke, setzte sich auf den Fußboden, an ein Möbel mit Glastüren gelehnt, in dem sich Akten und Zeitschriften stapelten, und begann sofort, sich höchst aufgeregt über ihre

Schüler im Gymnasium zu beschweren (Sie gehört zu der Sorte von Leuten, dachte er, die im Restaurant Stückchen für Stückchen Zahnstocher zerbrechen), reinigte die Brillengläser mit dem Zipfel ihrer Bluse und kratzte in einer plötzlichen, unerwarteten Sauberkeitsanwandlung mit dem Fingernagel verkrustetes Ei von der Decke.

»Sie war entsetzlich verlegen, die Ärmste, sie wußte einfach nicht, was tun«, sagte Marília später vorwurfsvoll anklagend im Bus, »und du, du hast obendrein noch ein äffisches Gesicht aufgesetzt, geschwiegen wie ein Grab und überhaupt nicht geholfen.«

Zwischen Schlucken aus dem Glas Capilé (Ich kann nichts anderes trinken, was möchtet ihr denn?), aus den Fetzen der Unterhaltung, aus Dialogresten und hingeworfenen Sätzen fand er nach und nach heraus, daß die Freundin Mathematik in Amadora unterrichtete, einige Jahre mit einem brasilianischen Medizinstudenten zusammengelebt hatte, in einer revolutionären Organisation engagiert war und sicher nicht viel von Körperhygiene hielt: Ziegenbockschweißgeruch vermischte sich mit ihrem Körpergeruch zu einem Knäuel schwerer, unangenehmer, aufdringlicher Gerüche, während ein Sonnenfleck schneckenhaft die Wand entlangkletterte und in der Mitte durch die Möbelkante abgeknickt wurde. Als die junge Frau sich erhob, ihre hellen, glanzlosen Haare hüpften um ihren Hals, hob er hastig die Unterhose vom Boden auf, zog sie an und suchte auf allen Vieren unter dem Bett die Strümpfe.

»Du hättest dich bei ihr bedanken sollen, daß sie uns die Wohnung überlassen hat«, fuhr Marília mit verhaltener Stimme nach einer Pause wütenden Schweigens fort, »statt mich fast nackt hinauszuschleifen.« (Ihr Gesicht spiegelte sich im Fenster des sterbenden Nachmittags: Zwei toll gewordene Marílias, dachte er.) »Ich schwöre dir, nach dieser Szene gehe ich da nie wieder hin.«

Aber ich fühlte mich unbehaglich, feucht, erniedrigt, zu bloßgestellt vor dieser übermäßig beredten Frau, übermäßig locker, die ununterbrochen Namen von Leuten von sich gab, die ich nicht kannte, die mit dir über vergangene Episoden lachte, die für mich unwichtig waren, die sich an ein Paläolithikum erinnerte, das mich ausschloß. Und es ärgerte mich, daß du keinerlei Scham vor ihr hattest, deine nackten Schultern, die Brust über der Decke, der Bauchnabel bloß, der gekräuselte Ansatz deiner Schamhaare. Ich zog die Hosen hoch, während sie sich unterhielten, knöpfte das Hemd zu, machte auf gut Glück einen Knoten in die Schnürsenkel, lehnte mich demonstrativ an die Tür und wartete auf dich, und du, ohne mich zu sehen, unterhieltest dich weiter höchst interessiert in diesem tumultartigen Dialog mit der Freundin, deine Brüste vor Erregung zitternd, das leere Glas in der Hand, hattest mich schon vergessen, Treffen, Ausstellungsbesuche vereinbarend, einen Abend bei einem alten Freund, einem Maler auf einem Dachboden, wo alle Stühle auf meinen Hintern abfärbten und wo eine einsame Alte mit rot gefärbter Mähne völlig abwesend in einer Ecke des Raumes herumhing und durch einen Hundert-Escudos-Schein Coca schnupfte:

»Meine Mutter«, flötete der Maler, Haare bis zur Schulter, er tänzelte mit leichten Schritten umher, verteilte Weißwein an bärtige, von sich überzeugte Gestalten und an junge Frauen von unwiderstehlicher Häßlichkeit, die in trägen, süßlichen Haschischrauch eingehüllt waren.

»Hast du denn nicht gemerkt, daß sie genauso verlegen war wie wir und ein bißchen Unterhaltung brauchte, um darüber hinwegzukommen? » fragte Marília, immer noch in der Scheibe gespiegelt, mit demselben spitzen, anklagenden Ton: die Fassaden glitten fließend hinter ihr vorbei, Gebäude, Geschäfte, Ecken, ein Menschenknäuel an einer Zeitungsbude. »Aber klar, du kannst meine Freunde nicht ausstehen und hast überhaupt nicht kapiert, was los war.«

Er beugte sich auf dem Autositz nach vorn und sah sich nun auch verschwommen in der Scheibe, seine Augen zwei dunkle Löcher, bewegliche Schatten an den Wangen und dem Kinn. Er streckte und beugte heimlich die Finger, und das Bild ahmte ihn sogleich nach: es besteht kein Zweifel, dachte er, das bin ich. Das bin ich, sicher mit dem gleichen einfältigen Schlafwandlergesicht, das ich im Atelier des Malers aufgesetzt habe, als ich über absurde Bilder stolperte, (ein schwarzer Strich, zwei schwarze Striche, drei schwarze Striche, immer die gleichen, auf weißem oder gelbem oder grünem Hintergrund), über verrenkte Füße stolperte, mit langen Fußnägeln, in Jesuslatschen, in Tennisschuhen, in Gummisohlen aus den Reifen der intellektuellen Landreform, und schließlich über den ausgestreckten Körper der alten Rothaarigen, die verstrickt in ihre Halsketten stürmisch einen Jungen küßte, der ein Elefantenhaararmband um den Knöchel trug, beide wälzten sich auf einer Bastmatte. Wenn das die Liebhaber waren, die du vor mir hattest, dann werden das auch die Liebhaber sein, die du nach mir haben wirst, dachte er, seine Hand auf der Türklinke, und er beobachtete ihren Schlaf an diesem Morgen in Aveiro, wo der Himmel sich wie die Stäbe eines Fächers immer mehr in den Wolken auseinanderbreitete, geöffnet von der waagrechten Oberfläche der Flußmündung, auf der sich die abgeflachte Silhouette der Stadt spiegelte wie auf eine Leinwand gehaucht. Dichter mit skorbutzerfressenen Mündern, unbestimmte Filmemacher mit bestimmten Meinungen, Jazzkritiker, die sich lieblich heftig anbellten, undefinierbare Typen mit indischem Tuch um den Hals, die den Sauerstoffballon einer rettenden Zigarette in den leeren Taschen suchten. Und dort unten schon die Nacht von Lissabon, denkt er, die klappernden Geräusche der Männer von der Müllabfuhr, die Polarsterne der Straßenlaternen, die starre, bläuliche Ovale an die Wand warfen, das Neonlicht eines Fernsehgeschäfts durchbohrte die Finsternis neben einer Polizeiwache.

»Wir sind alle da, alle sind wir da«, wiederholte die jüngste Schwester und radelte eine spiralenförmige Rampe hinauf. »Nur die Mutter natürlich nicht«, fügte sie mit ihrem puppenhaften Murmeln hinzu.

Der Vater zeigte ihm immer mehr Schubfächer mit gekreuzigten Vögeln, die kleinen Vögel der Kindheit, die mit dem Bauch nach oben in der Luft des etikettierten Papphimmels schwebten, die kleinen Füße an die ausgemergelten Bäuche geschmiegt, und während er langsam die Tür schloß, damit Marília ihn nicht hörte, und ins Erdgeschoß des Gasthofes hinunterging, gefolgt von dem Lichtkegel des Scheinwerfers und der Trauermusik des Orchesters, warf er noch einmal einen Blick auf die Menge der Artisten mit den vertrauten Gesichtern, die ihn beobachteten, zusammengedrängt am Vorhang, versteckt hinter der Schminke, den künstlichen Nasen, Perücken, Federn, und er konnte tatsächlich die Mutter nicht ausmachen in diesem Gewirr von Vettern, Bekannten, Klassenkameraden, Freunden von früher, die er später zufällig auf der Straße getroffen hatte, dicker, mit Bäuchen, glatzköpfiger, besorgt und ernst. Vielleicht haben sie schon unzählige Male aus der Klinik angerufen, dachte er, und nach mir gefragt, vielleicht hat der Alte eine Geschäftsreise abgebrochen, um eiligst und verärgert nach Lissabon zurückzukehren, in Amoreiras anzukommen, das Haar an den Schläfen glattzustreichen, mit dem Arzt zu sprechen, im Korridor zu flüstern, die Bügel seiner Brille auf- und zuzuklappen, sich allein auf einen der harten Stühle im Wartesaal zu setzen und ziemlich verlegen und mit den ausdruckslosen Augen eines Notars in einer uralten Zeitschrift zu blättern.

»Die Tucha geht ja noch«, sagte die gigantische Stimme der Mutter am Mikrofon und ließ die Masten der Plane erbeben. »Aber diese Marília, um Himmels willen, ich will gar nichts von ihr hören.«

Der Hausmeister bewegte die empfindsamen Hände ein winziges bißchen, wie Antennen, legte sie leicht auf die Knie. Seine rauhe Nase schnupperte vorsichtig in der Luft.

»Wir werden ein gutes Jahr haben, Junge.«

Wir werden ein gutes Jahr haben, Junge, denkt er, als er am Frühstückstisch sitzt, angewidert den Brotkorb betrachtet, die Butterröllchen, die Blechkannen, die Plastikfrüchte auf einer Porzellanschale. Ein anämischer Strahl rann aus einem in die Wand eingelassenen Wasserfall, stolperte von Muschel zu Muschel, bis er ruhmlos in einer Art Bidetabfluß verschwand. Der Angestellte mit der Weste war, an eine Kommode voller Gläser und Tellerstapel gelehnt, mit einer Serviette über dem Arm eingenickt. In den Fenstern weitete sich der ewig gleiche Tag im Regen, die Möwen tanzten wie immer in der Ferne auf einem dunkleren, tintendunklen Fleck der Lagune. Ein Kuckuck wankte linkisch schwimmend zwischen den Pinien durch den Nebel.

»Die Henkersmahlzeit des gescheiterten Historikers«, verkündete der Zwerg mit einem sarkastischen Purzelbaum unter dem amüsierten Gelächter des Publikums. Herr Esperança stellte die Steine mit der Nase über dem Spielbrett zu einem neuen Spiel auf, und sobald sie einen aus dem Spiel entfernten, beeilten sie sich, ihn gegen den Pyjama-Knopf einzutauschen:

»Wer von uns beiden fängt jetzt an?« fragte er unentschlossen und kratzte sich am Kopf. Auf dem Plakat lächelte ein junger Mann, der ihm entfernt ähnlich sah, in einem Frack und mit einer hochgezogenen Schulter mit übertriebener Freundlichkeit. Auf einem Streifen stand schräg über dem Plakat in Rot: AMILCAR ESPERANÇA, DIE ROMANTISCHE STIMME AUS MARVILA.

Warum sehe ich die Mutter nicht beim Frühstück, denkt er, an einem der Tische im leeren Wohnzimmer, mit einem aufgeschlagenen Buch neben der Tasse, Zentimeter vor dem Mund einen vergessenen Toast in der Hand, wie sie auf einen Anruf aus dem Ausland wartet, der nie kommt, wartet, daß der Vater ihr fröhlich vorschlägt, Ich komme früher aus Italien zurück, Fernanda, wie wäre es mit einem Wochenende am Meer? Er trank einen Schluck Kaffee, sah auf das Wasser, die Bäume und Büsche am Ufer, die immer trockener wurden, sah die Feuchtigkeit, die sich mit dem angstvollen Atem eines Tieres an die Veranda heftete. Der Kaffee brannte auf seiner Zunge, für einen Augenblick betäubte er ein schmerzendes Bläschen in der Wange, an dem er ständig lutschen mußte. Mit übermäßiger Aufmerksamkeit sah das Publikum zu, im Schatten auf den Stühlen sitzend und nach vorn gebeugt, und er dachte ohne Angst und ohne aufzuschrecken, Wie es wohl heute nachmittag bei der Ankunft in Lissabon sein wird? Helfe ich dir mit den Koffern? Lasse ich es zu, daß du gehst? Rufe ich per Telefon ein Taxi, und wir bleiben schweigsam und angespannt im Wohnzimmer sitzen, warten auf das Motorengeräusch unten, das unvermittelte Hupen des Autos? Verabschieden wir uns im Flur mit einem vorwurfsvollen, bitteren, haßglühenden Kuß? Gehe ich wieder hinein, schließe die Tür und stelle traurig fest, daß der ganze Staub der Azedo Gneco mir gehört, alle Zeitschriften, all diese sinnlosen Bücher, der ganze Müll? Wie stellt man die Waschmaschine an, gebraucht gekauft bei dem schielenden Pfandleiher, der in dem dunklen Laden herumhinkt, wo sich die Schiffbrüche unglücklicher Lebensläufe stapeln? Wenn es klingelt, gehe ich dann ins Treppenhaus, frage, zusammengeklappt wie ein Taschenmesser, wer ist da? Das Publikum beklatschte seine häuslichen Zweifel, während er sich das Kinn mit der Serviette abwischte, den Stuhl zurückschob und sich erhob. In den Fensterscheiben zerfaserte der Nebel wie ein zerschlissener Anzug, die umgedrehten Boote auf dem Sandstreifen nahe dem Gasthof wirkten wie ausgeblichen, wie Gesichter, die aus einer langen Ohnmacht erwachen. Verschwommene Sonnenstreifen schwebten unbestimmt zwischen den Wolken, und der Horizont blieb verlassen, unbewohnt von Vögeln und Hunden.

»Ich sollte ihm die Vögel erklären, stellen Sie sich vor, wie albern«, sagte der Vater mit einer resignierten Geste. »Mich zu bitten, ich sollte einfach so als Biologe auftreten, verstehen Sie, ich, ein armer Geschäftsmann.«

Er strich auf dem Weg zum Ausgang an dem Tisch entlang, an dem die Mutter sitzen sollte, und im Vorbeigehen zog er ein großes Sägemesser aus dem Ständer im Schrank mit den Tellern und Gläsern, während der Zwerg, plötzlich von einem grellen, violetten Strahl erleuchtet, brüllte: Meine Damen und Herren, liebe Mädchen und Jungen, wertes Publikum, bitte schauen Sie freundlicherweise her, beachten Sie die schreckliche Selbstmordwaffe: hier gibt es keinen Trick, keinen Kniff, keinen Betrug: das ist, Sie können sich selbst vergewissern, wirklicher, echter rostfreier Stahl portugiesischer Fabrikation, der gleiche, der Lissabon von den Mauren zurückerobert, den Glauben des Reiches verbreitet, den Erdball umsegelt hat und heute den Reis auf die Gabel schiebt und Ihnen mit unvergleichlicher Behutsamkeit behilflich ist, im Restaurant die Gräten aus dem Fisch zu holen.«

Und in theatralisch fragendem Ton zum Abschluß der Ansprache, um die Neugier des Publikums anzustacheln:

»Wie wird der erfinderische Rui S. es benutzen?«

Es waren keine Schmetterlinge, denkt er, es waren Stieglitze und Grünfinken und Spatzen und Amseln und Rotkehlchen und auf dem Papier gekreuzigte Wiedehopfe, es waren die Vögel vom Feigenbaum, die Vögel vom Brunnen, die Vögel aus dem Wald, die er im Schrank in seinem Arbeitszimmer sammelte, in Dutzenden von numerierten Schubfächern, und trotz der Parfums und des Desodorans, trotz der Sprays hüllte er mich mit seinem Altmänneratem ein und flüsterte mir komplizenhaft ins Ohr:

»Sollen wir ihnen die Bäuche aufreißen, um zu sehen, was drin ist?«

»Den Puls aufschneiden, die Halsschlagadern, die ganze Kehle, *Harakiri* machen?« fragte der Zwerg dröhnend, während junge Mädchen mit Haarschmuck und hohen Absätzen und mit einem gefrorenen Lächeln auf den Lippen hüftenschwingend um die Manege liefen mit Plakaten, auf denen stand: DIE PULSADERN AUFSCHNEIDEN, DIE HALSSCHLAGADERN AUFSCHNEIDEN, DIE GANZE KEHLE DURCHSCHNEIDEN, HARAKIRI MACHEN. »Die Geschäftsleitung, meine Damen und Herren«, brüllte der Zwerg feierlich, »wünscht ihr erlesenes Publikum zu beschenken und wird an diejenigen Überraschungskuverts mit wertvollen Preisen verteilen, die die von unserem unglücklichen Geschichtsprofessor gewählte Art des Selbstmords erraten, wir danken den Präservativen Donald, *Donald*, Feind Nummer eins des Bevölkerungszuwachses, den Strümpfen *Penelope*, Penelopisieren Sie sich und Fühlen Sie den Unterschied im Blick Ihres Gatten, und dem Sportzentrum Eiserne Hand in Chelas, mit Filialen in Tavira und Póvoa do Varzim, denn Eiserne Hand wird aus Ihnen in weniger als einem Jahr den von allen Männern beneideten Mann und das begehrte Ziel des anderen Geschlechts machen.«

Er steckte das Messer in den Blouson, ohne daß der Angestellte, der die Augen geschlossen hatte, etwas bemerkte, verließ den Speiseraum und ging auf die Straße. Er spürte seinen angespannten Körper, den Schweiß auf seinem Rücken, das Hemd klebte an den Schulterblättern, ein ältliches Geschöpf in einer Umkleidekabine bedeckte hastig das Gesicht mit den Fingern. Und da war die Rezeption des Gasthofes, denkt er, das Brett mit den Schlüsseln, die Ansichtspostkarten auf dem kegelförmigen Drahtgestell, das Telefon, die Prospekte BESUCHEN SIE AVEIRO, der große, runde, tonfarbene Aschenbecher mit den Initialen des Gasthofes, die unsympathische Angestellte mit der Brille an einer Kette um den Hals, die mühevoll auf kariertem Papier so etwas wie einen Plan eintrug. Und da waren die Pflanzen, denkt er, auf dem Teich unter der Wendeltreppe, und das fast obszöne Dunkelgrün der Blätter, auf einer Seite glänzend, auf der anderen matt, die Ranken wie klebrige Fühler, die moosbedeckten Steine, die Keramikfrösche: einmal konnte ich Tucha ins Treibhaus schleppen, nach stundenlangen gewichtigen botanischen Argumenten (Unmöglich, daß du nie dort gewesen bist, es gibt wunderschöne Farne dort, von Chanel entworfen und direkt aus Paris importiert, du hast bestimmt die Fotos davon in der *Vogue* gesehen), wir setzten uns auf eine Lattenbank, verdeckt von einem widerlichen, stinkenden Busch, und ich wollte gerade deine Brüste berühren, deine Schenkel betasten, dich küssen, als sich plötzlich, nachdem eine Klasse auf dem Schulausflug an uns vorbeigezogen war, die von einer Lehrerin mit ganz passablen Beinen angeführt wurde, gefolgt von zwei Kerlen mit Schnurrbart, Zigarette im Mundwinkel und dunkler Brille, die hinter ihr herpfiffen, als sich das also, was mir wie ein Eukalyptusbaum in Miniatur vorgekommen war, als ein uniformierter, kleinwüchsiger, dicklicher Wächter entpuppte, der wütend vor Haß auf uns losstürmte:

»Was für eine Unverschämtheit ist das denn?« bellte er.

Tucha wurde blaß, strich ihren Rock glatt, zupfte die Bluse zurecht, streifte sich mit einer fahrigen Hand irgendwie durch die Haare, und ich rollte mich gegen die Latten ein, angstbeklommen, öffnete und schloß meinen Mund ohne Wangen, ohne Kiefer, ohne Zähne, ohne Zunge, nur noch eine sinnlose Höhle des Schreckens. Der Wächter fuchtelte wütend vor uns herum, als eine zweite Gruppe Kinder in der Kurve der Allee auftauchte.

»Und nimm deine Pfoten da runter, du Rindvieh«, befahl der Kerl dunkelrot, »dir werd ich zeigen, wie man die Obrigkeit respektiert, ehe ich dir das mit Fußtritten beibringen muß.«

Ich hatte den sündigen Daumen zwischen deinen Schenkeln vollkommen vergessen, hatte an deiner Scham auf und abgerieben, völlig mein Knie an deinem vergessen, die Waden, die sich aneinanderpreßten, die dumm dreinschauenden Köpfe, die zu dicht beinander waren. Ich schwitzte vor Panik, und dennoch war der Mann kleiner als ich, schwächer, viel älter, es war leicht, ihn mit der Drohung einer Ohrfeige einzuschüchtern oder dem allmächtigen Gespenst des Vaters. Ob du in diesem Augenblick, denkt er, ob du in diesem Augenblick angesichts meiner Feigheit, meiner Unfähigkeit zu kämpfen anfingst, Tucha, mich zu verachten? Eingeschüchtert rutschte er an das andere Ende der Bank, irgendein Zweig streifte sein Ohr, der Bauch des Wachmanns näherte sich seiner Nase und war besetzt mit dicken, silbernen Knöpfen, rund, winzig, weich, verletzbar: Aber nicht einmal da reagierte ich, denkt er, ich wurde noch kleiner, noch blasser, spürte das Blut unregelmäßig und hastig in meinen Schläfen pochen, während der Kerl meine Angst registrierte und an Größe und Mut wuchs:

»Was denn nun, freches Pack? Wie wärs mit einer kleinen Strafe, mit einem kleinen Besuch auf der Wache, damit ihr von eurer Lust in der Öffentlichkeit geheilt werdet?«

Dieser kleine kahle Schädel, diese winzigen, dümmlichen Augen, das Streichholz im heruntergezogenen Mundwinkel, das im Rhythmus der Worte tanzte, die schniefende Nase, alles strahlte vor Wichtigkeit und war angeschwollen wie ein kranker Penis. Die Lippen bewegten sich wieder verächtlich spuckend:

»Drei Tage im Bett, das heilt so ein bißchen Lust sofort.«

Tucha hatte die Tasche geöffnet, suchte ein Taschentuch, wischte sich die Augen ab. Wie alt waren wir eigentlich? denkt er. Zweiundzwanzig, dreiundzwanzig, vierundzwanzig? Er betrachtete einige Minuten lang die Pflanzen in der Vorhalle, weich wie Schleim, unangenehm fleischfressend, und lehnte sich an das zypressenförmige Gestell mit den Postkarten, bis die unsympathische Angestellte mit der Brille an der Kette mit ihrem Plan fertig war und ihn, mit einer Falte des Unwillens auf der Stirn, beachtete. Der Wächter steckte die Finger in seinen Gürtel und wippte mit seinem schlaffen Körper auf und ab. Eine Bleistiftspitze schaute aus der Tasche.

»Wollen wir doch mal die kleinen Ausweise sehen«, säuselte er ölig drohend. »Also, wir wollen die Ausweise und die Arbeitspapiere.«

»Könnten Sie bitte meine Rechnung fertig machen«, sagte ich liebenswürdig. »Wir fahren heute nach Lissabon zurück.«

Vor der Tür stand außer dem unseren kein anderes Auto auf dem Kiesweg, der Kühler war auf ein Geranienbeet gerichtet, als weidete es dort wie ein riesiges Säugetier aus Blech, die Scheinwerferaugen erloschen, matt, schlafwandlerisch, dann der Sand, der diesige, klebrige Morgen, die Schultern der Bäume flattern in der Stille, der Himmel und der Fluß reflektieren einander wie zwei parallele Spiegel. Der Wächter, der die Ohren beim Lesen bewegte, trat unentschlossen einen Schritt zurück: der Ton seiner Stimme wurde ängstlich respektvoll:

»Dieses Papier hier heißt, daß Sie Doktor sind?« fragte er und schob die Mütze in den Nacken, verwirrt und eingeschüchtert.

»Der unglückselige junge Mann«, seufzte der Zwerg schwülstig und wies vor der Familie in den Bänken bedeutungsvoll mit dem Finger auf mich, »wird den Gasthof zu einem letzten, allerletzten Spaziergang verlassen. Meine Damen und Herren, wir nähern uns dem spannendsten Augenblick, der Spitze, dem Gipfel, dem Glanzpunkt, dem allerfabelhaftesten Teil unserer unvergeßlichen Vorstellung. Maestro, den *Bolero* von Ravel.«

Die vier oder fünf traurigen Figuren des Orchesters fielen in einen anderen Rhythmus, von einem mageren Männlein mit Krawatte und Toupé in weit ausholenden, heftigen Gebärden mit erhobenem Besen dirigiert, die seine zu kurzen Ärmel hochrutschen und die weißen Handschuhe, die überlangen Finger sehen ließen, und in der Ferne auf dem Wasser schwankten sanft die Enten und Möwen des Vouga, zeitlos still, wartend worauf? Die Angestellte an der Rezeption blickte ihn nichtssagend an, kramte in einem Stapel Papiere voller winziger Zahlen herum, ohne hinzusehen:

»Das Zimmer muß pünktlich bis zwölf Uhr geräumt sein«, informierte sie ihn in ihrem säuerlichen Tonfall.

Wie trocken diese Frau ist, denkt er, dieser ausgedorrte Körper, ein ausgemergeltes, mißmutiges Knochengerüst. Die hat bestimmt kein Sodbrennen, aber wie sich die verkohlten Eingeweide da drin wohl in Schwefelwirbeln winden. Die Mitglieder des Orchesters trugen Nasen in verschiedenen Farben, mehlbestäubte Wangen, Melonen, gestreifte Hemden und dicke, kohlschwarze Augenbrauen.

»Ganz recht, Doktor ist er«, sagte Tucha »und lehrt an der Universität.« Ihre vom Haß zerfressene belegte Stimme schien den Wächter zu erweichen, ihm die Autorität seines Bellens zu entziehen, die aggressive Bedeutung der Uniform zu verringern, machte ihn zu einem unbedeutenden Mann aus der Provinz, unterwürfig, schon bereit, sich in tausend Entschuldigungen zu ergehen. In diesem Augenblick beschloß ich, dich zu heiraten, denkt er, da habe ich dich zum ersten Mal bewundert: deine großen Augen, den verächtlichen Mund, die bittere, hinuntergeschluckte Angst, und jetzt der herrische Ton, der keine Widerrede duldet. Deine Art, denkt er, mit den Putzfrauen zu sprechen, den Klempnern, den Angestellten im Supermarkt, den Schneiderinnen, deine für dich offensichtliche, von Geburt an gebieterische Überlegenheit, der Husten des Vicomtegroßvaters in deiner Kehle, der schleppende, gebieterische Snobismus der Mutter, wenn sie den Kindern über den Spieltisch hinweg Anweisungen erteilte. Da beschloß ich, dich zu heiraten, denkt er, du würdest mich vor den anderen beschützen, den Wächtern am Gewächshaus verbieten, mir mit der Wache zu drohen, du solltest das für mich übernehmen, wozu ich, so dumm dir das erscheinen mag, nicht fähig war. Der Zwerg trat wieder überschwenglich ans Mikrofon:

»Noch eine nette Nachricht, meine Damen und Herren«, kündigte er triumphierend an, während das Orchester mit einem Tusch verstummte. »Unsere Überraschungskuverts, die für diejenigen bestimmt sind, die die Art des Selbstmords erraten, Aufschneiden der Pulsadern, der Halsschlagadern, der Kehle, *Harakiri*, Durchbohren der Lungen, Herzinfarkt, wurden soeben angereichert dank einer großzügigen Spende der Creme *Ejaculal*, die mit Leichtigkeit Ihren Penis um dreieinhalb Zentimeter verlängern wird. Leiden Euer Ehren an Problemen wegen der Größe, scheuen Sie sich, in öffentlichen Bedürfnisanstalten zu urinieren, beklagt Ihre Gattin sich über mangelnde sexuelle Befriedigung, so häufig ein Grund für mangelndes Verständnis zwischen Ehegatten, ja sogar für leidvolle Trennungen und schmerzhafte Scheidungen, kurz, ängstigt Sie die Länge des männlichen Organs? Benutzen Sie morgens und abends *Ejaculal*, und Sie werden bald die ersehnte, mächtige Größe erreicht haben. *Ejaculal*, die Creme, dank derer die Portugiesen nach den neusten Statistiken des Staatlichen Instituts für Sexuelle Lust von Arizona Phillips, Phillips & Phillips, an oberster Stelle in der nichtsozialistischen Welt stehen, was die Erektionsfähigkeit angeht und die Schwellpotenz der Venen am männlichen Glied. *Ejaculal*, das einzige Medikament seiner Art, das weder Ausschlag noch Ekzeme, Verformungen oder Schmerzen hervorruft. Und nach dieser angenehmen Nachricht wieder der *Bolero* von Ravel. Maestro, darf ich bitten.«

Der Kerl in Frack und Hanfperücke hob den Besen, der mit dem Akkordeon winkte mit dem Kinn zum Klarinettisten und zur elektrischen Gitarre hinüber, die Musik begann von neuem, im Trauermarsch, gewann mit jedem Takt an Kraft, die unsympathische Frau an der Rezeption kehrte ihm demonstrativ den Rücken zu, interessierte sich nicht für ihn, schaute in eine Akte, ich zögerte eine Sekunde verwirrt, stieß mit dem Knie die Glastür auf, die sich lautlos drehte, mir nur den leichten, geölten Widerstand ihrer Scharniere entgegensetzte, und ich trat in die Kälte des Morgens hinaus, der vor schwebender, drückender Feuchtigkeit dampfte, als tanzten Tausende von durchsichtigen Baumwollpartikeln erstickend in der Luft. Der Wächter gab ihnen verlegen die Dokumente zurück:

»Der Herr Doktor entschuldigen bitte, aber ich dachte, der Herr Doktor und die Dame wären eines von diesen perversen Paaren, die hier rumsitzen und sich einfach vor allen andern anfassen. Wir haben Anweisung, keine Schweinereien zuzulassen, hier kommen viele Kinder her, viele Schulen, der Herr Doktor wird das verstehen, und ich riskiere meine Stelle, wenn ich etwas durchgehen lasse: ich konnte ja nicht wissen, daß der Herr Doktor eine so respektable Persönlichkeit ist, nicht wahr.«

Der Sandstreifen, das kackfarbene Wasser, die angsterstarrten Eukalyptusbäume, unbekannte Vögel fliegen hastig zwischen den Zweigen hindurch, der faulige, geschwulstige Schlamm am Ufer wie saure Milch, und weiter hinten die Enten, die sich im Gleitflug Richtung Stadt treiben ließen. Würden Sie mir bitte die Rechnung fertigmachen, wir fahren heute nach Lissabon: langsame Landstraßen, Brachland, verstreute Dörfer, die unbehagliche, dichte Stille, die sich über das Motorengeräusch legt wie ein Krampf im Magen: Ich will mich von dir trennen, ich will mich von dir trennen, ich will mich von dir trennen, wiederholen die sanften, kleinen, grauen Wellen am Ufer, die sich an den Flanken der vertäuten Boote auflösen. Und sonntags hole ich meine Kinder, gehe mit ihnen im Park der Gulbenkian-Stiftung spazieren, strecke mich mit geschlossenen Augen unter einer Weide auf dem Rasen aus, während sie Ball spielen oder sich unterhalten oder streiten oder hinfallen oder weinen. Ich habe mich nie viel um sie gekümmert, denkt er, habe ihnen nie viel Aufmerksamkeit geschenkt, sie waren immer etwas Unbestimmtes, Verworrenes, Hinderliches in meinem Leben, zwei fremde Wesen, die ernährt, gekleidet, unterhalten, geimpft werden mußten, manchmal auch mußte man aus dem Bett ihr Alptraumjammern anhören, das die schlafende Wohnung aufscheuchte, mich hinderte auszuruhen, mich zu vergessen, einzutauchen in den sumpfigen Brunnen des Schlafes. Der Griff des Messers drückte ihn in die Rippen, die Klingenspitze piekste in seine Taille: er stand auf dem Kiesweg am Eingang des Gutshofes, hörte die Tarantelgeräusche des Publikums, vereinzeltes Husten, Scharren der Schuhe, Gespräche, Flüstern, einige Lacher, er bemühte sich, die Gesichter zu erkennen, die die Dämmerung anonym machte, mit Mühe konnte man das Spiel der Scheinwerfer oben ausmachen, ihre unbarmherzige, übermäßige Helligkeit regnete auf ihn herab. Neben dem Vorhang der Artisten stützten sich die

Schwestern ängstlich auf ihre Ellbogen, ermutigten ihn mit kleinen Handbewegungen, die Schwester mit der Musik lächelte ihm aus einem von Farbe und Tränen verschmierten Gesicht zu. Ich darf nicht scheitern, dachte er, ich muß eine anständige Nummer hinkriegen. Der Wächter begleitete sie bis zum Ausgang des Gewächshauses, winzig, unbedeutend, harmlos, zerfloß in Entschuldigungen.

»Herr Doktor, bitte benachrichtigen Sie meine Vorgesetzten nicht. Ich rege mich immer gleich über jedes und alles auf, es ist schrecklich, ich habe jetzt über die Kasse schon eine Behandlung für die Nerven angefangen.«

Er wühlte verzweifelt in seinen Taschen, holte ein Pillenfläschchen mit einem Wattebausch unter dem Korken aus der Hosentasche.

»Diese Beruhigungstabletten haben sie mir verschrieben, der Arzt hat mir erklärt, daß es keine stärkeren gibt, das Trinken hat er mir verboten und Zigaretten und Kaffee. Und trotzdem habe ich eben grade die Nerven mit Ihnen verloren, da können Sie mal sehen.« (Und wie eine geprügelte Promenadenmischung bettelten seine Augen sie flehend an.)

Tucha richtete sich auf: Jetzt wird er aber dafür bezahlen, dachte ich, wenn sie so lächelt, dann kann man sich nur noch am großen Mast festbinden:

»Schreiben Sie hier auf ein Papier Ihren Namen und Ihre Nummer auf. Mein Vater ist Abgeordneter im Parlament, er wird mit Sicherheit mit Ihren Vorgesetzten sprechen wollen. Er ist sehr stolz auf seine Töchter, aber er läßt es nicht zu, daß man sie respektlos behandelt. Und Ihr ordinäres Verhalten, wissen Sie, das war zuviel des Guten.«

Mikroskopisch klein machte der Typ Anstalten, sich in seiner abgeschabten Hose hinzuknien. Die schütteren Wimpern bebten:

»Mein Gott, Kind, haben Sie doch Mitleid, wenn ich diese Stelle verliere, dann bin ich schlecht dran, ich muß fünf Mäuler stopfen, meine Frau, die kann nicht arbeiten wegen dem Blutdruck, die wird mir manchmal ganz dick aufgequollen, dann liegt sie ein paar Tage im Bett wie ein Klotz, ich muß eine Frau bezahlen, die mir auf die Kinder aufpaßt.« (Er stellte sich eine Horde rotznasiger Kinder in einem Vorort vor). »Wir kriegen nicht mal das Geld für ein anständiges Häuschen zusammen, wir wohnen in einer geliehenen Baracke, meine Älteste, die ist krank geworden, wenn sie mich rauswerfen, dann sitze ich aber in der Tinte.« (Die wurstigen Finger flatterten, die Unterlippe, so konnte man meinen, würde gleich in Schluchzen ausbrechen und ein rotes Furunkel auf der Stirn platzen.)

Wenigstens eine anständige Nummer hinkriegen, dachte er, nicht das Publikum enttäuschen, die unruhige Erwartung der Schwestern nicht verraten. Hollahopp, rief er mit einer Verbeugung zum Publikum, als er den Kiesweg zum Sandstreifen am Gasthof hinunterging, der Sand lag voller Algen und Abfälle, zerbrochener Körbe und verschimmelter Holzstücke. Und ich als Dummer August mit struppigem Haar, meine riesengroßen Hosen und mein Stoffjäckchen flatterten im Wind. Tuchas Lächeln wurde breiter, blitzte vor Schadenfreude:

»Daran hätten Sie denken können, bevor Sie sich so besorgt gaben um Ihre Familie.« (Ihre schrille Stimme zerfetzte unerbittlich die Eingeweide des Wächters, und sein dickes Blut rann die Steine hinunter, wurde sogleich von einer dürren Hecke aufgesogen). »Was mich interessiert, ist Ihr Name und Ihre Nummer: es geht nicht an, daß hier Leute von Ihrer Sorte herumlaufen, die sich so daneben benehmen.«

Er sah an der Fassade des Gasthofes hinauf, aus dieser Perspektive wirkte sie schräg, als würde sie gleich in einem einzigen Block auf mich herabkippen, und wie im Haus der Hebamme versuchte er den Balkon zu dem Zimmer aus einer Reihe gleich aussehender Balkons zu finden, alle mit heruntergelassenen Rouleaus, dem gleichen Stuhl und dem gleichen Tisch an der rostigen Brüstung: dieser da? der da? der andere daneben? Begeisterte Ovationen brachen plötzlich im Zuschauerraum aus, während der Zwerg, der versuchte, auf dem wirren Strom des Beifalls dahinzutreiben, rief:

»Applaus für den allerletzten sehnsüchtigen Blick zum Fenster der geliebten Frau, wahrhaftig eines Romeo würdig, ein Blick wie Abaelard. Achten Sie auf die großartige Beherrschung des Artisten, dieses bewunderungswürdige Spiel seiner Physiognomie, auf den noch zögernden Arm, der sich zu einem dramatischen Adieu aufrichten will, sieht es nicht so aus, als würde er sich ein paar Zentimeter erheben, er bleibt jedoch starr an den Rumpf geheftet mit der verzweifelten Melancholie der Ohnmächtigen, wirklich anrührend leblos. Ich wollte nur unterstreichen, daß Ihnen diese überaus schwierige, wenn auch kurze theatralische Skizze unter absoluter Exklusivität von den Explosiven Vaginalkegeln Pimpampum geboten wurde, die fünf Minuten nach Einführen, meine Damen, festlich Ihren Mann empfangen, Ihren Liebhaber, Ihren Freund, und das mit einem herrlichen Feuerwerk aus silbernen Sternchen, die in einer glitzernden Fontäne aus den Schenkeln aufsteigen, bis sie mit der Kraft von fünfhundert Gramm Trotyl explodieren, die das Bett mit einem Wirbel aus versengten Bettüchern und verbogenem Eisen bis zum Kühlschrank in der Küche katapultieren werden. Vergessen Sie nicht, Madame: Die Explosiven Vaginalkegel Pimpampum machen die Liebe zu einem ganz neuen Abenteuer: verwandeln Sie die Monotonie Ihrer sexuellen Beziehungen in historische Marksteine, die keiner Ihrer Nachbarn je vergessen wird.«

»Aber Mädchen, Mädchen, Mädchen«, flehte der Wächter millimeterwinzig und grün, während er versuchte, aus der oberen Tasche seiner Uniform einen Bleistiftstummel hervorzukramen und ein Bündel Blätter, die sich zusammen mit einem Hasenfuß und einem Glücksbringer aus Plastik, der in die Schnur seiner Pfeife eingerollt war, über den Boden verstreuten. Sein Gesicht wurde vor Entsetzen größer und kleiner und größer und kleiner wie ein Fischmaul, die winzigen Äuglein blinzelten blaß vor Angst. Die Mikrobe lag im

Todeskampf am Eingang des Gewächshauses in einer kleinen Schweißpfütze, stinkender Ausfluß trat aus den Augen, verschiedene Gerüche breiteten sich aus, und Tucha sah ihn von oben herab höhnisch mit unerbittlicher, triumphierender Grausamkeit an.

Die rostigen Stützpfeiler des Gasthofs steckten tief in der Erde und bildeten eine Art Dach, unter dem sich Ruder stapelten, Anker und vom Wasser zerfressene Taue, Trümmer von Booten, Aschenkegel, große Mülltonnen an einer Ziegelsteinwand. Ein Alter, als Weißclown verkleidet (ein Murmeln ging durch die Zuschauerreihen, als der Scheinwerfer ihn traf und seinen schäbigen Anzug noch herausstrich), fachte an diesem grauen Morgen die Glut eines kleinen Feuers mit einem Korbwedel an, und die Kohle entzündete sich hier und da, als sei sie von innen her durch kleine Lämpchen erleuchtet, die glühten wie dicke, orangefarbene Kristalle. In welchem Zirkus haben wir zusammengearbeitet? dachte ich, durch welche Landstriche sind wir gezogen in heruntergekommenen Wohnwagen, die von hinfälligen amerikanischen Straßenkreuzern ohne Kotflügel gezogen wurden, mit unseren zum Mond starrenden Seehunden, unseren Elefanten in der schlaffen Plüschhaut, unseren als Sevillana verkleideten, ach so traurigen Hündchen, unseren absurden Nilpferden und Alptraumfledermäusen, in welchen miserablen, senffleckigen Restaurants mit breitfüßigen Fliegen haben wir dünne Brühe gelöffelt und durch das schmutzige Fenster die Insekten des Sommers beobachtet, welche unattraktive Nummer haben wir am Abend vor leeren Bänken miteinander vorgeführt vor einem Feuerwehrmann und drei Kerlen von der Armee, die gelangweilt dem traurigen Spektakel zusahen? Mein Vater beugte sich im Stuhl vor, bis seine Nase die meine berührte:

»Man muß ihnen den Bauch aufmachen, um zu sehen, wie sie funktionieren«, sagte er wieder und streckte mir den Brieföffner entgegen. »Bist du wirklich sicher, daß du es nicht probieren willst?«

Ob er der Alte ist, der neben dem Gasthof in der riesigen Stille der Bäume und des Flusses hockt? Ob er ein Weißclown mit polierten Fingernägeln und Alpaka-Anzug ist, an dem die Sekretärinnen und Manager die Flickstellen nicht erkennen, die lächerliche Weite, die Taschen voller Gummipumpen für die künstlichen Tränenergüsse? Der Vagabund zog einen toten Spatzen aus einem Sack, spießte ihn auf einen angespitzten Stock und begann ihn auf der Feuerstelle zu braten, ohne ihn zu rupfen. Der Geruch des verbrannten Fleisches verbreitete sich wie ein Schattenfleck. Der Wächter nahm Tuchas Handgelenk und schüttelte es verzweifelt:

»Bei den Gebeinen meiner Schwester im Grabe«, jaulte er, »ich hab Sie nicht ungebührlich behandeln wollen.«

Herr Esperança, mit Nelke im Knopfloch, trat zwei Schritte nach vorn, stellte das Mikrofon höher, testete den Ton, indem er mit der Spitze des gebogenen Zeigefingers auf die Membran hämmerte, und rief:

»Ich stimme dem Selbstmord zu als einer, sagen wir, allerdings strengen Strafe, denn er hat mir, auch wenn es noch so wenig gewesen wäre, nie bei der Zahlung der Miete geholfen. Es waren die Präservative *Donald*, Feind Nummer eins des Bevölkerungszuwachses, die sich diesen Monat mit Dona Sara verständigt haben.«

Er nahm ein schon gefülltes Glas Rotwein aus der Tasche und erhob es zum Publikum hin:

»Als ein im In- und Ausland bekannter Bariton, als ein Mann, der sich etwas darauf zugute hält, und als Gentleman schlage ich einen Toast auf die Präservative *Donald* vor, in Portugal hergestellt, mit Palmenöl getränkt, mit oder ohne Haarkrone und reißfest, in den vier Farben rot, beige, indigoblau und türkis, zudem in der ehrwürdigen Variante in schwarz, zuvörderst empfohlen dem soeben Verwitweten, dem Oberst der Reserve und dem keuschen Biliothekar. Diese Gelegenheit möchte ich dazu nutzen, die Herrschaften vor der Gefahr der Imitationen zu warnen, indem ich Ihnen den Rat gebe, prüfen Sie immer, wenn Sie die Präservative

Donald in der Apotheke verlangen, ob der unverwechselbare Enterich in Relief auf der gepolsterten Spitze eingepreßt ist. Mit dem kleinen, mittleren und großen *Donald* werden Sie die Sicherheit einer ruhigen Beziehung gewinnen, wie kürzlich Herr Doktor Nelson de Jesus Júnior, illustrer Gründer der Sexologischen Fabrik Donald und Präsident auf Lebenszeit sowie Ehrenpräsident seines Verwaltungsrates, in Presse, Funk und Fernsehen versicherte, als er den Vatikan in Rom verließ, kurz nachdem er in einer privaten Audienz von Seiner Heiligkeit dem Papst empfangen worden war, der sein väterliches Wohlwollen und wärmste Sympathie über diese edle Handlungsweise zum Ausdruck brachte, da er die verdammenswerte, sündige Pille unnötig mache, und Seine Heiligkeit geruhte ein Präservativ in massivem Gold entgegenzunehmen, das dazu bestimmt ist, die strenge Kargheit seines Arbeitstisches zu zieren. Herr Doktor Nelson de Jesus Júnior hatte Gelegenheit, den Mitgliedern der Kurie Luxuspackungen der Präservative *Donald* in Kardinalpurpur und mit einem kleinen, an der Spitze eingravierten Bischofsstab zu verehren, wonach er hinwiederum seinerseits zum Chevalier des Heiligen Grabes ernannt wurde und den Ehrentitel Wächter des Christlichen Glaubens erhielt. Bevorzugen Sie *Donald*, das Präservativ der Katholiken.«

Ein kleiner Dampfer glitt vor dem Gasthof auf die Mündung zu, gefolgt von einem Kranz hungriger Möwen, der hustende Motor brachte die sanfte Unruhe der Eukalyptusbäume durcheinander. Dona Sara rückte die Nadel mit dem Bild des Verstorbenen zurecht, mit der sie den Ausschnitt ihres Kleides in einer unangemessen schamhaften Geste ihrer sechshundert Jahre zusammenhielt:

»Also hier haben wir das kleine Zimmer«, gab sie mit einem Hauch von jenseits des Grabes bekannt. »Die ersten sechs Monate sind im voraus zu zahlen.«

Ich zog nun vor Unbehagen am Ärmel von Tuchas Kleid, aber sie machte sich heftig los, ihr Ellbogen bohrte sich in meinen Magen, und mir stieß roter Pfeffer und Knoblauch vom Lammkotelett des Mittagessens auf. Ein rachsüchtiger, phosphoreszierender Schein umgab sie, selbst ihr Haar schien starr und elektrisiert von dem sadistischen Gefallen am Sieg, ihre Zungenspitze kam überschwenglich zwischen den Lippen hervor. Wie schön du an diesem Nachmittag warst, denkt er.

»Gehen Sie mir aus den Augen, Sie Rindvieh«, zischte sie und zeigte mit dem Finger auf die verworrenen Pflanzenreihen, die weißgestrichenen Einfassungen, die dazwischen liegenden Kieswege und die buschigen, feuchten Sträucher. »Gehen Sie mir aus den Augen, bevor ich es mir anders überlege.«

Dona Sara verstaute die Scheine im Tuch, wandte ihm den Rücken zu und schlurfte zur Tür, wobei sie mühsam die dürren Beine nachzog. Die Hand schon auf der Türklinke sah sie ihn von der Schwelle aus mit essigsäuerlichem Gesicht an:

»Ich wollte noch sagen, daß ich keine Besuche zulasse.«

»Was für ein Riesenluder, deine Ex«, sagte Marília, während sich die endlose Asche von ihrer Zigarette löste und in ihrem Schoß zerfiel. In der Azedo Gneco rief jemand vom Stockwerk oben drüber (eine Männerstimme) unverständliche Sätze auf die Straße. »Wenn ihr nicht miteinander klar gekommen seid, was soll der Unglückliche denn tun?«

Wenn Tucha ein Luder ist, bin ich dann nicht ein Lump? dachte er, während das Publikum zu dem Toast auf die Präservative *Donald* applaudierte und der Alte den gebratenen Spatzen rupfte, bevor er ihn liebevoll zwischen zwei Brothälften legte:

»Möchtest du etwas?« fragte der Vater.

»Egal zu welcher Tageszeit, haben Sie verstanden?« wiederholte Dona Sara und fummelte mit ihren zu weißen, zu dürren Fingern, die der stete Kummer bewegte, an der Nadel. (Du hast sicher hohen Blutdruck, dachte ich, hoher Blutdruck und Diabetes und zuviel Harnsäure und Bandscheiben und den Veitstanz.) »Also Besuche kommen mir nicht über die Schwelle.«

Ihre Hausschuhe entfernten sich im Flur, gurgelnde Laute im Keller fügten sich zu einer Arie zusammen. Marília schüttelte die Asche vom Rock auf den Boden und klopfte sich mit einer Biographie über Antonioni ab, und ich dachte, Wenn ich ein Hundsfott bin, warum zum Teufel bist du dann hier mit mir zusammen?

»Immer wenn es Ärger gibt, dann bist du apathischer als ein Porzellanstier«, sagte Tucha vorwurfsvoll zu ihm, während sie eilig durch den Park zur Untergrundbahn am Marquês de Pombal gingen. »Neulich in der Bar hätten sie dich ganz schön verdroschen, wenn mein Bruder nicht gewesen wäre.«

Der Bettler erhob sich kauend, um an einen Pfeiler zu pinkeln, er schüttelte das Ding gleichgültig hin und her; als Dona Sara ihn jedoch etwas besser kannte, vergaß sie das Verbot, lud ihn zum Tee in ein sechseckiges Zimmer ein, das vollgestopft war mit chinesischen Truhen und großen alten Möbeln, eine alte, unsichtbare Uhr bimmelte hin und wieder endlose Stunden, sie bot ihm weich gewordene Kekse an, wobei sie feierlich den Deckel eines Schuhkartons abnahm, und an dem Tag, als Marília dort einige Bücher abgab, wollte sie sie unbedingt kennenlernen, und sie verbrachten, begraben in riesigen, unbequemen Sofas ohne Federung, eine Ewigkeit mit der Tasse in der Hand; sie lehnte die Plätzchen ab und hörte Dona Sara über glücklichere Zeiten sprechen und sah sie mit den mumienhaften Fingern das bräunliche Bild ihres Mannes streicheln, der Porfírio Alves hieß, Rentner der Telefongesellschaft, ein Auto hatte ihn vor Jahrhunderten auf der Avenida Infante Santo überfahren. Allmählich machte er sich mit den übrigen Untermietern vertraut, einem mittelalterlichen, ausnehmend höflichen untadeligen Schwarzen, der in der Kreditanstalt arbeitete und aus unerfindlichen Gründen ein großer Anhänger des Sportvereins von Covilhã war, ein Pilot der Handelsmarine, der immer, wenn er von einer Reise zurückkehrte, seine Frau anständig verprügelte, Ist eine Frage der Prinzipien, erklärte er mir einmal an der Bushaltestelle, ohne daß ich in meiner Verblüffung verstanden hätte, um welches Prinzip es sich handelte, Herr Esperança, der Bariton von Weltrang und Bewohner des Dachbodens, die ledigen Zwillingsschwestern mit Wappenring, die immer zusammen waren, früher einmal Angestellte des Kaufhauses Grandela, die dienstags nachmittags in Grabesstille den Tee mit uns einnahmen und ohne Unterlaß nimmermüde mit mechanischen Bewegungen Häkeldeckchen anfertigten, und der Pater Mendonça, der Mentholpastillen lutschte, um sich das Rauchen abzugewöhnen, er verbreitete um sich die Frische einer Apotheke, wurde stets gewürgt von einem Zelluloidkragen und bezog sich immer auf Gott wie auf einen tyrannischen, zu anspruchsvollen Arbeitgeber. Ich hatte begonnen, mich wohlzufühlen, denkt er, und gegen den Rat des Piloten, der seiner Frau am Vorabend den linken Arm gebrochen hatte, eine Frage der Prinzipien, zog ich in die Azedo Gneco, Immer eins drauf, rief er, ich knirschte in einem Winkel des Korridors vor Wut mit den Zähnen, und er zerrte an meinem Mantelkragen, flehte mich brüderlich, zornig und gequält an.

»Was für eine unerträgliche Spießerin muß deine Ex gewesen sein« sagte Marília noch einmal und klopfte mit einer Biographie über Visconti eine neue Aschenrolle vom Rock, während ich ihr schüchtern die bronzene Katze in Form eines Aschenbechers reichte und mich an meine nächtlichen Asthmaanfälle in diesem unbeschreiblichen Staublager erinnerte, Nacht für Nacht lag ich wach, saß keuchend im Bett, die Sterne hafteten in schwebender Harmonie am Fenster, und Campo de Ourique erdrückte mich ringsum mit seinen kleinen Läden und seinen reizlosen Gebäuden. Marília zog sich die Schuhe aus und kratzte sich nachdenklich am Ballen:

»Wie lange hast du das ausgehalten?«

Der Alte hatte das Brot aufgegessen und blieb einfach reglos, starrte in das Feuer, dessen Glut langsam erlosch, immer blasser wurde im quadratischen Schatten des Vordaches und sterbende Funken aussandte. Ein brauner Streifen rann aus seinem Mundwinkel, während er mit dem kleinen

Finger wie mit einem Korkenzieher in den Zähnen herumfuhrwerkte. Der betrunkene junge Mann zögerte: die blinkenden Lichter der Bar beleuchteten abwechselnd sein Gesicht, das zerzauste Haar, das zerrissene Hemd, an dem Knöpfe fehlten. Zwei Aufpasser griffen ihn an den Armen und stießen ihn zur Bar hin.

»Wenn du sie noch mal belästigst«, sagte Tuchas Bruder heldenhaft, noch aufrecht, den leicht verrutschten Knoten seiner Krawatte zurechtrückend, »mach ich eine Briefmarke aus dir.«

Du hattest niemanden, Marília: deine Mutter erzählte mir einmal irgend etwas von einem viel älteren Halbbruder, der nach Kanada ausgewandert war: ein Typ, der dir ähnelte, mit den Händen im Gürtel in einem Bilderrahmen auf dem Fernseher, mit einer ausländisch aussehenden Frau neben sich, und zwischen den beiden ein weinendes Kind mit unverhältnismäßig großem Mund. Der Scheinwerfer suchte von neuem den Landstreicher mit dem Vogel, der jetzt die Hosen heruntergelassen hatte und breitbeinig neben das Öfchen kackte, eine unendliche Karnevalsgirlande, das Publikum lachte. Das gelbe Haar zitterte in tausend Drahtantennen, die riesenhaften, künstlichen Hinterbacken aus Stoff erbebten lächerlich. Die Stimme der jüngsten Schwester flüsterte säuselnd irgendwo im Dunkeln ins Mikrofon:

»Diese nette Einlage wurde Ihnen von den Damenstrümpfen und Collants *Penelope* offeriert, penelopisieren Sie sich und fühlen Sie den Unterschied im zärtlichen Blick Ihres Gatten, das Gewebe, das Ihre Beine in wahrhaftige Augenblicke der Verführung verwandelt. Leicht und sanft bei der Berührung, schillernd und glänzend, dunkel, als Netzstrümpfe, mit Pünktchen oder einfach hautfarben, repräsentieren die Strümpfe *Penelope* schon an sich die Garantie einer großen Liebe. Versehen mit einem zarten Lilien- und Waldblumenaroma (das unverändert bleibt, auch nach mehrmaligem Waschen), und verknüpft mit einem roten, mit wunderschönen Tüllrosen verzierten Strumpfgürtel, Damenstrümpfe und Collants *Penelope*, penelopisieren Sie sich und fühlen Sie den Unterschied im zärtlichen Blick Ihres Gatten, besonders empfohlen für das erste Treffen, Besuche bei ledigen oder verwitweten Onkels, zu Entgegnungen auf Heiratsanzeigen und Partnersuche, und all jenen Frauen empfohlen, die schon die Hoffnung auf ein Eheglück aufgegeben haben und sich zum Allerheiligsten in der Kirche flüchten oder in sonntägliche Autobusgruppenfahrten mit Picknick und Tambourin zum Kloster von Batalha oder zum Kutschenmuseum. *Penelope*, der Strumpf für die feminine Frau, *Penelope*, die Lösung für Ihre Schüchternheit, das Wohlbefinden unwiderstehlicher Attraktion, das Accessoire, das Sie beneidenswert macht, bewundert und begehrt. Penelopisieren Sie sich und fühlen Sie den Unterschied im zärtlichen Blick Ihres Gatten.«

Nun lief er in entgegengesetzter Richtung zur Mündung am Ufer entlang. Die Sohlen mahlten im Sand, als träte er auf Sandpapier oder Glasscherben, kalter Wind blies durch den Hemdkragen und die Knopfleiste. Das Wasser, das sich in dicken Lederfalten zusammenlegte und wieder glättete, schien zu dampfen wie ein Waschtrog, Scheißbourgeois, sagte Marília, Scheißchauvis, sagte Marília, ich frage mich nur, wie du das alles so lange ausgehalten hast, und da war undeutlich Aveiro in der Ferne, braungrau gegen den braungrauen Himmel und das braungraue Wasser, und zitterte in der Nacktheit des Morgens. Wenigstens eine anständige Nummer hinkriegen, dachte er, während das Messer ihn bei jedem Schritt in das Fett seiner Hüften stach, wenigstens soll der Impresario nicht blamiert werden.

»Der Artist nähert sich ohne die geringste technische Unvollkommenheit dem Ende seiner Arbeit«, rief der Zwerg mit Erleichterung in der Stimme dem mittlerweile desinteressierten Publikum zu. »Diese großartige Apotheose, die die Herrschaften sicher alle bewundern werden, ist bisher nur einmal erreicht worden, 1936 in London von dem unvergeßlichen, vielgerühmten Aristoteles Szadagadanis, dem griechischen Star des nationalen Zirkus seines Landes.«

Die Brise wechselte die Richtung, und die Enten schwammen auf der Lagune auseinander: ein Teil des Schwarms flog auf, um weiter vorn wieder zu landen, noch erschreckt tasteten die Enten mit offenen Flügeln durch die Luft, die feinen Federchen am Hals waren wie zum Streit oder zur Warnung gesträubt. Ich müßte in der Klinik anrufen, denkt er, ich müßte wissen, was los ist.

»Willst du mich heiraten?« fragte er Tucha, als sie die mit Schalen, Papier, Abfall und schleimigem Auswurfglibber übersäten Stufen zur Untergrundbahn hinuntergingen. Der quadratische Zementmund mit Plakatresten und mit Wörtern, die in Leuchtkreide an die Wände geschrieben waren, verschluckte sie wie die wackelnden Wagen am Eingang der Geisterbahn, und drinnen im Halbdunkel, erleuchtet von langen Neonröhren, wie immer eine eilige, drängende Menge.

»Ich? Dich heiraten?« rief Marília lachend, nackt auf dem Bett der Freundin sitzend. Es war Sommer, denkt er, du trugst blaue Plastiksandalen, hattest vorübergehend den Poncho aufgegeben, deine Brustwarzen zitterten amüsiert, dein Körper schwebte wie der eines chinesischen Gottes im staubigen Licht der Dämmerung. Deine riesigen Knöchel, denkt er, deine bäurischen Hände, dieses harte, tiefe, männliche Lachen, das durch deinen Körper läuft, sich über deine Lenden ausbreitet, deine Nieren schüttelt. »Hat dir denn der eine Versuch nicht gereicht, du Unglücksrabe?«

Keine hat mich ernst genommen, dachte er und kickte eine rostige Konservenbüchse mit dem Fuß vor sich her, die er mit der Schuhspitze aus dem Sand ausgegraben hatte, keine hat an mich geglaubt. Er war zwei Jahre hinter Tucha hergewesen, hatte gedrängt, sie gebeten, sie eingeladen, lange, heftige, leidenschaftliche, törichte Briefe geschrieben, zwei Jahre eine ewig dauernde Leidenschaft beschworen, bis der verheiratete Kerl, mit dem sie eine stürmische heimliche

Beziehung unterhielt, nach Rio de Janeiro emigirierte, ohne sich zu verabschieden, und Tucha mit tränenüberströmtem Gesicht vor Wut ja sagte und die Schminke ihrer Augen sich zu zwei flehenden, rührenden Strichen verwischt hatte. Monate später schritt er feierlich im Frack durch das Hauptschiff der Kirche mit einer weißen, leichten, fast luftigen Gestalt am Arm, während sich auf der einen oder anderen Seite die federgeschmückten, lächerlichen Köpfe der Tanten auf den Plätzen am Gang reckten, um ihn besser sehen zu können, erdrückt von der Orgel, die die schweren Wogen eines Triumphmarsches herabschickte.

»Dich heiraten, stell dir vor«, murmelte Marília nachdenklich und schüttelte den Kopf, während sie in dem wirren Kleiderhaufen auf dem Boden nach einer Schachtel Zigaretten suchte. »Ehrenwort, ich hab alles andere erwartet, nur nicht das. Ich habe nur noch nicht verstanden, ob du bürgerlich bist oder verückt, oder zur Abwechslung beides zusammen.«

Und wieder, wie beim ersten Mal, monatelanges, hartnäckiges Drängeln, zärtliche, unerwiderte Blicke, übertriebene Liebenswürdigkeit, dramatisches, heftiges Flehen. Er kannte ein halbes Dutzend vergangener, unwichtiger Beziehungen von ihr, gräßliche Kollegen von der Universität, schräge Genossen von der Partei, ein bemerkenswert unsauberer Bildhauer mit grauem Bart und Sandalen, der aussah, als würde er über das Wasser schreiten und an die Besucher der Gesellschaft der Bildenden Künste abstrakte Wunder austeilen: Und warum nicht ich, denkt er, was haben diese Typen, was ich nicht habe, warum zum Teufel nehmen sie mich nicht ernst, warum sehen sie mich nicht mit großen, staunend begehrenden Augen an? Einmal las ich im Wartezimmer eines Internisten in einer brasilianischen Zeitschrift einen Artikel mit der Überschrift: Der Erotische Zauber der Dicken, mit Mulattinnen in Bikini und hochhackigen Sandaletten, sie umarmten wollüstige, kugelrunde Kerle, die einem gekochten Ei ohne Schale glichen: der Text rühmte die verführerischen Vorzüge des Doppelkinns, die ausschweifende Behäbigkeit riesiger Bäuche, die Freude, ein Paar Beine mit Elefantenfesseln zu umschlingen, zitierte in Kursivschrift Aussagen dazu, druckte ungestüme Verse romantischer Dichterinnen ab, die hingerissen von den Fettpolstern zu Sonetten angespornt wurden, und ich dachte, es lohnt nicht, Diät zu machen, es lohnt nicht, dünner zu werden, ich werde die Pillen vom Arzt nicht nehmen, um elegant zu sein wie ein Ausrufungszeichen, ich werde noch ein paar Kilo zunehmen, und sicher wird ein Schwarm blonder Mädchen in weit ausgeschnittenen Abendkleidern auftauchen, hübsch und geschminkt wie die Schauspielerinnen auf den Kaugummibildchen, und hingerissen um mich herumwirbeln. Und dennoch glaube ich, daß Marília mich geheiratet hat wegen der Eltern (Wer ist hier bürgerlich?), die vor Gram zu sterben drohten, weil sie in Todsünde mit einem Mann zusammenlebte. Sie weinten die ganze Zeit während der Feier auf dem Standesamt, schneuzten sich laut vernehmlich, zutiefst gerührt, und zum Mittagessen gingen wir alle vier in ein Lokal in Arroios, die Mutter triefte ihre Erregung in den Tee mit Zitrone, und der Vater trank mit geöffnetem Kragenknopf und einer gelbroten Krawatte in reuevoller Stummheit ein Bier nach dem anderen. Wir aßen Sahnekuchen, scheußlich harte Törtchen und bimssteintrockenen Toast. An den Nachbartischen tranken einsame Herren und Damen mit Schoßhündchen trauergewichtig Alkoholfreies, und die Bediensteten brüllten die Bestellungen der Kunden in ein Kabuff, in dessen Innerem irgendeine Wesenheit existieren mußte, die Sahnekuchen und kleine Flaschen Orangensaft lieferte. Sie verabschiedeten sich auf dem Bürgersteig vor dem Schaufenster mit noch mehr Schniefen und Tränen und im Taschentuch erstickten Seufzern, wir nahmen den Bus in die Azedo Gneco einen Block weiter unten, und als ich mich umdrehte, sah ich die beiden Alten nebeneinander zur Straßenbahnhaltestelle trotten, er groß und sie klein, sie versuchte ihren Schritt dem seinen anzupassen, und nie waren sie mir so alt und so verletzbar und so rührend vorgekommen wie an diesem Nachmittag. Als wir ankamen, hast du dich eine ganze Weile im Bad eingeschlossen, und als du herauskamst, hast du vorsichtig vermieden, mich anzusehen: deine Lider waren geschwollen, deine Nase rot, du hast dich auf den Fußboden gesetzt und in einem Buch geblättert, und als ich dich küssen wollte, hast du mich mit aller Kraft fortgestoßen, als haßtest du mich, und ich beschloß, an die Zeitschrift aus dem Wartezimmer zu schreiben und darzulegen, daß der erotische Zauber der Dicken ein blödes Gerücht sei. Zum Glück wurde es dann besser, ohne Zweifel, aus dem gleichen unerfindlichen Grund, aus dem der Himmel klar wird, wir gingen in ein chinesisches Restaurant in der Duque de Loulé mit lauter geschäftigen Orientalen und Papierschirmen eines Heiligen Antonius aus Shanghai, ich konnte dich zum Lachen bringen mit meiner Ungeschicklichkeit als Bandarillero mit den Holzstäbchen, den ganzen Rückweg über war ich angeregt von dem süßen Schweinefleisch, malte mir aus, wie ich mit dir schlafen würde, aber dann ging der Fahrstuhl zwischen zwei Stockwerken kaputt, der Alarm wurde nicht ausgelöst, wir hämmerten an das Gitter bis vier Uhr morgens, und schließlich kam der Herr aus dem ersten Stock rechts im roten Pyjama, gefolgt von seiner Frau im Nachthemd, sie riefen einen Schwager an, der etwas von Mechanik verstand, und der kam in einem ölverschmierten Monteuranzug und schraubte ohne Erfolg Teile ein und aus, während uns das ganze Gebäude in Pantoffeln konsterniert und solidarisch Mut machte und uns tröstete. Eine Frau gab uns durch einen Strohhalm Kakaolikör zu trinken, eine andere betete mit geschlossenen Augen knieend auf einer Fußmatte den Rosenkranz, um sieben kamen die Feuerwehrleute mit einem Riesenaufwand an Sirenen, Ambulanzen, blitzenden Helmen, Tauen, Schläuchen und Leitern, der Spezialist in dem nun völlig schwarzen Monteuranzug hämmerte am Ende der Höhle, die Feuerwehrleute schweißten nach den Anweisungen eines bedächtigen Mannes mit drei Medaillen wie Kronkorken auf der Brust das Gitter auf, die Unterhosen sahen unter seiner Hose hervor, mein einziges anständiges Jackett versengten sie mir in höllischer Hitze (unsere Haare glühten wie Insektenbeine), wir waren fast draußen, als jemand auf der Straße den Schlauch auf dem Boden aufdrehte, der sich in einer unkontrollierbaren Erektion aufrichtete und sofort das Geschöpf mit dem Rosenkranz erwischte, die Frau rollte die Treppenstufen hinunter und brach sich das Schlüsselbein, die Bewohner flohen klatschnaß kreischend vor dem Wasserstrahl, der Chef mit den Medaillen stöhnte noch, Wer hat denn das Scheißding angestellt, aber der Strahl traf ihn genau ins Gesicht und er wurde rückwärts in die Wohnung der Dame mit dem Kakaolikör geschleudert, schlug mit dem Rücken an die Kommode im Eingangsflur, zerbrach einen Bettler aus Porzellan, der wie Manuel de Arriaga ohne Frack aussah, ein übergroßer Spiegel mit wurmstichigem, geschnitztem Rahmen zersplitterte über ihm in tausend Scherben, der Eigentümer rief mit den Händen auf dem Kopf, Oh, mein schönes Haus, bis das Knäuel aus Menschen und Wasser, das über die Treppen purzelte, ihn mitriß, ein Arm ruderte wie ein Schiffbrüchiger im bodenlosen Schwimmbad des Erdgeschosses, wo die Pflanzen sich zu einem schlaffen Korallenwald regeneriert hatten, als der Schlauch erschlaffte und verstummte, sich erneut in unschuldige, konzentrische Spiralen rollte, überall lagen Leute ohnmächtig und triefnaß ausgestreckt, wir stiegen im Storchenschritt das noch fehlende Stockwerk hinauf in dem Versuch, nicht auf die blubbernden Opfer zu treten, unterzeichneten eine Unterschriftensammlung an den Apostolischen Nuntius mit der Bitte um sofortige Kanonisierung der frommen Frau mit dem Rosenkranz, der Feuerwehrkommandant, wieder zu sich gekommen durch den Kakaoschnaps der Besitzerin desselben, die großzügig Stamper an die gesamte Mannschaft verteilte, pfiff einen Pfiff, den niemand hörte, ein Pandämonium aus Autos staute sich auf der Straße, wir schlossen die Tür, zogen uns aus, putzten die Zähne, zogen den Wecker auf, löschten das Licht und hörten durch fließende Traumschwaden jenseits von Schreien, Stöhnen, Sirenen und im Dunkeln fallenden Wassertropfen den werkelnden Schwager, der ungerührt wie ein Holzwurm in dem Brunnen seine Maulwurfsarbeit fortsetzte.

»Wir dich heiraten?« fragten Tucha und Marília empört zur gleichen Zeit.

»Meine Damen und Herren, liebe Jungen und Mädchen, auserwähltes Publikum, die Sie alle uns mit Ihrem Erscheinen und Ihrer Begeisterung dermaßen ehren«, verkündete der Zwerg und befahl mit der ausgestreckten Pfote, den *Bolero* von Ravel anzuhalten. »Wir haben die Ehre, Ihnen Die Ehegattinnen vorzustellen. Applaus für Die Ehegattinnen, bitte.«

Nun begann ein düsterer Trommelwirbel, ein Lichtkegel leuchtete plötzlich auf und strahlte die Kuppel des Zirkuszeltes an (durch einen Riß konnte man undeutlich einen Stern erkennen), ein Trapez schwankte leicht, und mit dem Fuß auf dem Trapez, in Ballerinaschuhen und flitterbesetzten Trikots winkten Marília und Tucha mit der freien Hand ins applaudierende Publikum, und der Kreidestaub der Turner rieselte dabei von ihren Handflächen. Der Maestro wedelte in gebieterischer Schleife mit dem Besenstiel, die Trommel verstummte mit einem letzten Schlag, und die Menschen beobachteten mit verrenktem Hals die Artistinnen dort oben, während er in der diesigen Feuchtigkeit des Morgens über den Sand nach draußen ging, die Hände in den Taschen, die Nase auf dem Boden.

»Wir wollten nie heiraten«, sagten sie im Chor. »Die Ehe war nur ein bedauerlicher Irrtum unsererseits.«

»Selbst unsere Kinder«, fügte Tucha hinzu, deren runder Hintern prall das Trikot spannte. »Das war eine schmerzlose Geburt, aber er hat nie im richtigen Rhythmus geatmet, er hat die Wehen durcheinandergebracht, beinahe wären sie mongoloid geboren, hat der Arzt mir hinterher gesagt. Können Sie sich das vorstellen, was das geheißen hätte, zwei sabbernde Kinder mit offenem Mund zu Hause, die etwas grunzen, was niemand versteht?, also, ich hätte sie sofort in ein Heim gesteckt.«

»Am Anfang«, sagte Marília, »habe ich geglaubt, er sei ein Bourgeois, den man gewinnen könnte, ein Sozialist, den man durch Lektüre, durch unser Zusammensein und Beispiel zur ruhmreichen Ideologie der Arbeiterklasse bekehren könnte. Mit ihm zusammenzuleben bedeutete für mich einen Teil meiner Arbeit als aktive Genossin, bis die Genossen in einer Versammlung der Zelle mir wissenschaftlich das Gegenteil bewiesen, das heißt, seine unbeugsame kapitalistische Mentalität, seinen gräßlichen Elitismus, seinen absoluten Egoismus. Selbstverständlich habe ich im Schoß der Partei gleich Selbstkritik geübt.«

»Mein Psychiater«, sagte Tucha, »hat mir einleuchtend erklärt, daß Rui ein Sadomasochist höchsten Grades war und sich anormale Kinder wünschte. Erst die Trennung hat es mir ermöglicht, auf eine nichtneurotische Weise meinen Ödipuskomplex zu überwinden: wenn es nach ihm gegangen wäre, wäre ich auf unbestimmte Zeit noch in der oralen Phase steckengeblieben.«

»In gewissem Sinne hat er mich zur Abtreibung durch Unterlassung gezwungen«, sagte Marília anklagend. »Als ich gesagt habe, daß ich kein Baby wollte, da habe ich das mehr getan, um ihn auf die Probe zu stellen als irgend etwas andres. Er hat immer gesagt, die zwei wären schon genug, und daß er keine größeren Komplikationen wollte. Er hatte in seinen Adern einfach die Egozentrik der herrschenden Klasse.«

»Er hat mir nie das Frühstück ans Bett gebracht«, beklagte sich Tucha, »er lag dick und breit im Bett wie ein Frosch auf einer Platte und wartete mit offenem Mund. Und wenn Haut auf der Milch schwamm, trank er sie nicht.«

»Er hat immer gedacht, die Frauen seien ausschließlich dazu geboren, ihn zu bedienen«, fügte Marília hinzu, »und bei mir, da hat er immer die Toastscheiben von oben genommen, die wärmer waren, und die andern hat er mir gelassen.«

»Ich habe ihm den Fisch zurechtgemacht«, sagte Tucha, »und wenn er eine Gräte fand oder ein Stück Haut, protestierte er sofort. Zum Glück haben die Kleinen seine Tischmanieren nicht geerbt.«

»Huhn hat er zum Beispiel nicht gegessen«, sagte Marília, »nur Hamburger und Reis mit Tomatensauce. Jahrelang Hamburger und Reis mit Tomatensauce, da muß man ja durchdrehen.«

»Die Zahnpastatube hat er nie eingerollt«, sagte Tucha, »er hat einfach irgendwo gedrückt, und die Toilettenbrille war immer bespritzt. Wenn ich mich hinsetzen wollte, dann mußte ich sie immer erst mit Toilettenpapier abwischen.«

»Er ist nie in der Lage gewesen, mit mir zum Supermarkt zu gehen«, erklärte Tucha mit dem Kopf nach unten zwischen den Knien hindurch an der Trapezstange, während Marília, die Hände verschränkt, im Leeren schaukelte. »Und Supermarkt, das heißt auch Fleischer und Bäcker und Schneider und Spielzeugladen, alles. Das Auto habe immer ich zur Werkstatt gebracht zum Ölwechsel.«

»Er verlangte, daß die Menschen nur für ihn da sind«, versicherte Marília, drehte sich mit einer Pirouette um sich selbst und wurde vom Publikum stürmisch mit Beifall bedacht. (Auf der Sandbahn unten trat der Zwerg mit ausgebreiteten Armen vor und zurück, als wollte er sie, wenn sie fiele, auf dem Boden auffangen.) »Er brauchte ständig jemanden um sich, grenzenlose Zuwendung, bedingungslose Anbetung, und wer kann das schon lange aushalten?«

»Nicht mal die Pullover hat er zusammengelegt«, sagte Tucha empfindlich, »und morgens mußte ich ihm seine Sachen rauslegen, denn wenn er nach seinem Geschmack herumgelaufen wäre, man hätte es mit der Angst zu tun bekommen. Ich habe mich sogar gefragt, ob er nicht farbenblind war.«

»Er ist immer ein Reaktionär übelster Sorte geblieben«, sagte Marília, rutschte an einem Tau auf die Bahn hinunter und bedankte sich mit erhobenen Händen und einer Drehung ihres Körpers für die Begeisterung im Publikum, die der Zwerg noch anspornte, indem er sie aufforderte, in die Mitte der Manege zu hüpfen. »Der Krebs des Kapitalismus hat ihn völlig zerfressen, das Gespenst der Religion war ihm ein Klotz am Bein, der Klassenkampf versetzte ihn in Panik. Nur gut, daß die Partei mich vor der Ansteckung durch ihn gerettet hat und mir die richtige Linie für mein Handeln gezeigt hat.«

»Erst nachdem ich mich von ihm getrennt hatte, konnte ich glücklich werden«, sagte Tucha und rutschte nun ebenfalls an dem Seil herunter und näherte sich, vom Zwerg angestoßen, Marília, die sie mit einem breiten, komplizenhaften Lächeln auf ihrem karminroten Mund erwartete. Ein Knäuel verflossener Freunde lehnte sich über die Balustrade einer Loge und zollte ihnen hingerissen vor Bewunderung stürmisch Beifall, und er dachte ohne Melancholie, die im Nebel fast weiß wirkenden Eukalyptusbäume betrachtend, deren oberste Zweige sich in den Wolken aufzulösen schienen, Ich fühle mich schon so weit weg von all dem. Und der Griff des Messers in der Achsel erschwerte seine Bewegungen wie ein Ganglion in einer Wunde.

»Hier sind alle Vögel vom Landhaus«, erklärte der Vater, und über den Teppich verstreut lagen auf den Pappbögen all die gekreuzigten Vögel mit großen Augen und gekrümmten, roten und schwarzen Füßen. An den Schläfen lösten sich seine Haare aus der Brillantine, eine lose Strähne tanzte über der Ohrmuschel. Die moderne Lampe auf dem Schreibtisch ließ die obere Hälfte seines Gesichtes und seine jetzt kritischen, durchdringenden Augen im Schatten.

»Willst du immer noch, daß ich ihnen den Bauch aufschneide und sie dir erkläre?« fragte er und suchte in dem Silberkästchen nach einer weiteren Zigarre.

Während der Morgen sich allmählich weitete und wuchs, fühlte er sich wie in der Helligkeit eines Dachbodens, in einem gläsernen Ei, einem Eiterkristall, das die Töne veränderte, die Bäume neu zueinander ordnete, den Wind teilte und den dumpfen, kadaverähnlichen Geruch der Mündung mit sich brachte: Tucha und Marília liefen hinter den Vorhang, verfolgt vom Scheinwerferkegel, die Loge der verflossenen Freunde beruhigte sich, eine Elster krächzte in einem dichten Gebüsch, das Kinn der Mutter wurde in der Klinik mit einem Tuch festgebunden, der Himmel schien aus Wasserstufen zu bestehen, die die Lagune mit ihren Schattierungen überzogen, sie spiegelten sich ineinander wie in einem Spiel ohne Ende, der Vater untersuchte aufmerksam mit gerunzelter Stirn einen Schmetterling, der langsam mit vor Entsetzen aufgerissenen Augen zu einem Stieglitz wurde, er drehte sich um, um das Haus des Gasthofs zu beobachten, Ob du schon aufgewacht bist und jetzt duschst?, er glaubte den Motor eines Wagens auf der Landstraße zu hören, Die Engländer, eintreffende Gäste, du?, ein Motorengeräusch, Wer kommt hierher, um sich bei diesem Wetter in einer solchen Arche Noah zu begraben, die von dieser unsympathischen Frau an der Rezeption geführt wird?, Maestro, den *Bolero* von Ravel, wenn ich bitten darf, befahl der Gnom mit seinem krächzenden Stimmchen lächerlich herrisch, du ziehst dich an, ißt dein Frühstück im Bett mit einer Falte auf der Stirn und steckst dir eine Zigarette an, der Mann mit dem Besen gestikulierte heftig, und die zaghafte Kapelle begann wieder mit einem Beckenschlag, Carlos mit dem wohlgezogenen Scheitel, hohen Stiefeln und goldenen Litzen schickte das letzte federgeschmückte Pferd mit einem Peitschenknall fort, stellte den linken Fuß auf den alten, abgeschabten Rand der Manege und zeigte die blinkende Sporenspitze, ließ seinen herausfordernden Blick langsam über das Publikum schweifen, unerträglich wie immer, seiner selbst sicher, und dann dieses stumpfsinnige, haßerfüllte Lächeln wie am Tisch während des Abendessens bei den Eltern, die sarkastischen, blöden antikommunistischen Witze, das Bein in Eigentümerpose auf dem Ledersessel, den Urin seines ewigen Whiskys in der Hand:

»Was macht die Partei, Genosse?« fragte er, beugte sich

nach vorn, um sich von dem Käseaperitif zu nehmen, den einer aus dem Publikum ihm reichte, und schluckte ihn sofort ungerührt hinunter wie ein Chamäleon. Ich hasse deine Klauen, dachte ich, ich hasse dein Kölnisch Wasser, deine Seidenkrawatten, das Monogramm in deinen Hemden, ich hasse diese unterwürfige Gewandtheit, wenn du dich mit meinem Vater unterhältst, deine unverschämte Art, die Schenkel der Mädchen zu betrachten, dich zu ihnen zu beugen und ihnen etwas zuzuraunen, was ich an deinen verächtlich herabgezogenen Mundwinkeln nicht ablesen kann.

»Ach, Mutter«, beklagte sich die jüngste Schwester weinend, »stell dir vor, man hat mich angerufen und gesagt, daß Carlos etwas mit Filipa hat, mit meiner Freundin aus der Schule.«

Carlos ließ sich im Sofa zurückfallen zwischen seiner Frau und einer anderen, etwas zigeunerhaften, die ungefähr so alt war wie sie, ohne die Peitsche niederzulegen, die sich über den Teppich schlängelte, um einen geschnitzten Tisch herum, und im dunklen Schlund des Eingangs verschwand. Der Scheinwerfer, der ihn anstrahlte, ließ eine schmale Schweißlinie am Haaransatz erkennen, und seine Oberlippe, umgeben von einem dichten Bart, glänzte ebenfalls:

»Ich bin hier und heute unter euch«, verkündete er mit seiner farblosen, rauhen Stimme, die die Sätze äußerst unangenehm klingen ließ, »der freundlichen Einladung der Sporthalle Eiserne Hand folgend, der einzigen in Portugal, die speziell ausgebildete Trainer hat und in der Lage ist, Ihren Körper, selbst wenn er mickrig, dürr, anämisch, ja sogar bucklig ist, in eine beeindruckende, stattliche Muskelstatue zu verwandeln, er wird Sie in der bevorstehenden, ruhigen Sommersaison am Strand zum begehrten Ziel weiblicher Blicke machen, und der bewundernde Neid Ihrer Freunde ist Ihnen gewiß. Nehmen Sie das Sportzentrum Eiserne Hand in Anspruch und werden Sie gefürchtet, begehrt, geachtet, gesucht, geschmeichelt dank der Festigkeit, des Umfangs und der Kraft Ihres Bizeps. Würden Sie sich beruflich gern verbessern, neue Beziehungen eingehen, häufig zu Festen eingeladen werden, zu Cocktails und Geburtstagen, würden Sie gern Positionen von unleugbarer gesellschaftlicher Wichtigkeit einnehmen, diejenigen verführen, die Sie schon seit Jahren vergebens verfolgen, statt auf irgendwelche Partnerschaftsannoncen in der Zeitung zu antworten und sich in billigen Cafés mit mittelalterlichen, unendlich trostlosen Damen zu treffen, die in ihren Kaffeetassen den Zucker ihrer Einsamkeit umrühren und einen Roman von Harold Robbins auf der Tischplatte liegen haben? Das Sportzentrum Eiserne Hand, geführt von besonders ausgebildeten Lehrern, zu denen der berühmte Jacinto da Conceição Augusto, *Mister Músculo Ibérico* von 1959, zählt, der zur Zeit mit einer schwedischen Prinzessin verehelicht ist, wird Ihnen, zusätzlich zu dem, was ich eben aufgezählt habe, den Spaß am Leben beibringen, die Fähigkeit, mit einem einfachen Schnippen Ihres kleinen Fingers einen Kronkorken von einer Bierflasche zu entfernen oder eine kugelsichere Tür mit einem einzigen Ellbogenstoß aufzubrechen. Mit seinen Abteilungen für pädagogische, korrektive, angewandte, rhythmische und krafterhaltende Gymnastik, seiner finnischen Sauna, seinen Räumen für Fechten, Boxen, Karate und Spezialmassagen unter der Verantwortung des kompetenten Júlio *Goldener Finger*, der Abteilung türkische Bäder und schottische Duschen und dem Restaurant Supervitamine Eiserne Hand ausschließlich für die Mitglieder, wo die Mahlzeiten aus vierundzwanzig verschiedenen Zusätzen und Ergänzungen mit Tabletten, Pastillen, Pillen, Kapseln, trinkbaren, intramuskulären und intravenösen Ampullen bestehen, dazu Sirups, Sprays, Hostien, Lösungen, Elektro- und Insulinstößen, Cremes, Stärkemitteln und Suppositorien, stellt das Sportzentrum Eiserne Hand unter uns eine unvergleichliche Initiative dar, die dazu bestimmt ist, den Portugiesen Gesundheit, Wohlbefinden, die Silhouette und die Sehnen zu verleihen, die sie verdienen, um damit das schreckliche Gespenst physischer, psychischer oder psychosomatischer Erkrankung, erhöhten Blutdruck, Herzinfarkt, Varikozele, Mikrozephalie, Syphilis, Gonorrhöe, Typhus und Gelbfieber, Ekzeme, Schielen, Glatzköpfigkeit, Triefaugen, Kropf, Rheuma, Schmerzen in Kopf, Ohren und Hals, Basedow, Keuchhusten, Husten, Verstopfung, Knickfuß, eingewachsene Nägel, Hämorrhoiden, Hühneraugen, Beklemmung, Angstzustände, Schizophrenie, Oberschenkelbruch, Schlaflosigkeit, Alkoholismus, Mitesser, Drogen, Skorbut und den Gedanken oder Versuch eines Selbstmords weit wegzuschieben.« (Der Scheinwerfer wechselte die Farbe: jetzt war er hellgrün, und der *Bolero* von Ravel setzte erbarmungslos seinen Marsch fort, gejagt wie ein Truthahn vom ungestümen Besen des Maestro.) »Und da wir von Selbstmord sprechen, meine Damen und Herren, und vor allem mit Bezug auf die Nummer, die mein Schwager in diesem Augenblick vorführt« (Noch dreißig oder vierzig Meter, dachte er, und ich kann die Möwen aus der Nähe sehen, die, die auf dem Wasser treiben und die, die sich auf den Korkbojen zur Markierung des Flusses niederlassen und sich den Rücken mit dem Schnabel kämmen), »was den Akt der Befreiung oder des Wahnsinns oder der Verzweiflung oder einfach der Dummheit angeht, die dieses dicke Etwas in wenigen Augenblicken versuchen wird« (vom Fenster aus gesehen war er schon ein kleiner Schatten, der an diesem grauen Morgen unbeirrt über den Sand lief, eine unbedeutende Gestalt, die in der Ferne entschwinden würde, in dem Knäuel aus Pinien und Nebelschwaden wie ein Kinoheld am Ende eines Films, ein Etwas, das am Leben war, zu wachsen schien, sich verflüchtigte), »meine ganz persönliche Meinung, mein Tip, meine Wette, meine innerste Überzeugung ist es, meine Damen und Herren« (er flüsterte der zigeunerhaften jungen Frau irgendeinen Satz ins Ohr), sie brach in Lachen aus und zog ihn amüsiert vorwurfsvoll am Ohr), »daß seine kühne Tat ehrlos, ruhmlos scheitern wird, oder besser sein Projekt einer kühnen Tat, genauso, wie bisher sozusagen alles in seinem Leben gescheitert ist.«

»Ein kleiner Ritzer am Puls, wenn es hochkommt«, meinte die brünette junge Frau und klimperte mit ihren Armreifen. »Da, legt ihm schnell einen Verband an, und alles ist bestens, Sie werden sehen.«

»Carlos hat völlig recht«, sagte die jüngste Schwester zustimmend und blickte die andere haßerfüllt an. »Wenn der Vater die traurige Dummheit begangen hätte, ihn in die Firma zu stecken, wäre das eine Katastrophe geworden.«

»Das mit der Filipa hat keine Bedeutung«, antwortete die Mutter. »Laß die Zügel ein bißchen locker, und er ist sie bald leid.«

»Es ist offensichtlich, daß er versagen wird«, antwortete Carlos und streichelte das Knie der jungen Frau langsam mit dem Daumen. »Schauen Sie nur, in dreißig Jahren hat er nichts Rechtes zuwege gebracht.«

»Man braucht sich nur seine Ehen anzusehen«, erklärte die Stimme des Frauenarztes aus dem Publikum, den sogleich ein roter Lichtkegel suchte, der nacheinander die Zuschauerreihen ins Dunkel tauchte, während einige in der Hoffnung auf eine versteckte Kamera eilig winkten. »Man braucht sich nur all die Dummheiten anzuschauen, die er gemacht hat.«

»Vielleicht noch ein paar Stieglitze, was?« schlug der Vater freundlich vor und öffnete weitere Schubfächer des Schrankes und warf Pappbögen voller toter Vögel auf den Boden. »Stieglitze, Grünfinken, Nachtigallen, Elstern, Rotkehlchen, Amseln, Kanarienvögel«, zählte er aufs Geratewohl auf, »alle Vögel, die du willst.«

Was für Dummheiten?, dachte er, saß auf dem Strand und schaute das schwere, dampfende Wasser des Vouga an. Die Trennung von Tucha, die Abtreibung von Marília, daß ich nicht in die Firma gegangen bin, wie mein Alter wollte, ja, daß ich nicht einmal aus Stolz? aus Übereinstimmung? (aber Übereinstimmung womit?) einfach aus einem Instinkt der Revolte heraus wenigstens nach außen hin eine Stellung in der Geschäftsleitung annehmen wollte? Was für Dummheiten?, dachte er ärgerlich, und suchte in der plötzlichen, angsterfüllten übergroßen Leere seines Gedächtnisses herum, soweit der Arm der Erinnerung reichte.

Die Kälte rasierte die Sträucher und die Pinienzweige, bewegte die Eukalyptusbäume, strich über die Haut des Wassers wie über eine nachdenkliche Stirn. Hin und wieder holperte ein Lastwagen über die Landstraße, die er nicht sah, und das Geräusch entschwand langsam Richtung Stadt, verfolgt vom Gekläff der Hunde.

Was für Dummheiten? denkt er, und der Blinde vom Landhaus tauchte plötzlich auf (Als freundlicher Beitrag der Vaginalkegel Pimpampum), lief mit seinem Stock aus der Laube hinaus auf der Suche nach der Steinbank, auf die er sich am späten Nachmittag immer setzte, das Gesicht gesprenkelt von dem grünen Filter des Laubes und von den Schatten und Lichtflecken, die die Sonne zerteilte und bündelte, als verstreute sie ständig zusammenhanglose Puzzleteile und fügte sie wieder aneinander (Applaus für die Jungs der Spezialeffekte, donnerte der Zwerg, und das Publikum applaudierte nachhaltig), bis die Spitze des Stockes den Kalkstein streifte, zögernd streckte er den Arm nach der glatten Oberfläche aus, beugte die Knie, setzte sich zurecht, und die drohenden, runden Spiegelgläser umfaßten das ganze Gut mit schweigsamer Aufmerksamkeit. Der Augustwind brachte den süßen Duft des Obstgartens herüber, die Violoncelli der Gräser wogten auf den Beeten.

»Es lebe das Sportzentrum Eiserne Hand«, rief Carlos, während sein Daumen unter dem Rock von Filipa verschwand, eine sich vortastende, kriechende Erhebung, die sich auf die Schenkel zu bewegte.

Er lag im Sand, den Nacken auf den gebeugten Arm gelegt, sah die Wolken hoch oben auf das Meer zureisen, in ihrer gummiartigen Dichte wirkten sie beinahe fest, dehnten und zogen sich zusammen wie der Zigarettenrauch der Zuschauer in den Zirkusreihen mit den gelben Lampen, während die Februarkälte sein Gesicht hart machte, als sei es mit einer unbehaglichen Paste aus Ton bedeckt. Er hörte dem

Hauch der Bäume zu, dem vereinzelten Krächzen der Enten, die eine oder andere wilde Taube flog durch die Eukalyptusbäume, er sah das gemächliche Meer, wie es Stück für Stück vom Strand zurückwich mit seinen Abfällen, seinen Algen, seinen geschwollenen Katzenleichen, er stellte sich vor, wie Marília den Koffer im Gasthof packte, wahllos die Wäsche aus den Schubladen hineinwarf, ohne sie zusammenzulegen, wie sie mit der Handfläche die Kämme, die Bürsten und die Zahnpastatube in einen Beutel hineinfegte, die leeren Bügel an der Aluminiumstange schwingen ließ, und dabei sagte der Blinde, ohne den Ausdruck zu verändern, ohne eine Geste, fast ohne die Lippen zu bewegen:

»Ist da der Junge?«

und ich dachte Wie ist er denn nach Aveiro gekommen, wie zum Teufel hat er mich denn hier entdeckt? Bist du durch das Gebüsch und das Schilf gegangen, bis du mich mit der Nase aufgespürt hast wie ein alter Hund seinen Herrn? Ich weiß nicht einmal, ob du noch lebst, denkt er, es ist lange her, daß ich meine Eltern nach dir gefragt habe, wie lange schon hat niemand mehr seine Ferien auf dem Gut verbracht, das Moos muß sich auf den Möbeln ausbreiten, auf den Handtüchern, den Vorhängen, dem jodfarbenen Lächeln auf den Fotos, im Zimmer auf dem Dachboden mit dem wackligen Fußboden, in den die Kletterpflanzen eingedrungen sind, der Efeu und der gefräßige Hunger der Holzwürmer, vielleicht ist das Haus unwiederbringlich in der Vergangenheit versunken wie diese Boote, die an einem Felsen festgemacht sind und sich hin und wieder im Tejo auflösen, Dahlien und Narzissen wachsen aus den Terrinen, eine seltsame Flora von Flechten vermehrt sich auf den Kissenbezügen, den Decken, den Handtüchern, im Schimmel der Bettücher, Marília schloß die Riemen der Koffer, gleich wird sie in der Rezeption anrufen und einen Bediensteten bitten, man möge ihre Koffer hinuntertragen oder sie wird versuchen, sie allein durch den Korridor zu schleifen, durch ihren Poncho behindert, und wird ein Taxi rufen, das sie zum Zug bringt, der unsympathischen Frau erklären, Mein Mann kommt später im Auto nach, Wie viele Tage wird das Auto dort stehen bleiben, ohne daß es jemand berührt, dachte er, als der Schrei einer Möwe seinen Kopf von Ohr zu Ohr durchbohrte (Genau wie eine Nadel, sagte der Zwerg zum Publikum, eine ganz feine, glühende, schmerzende Nadel) und der Wind wütend die Eukalyptusbäume schüttelte, die Hand berührte unwillkürlich den Griff des Messers (ein Murmeln ging durch die Reihen, teilte sich den wackligen Latten im Rang mit), er zögerte, entfernte sich, und der Teppich des Arbeitszimmers war jetzt übersät mit Vögeln mit offenem Schnabel, aufgespießten Füßen und runden Augen, die der Vater und er aufmerksam fasziniert im Stehen betrachteten.

»Ist da der Junge?« fragte der Blinde noch einmal in seinem Papageientonfall.

»Dummheiten über Dummheiten«, sagte der Arzt weit weg, »Hunderte von Dummheiten müssen teuer bezahlt werden.«

Links neben sich hörte er ein Geräusch, und ohne hinzusehen wußte er, daß der Blinde sich neben ihn gesetzt hatte, die dunkle Brille auf das Wasser gerichtet, ein winziges Schiff spiegelte sich darin und zitterte auf und ab. Wie es der Mutter wohl geht, dachte er, was ist in diesen Tagen wohl in der Klinik los gewesen, wie viele gräßliche Streifenpullover hat die Kusine von Donnerstag bis heute gestrickt, wie viele Maschen mit spitzen Lippen gezählt?

Das Gutshaus verlassen, der Brunnen verlassen, die Feigenbäume tropfen verlassen ihre rosafarbene, nutzlose Milch auf den Boden, der Wald schwebt an den dichten, langen scharlachroten Sommernachmittagen blau im Hintergrund, schwanger von reglosen, stummen Vögeln, die die Nacht im Geäst der Zweige erwarten wie Vierundsechzigstelnoten ohne Klang, ein Liegestuhl bleicht einsam auf dem Hof aus, so allein wie das rostige Tor, die trostlosen Zimmer im Haus, der eckige hellere Fleck der Bilder an den leeren Wänden, eine staubbedeckte Nähmaschine in einem Winkel, ein Besen hinter einer schmutzigen Gardine. Er ging von Zimmer zu Zimmer, fast ohne den Boden zu berühren (Applaus für die Bühnenbildner und die Techniker, bat der Zwerg volltönend) und beobachtete, wie in der durchsichtigen, unwirklichen Helligkeit der Träume die alten Gegenstände der Vergangenheit blasser wurden, geheimnisvoller, kleiner, beladen mit einem verborgenen Sinn, den er nicht verstand, nie verstehen würde, abgenutzte Möbel, von denen starre Kleiderreste herabhingen, verblichene Aquarelle, mottenzerfressene Portieren, die sich von den Ringen lösten, Betten ohne Matratzen, nur noch das Skelett der Bretter, im Kreis aufgestellte Stühle voller surrender Gespenster mit unsichtbaren Mündern, die sich leise unterhielten mit Köpfen, die sie ernsthaft und voller verworrener Geheimnisse einander zuneigten, er ging zum Erdgeschoß hinunter, umgeben von einem leichten Duft, schritt durch die Speisekammer und vorbei an den großen Töpfen mit welken Pflanzen, die mit langen Hälsen über die Tonränder winkten, durch das Speisezimmer, wo die Zeit auf den für immer kaputten Uhren stehengeblieben war, Ein bißchen die Zügel lockerlassen, sagte die Mutter zur jüngsten Schwester, und diese Geschichte mit Filipa ist bald zu Ende, die Kammer mit dem kleinen Fenster, in der die Fahrräder sich türmten, jetzt von Spinnweben bedeckt, Rattenkacke, Schmutz, die Küche mit dem Holztisch und der Marmorplatte in der Mitte, die Geschirrspülbecken aus Aluminium unter dem Fenster, der angestoßene Kühlschrank, der Herd schon ohne die Brenner, die gesprungenen Kacheln an der Wand, durch deren Ritzen die Margeriten der Abwesenheit drangen, und er ging hinaus durch den überwucherten Garten, der Rasenmäher stand in der Ecke an der Mauer, die kleinen Zementteiche waren ohne Wasser und mit weißlichem Staub bedeckt. Er lag ausgestreckt auf dem Sand, zweihundert Meter vom Gasthof, zwischen dem immer näher kommenden Kreischen der Möwen (Ich werde die Augen nicht öffnen, dachte er, ich werde sie nicht sehen, bis ich nicht zum Brunnen gekommen bin und mein Vater mich huckepack zum Haus zurückträgt), er hörte den Klang seiner Schuhe auf dem trockenen Laub, das sich im Hof anhäufte, ohne daß irgendein Rechen es zusammenharkte, und dann der Kies auf den Wegen, den die Absätze zermahlten, und das harte, matte Klopfen der Erde, die Wurzeln, die sich in Kohle auflösten, die schwingenden Gräser wie Finger, die sich streckten und einrollten, bei jedem Schritt schwach protestierten. Es wird regnen, dachte er, wie es heute nacht regnet, wo ich das Ende meines Buches schreibe, dir zu Füßen liege in der gigantischen Stille des Zimmers, mit einem Bein über deinen Beinen und dem sanften Hauch deines Schlafes auf meiner Schulter, die im langsamen Rhythmus der Wörter atmet, es wird regnen, dachte er, wie es auf dem Papier regnet, im Bett regnet, wie es auf unsere verschlungenen Schenkel regnet, wie dein Kind in deinem Bauch regnet, das mich mit der fernen, durchsichtigen Stimme der Anemonen ruft, gleich werde ich, dachte er, den Kugelschreiber und den Block auf den Nachttisch legen, mich an dich kuscheln, das Licht löschen, dein runder Arm drückt meinen Hals, und der Penis, an das gleichseitige Dreieck deines Schamhügels gelehnt, wächst leidenschaftlich, er wächst wie die Wolken morgens in Aveiro, wenn sie ihre Schwingen auf dem Basalt des Himmels öffnen, wächst wie die ungeschnittenen Gräser auf dem Gut, wie meine Finger auf deiner Brust, auf deinem Rücken, über der Rundung deiner Lenden, wächst wie dein Speichel auf meiner Zunge, und die Füße überkreuzen sich und entwirren sich immer schneller. Ist da der Junge?, fragte der Blinde, während er den Sand ringsum mit dem Stock abtastete mit der plötzlichen Beweglichkeit einer Antenne, Carlos wühlte unter Filipas Rock, sah sie mit dem tragischen, übertriebenen, wimpernschweren Blick der Männer mit Mittelscheitel auf den alten Postkarten an, er hörte den Motor von Marílias Taxi über die Landstraße auf den Gasthof zuholpern, der Geruch des Wassers kroch mühsam keuchend vor Erschöpfung näher, der Feigenbaum tauchte weiter vorn hinter einem Strauch auf, ohne Laub, ohne Leben, trocken, grau, nur noch gichtknotige Zweige, er konnte den Umriß des Brunnens erkennen, den rostigen Flaschenzug, den alten Eimer, Filipa knöpfte die Bluse auf, befreite die ledernen Brustwarzen, den kleinen Hautknoten ihres Nabels, die flache, glatte Platte ihres Bauches, den die Beckenknochen an der Taille wölbten, Carlos leckte ihre Lenden, drückte an ihrer Brust, suchte seinen Hosenschlitz mit der freien Hand (die mit dem Wappenring, dachte er, die mit diesem lächerlichen Angeberklotz), Ravels *Bolero* ertönte nun sanft, komplizenhaft, Herr Esperança, jetzt im Smoking, gemessen und würdig, hielt behutsam das Mikrofon, neigte es zum Mund hin und zeigte auf das halbnackte Paar, das sich vor der gleichgültigen Familie vom Sofa auf den Teppich hinunterwälzte:

»Diese kleine erotische Skizze, ganz im Stile der besten Häuser von Paris, London, New York und Manila, dargebracht von begabten Künstlern unseres Landes, die keine andere Schule als die des Zirkus kennen, wird Ihnen geboten durch ein Produkt, das gänzlich unser eigenes ist, gänzlich lusitanisch, gänzlich portugiesisch, dank einer kürzlich gemachten Entdeckung unserer vaterländischen Wissenschaft durch das letzte Wunder der Technik aus Coimbra: die Creme *Ejaculal*, jetzt auch auf Bitten zahlloser Kunden als Gel und als Spray, das Medikament, das die Größe Ihres männlichen Organs um dreieinhalb Zentimeter steigert, in nur zwei Wochen mittels einer Anwendung zweimal täglich, morgens nach dem Aufstehen und abends vor dem Schlafengehen, das heißt immer dann, wenn Eure Exzellenzen sich die Zähne putzen, wobei Sie übrigens die gleiche Bürste und auch die gleiche Menge dieses Produkts benutzen können, höchstens eine Daumenbreite für beide Male. Zu Recht werden die Herren fragen: und wie ist dieses Wunder zu bewirken, wie gelangt man zu dieser bisher undenkbaren Perfektion, wie kann man sich frei Haus, unter größter Verschwiegenheit und höchst bequem den verborgenen Wunsch eines Lebens erfüllen dank einem Produkt, dem man die außerordentliche, phantastische, maßlose Streckung des Penis verdankt? Nun, das Unabhängige Universitätsinstitut von Coimbra, Chevalier des Ordens Christi und eine gemeinnützige Institution, Ritter des Verdienstordens der Landwirtschaft, Ehrenmitglied der EVCC (Europäische Vereinigung für Christlichen Coitus) und Vorsitzender der IGVVS (Iberische Gesellschaft Vulvovaginaler Studien), enthüllt vor Ihnen, dank meiner bescheidenen Vermittlung, sein wunderbares Geheimnis: die violette Knötchenflechte aus dem Mondego, eine äußerst seltene Pflanze, die man am Ufer dieses so poetischen Flußlaufes in der Nähe der Mündung antrifft, günstigerweise am frühen Morgen des Karnevalsdienstags oder des Aschermittwochs, diese Pflanze, zerrieben, zermahlen, gesäuert, getrocknet, zerstoben, wird als Extrakt mit dem Menstruationsblut einer Jungfrau vermischt, mit Kinderschleim, Walfischsperma und Fußschweiß, und verleiht den Muskeln der Scham stählerne Härte, gibt den Testikeln ein Durschnittsvolumen von siebenundfünfzig Komma drei Kubikzentimetern und ruft in der Folge seiner apokalyptischen, ich wiederhole, apokalyptischen Auswirkungen die exaltierte, ungestüme, besiegte und ergebene Ohnmacht der Frauen hervor. Mit *Ejaculal*, mein teurer Freund, tragen Sie einen wahren Spermenwerfer im Bauch.«

Carlos, in Unterhosen, holte eine Tube aus der Manteltasche und zeigte sie unter einer Beifalldusche in der Runde herum wie ein Stierkämpfer, während die zigeunerhafte junge Frau auf dem Boden flehend den bittenden Arm nach der Creme *Ejaculal* ausstreckte.

»Selbst wenn er mich auf Knien um die Scheidung bittet«, sagte die jüngste Schwester zur Mutter und tupfte sich vorsichtig mit dem Taschentuch über das Gesicht, um das Augen-Make-up nicht zu verwischen, »die kriegt er nicht im Traum, wegen der Kleinen, ich will nicht, daß den Mädchen das gleiche zustößt wie den Söhnen von Rui.«

»Meine Damen und Herren, sehr verehrte Ladies und

Gentlemen, liebe Mädchen und Jungen, hochwohllöbliche, anwesende Vertreter der Öffentlichkeit, erlesenes Publikum«, schrie der Zwerg, während die Scheinwerfer in allen Richtungen über die Kuppel glitten und Ravels *Bolero* mit seinem ganzen Ungestüm den unerbittlichen Marsch fortsetzte, getrieben von dem Besen des Maestro, dessen künstliches Haar bei jedem Ruck mehr in den Nacken rutschte, die von Schweiß klebende Glatze sehen ließ und die farblosen, wirr abstehenden Strähnen – »wir haben die Ehre, Ihnen heute den bescheidenen Rui S. anzukündigen, der in ganz wenigen Augenblicken zur historischen Ausführung seiner gewagten Nummer schreiten wird. Zum ersten Mal in Portugal und dank unserer freundlichen Sponsoren wird sich ein Künstler vor den Augen Eurer Exzellenzen in einer Vorstellung verstümmeln, die absichtlich nicht vom Fernsehen festgehalten wird, um Ihnen allen einige Augenblicke angenehmen Zeitvertreibs zu gönnen, weit weg von den Sorgen, Ängsten und Ärgernissen Ihres Alltags.«

Das Taxi überquerte weiter oben noch einmal die Landstraße, jetzt in Richtung Aveiro, und das stockende Motorengeräusch schien in die Feuchtigkeit des Morgens verschlungen wie die Seufzer eines Schiffbrüchigen im Sand, den die Neugier der Menschen in Fragen und Ausrufe, Vorschläge und Seufzer einhüllt. In wie vielen Stunden wirst du in Lissabon sein?, dachte er. Was werden deine Eltern sagen, dachte er, wenn sie dich hereinkommen sehen? Hast du schon an die Tränen und die Fragen der Mutter gedacht, das störrische Schweigen deines Vaters, das Abendessen zu dritt, bei eingeschaltetem Fernseher mit einem Nachrichtensprecher, der euch, wenn er von seinem Blatt aufschaut, ansieht wie Christus auf dem Weg nach Golgatha, hast du schon an deinen pensionierten Onkel gedacht, der nach den Mahlzeiten immer kam und an einer Ecke des Tisches seinen bedächtigen Witwerschnaps trank, wenn er in der Tür stand, verwirrt die Krawatte mit dem Finger lockerte (Was ist passiert, was ist denn los, von wem sind diese Koffer im Flur?), der zögernd eintritt, sich setzt, spricht, das Kartenspiel aus der Tasche holt für die gewohnte, endlose Geduldspartie, der den Daumen mit der Zungenspitze anfeuchtet, um die Karten auf der Tischdecke auszubreiten?

»Kontrolleur bei der Bahn«, verkündete er gewichtig, ganz aufrecht, fast auf den Zehenspitzen in seinen Wildlederschühchen, »das war zu meiner Zeit eine sehr verantwortungsvolle Arbeit.«

Trotz des grellen Scheinwerfers, der ihn blendete (vielleicht würde ein Sonnenstreifen den Nebel durchdringen und ihm mit seinem staubigen, traurigen Licht über das Gesicht streifen), konnte er ihn erkennen, wie er unauffällig, demütig, blaß, überrascht in dem riesigen Regenmantel voller Buben und Trümpfe neben den einfachsten Zirkusangestellten stand, denen, die die Gitter für die Tiger zusammenfügten, das Netz für die Trapezkünstler aufbauten und die abgewetzten rotweißen Sockel für die Löwen hereinrollten, und er dachte, Du bist mir immer sympathisch gewesen, Alter, eines Sonntags, als du krank warst, da habe ich dich in deinem Häuschen besucht, ein winziger Vorgarten, ein Spielzeugzimmerchen mit wenigen, von Zeitungen, Decken, Tüchern zugedeckten Möbeln, eine enge Treppe nach oben und dann du, dürr, bleich, unrasiert, im Schlafanzug in einem wackligen Klöppelspitzenbett, auf dem Nachttisch lauter Fläschchen mit Hustensaft, die das Bild von einer mürrischen, strengen, fürchterlich häßlichen Frau verdeckten, die mit großen Glupschaugen im Zimmer umherblickte. Das Geräusch einer defekten Klosettspülung stolperte uns ständig durch den Kopf, ließ den mit einer Heftklammer an der Wand befestigten Michelin-Kalender erzittern, die Vorhänge am Fenster besprenkelten sich mit Fliegendreck, und dahinter tauchten unscharf und wellenförmig die Gebäude draußen auf, als würde ein geheimnisvoller Wind die Papierfassaden anwehen. Auf dem Bett lag aufgeschlagen eine alte Zeitschrift, in einer Ecke stand ein durchgesessenes Sofa, auf dessen Rückenlehne ein mit der Zeit gelb gewordenes Spitzenviereck lag, ein Streifen gegen Insekten war mit einer Schnur an der Deckenlampe befestigt. Ich setzte mich auf die Kante der Matratze (Wie mager deine Hände sind, Onkelchen, dachte ich, Handgelenke so zerbrechlich wie bei einer Eidechse, wie kannst du dich mit diesem Körper auf den Beinen halten?), der undefinierbare Geruch des Hauses, die Summe vieler, schwer auszumachender Gerüche hing in dem Zimmer und stieg ihm ekelerregend in die Nase, die Knochen zogen seine Gesichtshaut glatt wie das spitze, angespannte Gesicht bei einem Toten, als horchte er nach unhörbaren Schattengeräuschen, der Alte nahm das Thermometer aus der Achselhöhle, hielt es waagrecht vor seine Nase, um das feine Silberband zu entziffern, sagte in seiner schmächtigen Rabenstimme neununddreißigfünf, die Möwen kreischten immer näher, er hörte ihr hastiges Flügelschlagen, roch den salzigen Duft ihrer Federn, und für Augenblicke wuchs unter seinen Lidern der Widerschein des Meeres, Kontrolleur bei der Eisenbahn, flüsterte der Witwer, das ist eine höchst komplizierte Aufgabe, verstehen Sie?, er fand sich neben dem Brunnen unter dem Feigenbaum, der Wald schimmerte in der Ferne, die herabgefallene Mähne des Maestro breitete sich wie eine Meduse über das Geländer, der Besen fuchtelte verzweifelt ungestüm herum, die Musiker stiegen wie Feuerzungen um die wahnsinnig gewordenen Instrumente auf, der Stock des Blinden berührte ihn am Knie, Ist da der Junge?, fragte er im Papageientonfall, der sich in der feuchten Dichte des Morgens am Flußlauf auflöste, er spähte in den Brunnen, beugte sich über die zerbrochene Einfassung, und es war kein Wasser mehr darin, nur ein kleiner Flecken Schlamm, der zwischen Grasbüscheln und Holzstücken blinkte, neben ihm tauchte der Vater auf, er roch nach Desodorans und Parfum und sagte zu ihm, Hast du die Vögel schon gesehen?, und zeigte dabei auf den Teppich aus Büschen, aus verfaulten Früchten, aus Kieseln und trockenen Exkrementen auf dem Boden, und er bemerkte, als er den Messergriff packte, mit ausgebreiteten

Armen, großen, entsetzten Augen und mit Stecknadeln auf die Pappbögen aufgespießt die Mutter, die Schwestern, Filipa, Carlos, den Frauenarzt, Marília, Herrn Esperança, den Blinden, den verwitweten Onkel, hin und wieder bliesen die trockenen Blätter der Eukalyptusbäume ihm ein vielschichtiges, undeutliches Geheimnis aus Sätzen zu, er sah die unsympathische Empfangsdame vom Gasthof, die Kollegen von der Universität, den Spott der Studenten, die mißtrauische Grimasse der Hebamme, Schweigen bitte, brüllte der Zwerg, ohne daß jemand auf ihn hörte, das Publikum stieß und schubste sich, um besser sehen zu können, alle Scheinwerfer waren eingeschaltet und beleuchteten jetzt wahllos die Manege, die Zuschauerrreihen, den Rang, die Zeltkuppel, weckten und vergaßen wieder eine Unzahl von Gesichtern, Trapezen, Drahtseilen, Tauen, Aluminium- und Holzstäben, der Vater glättete sich das Haar an den Schläfen und reichte ihm den Brieföffner, Ich werde dir helfen, die Vögel zu verstehen, sagte er, ich werde dir helfen, sie zu verstehen, das Pferd, unter dem zwei Vettern versteckt waren, galoppierte nach Hause, er sah sich selbst auf einem Stück Pappe mit Etikett und Nummer, den Flaum seiner Brust, den Schnabel, die Krallen, die Pupillen, aufgerissen vor Entsetzen, ich beugte mich neugierig über mich, und jetzt kreischen die Möwen schrill an den Wänden meines Schädels, die Eukalyptusbäume schillerten, der erste Schwarm Spatzen schwirrte aus dem Obstgarten auf den Wald zu, Schneid diesem hier den Bauch auf, sagte der Vater und zeigte mit dem Finger auf mich, schneid diesem den Bauch auf, damit ich ihn dir erklären kann, er öffnete noch einmal die Augen, versuchte, sich mühsam aus dem Sand aufzurichten, in die satte Luft aufzusteigen, sich mit den Möwen zu vereinen, die über seinem hingestreckten Körper kreisten, aber das Messer, die Stecknadel, das Messer hielt ihn auf das Blatt gespießt, und während sich seine Augen entleerten und er den begeisterten Applaus des Publikums immer weniger wahrnahm, konnte er jenseits der lichtglitzernden Zirkusmanege auf dem anderen Ufer der Flußmündung die Umrisse der Stadt erkennen, die allmählich kleiner wurden, bis sie ganz in den farblosen Morgennebel eintauchten.

António Lobo Antunes

Der Judaskuß

Roman. 1987. 269 Seiten

»Ich kann mir gut erklären, warum dieses Buch bei seinem Erscheinen in Lissabon eine Sensation und ein Skandal zugleich war. Seine assoziative Sprache stellt die gepflegten Traditionen der herkömmlichen Literatur radikal in Frage. Antunes stellt, in seiner poetischen Besessenheit, die Proportionen des Ästhetischen und des Ethischen (an die uns Hermann Broch nie zu erinnern aufhörte) schneidend in Frage.«

Frankfurter Allgemeine Zeitung

»Lobo Antunes ist bei uns mit dem Roman *Der Judaskuß* bekannt geworden. Das Buch ist ein einziger Monolog, vorgetragen von einem, der sich an einer Bar betrinkt und sich an das Gegenüber einer Prostituierten klammert. Was vorgebracht wird, kreist um die Erlebnisse, die der Ich-Erzähler im Kolonialkrieg in Angola hatte. Der Monolog wird mit einem ungehemmten Ausbruch an Metaphorik vorgebracht, ein phantasierendes Delirium, das sich bald auf den Leser überträgt.«

Neue Zürcher Zeitung

»Der Portugiese António Lobo Antunes hat es wie Beckett verstanden, mit dem *Judaskuß* einen Roman zu schreiben, der die Zerrüttung des monologisierenden Ichs spiegelt und der gleichzeitig doch wie ein einziger erratischer Block zusammenhält. Der Roman quillt über von ausdrucksstarken Bildern und kräftigen Farben, er bleibt bis in die letzte Wendung hinein durchgeformt.«

Frankfurter Rundschau

»Lobo Antunes spannender Roman *Der Judaskuß* erzählt von einer Erziehung in Angola. Das Interessante an dem Roman ist aber auch nicht nur der monologisierende Erzähler selbst, sondern elektrisierend ist, wie bei einem selbst im Laufe der Lektüre nach und nach das Stichwort Angola mit Anschauung gefüllt wird, wie man sich dann plötzlich vorstellen kann, was das für Hunderttausende von Soldaten geheißen haben muß: Nach Luanda verschifft und dann per Transportflugzeug an den Arsch der Welt verfrachtet zu werden, um Menschen zu killen.«

Süddeutsche Zeitung